罪人

MIRACLE CREEK

Angie Kim

金秀妍 ——— 著　顏湘如 ——— 譯

意外

維吉尼亞州奇蹟溪

二〇〇八年八月二十六日星期二

丈夫要我說謊。不是彌天大謊。他恐怕根本不覺得那是謊言，我也一樣，一開始的時候。他要求的，真的只是小事一樁。警方剛剛釋放了抗議群眾，他要出去確定那些人沒有回來，便叫我坐到他的位子上。替他掩護，就像工作夥伴理所當然要做的，就像我們以前在雜貨店工作時，我吃飯或他抽菸的時候。可是我要坐下時撞到辦公桌，桌上的證書略微歪斜，彷彿在提醒我這不是正規做法，以前他從不讓我負責是有理由的。

博探身越過我將框扶正，雙眼盯著上面用英文字寫的內容：俞博，奇蹟潛水艇有限公司，高壓氧技術士。他開口說──眼睛仍看著證書，彷彿是在對它，而不是對我說話──「一切都就緒了，病人已經封艙，氧氣也打開了。妳只要坐在這裡就好。」接著他看著我說：「就這樣。」

我很快看了一下控制台，全是不熟悉的旋鈕與按鍵，用來操控我們漆成粉藍色、上個月才放進這座穀倉的壓力艙。「如果病人按鈴叫我呢？」我說：「我會說你馬上回來，可是……」

「不行，不能讓他們知道我不在。要是有人問起，我人在這裡，一直都在這裡。」

「可是萬一出了什麼差錯……」

「會出什麼差錯？」博的語氣強硬像在下命令。「我馬上回來，他們不會按鈴叫妳。什麼事都不會有。」他隨即往外走，彷彿事情到此結束。但走到門口，他回頭看我。「什麼事都不會有。」他又說一遍，較輕柔些，聽起來有如懇求。

穀倉門砰地關上後，我好想尖叫罵他瘋了，竟然奢望事情不會出錯，尤其是今天，出了那麼多岔子——抗議群眾，她們的破壞計畫，結果導致停電，還來了警察。難道他以為已經發生這麼多事，不會再有什麼？但人生可不是這麼回事。悲劇無法預防更多悲劇發生，厄運不會少量地均勻分配，壞事會接踵而至，亂糟糟讓人應接不暇。我們已經經歷過那麼多事，他怎能不知道？

從晚上八點零二分到八點十四分，我一如他要求，靜靜坐著沒說話也沒做什麼。汗水浸濕了我的臉，我想到那六個病患關在沒有空調的艙內（發電機只能供加壓機、氧氣機和對講機系統運作），不禁感謝老天有那台手提式DVD放映機能讓孩子們安靜不吵鬧。我提醒自己要信任丈夫，我等候著，一下看時鐘，一下看門，一下又看時鐘，不停祈禱他可以（他一定要！）在《紫色小恐龍邦尼》播放完，病患要求換片之前回來。就在節目的片尾曲一開唱，我的電話響了。是博。

「她們來了，」他低聲說：「我得站在這裡看著，以免她們又鬧事。療程結束的時候妳要把氧氣關掉。有看到那個旋鈕嗎？」

「有，可是……」

「往逆時鐘方向轉到底，要轉緊。設好鬧鐘免得忘了。八點二十，以大時鐘為準。」他說完便掛斷了。

我摸了摸標示著「氧氣」的旋鈕，那是個褪色的銅鈕，顏色就像我們在首爾那棟老公寓裡吱嘎作響的水龍頭。沒想到摸起來這麼涼。我將手錶的時間調成與時鐘一致，鬧鈴設定在八點二十，接著找到「鬧鐘開啟」的按鍵。就在同一時間，我正要按下那個小按鈕，DVD的電池沒電了，嚇得我放下手來。

我不時會想起那一刻。死亡、癱瘓、審判——假如我當時按下按鈕，這一切是否都能避免？我知道這很奇怪，因為那天晚上我犯了一些更重大、更應該責備的過錯，我的心思卻一再回到這項失誤。或許正因為它的渺小、看似無關緊要，才更具有力量，並激發出許多「如果」的假設。如果我沒有因為DVD而轉移注意力呢？如果我的手指動作快上那麼一點點，在DVD播放到一半（我愛你，你愛我，我們是個快─樂─家──）斷掉之前設好鬧鐘呢？

那一刻的空白，完完全全沒有聲音，密集的壓迫感，從四面八方逼近，擠壓著我。當噪音終於出現——嗒嗒嗒嗒，艙室裡有人用指節敲打圓窗——我幾乎是鬆了口氣。但敲打聲愈來愈重，變成以拳頭捶打，每次四下的節奏彷彿在發送「放我出去！」的暗號，接著變成使盡全力的重擊，我發覺想必是TJ在用頭撞窗。TJ是個患有自閉症的小男孩，愛極了紫色小恐龍邦尼，我們第一次見面，他便跑上來緊緊抱住我。他母親十分驚訝，說他從來沒抱過任何人（他討厭與人碰觸），也許是因為我的上衣與邦尼的紫色色調一模一樣。從那之後我每天都穿那件衣服，並每晚手洗，碰到他的療程就穿上，而他便每天抱我。大家都以為我是出於善意，其實我是為了自己，因為我很渴望他張開雙臂牢牢抱住我的感覺——就跟女兒以前一樣，但後來我抱她的時候，她開始會把身體往後退，手臂軟趴趴地垂著。我喜歡親他的頭，讓那頭亂蓬蓬的紅髮搔得我嘴唇發癢。而此時此刻，讓我享受擁抱滋味的男孩正用頭撞著一道鋼鐵牆板。

他不是發瘋。他母親解釋過，TJ有腸道發炎的慢性疼痛症狀，但他不會說話，一旦痛得太厲害，他只會做唯一能讓他緩解疼痛的事：就是撞頭，以新的劇痛趕走舊痛。這很像當你癢得受不了，抓到破皮流血時，那種痛有多痛快，只不過他的痛楚卻是上百倍。他母親對我說，有一次TJ用臉撞破了窗玻璃。想到這個八歲的小男生竟痛到需要用頭去撞鐵板，我心如刀割。

還有那疼痛的聲音——一次又一次的撞擊。持續不斷地，愈來愈堅持。每次撞擊都會產生一再回響的震顫，漸漸累積成某種實體，有形狀也有質量，在我體內到處移動。我感覺到它在我的皮下如滾雷般竄過，顛覆我的五臟六腑，命令我的心臟配合它的節奏，愈跳愈快、愈猛。

我必須加以制止。那是我的藉口，以便丟下被困在密閉艙裡的六個人，奔離穀倉。我很想減壓開啟壓力艙，讓TJ出來，卻不知該怎麼做。再者，對講機鈴響時，TJ的母親求我（應該說是求博）不要停止潛水，她會讓孩子安靜下來，不過拜託拜託，看在上帝份上，馬上換電池重新播放邦尼的DVD！我們位在隔壁的住家裡有電池，跑二十秒就能到，而距離關掉氧氣還有五分鐘。於是我離開了。我摀住嘴掩飾聲音，學博那低沉而口音濃重的聲音說：「我們會更換電池，等幾分鐘就好。」然後便跑出去。

我們家大門半掩著，我閃過一絲興奮與希望，也許梅姬聽了我的話在家打掃，那麼今天終於有件事順利了。可是進門後，發現她不在。只有我一人，不知道電池放哪裡也無人幫忙。其實我一直都有這樣的心理準備，只是那一剎那的希望已足以將這份心理準備拋入高空再重重摔下。保持冷靜，我這麼告訴自己，接著開始翻找儲藏用的鐵櫃。外套、說明書、繩子。沒有電池。我用力甩上櫃門，櫃子搖晃起來，脆弱的金屬發出咿咿呀呀、空咚哐噹的聲響，猶如TJ撞擊的回音。

我腦海中浮現他的頭重擊鋼鐵牆板後，像熟透的西瓜裂開的畫面。

我搖搖頭甩掉這個念頭。「美熙啊，」我高喊梅姬的韓文名，她很討厭這個名字。沒有回應。我明知會是如此，卻還是生氣。我提高嗓門再喊一次「美熙啊」，拉長了音，讓每個音節刮痛喉嚨，我需要這份痛楚來驅離耳中不停回響的TJ撞頭的虛幻回音。

我又找了屋子其他角落，一個箱子一個箱子地找。每過一秒還是找不到電池，我就愈加沮喪。我想到今天早上和她吵架，叫她應該多幫點忙——她都十七歲了！——她卻一言不發就走出家門。我想到博一如既往地袒護她。（「我們放棄一切來到美國，不是讓她來煮飯打掃的。」他老是這麼說。「對，那是我的工作。」我想這麼說，但從未說出口。）我想到梅姬經常翻白眼，戴著耳罩式耳機假裝沒聽到我說話。凡是能激化怒氣的事我都想，以便佔據心思，將撞擊聲排除在外。我對女兒的憤懣既熟悉又舒服，就像條舊毛毯，將我的驚慌撫平成為模糊的焦慮。

找到梅姬睡覺角落的紙箱時，我用力扯開交叉折疊的開口，把所有東西都倒出來。全是青少年的無用雜物：我從未看過的電影的票根、我從未見過的朋友的照片、一疊紙條，最上面那張字跡潦草——我等妳。明天好嗎？

我想尖叫。電池在哪裡？（心裡則想著：是誰寫的紙條？男生嗎？等她要做什麼？）就在這時候，我的電話響了——又是博——我看見螢幕上顯示8:22，頓時想起了。鬧鐘。氧氣。

接起電話後，我原本想解釋自己為何沒有關掉氧氣，但會馬上去關，那沒什麼大不了，反正他偶爾也會超時一個小時，不是嗎？不料出口的語句卻變了樣，像嘔吐似的——一股腦兒地奔瀉而出，毫不受控。「梅姬不見人影了，」我說：「我們為她做了這麼多，她卻從來不在，我需要她，我需要她幫忙找新的電池，趁TJ還沒把頭撞破以前。」

「妳老是把她想得那麼糟，其實她在這裡幫我。」他說：「電池在家裡的廚房水槽下面，不過妳別離開患者。我會叫梅姬去拿。梅姬，快去，現在馬上拿四個一號電池到穀倉去。我很快就過……」

我掛斷了。有時候什麼都別說比較好。

我跑向廚房水槽。果然如他所說，電池就在那裡，放在布滿汙垢與煤灰的工作手套底下的一個袋子裡，我還以為那是垃圾。手套昨天還是乾淨的，博都在做些什麼？

我搖搖頭。電池。得趕緊回TJ那兒去。

當我跑到外面，空氣中瀰漫著一股不熟悉的刺鼻氣味，像燒焦的濕木頭。天色已經轉暗，較難看得清楚，但我遠遠地看見博往穀倉跑去。

梅姬在他前面，跑得飛快。我高喊：「梅姬，慢一點，我找到電池了。」但她仍繼續跑，不是朝著房子而是奔向穀倉。「梅姬，別跑了。」我喊道，但她沒停。她經過穀倉門口跑向後側。不知道為什麼，看到她在這裡讓我感到害怕，我於是又喊一聲，這回喊的是她的韓文名，語氣溫柔了些。「美熙啊，」我邊喊邊跑向她。她轉過頭來。我不由得停下腳步，因為她的臉不太一樣，不知怎地好像在發光。她的皮膚被一道橘色光線披覆，閃閃爍爍，人彷彿迎著夕陽而立。我想摸著她的臉告訴她：「妳真美。」

我從她的方向聽見一個聲響，有點像爆裂聲，但比較輕、比較模糊，一大群鵝起飛的聲音大概就是這樣，同時鼓動數百對翅膀疾奔飛天。我彷彿看見了，一道灰幕在風中起伏波動，朝黃昏的紫色天空愈飛愈高，可是眨眨眼再看，空中什麼也沒有。我朝聲音響處跑去，這時才終於看見，剛才她已看見我卻沒見到的東西，她急著趕去的原因。

火焰。

煙。

穀倉後牆——著火了。

不知我為何沒有跑開或尖叫，為何梅姬也沒有。我是想的，但卻只能慢慢地、小心地走，一次跨出一步，逐漸接近，兩眼怔怔地注視著橘色紅色火焰——顫晃、躍動，還像跳踏步舞似的與舞伴換位。

轟隆聲響時，我膝蓋癱軟跌倒在地，但視線始終沒有離開女兒。每天晚上當我關燈闔眼準備睡覺，就會看見那一刻的她，我的美熙。她的身體像布娃娃被往上拋，呈弧形劃過天空。很優美。很纖弱。就在她輕輕砰的一聲落地前，我看見她的馬尾高高彈飛起來。一如年幼的她跳繩時候的模樣。

一年後

審判：第一天　二〇〇九年八月十七日星期一

俞英姬

走進法院時她自覺像個新娘。可不是嘛，她的婚禮是最後一次——唯一一次——滿室的人都安靜下來，轉頭注視著她進場。走過通道時，若非旁觀者有各種不同髮色加上他們用英語竊竊私語的零星片段——「喏，是業主」、「女兒已經昏迷好幾個月了，可憐」、「那個男的癱瘓了，好可怕」——她會以為自己還在韓國。

就連小小法庭也很像舊教會，走道兩旁排滿吱嘎作響的長木椅。她低著頭，正如同二十年前的婚禮那般；通常她不會是眾人注目的焦點，這種感覺很不對勁。嫻靜、融入群體、隱於無形，這些才是為人妻的美德，而不是聲名狼藉、炫耀奪目。不正因為如此新娘才要披面紗嗎？為了隔離注視的目光，為了淡化她們臉頰的紅暈。她往兩旁瞅了一眼，在右手邊檢察官席後方瞥見了熟悉面孔，是病患的家人。

患者全部聚在一起只有那麼一次：就是去年七月時在穀倉外面舉行的說明會。當時她丈夫打開穀倉門，展示剛剛漆成藍色的壓力艙。「這個，」博一臉驕傲地說：「就是奇蹟潛水艇。純氧氣。深層觸壓。治療。合而為一。」每個人都拍手，母親們喜極而泣。如今，同一群人聚在這裡，神情抑鬱，對奇蹟的期望已從臉上消失，取而代之的是超市裡排隊結帳的民眾伸手去拿八卦小報時的好奇表情。除此之外還有憐憫——是為了她還是他們自己，她不知道。她原以為會面對憤怒，不料她經過時他們卻面露微笑，她不得不提醒自己，此時的她是受害者，不是被告，不是這起害死兩條人命的爆炸事件中受指責的人。她暗自重述博每天告訴她的話——那晚穀倉起火不是因為他們不在，就算他陪著病患，也無法預防爆炸——試著也報以笑容。有他們支持是件好事，這她知道。但總覺得這樣不對，自己不配，好像作弊贏得的獎品，不但沒有鼓舞她，反而令她心情沉重，唯恐老天有眼會導正不公的現象，以另一種方式讓她為說謊付出代價。

來到木欄時，英姬強忍住跳過去坐到被告席的衝動。她與家人坐到檢察官後面，旁邊是麥特與泰瑞莎，那天晚上被困在奇蹟潛水艇內的其中兩人。她已經很久沒見到他們，出院以後就沒見過。但沒有人打招呼，大家都低著頭，他們是受害者。

法院位在松堡，是奇蹟溪隔壁的小鎮。真是奇怪，這些名稱——總與預期恰恰相反。奇蹟溪看起來不像會出現奇蹟的地方，除非把民眾長年住在這裡竟沒有無聊到發瘋視為奇蹟。他們是被「奇蹟」這個名字與市場的展望（加上土地便宜）吸引而來，儘管這裡沒有其他亞洲人，甚至很可能根本沒有移民。這裡離華盛頓特區只有一小時車程，開車輕輕鬆鬆就能抵達現代化事物密集處，例如杜勒斯機場。可是卻偏僻得有如遠離文明數小時車程外的村落，一個天差地別的世界。這裡有的不是水泥人行道，而是泥土小徑；不是車而是牛；不是鋼筋玻璃帷幕大樓，而是破舊的木造穀倉。宛如踏進顆粒粗大的黑白電影當中。有那種用過後被丟棄的感覺。英姬第一次看到這地方，有一股衝動想翻出口袋裡所有的垃圾，丟得愈遠愈好。

松堡，雖然地名平凡，離奇蹟溪又近，卻十分迷人，狹窄的鵝卵石街道，兩旁林立著小木屋風格商店，而且每一間都漆上不同的鮮豔色彩。看著主街上成排的商店，讓英姬聯想到她在首爾最喜愛的市場，那一整排充滿傳奇色彩的農產品——菠菜綠、辣椒紅、甜菜紫、柿子橘。從描述的文字看來，她會以為是以華麗詞藻修飾罷了，但正好相反——就好像這些亮麗衝突的色彩放在一起之後削弱了彼此，以至於整體的感覺優雅而宜人。

法院位在一座小圓丘腳下，兩旁沿著山坡種滿整齊劃一的葡萄樹。幾何圖形般的精確賦予一種適度的平靜感，司法建築矗立在井然有序的葡萄樹間似乎恰如其分。

當天上午，英姬凝視著法院與其高大白柱，心想這恐怕是她最接近自己預想的美國的一次。在韓國，當博決定要她和梅姬搬到巴爾的摩後，她就去書局看遍美國的圖片——國會大廈、曼哈頓的摩天大樓、內港。她到美國的五年當中，這些景點一個也沒看過。前四年，她在一家雜貨店工作，那一區距離內港三公里，卻是人稱的「貧民窟」，房屋以木板封釘，破瓶隨處可見。一個用防彈玻璃圍起的小貨倉：這就是她心目中的美國。

說也奇怪，當時恨不得逃離那個艱辛齷齪的世界，現在卻懷念起來了。奇蹟溪都是長期居民（據說是世代居住在此），十分排外。她原以為他們會慢慢熱絡，因此一心一意想和附近看似特別友善的一家人交好。但隨著時間過去她才發覺：他們並非友善，而是禮貌地不友善。英姬知道這種人。她自己的母親就屬於這一類人，會用禮貌掩飾不友善，就像用香水掩飾體臭一樣——味道愈濃就噴愈多。他們超級禮貌的生硬態度——太太永遠都是閉唇微笑，先生則是每句話開頭或結尾都不忘加上「俞太太」——將英姬排拒在一定的距離之外，更加強化她外來人的身分。她在巴爾的摩的常客雖然個個性情乖戾，凡事咒罵抱怨，一下子嫌貴，一下子嫌汽水不夠冰，一下子又嫌熟食肉切得太薄，但粗魯中帶著誠實，叫嚷中有一種舒服的親密感。如同兄弟姊妹吵嘴，沒什麼好遮掩的。

自從去年博來到美國會合後，他們去了安南岱爾（華盛頓地區的韓國城）找房子——從奇蹟溪開車往返還算方便。但那場火終止了一切，他們依然住在「臨時」的住家，一個頹敗小鎮裡一棟頹敗破屋，離書中所有的景象遠遠的。直到今天，英姬在美國所到過最時髦的地方，就是爆炸後博和梅姬躺了數月的醫院。

法庭裡很吵。不是因為人——受害者、律師、記者，天曉得還有誰——而是法官背後面對面安裝的兩台舊式窗型冷氣。機器走走停停，停止與起動時便像割草機一樣噗噗響，由於兩台不同步，發出聲響的時間不一樣（一台先響，接著換另一台，隨後又換原先那台），猶如某種奇怪的機器野獸求偶叫聲。冷氣機運作時，會發出咔嗒咔嗒和嗡嗡的響聲，兩台的音調高低略有不同，讓英姬聽得耳膜發癢，好想用小指深深戳進耳朵直入大腦搔癢。

大廳的解說牌寫道，這間法院是兩百五十年的歷史地標，請民眾捐款給松堡法院保存協會。英姬想到這個協會就搖頭，這麼一大群人的唯一目的就是不讓這棟建築變得現代。美國人對於數百年歷史的東西感到無比驕傲，好像老舊本身就是一種價值。（當然，這種人生觀並不擴及於人。）他們似乎沒有領悟到，世人之所以重視美國正是因為它不老，因為它又新又現代。韓國人正好相反。在首爾，應該會有一個現代化協會致力於將這間法院的「古老」硬木地板與松木桌，更換為大理石與光亮的鋼鐵材質。

「起立。史凱萊恩郡刑事庭現在開庭，由腓德利克．卡爾頓三世法官主審。」法警說道，所有人隨即起身，除了博之外。他雙手緊抓著輪椅扶手，手背與手腕的青筋突起，彷彿希望手臂來支撐身體重量。英姬正想出手幫忙，又即時打住，因為知道對他來說，像站起來這麼基本的事都需要幫忙比不站起來更難堪。博非常在乎表象，事事遵從規矩與期望——奇怪的是這些本質上很韓國的事情她從來就不在乎（因為她家有錢，她才能奢侈地不受影響，博會這麼說）。然而，她能理解他的沮喪，在這群巍然聳立的人當中只有他一人獨坐，這讓他感到脆弱，像個孩子一樣，她不得不極力壓制用雙臂包覆住他的身體為他遮羞的衝動。

「本庭即將開始審理第四九六二一號，維吉尼亞邦訴伊莉莎白．沃德案。」法官說著敲下法槌。彷彿依既定計畫似的，兩台冷氣同時停止，木頭撞擊木頭的聲音在傾斜的天花板間回響，流連於寂靜之中久久不散。

正式宣告了：伊莉莎白是被告。英姬覺得胸腔內一陣刺痛，彷彿有某種舒心與希望的細胞原本沉睡著，此時忽然爆裂，使得電流火花竄遍全身，瞬間消滅了挾持她人生的恐懼感。儘管博洗清嫌疑、伊莉莎白被捕已過了將近一年，英姬還是不太相信，總懷疑這會不會是什麼詭計，他們會不會在今天開庭時，宣布她和博才是真正的審判對象。但如今等待結束了，聽取了幾天的證詞——「壓倒性的證詞」，檢察官說——伊莉莎白將會被判有罪，他們也會拿到保險金，重建他們的人生。生活將不再停滯不前。

陪審團成員魚貫進入。英姬凝神注視這些人——共十二人，七男五女——他們相信極刑的成效，並誓言表決時願意贊成注射死刑。這件事英姬上個禮拜才得知。當時檢察官心情特別好，她問他原因，他解釋說可能成為陪審團的人當中，最可能同情伊莉莎白的那幾個因為反死刑而被撤銷資格了。

「死刑？像是吊死嗎？」她說。

她想必是流露出恐慌與反感，因為亞伯斂起了笑容。「不，是注射的方式，靜脈注射藥物。無痛的。」

他還解釋說伊莉莎白不一定會被判死刑，只是有可能，但無論如何，她還是很怕在這裡看到伊莉莎白，面對這些有權力結束自己生命的人，她臉上肯定難掩驚恐。

此時，英姬強迫自己看著伊莉莎白，看著被告席。她本人看起來就像個律師，金髮纏繞成髻，暗綠色套裝，珍珠首飾，包鞋。英姬的視線差一點就越過了她，她和以前──凌亂的馬尾、發皺的運動衫、不成套的襪子──是那麼地不一樣。

說來諷刺，在他們所有病患的家長當中，伊莉莎白最不修邊幅，她的孩子卻遠比其他人溫順得多。亨利，她的獨子，是個舉止得體的孩子，與其他許多病患不同的是他能走路、能說話、能自主上廁所，而且不會亂發脾氣。說明會期間，當患有自閉症與癲癇的雙胞胎的母親問伊莉莎白：「不好意思，不過亨利為什麼要來？他看起來很正常啊。」她皺起眉頭，彷彿感到不悅。她唸出一大串病名──強迫症、過動症、感覺障礙與自閉症譜系障礙、焦慮症──然後說她一天到晚尋找實驗性的治療有多辛苦。她四周環繞著坐輪椅、插餵食管的小孩，她卻似乎渾然不知這些抱怨聽在他們耳裡作何感想。

卡爾頓法官請伊莉莎白站起來。她以為法官宣讀罪名時，伊莉莎白會痛哭失聲，或至少臉紅地垂下眼睛。不料伊莉莎白直視著陪審團，臉頰並無紅暈，眼睛眨都沒眨。她仔細端詳伊莉莎白的臉，沒有絲毫的表情，不禁納悶她是不是嚇呆了。不過伊莉莎白的神情不是空洞，而是平和。近乎快樂。或許是因為她太習慣看到伊莉莎白憂慮皺眉，以至於眉頭舒展開的伊莉莎白就顯得心滿意足。

又或許報紙報導得沒錯。也許伊莉莎白迫不及待想擺脫兒子，如今他死了，她終於獲得些許平靜。也許她一直就是個禽獸不如的東西。

麥特．湯普森

今天若能不來這裡，他願意付出任何代價。可能不是整條右臂，但右手剩下的三根指頭再失去一根肯定沒問題。反正他已經是個斷指怪物，再少一根又有什麼？他不想見到記者，不希望自己一時失誤舉手擋臉時有閃光燈亮起——他畏縮地一顫，因為想到自己右手殘餘部位有如麵團似的團塊，想到包覆其外那光滑的疤痕組織被閃光燈一照會如何反光。他不想聽到「喏，那個不孕的醫生」之類的耳語，也不想面對檢察官亞伯，他曾經偏著頭像在研究拼圖似的看著他問道：「你和珍寧有沒有考慮過收養？我聽說韓國有很多白人混血的嬰兒。」他不想和岳父岳母（曹氏夫妻）聊天，他們看到他受的傷總會同時嘖嘖兩聲垂下眼簾；他也不想聽到珍寧罵他們不該對任何外在缺陷感到羞恥，依她的診斷，這又是他們「典型韓國」的偏見與褊狹心態作祟。最主要的，他不想看到與奇蹟潛水艇有關的任何人，包括其他病患、伊莉莎白，而最不想見的當然就是俞梅姬。

亞伯起身走過來，一手蓋住英姬搭放在欄杆上的手。他輕拍兩下，英姬報以微笑。博咬牙切齒，當亞伯對他露出微笑，博的嘴唇往兩邊拉伸，彷彿試圖微笑卻不太笑得出來。麥特猜想博也和他自己的韓國岳父一樣，不喜歡非裔美國人，並且認為有個非裔總統是美國的一大缺點。

遇見亞伯時他大吃一驚。奇蹟溪與松堡似乎是全白人的窮鄉僻壤。陪審團都是白人，法官是白人，警察、消防員——白人。他沒想到這種地方會有個黑人檢察官。但話說回來，誰也沒想到這種地方會有個韓國移民經營迷你潛水艇作為所謂的醫療設備，但就是有。

「陪審團的女士先生們，我叫亞伯拉罕．派特利，我是檢察官，代表維吉尼亞邦起訴被告伊莉莎白．沃德。」亞伯伸出右手食指指著伊莉莎白，她愕然一驚，好像本來不知道自己被控告似的。麥特盯著亞伯的食指看，一面揣想假如他和麥特一樣失去了食指會怎麼做。就在截肢前，醫生說：「幸好你的職業不會受太大影響。你想想，萬一是鋼琴家或外科醫師該怎麼辦。」這一點麥特想了很多。做什麼工作的人不會因為截去右手食指與中指受到太大影響？他應該會把律師列入「不太受影響」之列，但現在看到亞伯只是一個簡單的手勢，就讓伊莉莎白畏縮，看到那根手指賦予亞伯的力量之後，他也不確定了。

「伊莉莎白．沃德今天為何會在這裡？各位已經聽到罪名了：縱火、傷害、殺人未遂。」亞伯瞪視伊莉莎白之後才轉身正對陪審席。「殺人。」

「受害者都坐在這裡，準備好了也迫不及待想告訴各位他們的遭遇，」——亞伯比了一下前排——「以及被告的兩名最大受害者的遭遇，也就是琦巧．柯茲洛夫斯基，被告的多年老友，與亨利．沃德，被告自己的八歲兒子，他們無法親自來告訴你們，因為他們死了。

「二〇〇八年八月二十六日晚上八點二十五分，奇蹟潛水艇的氧氣瓶爆炸起火，火勢一發不可收拾。當時有六個人在裡面，三個人在附近。兩人死亡，四人受重傷——住院好幾個月，癱瘓，截肢。

「被告原本應該在裡面陪著兒子，可是她沒有。她跟每個人說她不舒服，頭痛、充血，諸如此類。於是她請另一位病患的母親琦巧照顧亨利，讓她可以休息。她帶著事先準備的葡萄酒到鄰近的溪邊，抽了一根菸，和引發火災的香菸同款同廠牌，點菸用的火柴也和引發火災的同款同廠牌。」

亞伯看著陪審員。「我剛才告訴各位的一切毫無爭議。」

亞伯住口停頓片刻，以示強調。「毫—無—爭—議，」他一個字一個字說得清楚明白。「這名被告，」——他再次用食指指著她——「坦承了一切，說她是故意待在外面，假裝生病，當她的兒子與朋友葬身火窟之際，她正在啜飲葡萄酒，用放火用的火柴點燃放火用的香菸，邊抽菸邊用 **iPod** 聽碧昂絲的歌。」

麥特知道為何自己是第一個作證的人。亞伯解釋說需要先大概說明一下。「高壓治療，氧氣這個那個的，很複雜。你是醫生，可以幫忙大家了解。何況你人在現場。你是最完美的人證了。」不管完不完美，麥特就是討厭死了第一個發言，為人設置舞台。他知道亞伯是怎麼想的，這種潛水艇治療法古怪又愚蠢，他想要說：你們看，這是個正常的美國人，一個正牌醫學院畢業的正牌醫師，他都這麼做了，所以這種療法不可能太過瘋狂。

「請將左手放在聖經上，舉起右手。」法警說道。麥特將右手放在聖經上，舉起左手，然後直視法警。就讓他覺得他是個左右不分的笨蛋吧，總好過展示那隻畸形怪手，然後看到每個人打哆嗦，目光飄忽不定，就像垃圾堆上空的鳥兒不知該落腳何處。

亞伯先從簡單的問起。麥特是哪裡人（馬里蘭州畢士達），念哪間大學（塔夫茨），哪間醫學院（喬治城），居住地（一樣），在哪裡擔任研究醫師（一樣），專科證照（放射科），醫院資歷

（費爾法克斯）。「現在，我必須先問當初聽到爆炸消息時我第一個想到的問題。奇蹟潛水艇是什麼？在維吉尼亞州內地，這個完全不靠海的地方，要潛水艇做什麼？」有幾位陪審員露出淺笑，似乎對於別人也有此懷疑感到鬆了口氣。

麥特拉開嘴角微微一笑。「那不是真的潛水艇，只是外觀設計很像，有舷窗、密閉閘門和鋼鐵牆板。它其實是醫療設備，是一間進行高壓氧治療的艙室。簡稱HBOT，發音是H-BOT。」

「請告訴我們它是怎麼運作的，湯普森醫師。」

「人密閉在艙內，將空氣加壓到正常氣壓的一點五至三倍，讓人呼吸百分之百的純氧。高壓會提升溶解於血液、體液與組織中的氧氣量。受損的細胞需要氧氣才能復原，所以讓多餘的氧氣深層滲透能加速療癒與再生。許多醫院都有提供HBOT療法。」

「奇蹟潛水艇並不是醫院治療室。這有差別嗎？」

麥特想到醫院的無菌室與穿著刷手服進行操作的技師，接著想到俞家那個歪斜擺放在舊穀倉裡的生鏽艙室。「其實沒有。醫院通常是使用只能躺一人的透明圓筒艙，奇蹟潛水艇比較大，可以讓四名病患連同照顧者一起進去，因此費用便宜許多。另外，私人中心會開放治療仿單標示外的狀況，醫院則不會。」

「哪些狀況？」

「各式各樣，譬如自閉、腦性麻痺、不孕、克隆氏症、神經病變。」麥特說到他企圖藏在清單中蒙混過去的狀況（不孕）時，好像聽到後面有竊笑聲。或者那是他記憶中自己的笑聲，做精子分析後第一次聽到珍寧建議他去做HBOT，他也笑了。

「謝謝你，湯普森醫師。那麼，你成為奇蹟潛水艇的第一位病患，可以跟我們說說這個經過嗎？」

天哪，可以嗎？他可以叨叨絮絮地說上半天：珍寧策畫得多麼天衣無縫，請他上岳家吃飯，事前隻字未提俞家或HBOT，更糟的是他們預期麥特做出的「貢獻」。就是他媽的突襲。

「去年我在岳父母家遇見博，」麥特對亞伯說：「他們兩家人很熟，我岳父和博的父親在韓國是同鄉。總之，我得知博正準備做HBOT，而我岳父也出錢投資。」他們原本圍坐在桌邊，麥特進門時，俞家夫妻便急忙起身，像在迎接皇室貴族。博顯得很緊張，緊繃的笑容更凸顯臉的稜角，當他緊抓麥特的手握手時，指節高高凸起宛如參差的山峰。他的妻子英姬垂著眼簾，微微欠身。他們的十六歲女兒梅姬和母親就像一個模子刻出來的，那雙眼睛在她秀氣的臉上顯得過大，不過她露出輕鬆、淘氣的笑容，彷彿知道什麼秘密，等不及想看他得知後的反應，這當然就是接下來發生的情形了。

麥特一坐下，博就問道：「你知道HBOT嗎？」這句話就像為一場精心排練過的表演做提示。他們一個個圍著麥特聚攏，像商量陰謀似的湊上前來，輪流開口一刻未停。麥特的岳父說這個在他亞洲的針灸客戶群中有多受歡迎；在日本和韓國，有些養生保健中心就設有遠紅外線桑拿機和HBOT。麥特的岳母說博在首爾有多年的HBOT經驗。珍寧說最近的研究顯示HBOT可能對多種慢性疾病有療效，他知道嗎？

「你對這項事業有何反應？」亞伯問。

麥特看見珍寧將大拇指放進嘴裡，咬著指緣肉。她緊張的時候就會這麼做，那天在晚餐桌上她也是這樣，無疑是因為深知他會怎麼想，他們所有醫院的朋友會怎麼想。根本是胡說八道。又是她父親搞出來的一種另類整體療法，騙那些走投無路、愚蠢又瘋狂的病人上當。當然，麥特從未說出口。曹先生對麥特已經夠不滿意了，只因為他不是韓國人。要是被他知道麥特將他一生的職業——其實應該說是所有的東方「醫學」——當成狗屁？不行，那可不妙。正因如此，珍寧才會聰明地當著父母與朋友的面宣布這整件事。

「大家都很興奮，」麥特對亞伯說：「我岳父從事針灸治療三十年了，他很支持，而我的妻子是內科醫師，也證實它具有潛力。我需要知道的就是這些了。」珍寧不再咬指緣，麥特則補上一句：「你要知道，她念醫學院的時候成績比我好多了。」珍寧跟著陪審團一起笑。

「你後來簽約治療。請跟我們說說。」

麥特咬著嘴唇別過頭去。他早知道會問這個，也練習過如何回答：實實在在地說就是了。就像那天晚上博說麥特的岳父也有投資，說珍寧受「委任」——這是總統府資政還是什麼——為醫療顧問，而他們一致同意：「你，湯普森醫師，一定要是我們的第一位患者。」麥特以為自己聽錯了。博的英語說得很好，但有口音，句法也會有誤。也許他想說的是「指導員」或「主持人」，只是翻譯錯了。但博緊接著又說：「我們大部分的病患會是小孩，但有個成人病患更好。」

麥特啜著葡萄酒，不發一語，正在納悶博到底憑什麼覺得像他這麼健康的人會需要HBOT，忽然想到一個可能性。難道珍寧提及了他們的——他的——「問題」？他盡可能忽視這個念頭，專心吃飯，但手抖個不停，夾不起烤排骨，小塊小塊滑溜的醃製排骨肉一再從細薄的銀筷間滑落。梅姬注意到了，便向他伸出援手。「我也不會用不鏽鋼筷。」她說著遞給他木筷，中式料理外帶隨附的那種。「這個比較簡單。試試看。我媽說就是因為這樣我們才要離開韓國，因為沒有人會娶一個不會用筷子的女生。對不對，媽？」其他人都顯得一臉氣惱，沉默不語，麥特卻笑了。她也加入，他們倆就在幾張愁眉苦臉當中笑著，猶如在滿室的大人面前不守規矩的小孩。

就在同一時間，麥特和梅姬還在笑著，博開口說道：「HBOT治癒不孕症的機率很高，尤其是像你這樣的人——精子活力低下。」就在此時，在證明了妻子不只與她父母，還與他從未謀面的人分享一些細節（醫療細節、私人細節）之後，麥特感覺到胸口發熱，好像一顆灌滿岩漿的氣球在他的肺裡迸裂開來，取代了氧氣。麥特瞪著博的雙眼，極力保持正常呼吸。說也奇怪，他需要閃避的不是珍寧的注視，而是梅姬的。他不想知道那些字眼——不孕、精子活力低下——會如何改變她對他的看法。也不想知道她原先好奇（也可能是感興趣？）的目光，如今是否會略帶嫌惡，甚或同情。

麥特對亞伯說：「我和妻子有懷孕的問題，而對於面臨這類情況的男人，HBOT是一種實驗性療法，所以正好能利用這項新事業。」他略去了一部分未提，其實他起先並不同意，甚至直到晚餐結束都不肯再談論此事。珍寧顯然預先演練過，既說麥特若自願接受治療將有助於事業的發展，又說有個「正規醫師」（珍寧的用詞）加入，更能向潛在客戶保障HBOT的安全有效。她似乎沒注意到他悶不吭聲，兩眼死盯著自己的盤子看。但梅姬注意到了，而且一次又一次地伸出援手，一下子笑他用筷子的技巧，一下子穿插有關於泡菜大蒜味混搭葡萄酒的笑話。

接下來幾天，珍寧始終不放過他，不停地說HBOT多安全、多有用，吧啦吧啦。見他不為所動，她便試著訴諸他的罪惡感，說他若是不答應，會讓她父親更加懷疑麥特不信任他的職業。

「我就是不信任。我不認為他做的是醫學工作，這點妳從第一天就知道了。」他這麼說道，卻引出了她最傷人的一句話。「事實上，凡是亞洲的東西你都反，你就是不屑。」

他還沒來得及罵她不該指控他有種族歧視，並點出他娶了她呀，拜託（再說，她不也一天到晚說像她父母那種老一輩的韓國人，種族歧視有多嚴重？），珍寧便嘆了口氣以懇求的語氣說：「一個月就好。要是有效，就不必再做試管，不必再往杯子裡打手槍了。值得一試，不是嗎？」

他始終沒有說好，只是她把他的沉默當成默許，他也由著她。她說得很對，或至少是沒錯。再者，或許這樣便能讓岳父開始原諒他不是韓國人。

「你是什麼時候開始做HBOT的？」亞伯問道。

「他們開幕的第一天。八月四號。我想在八月份把四十個療程都做完——人還不多，比較好排——所以每天登記做兩次，最早的早上九點和最晚的下午六點四十五分。每天有六個時段，這兩個時段專門保留給我們這些『雙潛水療程』病患。」

「還有誰參加雙潛水療程？」亞伯問。

「有另外三名病患：亨利、TJ和羅莎。再加上他們的母親。除了有幾次有人生病或是塞車被困等等原因，我們所有人每天都會到，一天兩次。」

「跟我們說說他們吧。」

「好的。羅莎年紀最大，大概十六歲吧。她患有腦性麻痺，坐輪椅還插鼻胃管。她母親是泰瑞莎．桑提亞哥。」他指向她。「我們都喊她泰瑞莎修女，因為她非常親切又有耐心。」泰瑞莎紅了臉，每次被這麼喊她都會臉紅。

「另外一個TJ，八歲。他有自閉症，無語言溝通能力。還有他母親琦巧……」

「就是去年夏天遇難的琦巧．柯茲洛夫斯基嗎？」

「是的。」

「你認得這張照片嗎？」亞伯將一幅肖像放到展示架上。那是一張請攝影師拍的照片，琦巧的臉在正中央，有如安妮．格迪斯拍的嬰兒花照片，只不過圍繞著她的是家人的面孔而不是花瓣。上面是琦巧的丈夫（站在她身後），下面是TJ（坐在她腿上），兩個女兒站右邊，兩個站左邊，五個小孩都跟她一樣有著蓬蓬的紅色捲髮。幸福的寫照。如今母親走了，留下一朵少了中央花盤撐托花瓣的向日葵。

麥特乾嚥一口，清了清喉嚨。「那是琦巧，和她的家人，和TJ。」

亞伯在琦巧的照片旁放了另一張照片。是亨利。不是那種裝模作樣的沙龍照，而是略顯模糊的照片，影中的他在一個大晴天裡笑得開懷，身後有藍天綠葉，一頭金髮有些凌亂。他仰著頭，因為笑得太用力，一雙藍眼幾乎瞇成細縫。正中央少了一顆牙，好像故意露出來炫耀似的。

麥特又乾嚥一口。「那是亨利。亨利．沃德。伊莉莎白的兒子。」

亞伯說：「被告是不是也跟其他母親一樣陪著亨利潛水？」

「是的，」麥特說：「她都會跟亨利一起，除了最後一次之外。」

「每一次潛水都會，而她唯一一次坐在外面，就剛好裡面每個人都受傷或死亡？」

「是的，唯一一次。」麥特看著亞伯，盡可能不去看伊莉莎白，但眼角餘光仍能瞥見。她眼睛直盯著照片，把嘴唇吸進嘴裡輕咬，粉紅色的口紅已經沒了。她的臉看起來怪怪的，藍色眼睛周圍畫了眼線、臉頰塗了腮紅，還打陰影加高鼻梁，但鼻子以下什麼也沒有——只是一片白。像個忘了勾畫嘴唇的小丑。

亞伯在另一個展示架放上一張海報。

「湯普森醫師，這是否有助於說明奇蹟潛水艇的實際設置環境？」

「是的，非常有幫助。」麥特說：「這是我畫的現場草圖。地點在奇蹟溪鎮，離這裡以西十六公里。奇蹟溪的確是一條溪，溪水穿過小鎮，所以才叫這個名字。總而言之，溪水穿過了治療穀倉旁邊的樹林。」

「抱歉，你說『治療穀倉』嗎？」亞伯面露困惑，就好像他沒有看過那間穀倉四千次一樣。

「是的。那塊空地中央有一間木造穀倉，HBOT壓力艙就放在裡面。走進穀倉後，左手邊是控制台，博會坐在那裡。還有幾個小隔間讓我們放置不能帶進艙裡的東

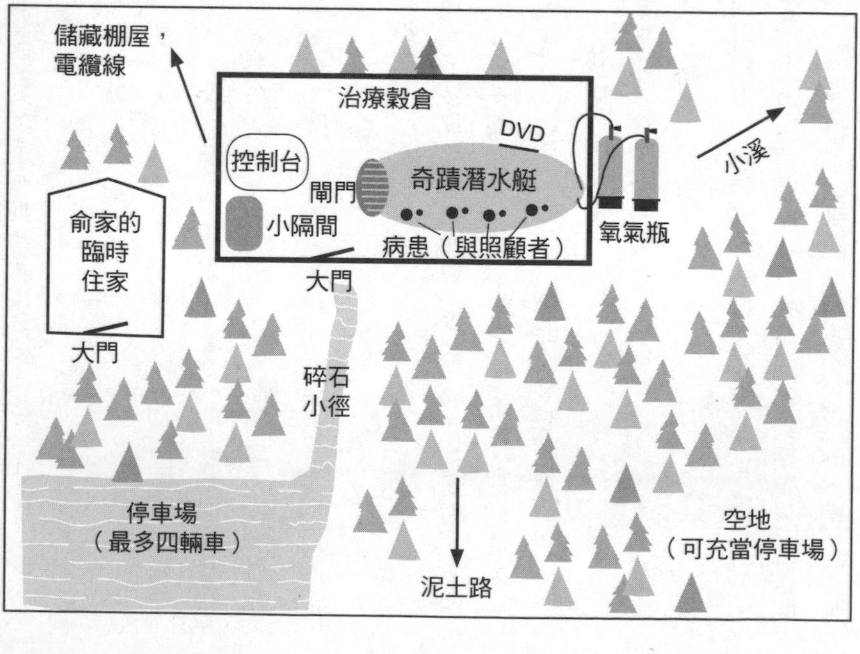

西，諸如首飾、電器、紙張、合成纖維衣物，一切可能產生火花的東西。博非常嚴格地遵守安全規則。」

「那麼穀倉外面有什麼？」

「前面有一個碎石停車場，可以停四輛車。右手邊是樹林和小溪，左手邊是博一家人住的小屋，後面則有一間儲藏棚屋和一些電纜線。」

「謝謝你，」亞伯說：「現在請帶我們體驗一下標準的潛水療程。是怎麼做的？」

「我們會從閘門爬進艙裡。我通常是最後一個進去，坐在最靠近出口的地方。對講機的耳機放在那裡，可以和博通話。」這聽起來是相當合理的理由，但事實是麥特寧可離其他人遠一點。那幾個媽媽很愛說話，不時交換實驗性的治療方案，閒聊生活上的事。對她們而言無所謂，但他不一樣，一來他是醫生，不相信什麼另類療法。二來，他連一個孩子也沒有，更遑論有特殊需求的小孩。他真希望能帶本雜誌或是一些文件檔案進來，以抵擋她們持續不斷的問題。諷刺的是他去那裡是為了想要孩子，但轉來轉去所看見的都讓他覺得，天哪，我真的想要孩子嗎？有太多事可能出錯了。

「然後，」麥特說：「就是加壓。模擬的是真正潛水的感覺。」

「那是什麼感覺？說給我們這些沒坐過潛水艇的人聽聽吧。」亞伯說道，引發幾名陪審員露出頗有同感的微笑。

「很像飛機降落。耳朵會覺得很沉重，也可能會啵一聲。博會慢慢加壓，盡量減低不適感，所以大概需要五分鐘。到達標準大氣壓力一點五倍時——約莫是海平面下五公尺深——我們就戴上氧氣頭罩。」

亞伯的一名手下遞給亞伯一個透明塑膠頭罩。「像這個嗎？」

麥特接過頭罩。「對。」

「要怎麼使用？」

麥特轉向陪審團，手指著底部的藍色乳膠圈。「你把整個頭套進去，這個剛好圈住脖子。」他像穿高領衣一樣把開口撐開，戴上頭罩，讓透明泡泡包覆著頭。

「其次是管子。」麥特說，亞伯便交給他一捲透明塑膠管。管子不停往外滑開，彷彿沒有盡頭，就像一條小蛇伸展開後變成三米長。

「這有什麼作用呢，醫師？」

麥特將管子插入下巴旁的一個頭罩開口。「這是用來連接頭罩與艙內的氧氣龍頭。穀倉後面有氧氣瓶，也是藉由管子連接龍頭。當博打開開關，氧氣就會經由管子進入我們的頭罩。氧氣有擴充作用，會讓頭罩膨脹起來，像給球充氣一樣。」

亞伯微微一笑。「然後就像在頭上戴了一個魚缸。」陪審員都笑了。麥特看得出來他們喜歡亞伯，這個人說話直截了當，有什麼就說什麼，不會自以為聰明而瞧不起人。「然後呢？」

「很簡單。我們四人就正常呼吸，吸入百分之百純氧，總共一個小時。時間到了以後，博會關掉氧氣，我們則是脫下頭罩，然後減壓，然後出來。」麥特說著取下頭罩。

「謝謝你，湯普森醫師。這番簡介很有幫助。現在我想來談談我們在此的原因，談談去年八月二十六日發生了什麼事。你記得那天嗎？」

麥特點點頭。

「抱歉，你要說出來，以供記錄。」

「記得，」麥特清清喉嚨。「記得。」

亞伯微微瞇起眼睛，隨後睜大，彷彿不確定對於即將發生的事應該感到抱歉或興奮。「請用你自己的話告訴我們，那天是什麼情況。」

這時，法庭裡的人幾乎細不可察地動了一下，陪審席與旁聽席上的所有身體都往前挪移了十分之一吋。大家便是為了這個而來。不只是血腥，雖然的確有這個成分——爆炸的照片與燒焦的設備殘骸——還有這齣悲劇的戲劇性。麥特在醫院裡每天都見得到：斷骨、車禍、癌症恐慌。民眾會哭，這是當然——因為痛苦、不公、不便等等——但每個家庭總會有一兩個人在與痛苦擦邊而過之際受到激勵，體內的每個細胞顫動的頻率都高出那麼一點點，從他們平凡蟄伏的日常生活中甦醒過來。

麥特低頭看著自己殘廢的手，拇指、無名指與小指從一團紅色肉塊突伸出來。他又再次清清喉嚨。這番話他已經說過很多次，對警察說、對醫生說、對理賠調查員說、對亞伯說。最後一次了，他告訴自己。只要再經歷一次爆炸、火的燒灼、小亨利的頭消失不見，然後他就再也不說了。

泰瑞莎・桑提亞哥

那是炎熱的一天，早上七點就讓人冒汗的那種熱。連下三天豪雨後出了大太陽——空氣滯悶，猶如置身於裝滿濕衣服的烘衣機裡。她其實很期待那天早上的潛水，能封閉在有空調的艙室內讓人如釋重負。

泰瑞莎駛進停車場時差點撞到人。有六名女子舉著標語牌、圍成橢圓形往前走，很像示威人牆。泰瑞莎放慢速度，想看看牌子上寫什麼，忽然有個人從車子前方冒出來。她緊急剎車，差點就撞到那個女人。「我的老天！」泰瑞莎說著從廂型車上下來，女子卻繼續走，沒有叫喊、沒有比手指、沒有瞥上一眼。「請問一下，這裡是怎麼回事？我們要進去。」泰瑞莎對她們說。全是女人。舉著的牌子上寫道：**我是小孩，不是實驗室白老鼠；愛我、接受我，不要毒害我；密醫＝虐童**——全部是用手寫的原色正體字。

一位身材高大、留著銀色鮑伯頭的女人走過來。「這塊狹長空地是公有地，我們有權利來這裡，來阻止妳們。HBOT很危險，行不通，妳們只是在告訴自己的孩子說妳們不愛他們天生的樣子。」

有輛車在後面按喇叭。是琦巧。「我們在這邊。別理那些瘋女人。」她在稍遠處打手勢。泰瑞莎便關上車門尾隨著她。琦巧沒有走遠，只是前往位在樹林空地的另一個停車場。透過濃密枝葉，她瞥見暴雨過後的奇蹟溪，混濁、高漲、慵懶。

麥特和伊莉莎白已經在那裡。「那些人到底是誰啊？」麥特問道。

琦巧對伊莉莎白說：「我知道她們一直針對妳說一些難聽話和瘋狂的恐嚇，但萬萬沒想到她們會真的付諸行動。」

「妳認識她們？」泰瑞莎問。

「只是從網路上知道的。」伊莉莎白說：「她們是狂熱分子，她們的孩子都有自閉症，就到處說那是天意，說一切治療都是邪惡和欺騙，會害死孩子。」

「可是HBOT完全不是那樣，」泰瑞莎說：「麥特，你可以去跟她們說。」

伊莉莎白搖頭。「跟她們有理也說不清。不能讓她們影響我們。走吧，快遲到了。」

他們穿越樹林避開抗議者，但沒有用。抗議者一看到他們就跑過來攔阻。那個銀色短髮女子舉起一張宣傳單，是一間被火焰包圍的HBOT艙，最上面寫著43！「這是事實：HBOT曾經造成四十三場火災，甚至爆炸過幾次。」女子說道：「妳們為什麼要把孩子放在這麼危險的東西裡面？為什麼？就為了讓他們能有多一點眼神交流？少拍幾次手？接受他們原來的樣子吧。那是上帝給予他們的樣子，是他們與生俱來的樣子，而且——」

「羅莎不是，」泰瑞莎往前一步，說道：「她不是天生腦性麻痺。她本來很健康，能走、能說話，也很愛玩單槓橋。可是她病了，而我們沒有及時送她去醫院。」她感覺到有一隻手捏捏她的肩膀——是琦巧。「她不是本來就該坐輪椅，我試著想治好她，妳卻批評我、譴責我？」

銀色短髮女子說：「我很遺憾。但我們的目的是想勸說有自閉症小孩的家長，那不一樣……」

「為什麼不一樣？」泰瑞莎說：「因為他們生下來就這樣？那要是一出生就有腫瘤、有唇顎裂的孩子呢？那顯然也是上帝的旨意，但難道他們的父母親就不應該接受手術、放射線治療，盡一切力量讓孩子健康健全嗎？」

「我們的孩子已經是健康健全了。」女子說：「自閉不是缺陷，只是不一樣的存在方式，一切所謂的治療都是江湖郎中的騙術。」

「妳確定嗎？」琦巧說道，同時跨步上前站到泰瑞莎旁邊。「我以前也這麼想，後來讀到報導說有很多自閉症兒童有消化的問題，所以他們會踮著腳尖走路——因為伸展肌肉能幫助減輕疼痛。TJ老是踮著腳走路，所以我讓他做了檢測，結果發現他有嚴重的發炎，而他沒法告訴我們。」

「她也是一樣。」泰瑞莎指向伊莉莎白。「她試過千百種治療，她兒子大有進步，醫生都說他不再是自閉了。」

「是啊，她做的那些治療我們全都知道。她兒子非常幸運，能活到今天。不是所有的孩子都可以的。」女子將HBOT著火的傳單湊到伊莉莎白面前。

伊莉莎白對著女子搖頭冷笑，一面將亨利拉到身邊走了開來。女子抓住伊莉莎白的手臂用力拉扯，伊莉莎白唉叫一聲，試圖掙脫，不料女子抓得更緊，不肯鬆手。「我受夠妳把我當空氣一樣，」女子說：「妳要是不停止，將會有可怕的事情發生。我向妳保證。」

「喂，放開。」泰瑞莎上前介入兩人之間，用力拍開女子的手。女子轉向她，雙手握起拳頭像要揍人，泰瑞莎感覺到一陣寒顫從肩膀沿著背部往下溜竄。她告訴自己別傻了，對方只是個想法頑固的媽媽，沒什麼好怕，便說道：「讓我們過去。馬上。」片刻後，抗議者退開了，接著又重新舉起標語，以扭曲的橢圓隊形靜靜地往前走。

坐在法庭上，聽著麥特講述爆炸當天早上那些同樣的事件，感覺很奇怪。泰瑞莎並不期望他們倆的記憶會完全相符——她也會看《法網遊龍》，不至於那麼天真——然而，差異的程度之大還是令人不安。遭遇那群抗議者，麥特只以一句話簡單帶過：「對於自閉症的實驗性療法的效力與安全起了爭執」，沒有提到泰瑞莎對其他疾病的觀點，他沒有理解到她論點的內容，又或者只是覺得無關緊要。失能的等級——這對泰瑞莎非常重要，是令她煩擾不已的事情，但對麥特來說根本沒什麼。如果他有個失能的孩子，當然就會不一樣。養育有特殊需求的孩子不只會改變你，還會讓你從根本起變化，將你放逐到一個擁有不同重力軸心的平行世界。

「在這段時間裡，」亞伯說道：「被告都在做什麼？」

「伊莉莎白完全沒有插手，」麥特說：「我覺得很奇怪，因為通常她對自閉症的治療都很有意見。她只是瞪著傳單看。傳單最下面有一些字，她一直瞇著眼睛看，好像想看清楚上面寫些什麼。」

亞伯遞給麥特一份文件。「就是這張傳單嗎？」

「對。」

「請把最底下的文字唸出來。」

「在壓力艙裡避免火花還不夠。在某個案例中，火勢起於艙外的氧氣管下方，結果導致爆炸造成死傷。」

「火勢起於艙外的氧氣管下方，」亞伯重述一次。「這不正是那一天稍晚，奇蹟潛水艇發生的情況嗎？」

麥特看向伊莉莎白，下巴緊繃似乎在磨咬牙根。「是的，」他說：「我之所以知道她很注意那個，是因為她後來直接去找博，跟他說起那張傳單。博說我們不可能發生那種事，說他不會讓她們任何一個人接近穀倉，可是伊莉莎白不斷地說她們有多危險，還要博答應報警說她們在威脅我們，在警局留下紀錄。」

「那麼潛水期間呢？她有提到這些嗎？」

「沒有，她很安靜，有點心不在焉，好像很專注地在想什麼事情。」

「會不會是在計畫什麼？」亞伯說。

「異議。」伊莉莎白的律師說道。

「異議成立。請陪審團忽略這個問題。」法官用懶洋洋的語氣說道，就像法庭版的「好啦、好啦、好啦」。反正也無所謂，大家都已經這麼想了——那份傳單讓伊莉莎白生出縱火的念頭，並栽贓給抗議者。

「湯普森醫師，當奇蹟潛水艇爆炸，而且和被告強調的方式一模一樣之後，她有沒有再次試圖將嫌疑歸咎到抗議者頭上？」

「有。」麥特說：「那天晚上，我聽到她告訴警探說她很確定是抗議者做的，一定是她們在外面的氧氣管下面點火。」這話泰瑞莎也聽到了。一開始她也確信不疑，和所有人一樣，一整個星期都相信抗議者是主要嫌犯，即使在伊莉莎白被捕後，她仍然心有疑慮。就在今天早上，當伊莉莎白的律師將開審陳述保留到檢察官論告之後，她很是失望，本以為辯方一定會將抗議者描繪成真正的殺人凶手。

「湯普森醫師，」亞伯說：「那天早上，抗議事件後還發生了什麼事？」

「潛水結束後，伊莉莎白和琦巧先離開，我幫忙泰瑞莎推羅莎的輪椅穿過樹林。我們到達停車區時，亨利和 TJ 已經坐上車，伊莉莎白和琦巧則是站在另一頭的樹林邊。她們在吵架。」泰瑞莎想起來了——她們在叫嚷著，不過壓低了聲音，就像一般人在公共場合私下爭吵那樣。

「她們在說什麼？」

「聽不清楚，但我聽到伊莉莎白罵琦巧是『愛忌妒的賤人』之類的，還說：『我寧可整天吃糖果，無所事事，也不想照顧亨利。』」泰瑞莎有聽到「糖果」兩字，其餘都沒聽見。不過麥特離得比較近，因為他們一到，他發現車子的擋風玻璃上有東西就跑過去一探究竟。

「抱歉，」亞伯說：「被告罵琦巧是『愛忌妒的賤人』，還說她想吃糖果不想照顧兒子亨利——而就在幾個小時後琦巧和亨利就死於爆炸了。我說得對嗎？」

「對。」

亞伯望向琦巧與亨利的照片，搖了搖頭。他闔上眼睛片刻，似乎在平定心神，隨後接著說：「據你所知，被告以前也和琦巧吵過架嗎？」

「是的，」麥特直視伊莉莎白說：「吵過一次，她當著我們的面對琦巧大吼，還推她。」

「推她？真的動手？」亞伯張著嘴露出驚訝神情。「跟我們說說。」

泰瑞莎知道麥特要說哪件事。伊莉莎白和琦巧是朋友，但兩人之間總潛伏著緊張的暗流，偶爾便會爆發口角。只是鬥鬥嘴，不是大吵，除了那一次。事情發生在潛水結束後。大家正準備離開時，琦巧拿了一條類似牙膏的管狀物給 TJ，上面畫著邦尼恐龍。

「我的天哪，那是新出的優格嗎？」伊莉莎白說。

琦巧嘆了口氣。「對，叫『優趣』。對，我知道這不是GFCF。」琦巧對泰瑞莎和麥特說：「GFCF就是無麩質無酪蛋白，是自閉症的飲食。」

伊莉莎白說：「TJ已經不遵守了嗎？」

「不，他其他東西都還是GFCF，只不過這是他的最愛，也只有這個能讓他乖乖吃營養補充品。一天一次而已。」

「一天一次？但那是牛奶做的耶。」伊莉莎白說「牛奶」的口氣像在說「大便」。「主要成分是酪蛋白耶。如果他每天吃酪蛋白，妳怎麼能說是無酪蛋白飲食。更別說那裡面有食物色素，而且根本不是有機的。」

琦巧一副快哭出來的樣子。「不然我要怎麼辦？要是不配著優趣一起吃，他就會把藥丸全吐出來。這個能讓他開心。再說，我覺得那種飲食不太有用，在TJ身上根本沒有差別。」

伊莉莎白緊抿雙唇。「飲食法沒用，也許就是因為妳沒有確實遵守。無的意思是完全沒有。我會用不同的盤子裝亨利的食物，甚至會用不同的菜瓜布洗他的碗盤。」

琦巧起身說道：「那我做不到，我還要替另外四個小孩煮飯清掃。光是試著去做就夠辛苦的了。大家都說盡力就好，戒掉一大部分總比完全不忌口好。很抱歉，我沒辦法像妳這樣百分之百完美。」

伊莉莎白聳起眉毛。「妳該道歉的人不是我，是TJ。對我們的孩子來說，麩質和酪蛋白是神經毒素，即使一點點也會影響大腦運作。難怪TJ到現在還不會說話。」她站起來，說道：「我們走，亨利。」隨即起步往外走。

琦巧一個跨步擋在她前面。「等一下，妳不能就這樣——」

伊莉莎白將她推開，不是很用力，絲毫不足以讓琦巧受傷，但她卻受到驚嚇。在場的人全都受到驚嚇。伊莉莎白繼續往外走，接著忽然轉身。「喔，對了，妳能不能別再跟別人說那種飲食法看不出成效？妳根本沒有照規矩來，無緣無故就打擊別人的信心。」她砰地關上門。

麥特敘述完後，亞伯說：「湯普森醫師，被告在其他時候也曾經這樣發脾氣嗎？」

麥特點點頭。「就是爆炸當天，和琦巧吵架的時候。」

「就是被告罵琦巧『愛忌妒的賤人』，還說她寧可整天吃糖果也不想照顧兒子的那次？」

「正是。這回她沒有動手動腳，卻氣呼呼地跑開，上車後還甩車門，甩得很用力，然後猛踩油門倒車，差點就撞到我的車。琦巧大喊叫她冷靜點，等一下，可是……」麥特搖搖頭。「我記得我還替亨利擔心，因為伊莉莎白車速太快了，輪胎吱吱嘎嘎響。」

「然後呢？」亞伯問。

「我問琦巧是怎麼回事，她還好嗎？」

「然後呢？」

「她顯得心煩意亂，好像快哭出來，她說她不好，說她真的把伊莉莎白惹火了。接著她說她做了一件事，得在伊莉莎白發現以前做補救，因為萬一被她知道……」麥特看著伊莉莎白。

「怎麼樣？」

「她說：『萬一被伊莉莎白知道我做了什麼，她會殺了我。』」

俞博

法官宣布中午休庭。午餐，博最討厭了，因為他知道曹醫師——不是珍寧，而是她父親，儘管他只是針灸師不是醫生，卻仍頂著「曹醫師」的名號——會堅持要請客。強迫施捨。他倒不是不動心——自從醫院開始寄帳單來之後，他們就都只吃泡麵、米飯配泡菜——只是曹醫師已經給得太多：每個月借錢給他們買生活必需品、負擔博的抵押貸款、以大筆金額交換借用梅姬的車、繳電費。對於這一切，博別無他法只能全盤接受，甚至包括曹醫師最近心血來潮之舉：在網路上以英文和韓文募款。這等於是跨國昭告天下，俞博是個乞求施捨的窮鬼廢物。不，不必了。博對曹醫師說他們另有安排，但願他不會看見他們在車上吃飯。

前往停車處時，他看見十來隻鵝搖著屁股走來走去，就在他們會經過的路上。博以為英姬或梅姬會把牠們噓走，不料她們還是推著博繼續走，愈靠愈近，有如保齡球滾向球瓶。而那群鵝，牠們也同樣毫不在意，又或者只是懶。直到他的輪椅只差幾公分就要撞上其中一隻，他也正要出口叫喊時，有隻鵝啼叫了一聲，整群鵝立刻拍翅起飛。英姬和梅姬仍繼續走，步伐維持不變，像沒事一樣，看她們這麼無感他好想尖叫。

博閉上眼睛專注呼吸。吸氣、吐氣。他告訴自己是他太荒謬，竟然因為妻子女兒沒注意到鵝而生氣！若非覺得太可悲，其實還挺滑稽的，他是因為獨居四年才會對鵝如此敏感。

「野鵝爸爸」。韓國人都如此稱呼那些為了讓孩子接受較好的教育，讓妻兒搬到國外，自己留在韓國工作，每年飛（或是「遷徙」）過去探望他們的男人。（去年，當首爾為數十萬的鵝爸爸，酗酒與自殺比例高得驚人之際，民眾開始稱呼像博這種負擔不起機票，所以從來不飛的男人為「企鵝爸爸」。可是當時他對鵝的認同感已根深蒂固，企鵝始終不像鵝那般困擾他。）一開始博並未打算當鵝爸爸，而是計畫全家人一起搬到美國。但在等候家庭簽證期間，博聽說巴爾的摩有個寄宿家庭願意贊助一名孩童與一位家長免費住宿，並安排孩子就讀附近的學校，條件是家長要到他們的雜貨店幫忙。博便將英姬和梅姬送往巴爾的摩，同時承諾很快就會去與她們會合。

結果，家庭簽證又等了四年。他當了四年沒有家人的父親。四年獨自住在一個衣櫥大小的套房，同一棟陰鬱、邋遢的樓房裡住滿了陰鬱、邋遢的鵝爸爸。四年來兼兩份差，全年無休，省吃儉用地存錢。一切犧牲都是為了梅姬的教育，為了她的未來，而如今的她留下了傷疤，沒有安定的生活，想讀大學近期無望，原本該去上課、參加派對，現在卻得出席殺人審判與接受治療。

「梅姬，」英姬用韓語說道：「妳得吃東西。」梅姬搖搖頭看著車窗外，英姬還是把飯碗放到梅姬腿上。「吃幾口吧。」

梅姬咬著嘴唇拿起筷子——神情猶豫，彷彿害怕嘗試什麼異國食物。她夾起一粒飯淺淺地放進嘴裡。博想起英姬在韓國時就是這麼教梅姬吃東西，當時英姬說道：「我在妳這個年紀的時候，妳外婆要我練習一粒一粒地吃飯。她說：『這樣的話，妳嘴裡隨時都有東西，所以妳不能說話，但也不會吃得跟豬一樣。沒有男人會想娶一個愛吃又愛說話的女人。』」梅姬笑著對博說：「爸，你們約會的時候媽有這樣吃東西嗎？」博說：「當然沒有。還好我喜歡豬。」他們全都笑起來，剩下的晚餐也盡可能吃得邋裡邋遢、噪音不斷，還輪流學豬嘎嘎叫。那真的有那麼久了嗎？

博看著女兒一粒飯接著一粒飯地咀嚼，妻子則端詳著他們的孩子，眼周布滿憂慮的皺紋。他夾起泡菜勉強自己吃下去，但發酵蒜頭的嗆鼻味道在悶熱的空氣中迴旋，形成一個面罩覆蓋他的臉，讓他難以承受。他搖下車窗探出頭去。空中，鵝群正要飛離，遠處那整齊巨大的V字陣形清晰可見，他心想像他這樣的男人被叫做「鵝爸爸」實在不公平。真正的公鵝一生只有一個配偶，真正的鵝家族是會待在一起，一起覓食、築巢、遷徙的。

突然間，一個幻象浮現：一群畫成卡通的公鵝正在出庭，控告韓國報紙誹謗，並要求撤下所有提及鵝爸爸的報導。博格格一笑，英姬和梅姬困惑且擔心地看著他。他想要解釋，但能說什麼呢？所以這群鵝提起集體訴訟……「我想到一件好笑的事。」他說。她們沒有多問，梅姬又繼續吃飯，英姬也繼續看著梅姬，博則回頭繼續望向窗外，看著排成人字形的鵝愈飛愈遠。

午餐過後，進入法庭，博認出坐在後面的一位銀髮女子。是抗議人士之一，就是那天早上威脅他說，在他的詐騙行為被揭發、永遠無法再執業之前，她絕不會罷手的那個人。「你要是不馬上停止，」當時她說：「你會後悔的，我向你保證。」如今她的保證實現了，她就坐在那裡綜覽全室，有如一個參加首映之夜、滿心驕傲的導演。他想像自己站到她面前，威脅要揭發她有關那天晚上所撒的謊，要把他看到的一切告訴警方。眼看著那沾沾自喜的神情從她眼中消失，變成了恐懼，那該有多痛快。但是不行。不能讓任何人知道那一晚他人在外面。無論如何，他都必須保持沉默。

亞伯站起身來，有個東西掉到地上：是那張傳單，用火紅字體寫著43！的那張。博目不轉睛地看著，一切就是從這張紙開始的。倘若伊莉莎白沒看見，沒有產生破壞與在氧氣管下方點火的執念，他現在應該正在開車送梅姬去上學。他頓時怒火中燒，全身肌肉顫抖起來，好想抓起那張傳單撕碎揉成團，往伊莉莎白和那個抗議者，往這兩個毀了他一生的女人丟去。

「湯普森醫師，」亞伯說：「我們從剛才中斷的地方說起。請跟我們說說最後一次潛水，也就是發生爆炸的那一次。」

「我們比較晚開始。」麥特說：「我們前面那個時段通常都在六點十五分結束，可是那天時間拖延了。我不知道，所以還是準時到，前面的停車場停滿了車，我們雙潛水的人只好把車停到較遠的備用停車區，跟當天早上一樣。我們一直到七點十分才開始。」

「為什麼會延後？那群抗議者還在嗎？」

「不在了，稍早被警方帶走了。她們好像企圖往電纜線釋放鋁箔氣球，利用停電來阻止潛水。」麥特說道。聽到麥特描述得如此簡潔扼要，博幾乎笑出聲來。六個小時的混亂——抗議者擾亂了病患；警察說他們無力阻止「平和的抗議」；下午的潛水期間冷氣和燈都無法運作，讓病患很害怕；警察終於到達；抗議者嚷嚷著說「什麼電線？」、「氣球和停電到底有什麼關係？」這一切的一切，濃縮成十秒鐘的三言兩語。

「既然停電怎麼還能繼續潛水？」亞伯說。

「那裡有發電機，這是必備的安全設施。加壓、氧氣、對話——這些都還是正常運作。只有冷氣、燈和DVD這些次要的東西不能運作。」

「DVD？冷氣我能理解，但為什麼會有DVD？」

「為了讓孩子能乖乖坐著。博在一個舷窗外面接了一個螢幕，還裝了擴音系統。孩子們愛死了，我可以告訴你，大人們也一樣喜歡。」

亞伯輕聲笑了笑。「是啊，在我家，總之呢，小孩子在電視機前面通常都會特別安靜。」

「沒錯。」麥特微微一笑。「總之，博設法在後舷窗外面接了一個手提式DVD放映機，他說是處理這些事才導致延誤。而且，有幾個稍早的病患被抗議者嚇壞了，便取消潛水，以至於浪費更多時間。」

「那麼燈呢？你說燈沒亮？」

「是的，穀倉裡的燈。我們七點以後才開始，所以天已經開始變黑，但因為是夏天，天色還夠亮。」

「所以說停電了，潛水受到延誤。除此之外，那天晚上還有什麼奇怪之處嗎？」

麥特點點頭。「有。伊莉莎白。」

亞伯揚起眉毛。「她怎麼了？」

「你應該記得，」麥特說：「當天稍早，我看見她和琦巧吵架以後氣沖沖地離開，所以我以為她氣應該還沒消。沒想到她來的時候，心情好得不得了。出乎意外地友善，就連對琦巧也是。」

亞伯說：「也許她們已經談過，和解了？」

麥特搖頭。「沒有。伊莉莎白到之前，琦巧說她試著想找她談，但她還在生氣。無論如何，最奇怪的還是伊莉莎白說她不舒服。我記得我當時就覺得怪，她要是真的染上什麼病，精神也太好了吧。」麥特嚥了一下口水。「總之，她說潛水期間她想坐在外面，就待在自己車上休息。然後……」麥特的目光射向伊莉莎白，臉整個揪起來，彷彿同時感到受傷、遭背叛又失望，就像一個小孩發現沒有聖誕老人時看著母親的眼神。

「然後怎麼樣？」亞伯摸著麥特的手臂像在安撫他。

「她叫琦巧潛水時坐在亨利旁邊照顧他，還說也許我能坐在另一邊，也幫忙照顧。」

「也就是說被告安排亨利坐在你和琦巧中間？」

「是的。」

「關於座位安排，被告還有沒有提出其他的建議？」亞伯特別強調建議二字，讓人有不祥之感。

「有。」麥特再度用那受傷—失望—遭背叛的眼神注視著伊莉莎白。「泰瑞莎一如平常，正準備先進去，卻被伊莉莎白攔下。她說既然DVD的螢幕在後面，羅莎又不看，就應該讓TJ和亨利坐後面。」

「這聽起來合理啊，不是嗎？」亞伯說。

「不，一點也不。」麥特的臉緊繃起來，博知道他想到了DVD影片選擇之爭。伊莉莎白想選有教育性的影片，例如歷史或科學紀錄片。琦巧卻想要TJ最愛看的《紫色小恐龍邦尼》。伊莉莎白讓步了，但幾天後，伊莉莎白說：「TJ都八歲了，妳不覺得應該讓他開始看點符合他年紀的東西嗎？」

「TJ需要這個才能保持平靜。妳明知道的。」琦巧說：「亨利沒關係，讓他看一個小時的邦尼死不了。」

「TJ一個小時不看邦尼也死不了。」

琦巧瞪著伊莉莎白看了許久，似乎面帶微笑。「好吧，就照妳說的做。」她將邦尼的DVD丟進自己的小隔間。

那個療程簡直是一場災難。紀錄片一開始，TJ就尖叫起來。「你看，TJ，這是在說恐龍，就跟邦尼一樣。」伊莉莎白試著壓過TJ的哭號，可是TJ扯掉頭罩，開始用頭撞牆，一切頓時亂成一團。亨利哭喊著說耳朵痛，麥特則放聲高喊要博盡快換上邦尼的DVD。

簡單講述這起事故後，麥特說：「那天過後，博一律播放邦尼，伊莉莎白也總會讓亨利遠離DVD螢幕坐。她說邦尼是垃圾節目，她不要他太靠近。所以她會突然改變心意，叫亨利坐在DVD旁邊，這不只是奇怪而已。琦巧甚至問她確定嗎，伊莉莎白說這算是給亨利一個犒賞。」

「湯普森醫師，」亞伯說：「被告改變座位還有沒有影響到其他事情？」

「有。每個人連接的氧氣瓶也改變了。」

「抱歉，我不太明白。」亞伯說。

麥特看著陪審團。「我之前解釋過，頭罩要和艙內的氧氣龍頭連接。龍頭共有兩個，一前一後，並且各自連接外面不同的氧氣瓶。」陪審員一一點頭。「由於伊莉莎白改變了座位，亨利的氧氣管就不像平常一樣連接前面的龍頭，而是要連到後面去。」

「所以被告是特地讓亨利連接到後面的氧氣瓶？」

「對，她還提醒我要記得把我的管子連到前面，亨利的連到後面。我說好，不過那有什麼差別嗎？」

「結果呢？」

「她說我比較靠近前面，亨利比較靠近後面，如果我們倆的管子交叉，亨利的OCD，就是強迫症，可能會發作。」

「你們一起潛水了三十幾次，這當中亨利有過OCD『發作』的跡象嗎？」亞伯邊說邊用手指在空中畫引號。

「沒有。」

「後來呢？」

「我說好，我會注意不讓管子交叉，但她不滿意，還自己爬進去把亨利的管子連到後面的龍頭。」

亞伯走過來，停在麥特正前方。「湯普森醫師，」他說道，而位在麥特附近的冷氣彷彿收到暗示，噗噗響了幾聲。「爆炸的是哪個氧氣瓶？」

麥特直盯著伊莉莎白的雙眼，眼睛眨都沒眨一下便開口，慢慢地、刻意地，每個音都特別加強，並包裹上惡毒恨意，瞄準她射出去要讓她淌血。「後面的氧氣瓶爆炸了，就是連接後龍頭的那個，就是那個女人，」——麥特略一停頓，博很確定他會舉起手指著她，不料他只眨眨眼便轉移目光——「特地連接到她兒子頭上的那個。」

「當被告把一切都按自己的意思設置完成了，然後呢？」

「她對亨利說：『親愛的，我好愛好愛你。』」

「親愛的，我好愛好愛你。」亞伯轉向亨利的照片重複說出這句話，博看到陪審員對伊莉莎白皺起眉頭，有些人還猛搖頭。「然後呢？」

「她離開了。」麥特語氣平靜地說：「她微笑著揮手，好像我們要去坐雲霄飛車，然後她就走開了。」

麥特

「於是被告離開了，晚間潛水隨即開始。接下來發生了什麼事，湯普森醫師？」亞伯問道。

鬧門關上的那一刻，他就知道這次潛水大大不對勁。空氣凝滯得很不自然，加上又混雜著被熱氣逼出的體臭和艙內瀰漫的消毒水味，簡直無法呼吸。因為TJ耳朵發炎剛剛痊癒，琦巧便請博放慢加壓速度，因此通常只要五分鐘這次花了十分鐘。加壓之後，空氣變得更稠密炙熱，如果有此可能的話。手提DVD放映機沒有接上音響，邦尼唱著「我們在動物園會看到什麼？」的歌聲，從厚厚的舷窗玻璃滲進來，讓潛水有種超現實的感覺，好像真的在水底下。

「沒有空調所以很熱，不過除此之外，一切正常。」麥特說，但實情並非如此。他原以為那兩個女人會在潛水期間解析伊莉莎白出乎意外的友好態度與明顯的裝病，但她們都保持沉默。也許是因為隔著麥特說話覺得彆扭，也可能因為熱的緣故。無論如何，他很慶幸有機會靜坐思考，他得想想該怎麼對梅姬說。

「第一個混亂的跡象是什麼？」亞伯問。

「DVD忽然中斷，就在一首歌唱到一半的時候。」那一刻完全靜悄悄，沒有空調的嗡嗚聲，沒有邦尼、沒有嘰嘰喳喳的聊天聲。過了片刻，TJ敲打舷窗，好像DVD放映機是頭睡著的動物，可以喚得醒。「沒關係的，TJ，我敢說是電池沒電了。」琦巧用一種強自鎮定的口氣說，就像偶然間碰上一隻沉睡的熊。

接下來的部分他記得零零碎碎，有如播放時會嗒嗒嗒響的老電影，剪接手法粗糙，影像跳來跳去。TJ捶打舷窗。TJ摘掉氧氣頭罩丟到一旁，然後用頭撞牆。琦巧試圖將TJ拉離牆邊。

「你有沒有要求博停止潛水？」

麥特搖頭。如今回想起來，那似乎是明顯該做的事。可是當時一切都模糊不清。「泰瑞莎說也許應該停止，但琦巧說不必，只要重新放DVD就好了。」

「博怎麼說？」

麥特往博覷了一眼。「艙裡一片混亂又吵得不得了，所以我不太聽得清楚，但他大概是說要去拿電池，需要幾分鐘時間。」

「所以博在設法處理DVD。然後呢？」

「琦巧讓TJ冷靜下來，重新替他戴上頭罩，並且唱歌安撫他。」其實她只唱一首，就是DVD中斷時邦尼正在唱的那首。一遍又一遍，輕柔緩慢，宛如催眠曲。有時候，麥特在昏沉入睡之際會聽見：我愛你，你愛我，我們是個快—樂—家—庭。這時他會猛地醒來，心怦怦跳得厲害，然後想像自己一把拽下邦尼那顆紫色肥頭用力踩踏，它紫色的手拍到一半停住，無頭的紫色身體倒了下來。

「接下來呢？」亞伯問。

所有人都安靜不動，琦巧半呢喃半哼唱，TJ閉著眼睛倚在她懷裡。忽然間，亨利說：「我需要尿壺。」隨即便伸手去抓放在後面供緊急使用的集尿器。亨利的胸口撞到TJ的腿，TJ驚醒過來，手腳像被人用電擊器去顫似的劇烈抖動，然後開始失控亂踢。麥特將亨利拉回來，但TJ扯掉自己的頭罩丟到琦巧腿上，又開始撞頭。

一個小孩的頭竟能反覆撞擊鋼板，發出如此巨大的聲響，卻沒有撞得粉碎，真是難以置信。聽著那重擊聲，心想再撞一下TJ的頭肯定就會裂開，麥特真想摘下自己的頭罩，摀住耳朵，緊閉雙眼。亨利似乎也這麼想，他轉向麥特，眼睛睜得老大，鼓脹成兩個圓圈，中央的瞳孔變得細如針尖。像靶心。

麥特握住亨利的小手，將臉靠近亨利的臉，隔著兩人的頭罩，直視他的眼睛露出微笑，說不會有事。「你就好好呼吸。」他說著深吸一口氣，目光仍定定看著亨利的眼睛。

亨利跟著麥特呼吸。吸、吐。吸、吐。亨利臉上的惶恐逐漸消失，他的眼皮放鬆了，瞳孔逐漸變大，嘴角微微上揚幾乎就要勾出一抹微笑。從亨利上門牙的缺口，麥特發現有一顆牙冒出一點點頭來。嘿，你要長新牙了，麥特正要開口說，便砰地一聲。麥特以為是TJ的頭裂開，但那聲音更大，像是一百顆、一千顆頭在撞鋼板。像是外面有炸彈爆炸。

麥特眨了一下眼——有多久呢？十分之一秒？百分之一秒？——然後亨利的頭所在的位置起火了。臉，然後眨個眼，然後火。不對，比這個更快，臉，眨眼，火。臉—眨眼—火。臉火。

亞伯久久未開口。麥特也是。只是坐在位子上，聽著旁聽席、陪審席傳來的陣陣啜泣與吸鼻聲。那聲音無所不在，除了被告席之外。

「公訴人，要不要休息一下？」法官問亞伯。

亞伯揚起眉毛看著麥特，他眼睛與嘴巴周圍的皺紋都顯示他也累了，暫停一下沒關係。

麥特轉向伊莉莎白。整天下來，她都格外沉著，甚至顯得漠不關心。但他原以為到了此時那表象應該要崩解了，她應該會哭嚎著說自己很愛兒子，絕對不可能傷害他。總之，應該會說點什麼，以展示自己與一般人無異，在被指控謀害親兒並聽到他慘死的細節時，也會感到驚愕煩亂。管他什麼端莊體面，管他什麼規矩分寸。然而，她什麼也沒說，什麼也沒做，只是靜靜聆聽，同時帶著漫不經心的好奇注視著麥特，好像在看一個關於南極洲氣候型態的節目。

麥特真想跑過去抓住她的肩膀用力搖晃，真想把臉湊到她面前，尖叫著說他到現在都還會作噩夢，夢見當時的亨利，那模樣活像小孩畫的外星人：一個充斥著火焰的泡泡頭，身體其他部位完好無缺，衣服原封不動，雙腿卻在寂靜的尖叫聲中猛烈亂踢。他好想把那個景象啪地灌進她腦袋，看是影像轉移或是與她心靈融合，總之就是要把她那該死的沉穩拽下來，使勁丟得老遠，無處可尋。

「不用，」麥特對亞伯說，他不再疲倦，不再需要原先祈求的休息。還是愈快把這個反社會的變態送上死刑台愈好。「我想繼續。」

亞伯點點頭。「跟我們說說外面爆炸以後，琦巧怎麼樣了。」

「只有後側的氧氣龍頭起火。TJ的頭罩也是連接那個龍頭，可是TJ已經摘下來，是琦巧拿著。火焰從開口噴到琦巧腿上，她就著火了。」

「然後呢？」

「我試著要替亨利取下頭罩，但是……」麥特低頭看自己的手，截斷的殘肢上的疤痕組織看起來又新又光滑，有如融化的塑膠。

「湯普森醫師？你能做得到嗎？」亞伯說。

麥特抬起頭。「很遺憾，沒辦法。」麥特盡力提高嗓音，把話說得快一點。「塑膠開始融化了，而且太燙，我沒辦法用手去摸。」那就像試圖抓著一根火紅熾熱的撥火棒不放。他有心想這麼做，雙手卻不肯配合。但也或許這是謊言，也許他只是想做個樣子以便告訴自己他盡力了，他沒有因為不想讓自己寶貴的手受傷而任由一個男孩死去。「我脫下襯衫包住手再試一次，但亨利的頭罩開始瓦解，我的手也燒起來。」

「那其他人呢？」

「琦巧在尖叫，到處都是煙。泰瑞莎試著讓TJ爬離開火焰。我們全都尖叫著要博開門。」

「他開了嗎？」

「是的。博打開閘門，拉我們出去。首先是羅莎和泰瑞莎，接著他爬進來，把我和TJ推出去。」

「然後呢？」

「穀倉起火了，煙濃到沒法呼吸。我不記得是怎麼……總之，博把泰瑞莎、羅莎、TJ和我弄出了穀倉，他自己又跑進去。他離開了好一會兒，最後把亨利扛出來放到地上。博受了傷——全身著火，不停咳嗽——我叫他等人來幫忙，但他不聽。他又進去找琦巧。」

「那亨利呢？他的情況怎麼樣？」

麥特很快地走向亨利，儘管全身細胞都高喊著要他滾開一點，他還是按捺住了。他撲到亨利身邊跪下拉起他的手——毫髮無傷，一如他頸部以下的其他部位。他的衣服沒有著火，襪子依然潔白。

麥特盡量不去看亨利的頭。即便如此，仍可看見他的頭罩不見了。想必是博設法摘掉了吧，他暗忖，但在看見亨利脖子上那圈藍色乳膠後才明白：頭罩的透明塑膠已經融掉，只留下密封環圈。這個阻燃物保護了亨利頸部以下的全身，讓它絲毫無損。

他強迫自己去看亨利的頭。它正在悶燒，頭髮迅速燒焦，每一吋表皮都變得焦黑、冒水泡、血淋淋。尤其右下巴附近最嚴重，就是氧氣（火）噴入頭罩的地方。那裡的皮膚整個燒光，骨頭和牙齒若隱若現。他看見亨利的新牙，原本包藏在外的牙齦如今已經沒了。小而完美的一顆牙，排列在底下的其他牙齒看得出是乳牙，因為尚未長出的恆齒就在上方，一目瞭然。一陣微風吹來，麥特聞到了血肉、頭髮的焦味，煮熟的肉味。

「我趕到亨利身邊的時候，」麥特對亞伯說：「他已經死了。」

英姬

她住的房子其實稱不上房子，比較像是棚寮。若從某個角度看，或許可以說帶有奇趣。外型有點像小木屋或樹屋，就像一個青少年和手藝不甚精巧的父親可能蓋出來的那種，而貼心的母親可能會說：「做得真好，你根本沒學過木工呢。」

第一眼見到房子時，英姬對梅姬說：「外觀無所謂，重要的是它能保我們乾爽安全。」可是這間破屋不僅會吱吱嘎嘎響，還歪斜一邊，好像整棟建築慢慢地沉入土裡（這裡的土泥濘鬆軟，所以似乎不無可能），實在很難有安全感。大門和唯一的一扇「窗戶」（用強力膠布貼上透明塑膠的牆洞），都歪向一邊，鋪在地上的三夾板也凹凸不平。蓋這間小屋的人對水平原理或直角觀念一竅不通。

但此刻，當英姬打開歪扭的門踏上搖晃不穩的地板，心中感受到的正是安全。她可以安全地做打從法官敲下法槌、結束第一天審判之後她一直想做的事：露出兩排牙齒放聲大笑，高喊她愛美國的審判、愛亞伯、愛法官，尤其更愛陪審團。雖然法官要求他們不要與任何人，甚至與彼此討論案情，但她好愛他們無視這項指示，法官才一起身，便開始討論伊莉莎白——英姬最愛這一點，他們甚至沒有等到他離開——說她多麼讓人毛骨悚然，說她有多不要臉，竟敢在被她毀了一生的人面前露臉。她也愛他們起身離開時，一齊怒瞪伊莉莎白的模樣，有如幫派分子，臉上露出一致的鄙視表情——那整齊劃一的美，彷彿經過精心編排。

英姬知道不應該這麼想，尤其是在聽了麥特那番可怕的證詞，回憶亨利與琦巧的死、他的燒傷、他的截指、他學著用左手做所有事情的辛苦之後。但過去一年她都生活在無盡的哀傷中，想到博在醫院燒燙傷中心的尖叫聲，想像著沒有健全肢體的未來，聽到這些話已影響不了她。就像已適應熱水的青蛙，仍繼續待在滾沸處。她已經習慣悲劇，變得麻木了。

但是喜樂與輕鬆——這是被深埋與遺忘的遺寶，如今一旦出土，便再也無法抑制。當麥特敘述爆炸前的幾分鐘，完全沒有質疑、沒有暗示博不在穀倉：那種感覺就像血管本來出現沉澱物，阻斷她的器官，卻忽然間水壩潰堤，血液一湧而過。博揑造出來保護他們的說詞，隨著時間過去並一再重複，已變成事實，而唯一能挑戰這些話的人卻反而讓它更加鞏固。

英姬轉身要幫忙博進屋。來到他身旁時，他說：「今天是好日子。」並對她咧著嘴笑。他看起來像個孩子，嘴巴歪斜，一邊的嘴角比另一邊高，酒窩只出現在一側臉頰。「我是等到只剩下我們才告訴妳好消息。」他接著說，笑開的嘴咧得更大也更歪斜，英姬覺得和丈夫有種共謀的一體感，心下甜甜的。「理賠調查員也去了法院。妳去廁所的時候我跟他聊了一下。等法官一宣判，他就會送出報告。他說只要幾個禮拜我們就能拿到所有的錢。」

英姬把頭往後仰，拍手合掌，對著天空閉上眼睛，她母親聽到好消息感謝上帝時都會這麼做。博笑起來，她也是。「梅姬知道嗎？」她問道。

「不知道。妳來告訴她好嗎？」他說。她吃了一驚，沒想到他會詢問她，而不是命令她該怎麼做。

英姬帶著微笑點頭，內心猶疑但快樂，像個結婚前夕的新娘子。「你休息吧，我去告訴她。」

經過他身邊時，她將手搭在他肩上，博沒有移開輪椅，而是伸手蓋住她的手露出微笑。他們的手交疊——一個團隊、一個個體。

英姬享受著那種輕飄飄的感覺漫遍全身，彷彿灌滿氦氣的氣球，就連梅姬的悲傷——從她站在穀倉前面，重跌在地，注視著廢墟輕聲哭泣，就能明顯看出——也破壞不了。真要說的話，梅姬的眼淚反而讓英姬更加振作。自從爆炸事件後，梅姬從一個脾氣暴躁、愛說話的女孩，變成一個疏離、沉默，只有外表酷似她女兒的人。梅姬的醫生診斷她得了創傷後壓力症候群（他們稱為PTSD——美國人總喜歡用字母縮寫，就算節省個幾秒鐘，對他們也很重要），說她不肯談論那一天的事是「典型的PTSD」。她本來不想旁聽審判，但醫生說別人的陳述也許能誘發她的記憶。英姬不得不承認，今天肯定有些什麼鬆開來了。看看梅姬多麼專注地聽著麥特的證詞，以圖得知那一天的每個細節——關於抗議者、療程的延誤、停電等等她錯過的一切，因為她整天都在補習學測。而現在，她在哭，一個實實在在的情緒反應——自爆炸發生後，她第一次有了非空白的反應。

靠近梅姬之後，英姬發覺她的嘴唇在動，發出幾乎聽不見的喃喃低語：「好安靜……好安靜……」梅姬在說話，但很飄渺，像被催眠，像在唸咒冥想。梅姬昏迷甦醒之初便經常這樣，用英語和韓語變換著說爆炸前有多安靜。醫生解釋說創傷患者的注意力往往會聚焦於事件的某一個感官元素，讓那單一細節在心裡翻來覆去不斷重現。「爆炸的聲響會不時縈繞在傷患腦中。」他說道：「因此她自然會固著於與那一刻並置的聽覺現象——就是爆炸前的寧靜。」

英姬站到梅姬旁邊。梅姬沒有動，眼睛直盯著燒焦的潛水艇，眼淚依然掉個不停。英姬用韓語說：「我知道今天很難熬，但我很高興妳終於能哭出來。」說完將手放到梅姬的肩頭。

梅姬用力扭開肩膀。「妳什麼都不知道，」她抽抽搭搭地用英語說完，便跑進屋內。排拒令人心痛，但只是暫時，當英姬意識到剛剛展現出來的——啜泣、叫喊、跑開這一切——是爆炸前真實而典型的梅姬，不禁感到安慰。說來有趣，以前她最討厭梅姬這種誇張又情緒化的青少年行為，還會責備她別再無理取鬧，後來當情形不再，她反而懷念起來，如今見女兒故態復萌甚至覺得鬆了口氣。

她隨梅姬進屋，拉開隔離梅姬睡覺角落的黑色浴簾。其實浴簾很單薄，無法為她（或是另一邊的博與英姬）提供太多隱私，主要只是作為一種象徵，作為青少年要別人少來煩她的一種視覺宣示。

梅姬躺在她睡覺用的席墊上，臉陷入枕頭當中。英姬坐下來，撫摸梅姬的黑色長髮。「我有好消息告訴妳，」英姬柔聲地說：「等審判結束，保險金就會下來了。我們很快就能搬家，妳一直想去看看加州，妳可以申請那裡的大學，我們可以忘掉這一切。」

梅姬微微抬起頭，像個頭太重而掙扎用力的嬰兒，接著轉向英姬。發皺的枕頭套在梅姬臉上留下印痕，她的眼睛則浮腫到剩下一條細縫。「妳怎麼能去想這個？琦巧和亨利都死了，妳怎麼能說大學和加州的事？」梅姬的話語帶著責備，卻睜大雙眼，彷彿很佩服英姬能夠專注於不悲慘的事物，同時也想找出一些蛛絲馬跡，看自己該如何才能做到。

「我知道，發生的這一切都很可怕。可是日子總得過下去。我們必須專注在我們一家，還有妳的未來。」英姬輕撫梅姬的額頭，像在燙平絲綢。

梅姬把頭放下。「我不知道亨利是那麼死的。他的臉……」梅姬閉上眼睛，流下了淚水沾濕枕頭。

英姬挨著女兒躺下。「噓，沒事的。」她撥開蓋住梅姬眼睛的頭髮，用手指將頭髮梳順，一如在韓國時的每個夜晚。她多懷念此情此景。英姬對於美國生活有諸多厭恨：多年來都是分裂的鵝家庭；（定居巴爾的摩之後）發現寄宿家庭要她從早上六點工作到午夜，一週無休；變成囚犯，被鎖在防彈的隔離處所。但她最懊悔的莫過於與女兒不再親密。四年當中，她從來見不到她。英姬回家時梅姬已經睡了，她出門時梅姬還在睡。最初幾個週末梅姬會到店裡找她，但待在那裡的時間都在哭訴她有多討厭上學、同學有多壞、大家說的話她一句也聽不懂，說她想念爸爸、想念朋友等等、等等。接著怒氣爆發，梅姬會咆哮指責英姬拋棄她，把她丟在一個陌生國度裡變成孤兒。最後，也是最糟的，沉默的迴避。沒有叫喊、沒有懇求、沒有怒視。

英姬始終想不明白，梅姬為何只對她發脾氣。博待在韓國、巴爾的摩寄宿家庭的安排——一切都是他計畫的。這梅姬也知道，還親眼目睹他發號施令、制止英姬的反對，但不知為何梅姬卻怪她。梅姬似乎將移民過渡期的痛苦——分離、孤獨、受欺負——全部和英姬連結在一起（因為英姬在美國），至於博，由於所在地點之故，則成為她對韓國的溫馨回憶的一部分——家庭、團聚、融合。寄宿家庭的人要她等著看，說梅姬會依循移民小孩的典型模式被高度同化，而且會太快且太過，到後來寧可說英語不說韓語、寧可吃麥當勞不吃泡菜，足以把家長氣瘋。但梅姬冰封的心始終沒有融解，不管是對英姬或對美國，即使後來她開始交朋友，偶爾勉為其難以全英語和英姬講話也一樣。到了最後，那些初期的連結成了公式化的事實，恆久不變：

（博＝韓國＝快樂）大於（英姬＝美國＝苦惱）

但一切到此為止了嗎？因為此時此地，哭泣中的女兒讓英姬用手指為她梳頭髮，藉此親密舉動獲得安慰。五分鐘，也或許十分鐘後，梅姬的呼吸緩和下來，節奏變得穩定規律，英姬注視著女兒的臉。清醒時，梅姬的臉充滿尖銳稜角——尖細的鼻子、高聳的顴骨，還有額頭上深刻如鐵軌的皺眉紋。但睡著後，五官就像融化的蠟一樣變得柔和，稜角化為平緩曲線。連梅姬臉頰上的疤痕也顯得清淡模糊，彷彿手一撥就能抹除。

英姬閉上眼睛，配合著女兒呼吸，忽然感覺一絲暈眩、一絲陌生。她曾經多少次躺在梅姬身旁抱著她？數百次？數千次？但都已是多年前的事。過去這十年間，她唯一一次允許英姬長時間觸摸她就只有在醫院。大家不時都在談論夫妻結婚多年後會失去親密感，更有無數研究對比夫妻結婚前幾年與後期的做愛次數，卻沒有人評量妳在最初幾年與後期抱孩子的時間，或是當孩子從襁褓中到幼兒期到青春期，親子間親密感——餵奶、懷抱、撫摸等肉體的熟悉感——消失的巨大程度。妳們住在同一個屋簷下，但親密感不見了，取而代之的是冷漠，偶爾夾帶著氣惱。那就像毒癮一樣，妳可以戒毒多年，但始終忘不了，始終無法停止想念，一旦又沾上一點，就像現在，妳就會渴望更多，想大口大口地狼吞虎嚥。

英姬睜開眼睛，將臉貼近，鼻尖與梅姬的鼻子相碰，一如許久許久以前。女兒的溫暖氣息吐在她唇上，宛如溫柔的吻。

晚餐，英姬煮了博伴稱他最愛吃的一道菜：豆腐洋蔥大醬湯。其實他真正最愛吃的是烤牛小排——打從他們在大學認識開始一直都是。但是排骨，哪怕是品質不佳的殘餘部位，一磅也要四塊錢。豆腐一盒兩塊錢，只要這星期接下來都只吃白飯、泡菜和一打一塊錢的泡麵，就能應付得來。他出院回家的第一天，她就是煮這道菜，他深深吸上一口，讓濃郁的豆腐味與香甜洋蔥味充斥肺葉。吃下第一口之後，他闔上雙眼，說在醫院吃了四個月平淡無味的食物，讓他好想吃點重口味，並宣稱英姬煮的這道湯是他新的最愛。她知道他只是顧面子——博對家裡的財務狀況感到羞恥，甚至不肯討論——但無論如何，他顯然每一口都吃得津津有味，她還是覺得高興，便盡可能常煮。

站在用小火慢煮的鍋前，攪入大醬，看著水色轉為深褐，英姬忍不住覺得好笑，自己竟如此滿足，這竟是她記憶中在美國感到最快樂的時刻。客觀而論，現在是她的美國生活中——不，是整個人生中——的最低潮：丈夫癱瘓；女兒臉上留下疤痕、心理受到衝擊，整個人緊張憂鬱到無以復加；家中毫無收入。英姬理當陷入絕望，理當被慘澹無望的情況、被他人的憐憫壓垮，幾乎站不起身。

然而，她卻站在這裡，享受著木匙握在手裡的感覺，享受著將洋蔥絲伴隨液體一起攪動的簡單動作，一面吸入從鍋中冒上來溫熱她的臉的濃烈蒸氣。她回憶著博所說關於即將拿到保險金的話，不僅如此，還有他的手搭在她手上的安適感、他溫暖的微笑。今天她和博一起大笑了——他們上一次一起笑是什麼時候的事？她彷彿是歡愉被剝奪了太久而變得高度敏感，因此如今即便只是一絲絲喜樂——日常生活中應該要有，也因此生活正常時不會注意到的那種喜樂——也會讓她有一種與訂婚、畢業等人生里程碑聯想在一起的慶祝心情。

「快樂是相對的，」爆炸前幾天，泰瑞莎曾這麼對她說。泰瑞莎要做早上的療程卻提早到，因此博去穀倉做準備時，英姬便請她進屋裡等。梅姬正要出門去上SAT的補習課，見到她隨即停下。「桑提亞哥太太，很高興再見到妳。嗨，羅莎。」梅姬彎下腰，與羅莎平視。英姬覺得很不可思議，梅姬對每個人都能那麼友善，唯獨自己的母親除外。連羅莎都對梅姬輕快愉悅的口氣起了反應，她露出微笑，似乎用力想說什麼，從喉嚨發出一個半嘟噥、半咕嚕響的聲音。

「妳們聽，」泰瑞莎說：「她試著要說話呢。這一整個星期，她一直在製造很多聲音。HBOT對她真的有效。」泰瑞莎將額頭貼到羅莎的額頭上，撥撥她的頭髮，笑了起來。羅莎閉著嘴唇哼吟，然後張開嘴發出一聲「嗎」。

泰瑞莎倒抽一口氣。「妳們聽到了嗎？她在喊媽。」

「真的耶！她說媽。」梅姬說，英姬感覺到全身一陣震顫。

泰瑞莎蹲下來，仰頭看著羅莎的臉。「妳可以再說一遍嗎，我的小甜心？媽，媽媽。」

羅莎又哼了一下，然後說：「媽，」接著再一聲：「媽！」

「我的天哪！」泰瑞莎往羅莎臉上到處親，這裡啄一下那裡啄一下惹得羅莎發笑。英姬和梅姬也笑了，感覺到這一刻的奇蹟在她們之間泛起漣漪，讓她們在共享的驚詫中連結在一起。泰瑞莎頭往後仰，彷彿默默地向上帝禱告感謝，這時英姬看見了：淚水滑落她的臉龐，她雙眼閉闔，內心感受到至高無上的幸福，藏都藏不住，嘴唇也情不自禁地不斷往外拉開，露出了臼齒。泰瑞莎親吻羅莎的額頭。這回不是輕啄，而是停留許久，細細體會嘴唇貼靠在羅莎肌膚上的感覺。

英姬覺得忌妒湧上心頭。這著實荒謬，這個女人的女兒不能走路說話，未來也不會有大學、丈夫或小孩，她竟然會忌妒她。對泰瑞莎，她應該感到難過，不是忌妒，她這麼告訴自己。可是，她何時曾感受到泰瑞莎臉上綻放出來那種純粹的喜悅？最近肯定沒有，因為不管她說什麼，都只會惹梅姬皺眉或咆哮，又或者更糟，梅姬會無視她的存在，假裝不認識她。對泰瑞莎而言，羅莎喊「媽媽」是一個奇蹟般的成就，帶給她的快樂更甚於……什麼呢？梅姬做過什麼，她有可能做什麼，讓英姬也有那種奇蹟般的讚嘆？進哈佛或耶魯嗎？

彷彿為了凸顯這一刻似的，梅姬熱情地向泰瑞莎與羅莎說再見，然後便轉身離開，一句話也沒對英姬說。

英姬自覺雙頰泛紅，不知道泰瑞莎有沒有注意到。「小心開車，梅姬。」英姬裝出開朗的語氣說道。「八點半吃晚飯。」她用英語說，以免講韓語對泰瑞莎失禮，不過在梅姬面前說英語她總覺得害羞，她知道自己的口音讓梅姬難為情，一如其他一切。

英姬轉向泰瑞莎勉強輕聲一笑。「她忙死了。又是SAT的課，又是網球，又是小提琴。妳相信嗎？她都已經在找大學了？我猜十六歲的女孩都是這樣吧。」話出口之前，她就已經想打住。但她好像在看一部已經拍完的電影，即將播放出來的怎麼也擋不住。事實上，有一刻——非常短暫的一刻，卻已足以造成傷害——她想要傷泰瑞莎的心。她想要在她天大的幸福時刻注入一劑黑暗的現實，冷不防地讓她跌出天堂。她想要讓她想起所有羅莎應該要做，但現在做不到，永遠也做不到的事。

泰瑞莎的臉垮了下來，眼角與嘴角明顯往下垂，好像原本將它們往上拉的隱形線被切斷。這正是英姬想看到的反應，可是一旦看見了，她又好恨自己。

「對不起，我不知道我為什麼會說這些。」英姬伸出手摸摸泰瑞莎的手。「我太遲鈍了。」

泰瑞莎抬起眼，說道：「沒關係。」英姬想必露出懷疑的神色，因此泰瑞莎微微一笑，握住她的手。「真的，英姬，沒關係。羅莎剛生病的時候，的確很難接受。每當看到和她年紀差不多的女孩，我就會想：『那應該是羅莎。她應該要去踢足球、去參加睡衣派對。』不過到了某個時間點，」她輕撫羅莎的頭髮。「我接受了事實。我學會了不去寄望她和其他小孩一樣，現在我就像所有的媽媽。日子有好有壞，有時候會沮喪，但有時候她會做一些讓我發笑或是她從來沒做過的事，像現在這樣，這時人生又變得美好了，妳知道嗎？」

英姬點點頭，但她並不完全理解，以任何客觀的角度看，泰瑞莎的生活都是艱辛又悲慘，她怎能顯得開心，真的開心呢？不過此時，當她親吻博的臉頰叫醒他吃晚飯，看見他面帶微笑說：「妳煮了我最愛吃的。那味道實在太香了。」她明白了。正因如此才會有那麼多研究結果顯示，富有且成功的人——公司總裁、樂透得主、奧運冠軍選手——本該最快樂，實際上卻不是，而貧窮殘障人士也不一定最消沉。你會習慣你的生活，會習慣生活中碰巧有的成就與煩惱，並隨之調整你的期望。

叫醒博之後，英姬走到梅姬的角落重踏地板兩下（他們以此取代敲門，提升隱密的假象），拉開浴簾。梅姬還在睡，頭髮亂糟糟、嘴巴開開的，像在找奶的嬰兒。她看起來脆弱無比，正如同爆炸過後的她，蜷縮著身體血流滿面。英姬眨眨眼驅散那個影像，跪到女兒身邊，在她的太陽穴輕輕一吻。她閉上眼睛，讓那一吻停駐，細細體會嘴唇貼靠在梅姬肌膚上的感覺，與那底下血液的脈動節奏，她心想，像這樣與女兒合而為一、肌膚相親的時刻能持續多久呢？

俞梅姬

她在母親的說話聲中醒來。「美熙啊，起來吃飯了。」她說道，但聲音很輕——好像話雖如此，其實是盡量不想吵醒她。聽到母親用輕柔的語氣喊著「美熙」，梅姬繼續閉著眼睛，試圖消弭心中頓生的迷失感。過去五年來，母親只會在生氣、吵架時喊她的韓文名。事實上，母親已經一年（自從爆炸過後）完全沒喊過她「美熙」，這段時間的母親個性特別好，都只叫她「梅姬」。

好笑的是，梅姬很討厭自己的美國名字。倒不是一直都這樣。（大學念英文系，現在也還會看美國書籍的）母親提議為她取名「梅姬」，說這和「美熙」最相近時，她很興奮能找到一個發音與本名如此相似的名字。從首爾飛到紐約的十四個小時期間——她當愈美熙的最後時刻——她不斷練習寫自己的新名字，將整張紙寫滿「M-A-R-Y」，覺得這些字母美極了。飛機降落後，當美國移民官稱呼她「梅姬．俞」，用她無法以韓國口音複製的異國方式捲舌發出「r」的音，她微微感到魅力四射、頭暈目眩，宛如剛剛破蛹而出的蝴蝶。

然而在巴爾的摩的新中學上了兩星期的課——點名時，她在偷看故鄉朋友的來信，沒聽出自己的新名字便沒有回應，惹得同學們吃吃竊笑——新生蝴蝶的感覺逐漸變成一種深深的不協調感，彷彿硬將一個方塊塞入圓洞中。後來，有兩個女同學在學校餐廳重演那一幕，當其中一個頭髮像泡麵的女生用愈來愈強調的語氣，重複喊著她的新名字：「梅姬．俞？梅—姬．俞——？**梅—姬——俞——？**」便有如一記記鐵鎚敲來，把她四四方方的稜角都敲碎。

當然，她知道這不是名字的錯，真正的問題在於她不懂這裡的語言、習慣、人民，她什麼都不懂。但就是很難不把新名字和新的自己聯想在一塊。在韓國，身為美熙的她伶牙俐齒愛說話。她經常因為和朋友聊天惹上麻煩，多數時候也能憑著辯解逃避責罰。而新的她，梅姬，卻是個沉默寡言的數學天才。一個安靜、順從又孤單的內心，外面包裹著對一切不抱太大期望的軀殼。拋棄了韓文名字好像使她變弱，就像被剃掉頭髮的參孫，取而代之的這個逆來順受的人格面具，她既認不得也不喜歡。

母親第一次喊她「梅姬」是在點名／餐廳事件後的週末，她頭一次去寄宿家庭開的雜貨店時。姜家人花了兩個星期訓練她母親，並認為她已經有能力接管店裡的業務。去之前，梅姬想像那裡是個光鮮亮麗的超市——美國的一切都應當令人印象深刻，所以他們才會搬來——不料從停車處走過去時，梅姬不時得閃避破瓶、菸蒂和蓋著破報紙在路邊睡覺的人。

雜貨店的門廳無論大小或外觀都很像貨梯。厚厚的玻璃將顧客隔離在排放商品、類似保險庫的房間外，告示牌在旋轉交易窗口上方排排掛：**防彈玻璃防護**、**顧客至上**、**營業時間 6:00 AM 到 12:PM**，**全年無休**。母親一打開防彈，似乎也兼防味的門，梅姬立刻聞到熟肉味撲鼻而來。

「六點到半夜？每一天？」梅姬還沒跨進店裡就說。母親對姜氏夫妻露出尷尬的笑容，隨即帶領梅姬走過一條狹窄走道，途中經過放冰淇淋的冰箱與切肉機。到了後間，梅姬面對母親問道：「這個妳是什麼時候知道的？」

母親痛苦地皺起臉來。「美熙啊，我一直以為他們是想要我幫忙，當個助手。昨天晚上我才知道，他們是打算退休了。我問他們會不會請人幫忙，也許一個禮拜一次，但他們說請不起人，因為還要付妳的學費。」她後退一步打開一扇門，裡面是個壁櫥，塞了一張床墊，放下來幾乎就鋪滿整個水泥地板。「他們替我準備了一個睡覺的地方，不是每天晚上，只是以防我太累沒法開車回家。」

「那我乾脆和妳住在這裡不行嗎？我可以從這裡去上學，或者放學後可以過來幫妳。」梅姬說。

「不，這一區的學校很糟。而且妳晚上絕對不能待在這裡，太多混混了，而且……」母親忽然打住，搖了搖頭。「週末的時候姜家夫婦可以帶妳過來待一會兒，可是這裡離他們家太遠……我們不能太給他們添麻煩。」

「我們給他們添麻煩？」梅姬說：「他們把妳當奴隸，妳也任由他們。我實在不知道我們為什麼要來這裡。美國的學校有什麼了不起？他們教的數學我四年級就會了。」

「我知道現在很辛苦，」母親說：「但這全都是為了妳的未來。我們必須接受現實，要盡我們最大的努力。」

梅姬想痛罵母親不該屈服，不肯挺身對抗。在韓國，當父親一開始說出他的計畫時，她也是這樣。梅姬知道母親討厭這個主意——她聽見他們在爭吵——可是到最後母親還是讓步，一如既往，一如現在。

梅姬一言不發。她往後退，瞇起眼睛將母親看得更清楚些，只見這個女人雙手合掌像在禱告，淚水慢慢從指縫間湧出。她掉頭走了開來。

接下來一整天梅姬都待在店裡，姜氏夫妻則出去慶祝退休。她還在生母親的氣，無法幫忙，卻很佩服她顧店時的細心與精力。她才受訓兩個星期，卻已經認識大多數顧客，能直呼其名，並用英語問候他們的家人——雖然吞吞吐吐還帶有口音，還是比梅姬厲害。從許多方面看來，她對待客人就像個母親：事先預料到他們的需求；以熱情，甚至近乎嬌媚的笑聲來提振他們的情緒；但必要時會態度堅定，例如當她提醒幾位顧客食物券不能買菸的時候。看著母親，梅姬忽然產生一個念頭：說不定母親是真的喜歡這裡。所以她們才留下來嗎？因為顧店比單純當她母親更有成就感嗎？

傍晚時有兩個女孩走進來，年紀較小的約五歲，較大的與梅姬年紀相仿。母親立刻打開門。「安妮莎，塔莎，妳們倆今天好漂亮喔。」她抱抱她們，說道：「這是我女兒梅姬。」

梅姬。母親用那熟悉、輕快的語調說這個名字，聽起來很陌生，像是她從未聽過的字詞。不自然，不對勁。她站在原地，默不作聲，五歲女孩則微微一笑說：「我喜歡妳媽咪。她會給我同笑樂軟糖。」她母親笑著遞給小女孩一顆軟糖，並親親她的額頭。「原來妳就是為了這個才每天來啊。」

大女孩對她母親說：「妳知道嗎？我數學考A喔！」她母親回說：「哇！我就說吧，妳可以做到的。」女孩對梅姬說：「這一整個禮拜妳媽媽都在教我長除法。」

她們離開後，母親說：「她們很可愛吧？我好替她們不捨，她們的爸爸去年死了。」

梅姬試著為她們感到難過，試著感到自豪，因為這個慷慨、受喜愛的女人是她母親。但她滿腦子只想到這兩個女孩能每天見到她、擁抱她，她自己卻沒辦法。「像妳這樣開門很危險，」梅姬說：「如果這麼隨隨便便就開門讓人進來，何必裝防彈門？」

母親注視她良久，才喊一聲：「美熙啊，」同時張開雙臂想抱她。梅姬卻退開，躲避她的碰觸。「我現在的名字是梅姬。」她說。

就是從那天起，梅姬開始用英語喊她「Mom」，而不是韓語的「Um-ma」。Um-ma是那個為她織柔軟毛衣、那個每天準備麥茶迎接她放學、那個一面玩拋接子一面聽她說一天當中大小事的母親。還有那些午餐——學校裡有誰不羨慕Um-ma的特製午餐？在韓國，標準的便當就是用不鏽鋼容器裝飯和泡菜。可是Um-ma總會加菜：去刺的蓬鬆魚肉塊，一顆煎蛋擺在堆高的米飯正中央，有如雪白火山噴發出黃色蛋黃，包著醃漬紅白蘿蔔的紫菜飯捲，還有小小的糯米豆皮壽司。

但是那個Um-ma不見了，取而代之的是Mom，這個女人把她一個人丟在別人家，不知道有男生罵她「瞇瞇眼笨豬」、有女生當著她的面吃吃地取笑她，也不知道自己的女兒正在努力地想知道梅姬是誰，而美熙又上哪去了。

因此當天離開雜貨店時，梅姬用韓語說「再會」——她故意選擇這個暗示距離，對陌生人才會用的正式用語——然後直視著她的雙眼說了聲「Mom」，而不是「Um-ma」。看見母親臉上閃過一抹傷痛——她臉頰泛白張開了嘴，彷彿想反駁，但片刻後又隱忍住，將嘴閉上——梅姬以為自己會好過些，但並沒有。房間好像微微傾斜，她好想哭。

次日，母親開始獨自看店，而且多數時候都睡在那裡。梅姬可以理解，至少理智上可以：回家車程需要三十分鐘，還不如用來睡覺，尤其是反正梅姬也不會醒著。但那第一個晚上，梅姬躺在床上，想到這是自己長這麼大以來第一次整天沒見到母親或跟母親說話，便覺得恨她。恨她是自己的母親，恨她把她帶到一個讓她恨自己母親的地方來。

那年她度過靜默的暑假。姜家夫妻去加州找兒子去了兩個月，留下梅姬一人，不必上學、沒有夏令營、沒有朋友、沒有家人。梅姬試著去享受這份自由，告訴自己這是在實現一個十二歲女孩的幻想——沒有父母或兄弟姊妹囉嗦，整天自己一人，想做什麼、吃什麼、看什麼電視都可以。何況，姜家夫妻出遠門前她本來就不常見到他們——他們安靜又客氣，總是忙著自己的事，不會來煩她。因此她不覺得一個人在家會有太大不同。

不過，其他人發出的聲音還是有點影響。不一定是說話聲，光只是生活上的聲響——上樓時的吱嘎聲、哼歌聲、電視聲、碗盤碰撞聲——就能抹除你的孤獨感。當聲音不再，你會想念。聲音的缺席——徹底的寂靜——變得明顯可感。

對她也是一樣。梅姬一連多日沒有見到另一個人類。母親每天晚上都會回來，但都已經凌晨一點，而且天沒亮便又出門。她從來見不到她。

不過，她確實會聽見她的動靜。母親回家後總會到她的房間，跨過堆積如山的髒衣服來替她蓋被子，親親她說晚安，有幾天晚上則只是坐在床上，一次又一次用手梳著梅姬的頭髮，就像以前在韓國那樣。梅姬通常都還醒著，滿腦子想像著母親半夜走出防彈店門遭到槍擊的畫面——這極有可能，這也是母親不肯帶梅姬到店裡的主因。當她聽到母親輕手輕腳走過走廊，一股安心卻夾雜著憤怒的感覺瀰漫全身。她心想最好還是別開口，就假裝睡著了，閉著眼睛保持身體不動，努力讓心跳緩和平靜，希望這一刻能持續，以便享受Um-ma的再生並重溫舊日情感。

那是五年前的事了，在姜家夫妻回來、母親又開始在店裡過夜之前，在梅姬的英語變得流利、霸凌依然持續之前，在她父親來到美國、帶著她們搬家之前——這次來的地方又再度讓她覺得像個外人，當有人問她從哪兒來，而她回答巴爾的摩的時候，他們會說：「不，我是說妳真正來的地方。」在香菸與麥特之前。在爆炸之前。

但此時舊事又重演了。母親，用手梳著梅姬的頭髮，而梅姬，在裝睡。半睡半醒、迷迷糊糊地躺著的梅姬，覺得好像回到了巴爾的摩，她暗自納悶母親知不知道那些夜裡她都醒著，等待著Um-ma回來。

「老婆，飯菜快冷掉了。」梅姬父親的聲音響起，打斷了這一刻。母親說：「好，馬上來。」接著輕輕搖她，說道：「梅姬，晚餐準備好了。趕快出來，好嗎？」

梅姬眨眨眼嘟噥一聲，好像才剛剛醒來。她等到母親走後拉上簾子，才慢慢坐起來，重新認清自己的所在，強迫自己仔細環顧四周。奇蹟溪，不是巴爾的摩，不是首爾。麥特。火災。審判。亨利和琦巧，死了。

驀地，亨利燒焦的頭與琦巧胸部著火的影像在腦中湧現，雙眼又再度被熱淚刺痛。這一整年，梅姬極盡所能不去想他們、想那天晚上，但今天聽到他們臨終前的情形，想像他們的痛苦——那些畫面猶如在大腦中精細植入密密麻麻的細針，只要她稍微一動，針就會戳刺，致使她眼球背後爆發出白熱化的閃光，讓她想釋放這股壓力，毫無顧忌地張嘴尖叫。

她看見席墊旁有一份報紙，是她早上在法院拿的。今天的早報，頭版頭條：「親愛的媽咪」殺人案今日開審。在一張照片中，伊莉莎白凝視著亨利，偏斜著頭露出暈陶陶的微笑，彷彿不敢相信自己有多愛兒子，就跟她在HBOT時一樣：總是隨時把亨利拉在身邊，撫摸他的頭髮，陪他一起看書。這讓梅姬想到在韓國的Um-ma，當時看到這位母親為孩子做出如此獨特的奉獻，令她感到心痛如絞。

當然，那一切都是詐術。肯定是的。麥特作證陳述亨利被活活燒死的情形時，看看伊莉莎白從頭到尾聆聽的模樣——沒有畏縮、沒有哭泣、沒有叫喊也沒有跑開。凡是對孩子有一丁點愛的母親都不可能是這種反應。

梅姬再次看著照片，這個女人去年整個夏天都假裝疼愛孩子，卻偷偷地在進行殺害他的計畫；這個社會病態者明知道氧氣打開了，她兒子在裡面，卻還是在離氧氣管幾公分處放了香菸。她可憐的兒子，亨利，這個漂亮的小男孩，他纖細的頭髮、乳齒，全部陷入……

不。她緊閉眼睛猛搖頭，愈搖愈用力，直到脖子發疼、房間旋轉起來，整個世界曲折歪斜上下翻轉。當腦中只剩一片空白，再也坐不住了，她趴倒在席墊上將臉埋進枕頭裡，讓棉花吸乾她的淚水。

伊莉莎白・沃德

她第一次故意傷害兒子是在六年前，亨利三歲時。當時他們剛剛搬進華盛頓郊區的新家，一間外觀千篇一律的偽豪宅——單獨看是夠高級，但群聚在一起實在愚不可及，就像他們這個家，與其他長得一模一樣的偽豪宅擠在小小的土地上，中間只隔著狹長草地。伊莉莎白不太喜歡郊區，但她當時的丈夫維多否決了市區（「太吵！」）和鄉下（「太遠！」），宣稱這棟房子（接近兩座機場以及三間「直升」幼稚園）正是最佳選擇，不必多想。

他們搬來的第一個星期，鄰居雪柔辦了個鄰里派對。當伊莉莎白帶著亨利走進來，孩子們——假裝在騎竹馬、搭湯瑪士小火車和《汽車總動員》片中的汽車——正在巨大空洞的地下室奔來跳去，放聲尖叫（分不清是出於高興、恐懼或痛苦！）。家長們則擠在一個角落酒吧，個個拿著酒杯，說話時互相傾身靠近以壓過喧鬧聲，他們與孩子們中間隔著安全防護柵欄，看起來好像動物園裡關在籠內展示的動物。

往內走了幾步後，亨利用手掌按住耳朵尖叫起來，拔高的叫聲切穿了鬧哄哄的現場。所有人的目光一齊轉向，先是集中落在亨利身上，接著匆匆射向她，孩子的媽媽。

伊莉莎白轉身緊摟著兒子，將他的臉埋在她胸前，掩蓋他的尖叫聲。「噓，」她一次又一次地說，一面輕拍他的頭髮，直到他安靜下來。然後她才轉向其他人說：「對不起，他對噪音非常敏感。而且搬家加上拆箱整理——他真的是不堪負荷。」

大人們都面露微笑，低聲說一些老套的客氣話：「可不是嘛」、「沒關係」、「我們都是過來人」。有個男人對亨利說：「我想像你那樣大叫已經想了一個小時，所以謝謝你替我叫出來，小兄弟。」說完後格格輕笑，那麼和善、那麼開朗的笑聲，讓伊莉莎白都想擁抱他謝謝他消除緊張氣氛。雪柔打開安全防護欄讓大人們出去，並用唱歌似的語調說：「嘿，孩子們，我們有個新朋友。大家都來自我介紹一下吧。」

孩子們——全都是剛學會走路和讀幼稚園的小孩——一個個在雪柔的提示下說出自己的名字和年紀，就連最年幼的貝絲也不例外，她把自己的名字發音成「貝蘇」，並舉起小小的食指表示年齡。雪柔轉向亨利。「那你呢，小帥哥。」她這麼一說，惹得其他小孩嘰哩咕嚕地笑。「你叫什麼名字？」

伊莉莎白好希望亨利能說出「亨利，三歲」，否則至少把臉埋進她的裙子，那麼當她說出「亨利很怕生」就能取信於人，其他媽媽也會齊聲說道「好可愛喔！」但情況並非如此。亨利的臉始終空洞無神，眼睛往上翻，目光呆滯，嘴巴微張，看起來有如一個男孩的外殼——沒有性格、沒有智能、沒有情感。

伊莉莎白清清喉嚨說道：「他叫亨利，今年三歲。」語氣盡量輕鬆隨意，毫不顯露出濃稠的尷尬幾乎就要哽得她說不出話。當小貝絲搖搖晃晃走上前來，說道：「嗨，ㄙ利。」大人們分別說出幾個類似「噢，怎麼那麼可愛！」的不同版本後，便又回到原來的角落聊天、端飲料給伊莉莎白，讓她暗自納悶是否只有她一人察覺到那極度的窘迫。有可能嗎？

接下來的五分鐘，伊莉莎白試著與大家打成一片之際，亨利靜靜地站在同一個地方。他沒有和其他孩子玩耍，顯得有點無聊，但至少沒有太引人注目，這才是重點。伊莉莎白大口喝下葡萄酒，酒的涼爽辛辣舒緩了她的喉嚨，溫暖了她的胃。她彷彿被一個無形圓頂罩住，孩子們顯得遙遠而不真實，像在看電影，他們的吵鬧喧譁也模糊成悅耳的嗡嗡聲。

雪柔的一句話終止了這一刻。她說：「可憐的亨利，他都沒跟別人玩。」當晚稍晚在等維多電話的時候（他去洛杉磯開會，那個月第三次了），她想像著可以用許多不同方式處理那一刻。她可以說：「他累了。他都要睡午覺。」然後離開。或者也可以給亨利一個能讓他全神貫注的音樂娃娃玩具，讓他即使不是真的和其他孩子一起玩，至少看起來也在他們旁邊。尤其當雪柔找亨利玩遊戲時，她確實應該要介入。

接下來幾天，伊莉莎白都因為自己被酒氣迷霧籠罩，被誘入一種歡鬧的麻木狀態而沒有採取任何行動，自責不已。當時雪柔和她先生在離她一米半外，兩人舉起手臂搭成一道門。沒有人說明規則，但似乎相當簡單：每當他們喊「嗶—嗶」並抬起手時，孩子們就開始跑，要在他們放下手臂前通過。她不知道這有什麼好玩，但每個人都哄然大笑，連家長也是。

手臂門開開關關幾個回合後，雪柔說道：「亨利，你要不要來玩？真的很好—玩。」其中一個男孩（跟亨利一樣也是三歲）伸出手來。「來啊，我們一起跑。」

亨利站著沒有反應，好像沒看見男孩的手、沒聽見男孩的聲音，他的感官毫無知覺。亨利抬頭看著天花板，專注到有半數的人也抬頭去看是什麼那麼有趣，然後他背轉向所有人，坐下來，開始搖晃。

每個人都停下來盯著他。時間不長——三秒鐘吧，頂多五秒——但不知怎地，或許是除了亨利的搖晃之外，四下靜悄悄、文風不動，拉長了時間。她以前始終不明白那種發生意外時時間凍結的概念，那種剎那間整個人生在眼前一閃而過的荒唐想法，但這一刻正是如此：當伊莉莎白注視著搖晃的亨利，她人生的片段在心中一幕幕浮現，宛如拼接的電影。剛出生的亨利不肯吸她因乳汁飽脹而硬邦邦的乳頭。三個月大的亨利連續哭了四個小時，與客戶應酬到深夜的維多回到家，發現她躺在廚房地上啜泣。十五個月大的亨利是玩伴群中唯一不會爬、不會走路的一個，有個已經會跑、會說簡短句子的女孩的母親說：「沒關係的，寶寶有自己的發育步調。」（真奇怪，為什麼總是那些早熟小孩的媽媽在讚頌「不必擔心發育里程碑」的好處，一面說還一面閃露沾沾自喜的笑容，分明是暗自慶幸有「發育超前」的孩子。）兩歲的亨利還不會說話，維多的媽在他生日派對上到處對人說：「愛因斯坦直到五歲才會說話呢！」就在上星期，亨利去做三歲的例行檢查時會迴避眼神接觸，兒科醫師說要談談，卻說出她最害怕聽到的話。（「嗯，不是說一定是自閉，但做個測驗無妨。」）昨天，喬治城的時程安排人員說自閉症測試的等候名單已經排到八個月後，伊莉莎白好氣自己沒有在一年前——不對，是兩年前——打電話去。面對現實吧，當時她就知道不對勁，她當然知道，卻偏偏浪費那麼多時間，心存希望、不願承認，還瞎扯什麼愛因斯坦。而現在，他就在那裡，當著新鄰居的面，搖晃身體，搖晃身體啊！

雪柔打破沉靜。「亨利現在好像不想玩。好啦，再來是誰？」她的聲音明顯聽得出一種勉強的若無其事，一種假裝的歡快，伊莉莎白這才發覺：雪柔是在替亨利難為情。

所有人都回頭繼續做原來的事，玩遊戲的玩遊戲、喝酒的喝酒、聊天的聊天，但小心翼翼、憂慮不安，聲量與活力都只有原先的一半。大人們很努力地避免看向亨利，當小貝絲說：「ㄙ利在做什麼？」她母親壓低聲音說：「噓，現在別說話。」接著轉頭對伊莉莎白說：「這個沾醬很好吃吧？在好市多買的。」伊莉莎白知道大家演這齣「若無其事」的戲是為了她。也許她應該心懷感激，但不知為何感覺更差，好像亨利的行為實在太脫軌，不得不加以掩飾。如果亨利得了癌症或喪失聽覺，大家肯定會心生同情，而不是羞愧。他們應該會靠攏過來，或是提問或是表達慰問。自閉則不同，它帶了點恥辱。她竟愚蠢地以為只要不動聲色，拚命地希望不會有人發覺，就能保護兒子（或是她自己？）。

「不好意思。」伊莉莎白說著穿過房間，走向亨利。她覺得雙腿沉重，好像有鐵鍊把她和籠子綁在一起，移動時必須使盡全力。那些媽媽們假裝不去注意，但她看得出她們會飛快地瞟她一眼，看得出她們臉上流露滿滿的感恩：幸好她們不是她，她頓時感覺怒氣湧上喉頭。對她們，這些擁有正常到近乎完美的小孩的女人，她又忌妒又羨慕又覬覦，而且恨之入骨。從說說笑笑的孩童群中走過時，她好渴望張開手臂抱起一個，隨便哪個都好，大聲說出這是她的孩子。那樣的人生會多麼不同，會充滿歡笑與細碎瑣事（「我實在不知道該怎麼辦才好——喬伊就是不喝果汁！」或是「芬妮把頭髮染成紫紅色了！」）。

來到亨利身邊時，她蹲在他後面。雖然看不見其他大人，卻能感受到他們的凝視，來自四面八方，彷彿陽光透過放大鏡聚焦在她背上，熱氣傳升到她的臉頰與耳朵，讓她雙眼泛淚。她穩住雙手，搭在亨利肩上。「沒事了，亨利。」她盡可能說得輕柔。「別搖了。」

他似乎沒聽到她說話，沒感覺到她的手，還是繼續搖，前前後後，同樣節奏，同樣速度，像個故障的機器卡在某個模式裡。

她想在他耳邊高聲吶喊，想抓住他猛力快速地搖晃，讓他脫離困住他的世界，讓他正視她。她覺得臉頰滾燙，手指刺刺麻麻。

「亨利，你得停下來了。馬、上。」她用壓抑的吼聲說道，然後用身體擋住其他人視線，伸手擠壓他的肩膀。狠狠地。他停頓了一下，但只是非常短暫的一下，當他又重新搖起來，她便擠得更用力，迫使他脖子與肩膀之間的細嫩皮肉壓縮成細長條狀，同時愈捏愈使勁，她想要、她需要弄疼他，好讓他尖叫或打她或跑開，總之做出一點反應顯示他活著，與她同在一個世界。

羞愧與恐懼是事後才來，一波接著一波嗆得她幾乎窒息。首先是當她看見媽媽們離去時交頭接耳，不禁懷疑她們是否看見了。其次是洗澡時，當她脫下亨利的上衣，看見新月形的破皮處與皮下的紅斑。接著是當她哄他睡覺親吻他額頭時，內心暗暗祈禱他的心靈沒有受到無法彌補的傷害。

可是在當下，在這一切都尚未發生前，當伊莉莎白用力地收攏手指，她只覺得獲得了發洩。不是甩門或摔盤子那種驟然的發洩，而是讓怒氣慢慢地、逐漸地消散，轉變成愉悅，一種揉捏軟物所帶來的暢快感，像揉麵團一樣。當亨利終於不再搖晃並扭動身子掙脫開來，卻因為疼痛而嘴巴緊緊揪成一團，眼睛直瞪著她——這是幾個星期，也或許是幾個月以來，他第一次與她有了深度的、持久的眼神接觸——她感覺到一股力量迅速瀰漫全身，爆發成狂喜，原來的痛苦與恨意也隨之碎成片片，再也感覺不到。

法院停車場幾乎是空的，這不足為奇，因為幾個小時前就休庭了。從那時起，她的律師便要她在旁邊的一個房間裡等候，聲稱有「急事」（八成是想把殺人犯當事人藏起來，直到所有人離開為止）。其實無所謂，反正她也無處可去、無事可做。本宅軟禁的規定讓她只能上法院或是去夏儂的辦公室，而且只能由夏儂開車接送。

夏儂開的是一輛黑色賓士，已經在太陽底下停了一整天，當夏儂發動引擎，風扇轟然猛爆，擊中伊莉莎白的右下顎。熱氣熾燙，因為空調還沒來得及冷卻。伊莉莎白摸摸下巴，想起麥特的證詞，火焰爆發時正是燒到亨利這個部位。還有照片，亨利右側下巴的皮肉燒得焦黑。她張開嘴，一口吐到腿上。

「唉，該死。」伊莉莎白打開車門，跌跌撞撞下車，沾得皮椅、車門、地板，到處都是嘔吐物。「天哪，被我弄得髒兮兮的。對不起，對不起。」她說道，身子則半坐半跌向水泥地。她想說自己沒事，只是需要喝點水，但夏儂擔心不已，又像媽媽又像醫生一樣，一下子量脈搏一下子摸額頭，然後說她馬上回來就離開了。過了一會兒——兩分鐘？十分鐘？——伊莉莎白看見監視器對著她，想像起自己穿著套裝高跟鞋趴伏在地，滿身嘔吐物，不禁笑起來。狂笑，歇斯底里地笑。等夏儂拿紙巾回來時，伊莉莎白才發覺自己在哭，她大吃一驚，根本不記得是什麼時候從笑變成哭了。感謝夏儂，她一語未發，只是有條不紊地清理著，任由伊莉莎白坐在那裡，時哭時笑，偶爾則又哭又笑。

開車回家途中，伊莉莎白處於一種劇烈滌蕩後超級平靜的空虛狀態，夏儂說道：「今天稍早那些情緒都到哪去了？」

伊莉莎白沒有回答，只是微微聳了聳肩，望著窗外田野上一群牛（想必有二十頭吧）圍聚在一棵乾巴巴的孤樹旁。

「整個陪審團都覺得妳根本不在乎妳兒子的遭遇，這妳是知道的對吧？他們巴不得馬上判妳死刑。這是妳想要的嗎？」

伊莉莎白暗自思量，那些為數較多的黑點白牛——澤西牛？荷斯登牛？——是不是比暗褐色的牛更酷？「我只是照妳的意思做，」伊莉莎白說：「妳說：別讓他們擾亂妳，要冷靜沉著。」

「我的意思是，不要有瘋狂舉動，不要大吼大叫、胡說八道。我不是要妳變成機器人。我從來沒看過有人這麼克制，更何況是聽到關於自己孩子死亡的證詞。真讓人毛骨悚然。讓別人看出妳心痛沒有關係。」

「為什麼？那會有什麼差別？妳也看到證據了。我一點機會也沒有。」

夏儂看著伊莉莎白，咬咬嘴唇，方向盤一轉滑行到路邊，猛踩剎車。「妳要是這麼想，那我們做這些幹嘛？我是說，妳又何必要聘請我，何必不承認犯罪還提出抗辯？」

伊莉莎白低下頭。事實上，這一切都源自於她在亨利葬禮隔天展開的資料搜尋。方法太多了：上吊、溺水、吸入一氧化碳、割腕，族繁不及備載。當警方排除抗議者的嫌疑逮捕她時，她已列出吞藥與開槍自盡的優缺點，正在兩者間搖擺不定——藥的優點：無痛；缺點：不一定會死，有被發現／救活的風險；槍的優點：必死無疑；缺點：購買費時？當檢察官宣布求處死刑，她才恍然覺悟，受審將會是她最好的贖罪方式，而她犯的罪就是那一天因一時的怒氣與恨意，做出無可挽回、不可原諒之舉——那個憤怒怨恨的時刻一次又一次迴盪在她心裡，不分日夜，無論入睡或清醒，終於裂解了她的理智。若能公開而正式地因為亨利的死受譴責，若能被迫耐著性子聽他受苦的細節，然後接受毒劑注射而死，這整個過程的極致折磨，豈不是比簡簡單單、一眨眼就了結的死更好？

但伊莉莎白不能說。她不能告訴夏儂今天的感覺：她必須強迫自己直視每個人的眼睛、傾聽每字每句、細看每項展示證物，同時還要保持面無表情，唯恐稍有動作變化就可能引發情緒的骨牌效應。上百人審判的目光猶如毒鏢朝她猛射，引發一種燒灼般的羞愧感。接受吸納這份譴責，大口大口往下吞，愈吞愈多，直到身體每個細胞都飽脹欲裂——她不只是做好了準備，而且渴求不已，品嘗得津津有味，迫不及待想得到更多。

伊莉莎白沒有作聲，夏儂似乎將她的反應解讀為默默屈服，便又重新上路。片刻後，夏儂說：「對了，有好消息。維多不會出庭作證，他連來都不會來。」

伊莉莎白點點頭。她知道為什麼這是好消息，為什麼夏儂會擔心陪審團受一個悲痛欲絕的父親影響，但是對於他的缺席她卻無法感到慶幸。自從她被捕後，他從來沒有聯繫過她，這是意料中事，而且沒錯，她知道他在加州買了新屋、有了新妻兒，過著忙碌的生活，但她以為他至少會出席自己兒子命案的審判庭。她感覺膽汁上湧，盤繞胸腔，勒得她的心臟無力跳動。可憐的亨利，生在父母親都如此可悲的家庭，一個傷害並殺了他，另一個則根本不值一提。

夏儂的電話響了，顯然是預期中的來電——她一接起來就說：「拿到了嗎？唸給我聽。」伊莉莎白深深吸氣，嘔吐的臭味嗆鼻，她於是開窗，沒想到反而更糟，外面的新鮮牛糞味混著嘔吐物的酸味有如腐敗的中式料理。她關上窗時夏儂剛好講完電話，她便對夏儂說：「妳應該把車送去清一清，費用記到我帳上。不過妳能想像嗎？妳的老闆可能會說：『車輛嘔吐清潔費怎麼會列在命案審判費底下？』」伊莉莎白笑起來，夏儂沒笑。

「妳聽我說，俞家的一個鄰居人在法院。」夏儂的嘴角微微一抽，略顯笑意。「他帶來一個直到今天以前他都不覺得重要的消息。所以我讓下面的人查了一整天，終於有所發現。我之前沒告訴妳是想先得到證實。」

車外某處，有牛隻齊聲哞叫。伊莉莎白嚥了口口水，耳內啪了一聲。「是抗議者？妳終於發現什麼了嗎？我就叫妳把重點放在她們身上吧，我知道她們——」

夏儂搖搖頭。「不是她們。是麥特。他在說謊。我可以證明。伊莉莎白，我有證據顯示是另一個人故意縱火的。」

審判：第二天　二〇〇九年八月十八日星期二

麥特

他原以為今天會比昨天輕鬆。一旦說出事情經過，應該會覺得通體舒暢，就像喝酒過度後吐了一頓。

不料再次走上前，站上證人席後，竟然更抬不起頭。有多少人會暗自納悶，為何他這麼一個健康的年輕人，拜託，還是他媽的醫生，竟然容許一個小男孩在自己面前活活燒死？

「早安，湯普森醫師。我是夏儂．豪格，伊莉莎白．沃德的代理人。」

麥特點點頭。

夏儂說：「希望你能了解，對於你的可怕經歷，我感到萬分遺憾。接下來要請你重新回憶那一切，有時候還得鉅細靡遺，在此必須先向你道歉。我的目的並不是為了惹你不快，而是純粹為了找出真相。如果你需要喊停，請隨時告訴我。好嗎？」

麥特覺得下巴放鬆了，情不自禁地露出微笑。亞伯翻了個白眼。亞伯不喜歡夏儂，他把她形容為「來自時髦的訴訟工廠的大亨」，麥特以為會看到一個電視影集型的律師：梳著法式盤髮，身穿筆管裙套裝，腳踩細高跟鞋，臉上帶著神秘微笑，迷死人。但恰恰相反，夏儂．豪格不論外表或談吐都像一個和善的阿姨，親切得不得了，身上的套裝發皺寬鬆，及肩的花白頭髮亂成一團。關懷型的人，胸懷壯闊——不是具有致命魅力的狐狸精，比較像奶媽。「她是敵人。」亞伯這麼警告過他，但麥特太渴望女性的溫柔寵愛，便牢牢巴著不放。

「好，」夏儂說：「我們先從一些基本問題開始。簡單的是非題。你曾經看過伊莉莎白在奇蹟潛水艇附近的任何地方放火嗎？」

「沒有。」

「看過她抽菸，或只是拿著菸嗎？」

「沒有。」

「看過任何和HBOT有關的人抽菸嗎？」

麥特感覺臉漲紅。這下他可得步步為營。「博不准人在HBOT抽菸。這點我們都有遵守。」

夏儂微微一笑，跨步向前。「所以你的答案是否定的？你有沒有在奇蹟潛水艇周遭看到任何人拿香菸、火柴之類的東西？」

「是的，我是說我的答案是否定的。」麥特說。嚴格說起來，他沒說謊——小溪不在那「周遭」——但他的心跳還是加快了。

「就你所知，和奇蹟潛水艇有關的人當中有誰抽菸嗎？」

梅姬曾經說過駱駝香菸是博最喜歡的牌子。不過，他提醒自己，這不是他該知道的事。「難說，我只會在HBOT看見他們，而那裡是禁菸的。」

「有道理。」夏儂聳聳肩走向她的席位，好像這只是隨便列出的問題清單，本來就沒抱什麼希望。走到一半她突然轉身，用輕描淡寫的口吻問道：「對了，你抽菸嗎？」

麥特覺得截斷的手指微微刺痛，幾乎可以感覺到一根細細的駱駝香菸懸在其間。「我？」他希望這輕輕一笑聽起來不像在他嘴裡那麼假的感覺。「我看過那麼多抽菸者的肺部X光片，恐怕得要想死才會抽菸。」

她笑了笑。幸好，她試圖對他展現善意，沒有戳破他答非所問。她從桌上拿起一樣東西，又悠閒地走回他面前。「再回到伊莉莎白。看過她打亨利嗎？或是以任何方式傷害他？」

「沒有。」

「看過她大聲吼他嗎？」

「沒有。」

「那麼疏忽他呢？讓他穿破爛衣服、吃垃圾食物之類的，有嗎？」

麥特想像亨利穿破了洞的襪子、吃著綺果彩虹糖，險些失笑；只要不是有機、無色素且無糖的東西，伊莉莎白絕不會讓他碰。「完全沒有。」

「相反地，她費了很大的心力照顧亨利，可以這麼說嗎？」

麥特揚起眉毛，半聳肩說道：「應該可以。」

「每次潛水前後，她都會用耳鏡檢查亨利的耳膜，是嗎？」

「是的。」

「其他家長沒有人這麼做，對嗎？」

「沒有。我是說，對。」

「潛水開始前，她會陪亨利看書？」

「對。」

「她給他吃的全是自製的點心？」

「對。嗯，總之她是這麼說的。」

夏儂偏著頭看他。「所有的東西，伊莉莎白都是從頭做起，因為亨利有嚴重的食物過敏，是這樣嗎？」

「還是一樣，這是她說的。」

夏儂走上前來，把頭偏向另一邊，彷彿在研究一幅讓她分不清方向的抽象畫。「湯普森醫師，你在指控伊莉莎白謊稱亨利過敏嗎？」

麥特自覺臉頰發紅。「不盡然。我只是不確定事實為何。」

「那麼讓我來糾正一下。」夏儂遞給他一份文件。「請告訴我們那是什麼。」

麥特瀏覽了一下。「是實驗室報告，證明亨利對花生、魚、貝類、乳製品和蛋有嚴重過敏。」

亞伯看著他搖了搖頭。

「我們再重來一遍。伊莉莎白讓亨利吃自製點心是為了確保食物沒有過敏原，對嗎？」

「似乎沒錯。」

「你記不記得有個關於花生的事故，那是讓亨利過敏反應最嚴重的東西。」

「記得。」

「事情經過如何？」

「TJ手上有花生醬，從三明治沾上的。他進壓力艙的時候，留了一點在閘門門把上。亨利握到同一個地方，幸好伊莉莎白注意到了。」

「她有什麼反應？」

她嚇壞了，尖叫著說：「亨利可能會死耶！」就好像那團褐色的東西是要命的眼鏡蛇。但這麼說不正是步上伊莉莎白律師所鋪陳的盡職母親路線？「伊莉莎白叫兩個男孩去洗手，博則清理了壓力艙。」他說得若無其事，其實勘稱是一場酷刑，伊莉莎白要求TJ刷牙、洗臉，甚至還要換衣服。

「如果伊莉莎白沒有注意到花生醬，會怎麼樣？」

夏儂的問題還沒問完，亞伯便站起來，椅腳刮擦地板的尖銳聲響有如號角聲在預告他的抗議。「異議。如果這不是要求證人臆測，那什麼才是？」

夏儂說：「庭上，可以多給我一點時間嗎？我保證會問出一點結果來。」

法官說：「那就盡快。異議駁回。」

亞伯坐下來並移動椅子，椅腳發出的砰然響聲無異於耍性子的青少年在甩門。夏儂像個被逗樂的母親似的對亞伯微微一笑，然後轉向麥特。「我再問一次，醫師，如果伊莉莎白沒有發現亨利摸到花生醬，結果會怎樣？」

麥特聳聳肩。「很難說。」

「我們一起想想。亨利會咬指甲，這你看過，對吧？」

「對。」

「那麼應該可以說在潛水期間，花生醬很可能會吃進他嘴裡。」

「應該是這樣沒錯。」

「醫師，以亨利對花生的過敏程度，結果會怎樣？」

「呼吸道會腫脹閉鎖，無法呼吸。不過亨利有EpiPen，就是腎上腺素，可以緩解過敏症狀。」

「壓力艙裡有EpiPen嗎？」

「沒有。因為不准帶食物，博要伊莉莎白把它留在外面。」

「從減壓到打開艙門要多久？」

「通常博會慢慢減壓，比較舒服，但必要的話也可以快速減壓，大概一分鐘。」

「整整一分鐘吸不到空氣。如果等超過一分鐘才注射腎上腺素，可不可能沒效？」

「可能性不大，但的確有此可能。」

「所以亨利有可能會死？」

麥特嘆一口氣。「我不這麼想。我可以替他做氣切。」他轉向陪審團。「你可以在喉頭切開一個小洞，解除呼吸道的阻塞。緊急情況下，甚至可以用原子筆。」

「艙裡有原子筆嗎？」

麥特覺得臉又紅了。「沒有。」

「你應該不會剛好有手術刀吧，我猜？」

「沒有。」

「所以我再問一次，亨利可能會死吧？有這個可能嗎，醫師？」

「可能性非常小。」

「被伊莉莎白阻止了。她確保了這個情形根本不可能發生，對嗎？」

麥特嘆了口氣，只能說：「是的。」他等候著理應接續的問題：要是伊莉莎白想要亨利死，絕口不提花生醬的事不是比較簡單嗎？不，他會這麼回答，並再次指出亨利並沒有確實會死於花生醬的風險，而他當然無法保證，譬如可能會有一顆要命的火球在你面前爆炸。但夏儂沒有問這個問題，而是用她那張和藹阿姨的臉從陪審團一路看到伊莉莎白，等著他們自行得出這個結論，麥特看出了陪審員們的臉逐漸變柔和。他看得出他們注視著伊莉莎白，注視著她依然克制的臉，一面暗忖也許她不是冷酷或漠不關心，她只是累了，累到一塊肌肉也動不了。

夏儂似乎想強調這個主題，又說道：「醫師，你曾經跟伊莉莎白說她是你所見過最關心孩子的母親，是嗎？」

沒錯，他這麼說過。但他是批評的意思，是要她放輕鬆點啊，拜託。他是在告訴她，她已經不只像直升機在頭上轉而是直接操控，把孩子當傀儡了。可是他能說什麼？是的，我說過，但我是語帶諷刺因為我討厭關心孩子的母親？「是的，」他最後說道：「我覺得她花了很大的精力表現得好像很關心亨利。」

夏儂盯著他看，嘴角緩緩上揚，彷彿剛剛想通了什麼。「醫師，我很好奇。你喜歡伊莉莎白嗎？我是說在事故發生前。你喜歡過她嗎？」

對於夏儂此刻展現的才智，麥特感到驚嘆，她問的問題怎麼回答都不對。是的，我喜歡她會繼續讓伊莉莎白更有人性，而不，我從沒喜歡過她會顯得他帶有偏見。「我其實和她沒那麼熟。」他最後說道。

夏儂露出微笑，像個母親決定輕輕放過明顯說謊的幼兒那種寬容的微笑。「那麼……」她掃視旁聽席，一如單口喜劇演員掃視觀眾尋找犧牲者。「……俞博呢？你覺得他喜歡伊莉莎白嗎？」

不知怎地這個問題讓麥特全身一抖。也許是夏儂的語氣——太隨意了，故意裝出來的，好像是隨口丟出的問題，好像她一點也不在乎答案，只是必須在意想不到的時候，以意想不到的方式提起博。

麥特也配合夏儂那種「不是很要緊」的口吻說道：「我不太善於解讀別人的心思。這妳得問博。」

「說得有理。那我換個方式說，關於伊莉莎白，他有沒有說過任何負面的話？」

麥特搖頭。「我從沒聽他說過伊莉莎白什麼壞話。」這是事實，雖然不時從梅姬那兒聽說伊莉莎白讓博很氣惱，卻從未直接聽博說過。他眨眨眼接著說：「博很專業，他不會跟病患聊是非，尤其是其他病患的是非。」

「不過你並不只是另一個病患，對吧？你們兩家互相有往來。」

也許他們兩家人的確「有往來」，但博並不特別友善。麥特懷疑博和他認識的許多韓國男人一樣，很不認同與韓國女人在一起的白人男性。他說：「不，我是個客戶，如此而已。」

「這麼說他從來沒有和你討論過，比方說火險的事嘍？」

「什麼？」這又是從哪兒冒出來的？「沒有。火險？我們怎麼會討論火險？」

夏儂不理會他的問題，只是靠上前，直直注視他的雙眼，說道：「和奇蹟潛水艇有關係的人，包括你的家人在內，有沒有任何人和你討論過火險？」

「完全沒有。」

「有沒有聽過誰討論或甚至只是提起？」

「沒有。」麥特這下開始生氣了。也有一點害怕，只是說不上來為什麼。

「你知道奇蹟潛水艇投保哪家保險公司嗎？」

「不知道。」

「有沒有打過電話給奇蹟潛水艇的保險公司？」

「什麼？我為什麼……」麥特感覺缺指的指節發癢，很想揍什麼東西，也許夏儂的臉吧。

「我剛剛說了，我根本不知道是哪家公司。」

「所以你的宣誓證詞是你絕對沒有在爆炸前一個禮拜打電話到波多馬克相互保險公司，對嗎？」

「什麼？沒有，當然沒有。」

「你確定？」

「百分之百。」

夏儂彷彿整張臉往上提——眼睛、嘴巴，甚至於耳朵——接著走向，不，是昂首闊步走到被告席，從桌上拿起一份文件，又昂首闊步走回來，將文件塞給他。「你認得這個嗎？」

是一份電話號碼、日期與時間的清單。最上面是他自己的號碼。「這是我的電話帳單。我的手機。」

「請把畫線的部分唸出來。」

「二〇〇八年八月二十一日上午八點五十八分，四分鐘，撥出，800-555-0199，波多馬克相互保險。」麥特抬起頭。「我不明白。妳是說我打了這通電話？」

「與其說是我倒不如說是那份文件。」夏儂彷彿覺得有趣，幾乎顯得得意洋洋。

麥特再看一遍。上午八點五十八分。說不定是他打錯了，可是四分鐘？「也許是我聽到某個保險商品的廣告，打電話去詢問保費？」他不記得做過這件事，但畢竟是一年前了。誰知道他一天當中會心血來潮做多少毫無目的的蠢事？那些事瑣碎到恐怕一個星期後就不記得了，更何況是一年。

「所以說你確實打了這通電話，但是因為看到廣告？」

麥特望向珍寧，只見她雙手摀著嘴。「不，我是說也許。我不記得這通電話，我試著在想……我的意思是，我根本從來沒聽過這間公司，又怎麼會打給他們？」

夏儂淺淺一笑。「很巧，波多馬克相互保險會記錄所有來電。」她將文件遞給亞伯與法官。「庭上，很抱歉沒能事先提出，但我們也是昨天才發現這通電話，昨晚才拿到紀錄。」

麥特盯著亞伯看，期望他看見他臉上「我他媽的要怎麼辦」的表情，多少伸出援手，不料亞伯只是皺眉看著文件。「有任何異議嗎，派特利先生？」法官問道。亞伯嘟噥一聲「沒有」，仍繼續讀著。

最後，夏儂又將文件交給麥特。他很想一把搶過來，但還是等著，壓抑著連看都不去看一眼，直到她要求他大聲唸出來。在標示日期、時間、等候時間（小於一分鐘）與通話時間（四分鐘）的標題底下寫著：

姓名：拒絕透露。

主旨：火險—縱火

摘要：來電者欲知若是縱火的情形，是否所有火險保單都會理賠。得知縱火涵蓋在所有保單的承保範圍，除非是要保人涉及計畫／自行縱火，來電者十分滿意。

麥特鎮定地唸著，冷靜客觀的語氣就像個不是即將被指控串謀縱火的人，唸完後抬起頭來。

夏儂一語不發，只是看著他，像在等他打破沉默。這個跟我毫無關係，他提醒自己，然後說：「我猜這終究不是要詢問保費。」沒有人發笑。

「容我再問一次，醫師。」夏儂說：「你在爆炸前一個星期打電話到奇蹟潛水艇的保險公司，詢問如果有人故意把它燒毀會不會理賠，是嗎？」

「絕對沒有。」麥特說。

「那麼你手上那份文件作何解釋？」

好問題，但沒有好的答案。在眾人的期盼中空氣似乎凝結起來，濃稠到無法呼吸，讓他無法思考。「也許是弄錯了。他們把我和另一個人的號碼互調了。」

夏儂誇張地點著頭。「當然，這麼說也有理。有某個不特定人士打去，結果出於某種不可思議的巧合，手機還有保險公司都搞錯了號碼，而出於另一個更不可思議的巧合，你成了一起殺人命案的重要人證，而且你瞧瞧，死因正是縱火。我說得對嗎？」有幾位陪審員吃吃竊笑。

麥特嘆氣道：「我只知道我沒打那通電話。想必是有人用了我的電話。」

麥特以為夏儂會再出言調侃，不料她顯得很滿意，頗有興味。她說：「這個我們來探討一下。那是去年八月某個星期四早上八點五十八分。那段時間你的電話有遺失或遭竊嗎？」

「沒有。」

「有誰使用過嗎？比方說自己忘了帶而借用之類的。」

「沒有。」

「那麼在早上八點五十八分前後，有誰能拿到你的手機？」

「我人肯定是在HBOT，我從未錯過上午的潛水。原定的潛水時間是九點，不過要是人到齊了會提早一點，要是有人遲到就晚一點。已經一年了，所以我不記得那一天早上是幾點開始的。」

「那麼假設你們那天較晚開始，就說九點十分好了。可不可能有人在你不知情的情況下使用你的電話？」

麥特搖頭。「我想不出來怎麼可能。我要不是把電話留在車上，而車子上了鎖，就是隨身帶著，直到潛水開始前才放在小隔間。」

「那如果是提早開始呢，假設是八點五十五分？八點五十八分的時候，你已經和其他人進入艙內，包括伊莉莎白。誰有可能用你的電話？」

麥特看著夏儂，她眉毛上揚充滿期待，嘛起的嘴唇透著笑意，他頓時領悟到：這一系列循序漸進的提問都只是在作秀。她一刻也不曾認為是他打的電話，她只是讓他這麼以為，好讓他心思紊亂，拚了命地想出另一個嫌犯雙手奉上。顯而易見的另一個人。其實也是唯一一個。

「上午潛水時段，唯一在穀倉裡的人，」麥特說：「是博。」這幾乎算不上是秘密，可是直白說出來感覺像背叛。他無法正視博。

「所以說俞博能在你上午潛水時取得你的電話，而療程有時候會在八點五十八分，也就是前述那通電話的時間以前開始，是這樣嗎？」

「是的。」麥特說。

「湯普森醫師，我們是否能如此解讀你的證詞：想必是俞博用你的電話，匿名打到保險公司詢問，假如有其他人放火燒他的營業場所，以他的保單是否會理賠，而就在幾天後據稱便發生了這種事？如此的摘要正確嗎？」

聽她這麼說，麥特滿心想說：不，不是博做的，是伊莉莎白，妳現在只憑一通該死的電話就說……什麼？博炸了自己的營業場所？為了錢害死病患？真是荒謬。火災發生時他看見博了，看見他奮不顧身地拯救病患，絲毫不在意受傷的風險，甚至於自己可能會死。但知道目標是博，不是他，讓他鬆了一口氣，這種輕鬆感令人難以抗拒。麥特尊重博，堅信博的清白，需要看到伊莉莎白受懲罰——鬆了那一口氣之後這一切都被吞噬，都被淹滅覆蓋了。再者，肯定的回答只不過是合理延續他已經坦承的一切，他並沒有說是博放的火。從這通電話到爆炸有四千步之遙。

因此麥特告訴自己這沒什麼大不了，便說道：「是的。」他聽到嗡嗡嗡的聲音，一群馬蠅正在大啖動物的屍體，也或許是後面的旁觀群眾在竊竊私語。

博的臉泛紅，是因為羞愧或憤怒，麥特看不出來。夏儂說：「醫師，你知不知道爆炸當天晚上，伊莉莎白在溪邊撿到一張紙條，紙張上印有H超市的標誌，內容寫道：『這得結束了。我們今晚得見個面，8:15』？」

這反應是無意識的。他的目光立刻聚焦於梅姬，猶如金屬被磁鐵吸引。他眨眨眼，希望沒有人發現他的失誤。他讓眼珠子轉來轉去，像在掃視那一整群韓國人。「沒有，我從沒聽說過。不過我認得那張紙。」麥特轉向陪審團。「H超市是一間韓國超市，我們偶爾會去那裡買東西。」

「俞博總會用這種便條紙，是真的嗎？」

麥特好不容易才壓抑住，沒發出安心的嘆息聲。夏儂以為紙條出自博之手，壓根沒想到是麥特寫的。而梅姬——她完全不在考量要素之列。「是的，博會使用。」麥特說。

夏儂的視線緩緩轉向博，隨後又回到麥特身上。「據你了解，當晚八點十五到十分鐘後的爆炸發生，他人在哪裡？」

不知為何，她說「據你了解」的口吻讓麥特感到不安。「呣，博在穀倉裡。」這點有任何疑問嗎？

「你怎麼知道？」

他必須想想。他怎麼會知道？還不是因為大家都這麼說，他也就這麼認定了。他們說，俞家三口都在穀倉裡。DVD中斷時，博叫英姬去住處找電池，她去了太久，所以梅姬就去幫忙，但她發現穀倉後面有狀況，走了過去，砰爆炸了。但假如是博做的……俞家人有可能說謊嗎？為了掩護他？但話說回來，如果是博放的火，他不會冒生命危險救人，而且毫無疑問會確保梅姬不在附近。不會的。麥特說：「我知道，因為他負責監督潛水。他替我們關上艙門，還跟我說話，爆炸之後，也是他開門放我們出去。」

「啊，開艙門。你剛才說過，減壓到打開艙門最快只要一分鐘，對嗎？」

「醫師，我們來做個試驗。這裡有個馬表，我要請你閉上眼睛，將爆炸以後直到閘門開啟之間所發生的一切默想一遍，然後停止計時。你可以做到嗎？」

「對。」

麥特點點頭接過馬表，是個精度為十分之一秒的數位計時器。他覺得荒謬笑了笑，因為竟要在一年後試著回想燒完一個男孩的頭要花48.8秒還是48.9秒。他按下「開始」，閉上眼睛，回想整個經過。臉—眨眼—火、猛烈揮踢、火焰從襯衫嘶嘶竄出包住他的手。當他回想到閘門呀然開啟，按下停止。2:36.8。「兩分半鐘，但這看起來幾乎不可信。」他說。

夏儂舉起一張折起的紙。「這份報告是檢方自己的事故現場重建專家提出的，其中包括從爆炸到開閘門之間的預估時間。可以請你讀出來嗎，醫師？」

他接過紙張打開來。深藏在報告中央，以黃色螢光筆畫出了十個字。「最少兩分鐘，最多三分鐘。」

「所以你和報告結果相符。」夏儂說：「閘門是在爆炸後超過兩分鐘才打開，比起如果俞博在場所需的時間整整多出一分鐘。」

「我還是要說，」麥特說：「這好像不太科學。」

夏儂用一種覺得既有趣又同情的眼神看他，就像青少年看著依然相信有牙仙子的幼童。「好，還有另一個原因讓你覺得俞博在穀倉裡：你們用對講機交談了。昨天，你作證時說了，這是原話：『艙裡一片混亂又吵得不得了，所以我不太聽得清楚。』你記得嗎？」

麥特嚥了一口口水。「記得。」

「既然你不太聽得清楚，你以為是俞博，但並不確定，對嗎？」

「沒錯，我聽不清所有的字句，但聽得到聲音。我知道那是博。」麥特說是這麼說，卻也懷疑是否真是如此。他會不會純粹只是頑固？

夏儂看著他似乎為他傷心。「醫師，」她用較溫柔的聲音說：「你知不知道住在俞家隔壁的羅伯．史畢南簽署了宣誓書供稱，那天晚上八點十一分到八點二十分，他在外面講電話，而且那整段時間內他都看見俞博人在穀倉外面四分之一哩處？」

亞伯立刻起身，表達抗議——好像是說缺乏根據之類的——但麥特的注意力集中在亞伯背後倒吸氣的聲音。是英姬，她雙手掩住嘴巴，面露驚恐，卻不是驚訝。

夏儂說：「庭上，我只是問證人是否碰巧知道這個情況，但我很樂意收回問題。史畢南先生正在庭外等候，準備作證，只要一有機會，我們一定馬上請他出庭。」她說到最後一句時，瞇起眼睛看麥特，像是威脅一般，接著又說：「醫師，容我再問一遍。你無法確定你透過對講機聽到的聲音是俞博的聲音，對不對？」

麥特摩搓著食指的斷指殘肢，覺得刺刺的，有點抽痛，卻出奇地舒服。「我覺得是他，但好像沒法百分之百確定。」

「有鑑於此，加上你先前關於閘門開啟的證詞，可不可能俞博在爆炸前至少有十分鐘並不在裡面？可不可能事實上並沒有人在監督潛水？」

麥特瞄了博和英姬一眼，兩人都低垂著頭，身子癱軟。他舔舔嘴唇，感覺到鹹味。「對，」他說：「有此可能。」

英姬

她沒想到夏儂問完問題後，四下會那麼安靜，沒有人低聲說話或咳嗽，空調沒有發出噗噗或嗡嗡的聲響，好像有人按下「暫停」鍵，所有人就此定住，頭都轉向博，面帶嫌惡地皺眉注視，一如稍早看伊莉莎白的表情。一個小時內，從英雄變成殺人犯。事情是怎麼發生的？像表演魔術一樣，只不過轉換瞬間沒有咻的一下。

應該要有砰然一聲或是雷聲才對。改變人生的災難會伴隨巨響而來，不是嗎？鳴笛聲、警報聲，總之就是現實轉變的某種預兆：前一刻還很正常，下一刻就變成被瘋狂改變的殘餘。英姬很想跑上前去抓起法槌用力敲——將靜默敲開，分成兩半。起立。維吉尼亞邦訴俞英姬。因為她竟然相信家人的麻煩事已經結束，都已經一次又一次看到世事的分崩離析何等快速，宛如火柴堆的高塔，竟還是那麼愚蠢。

當亞伯站起來，英姬一度抱著殘存的希望，期望他質問麥特怎敢說謊，怎敢牽扯一個無辜的人。不料亞伯用洩氣的聲音問一些敷衍的問題，諸如還有誰會使用H超市的紙、為什麼麥特無法確實預估爆炸到開閘門的時間等等，英姬覺得自己的身體癟了下來，氣體快速外洩有如被刺破的球。

英姬想要站起來尖叫，對陪審團尖叫說博是個高尚正直的人，他確確實實奮不顧身衝進火場救病患。對伊莉莎白的律師尖叫說他不會為了錢冒著害死自己和女兒的風險。對亞伯尖叫要他解決這個問題，她一直相信他說的，無論多細微的證據都在在指向伊莉莎白。

法官宣布午餐時間休庭，法院的門呀然開啟。這時英姬聽到了。遠處傳來敲槌聲，砰—哐、砰—哐，配合著她太陽穴邊咚咚的脈搏聲，血液嗖地急湧過耳膜——聲音回響放大，像在水底下似的。很可能是葡萄園裡的工人。稍早她看見他們在小山邊堆木樁，種新藤用的。那巨大的撞擊聲想必已經響了整個上午，只是她沒聽見。

他們魚貫地從法院走到亞伯的辦公室——亞伯在最前面，隨後是英姬推著坐輪椅的博，梅姬殿後。他們的隊伍由一名龐然壯漢帶頭，一接近，民眾便彷彿憎惡地往兩旁退開——英姬覺得自己好像罪犯被劊子手帶著遊街示眾，民眾個個瞠目結舌指指點點。

亞伯帶他們進入一棟黃色建築，經過一條陰暗走廊，進到會議室後請他們稍等，他要去見見手下的人。門關上後，英姬往博靠近。二十年來，都是他高高在上，此時高過他，看見他頭頂的髮旋，感覺很奇怪。她覺得多了幾分勇氣，就好像微微垂下臉的動作打開了平時阻擋住她話語的某座堤壩。「我就知道會這樣，」她說：「打從一開始我們就應該說實話。我跟你說過不應該說謊的。」

博皺起眉頭，下巴往看著窗外的梅姬抬了抬。

英姬沒理他。梅姬聽到又怎樣？她已經知道他們撒謊了。他們不得不告訴她，因為她是他捏造的故事的一部分。「史畢南先生看到你了，」英姬說：「所有人都知道我們在說謊。」

「沒有人知道什麼。」博低聲說，儘管附近沒有人能聽懂他們快速的韓語。「又沒什麼證據，只有我們的說詞對上他的，妳、我和梅姬對上一個戴著厚鏡片、有種族歧視的老人。」

英姬很想抓住他的肩膀，高聲吶喊、死命地搖晃他，好讓她的語句穿進他的頭顱，像彈珠台的彈珠在他腦子裡碰來撞去。不過，她只是讓指甲深深嵌入手掌，迫使自己出口的話語保持平靜，因為她早就學到教訓，心平氣和地說話比大聲嚷嚷更能引起丈夫注意。「我們不能繼續說謊，」她說：「我們又沒做錯什麼，你只是出去看那些抗議者的狀況，想保護我們，你還讓我留下來負責。亞伯會理解的。」

「可是當時沒人在場，把所有人封閉在一個燃燒的艙內，無人照看這部分呢？妳覺得他也會理解嗎？」

英姬往博身邊的椅子重重坐下。她曾多少次希望回到那一刻重來一遍？「錯的是我，不是你，我無法承受你為了保護我把責任攬到自己身上。我覺得自己好像罪犯，對每個人都說謊。我沒法再這麼做了。」

博一手搭在她手上，蜿蜒在他手背上的青筋彷彿延續到她手上。「犯罪的不是我們，我們沒有放火。不管我們當時在哪裡，都不可能阻止爆炸。就算我們兩個都在現場，亨利和琦巧還是會死。」

「但要是我及時關掉氧氣……」

博搖搖頭。「我都一再告訴妳了，管子裡有殘留的氧氣。」

「可是火勢不會那麼猛烈，如果你馬上開門，也許救得了他們。」

「這妳不會知道，」博的語氣溫柔平靜。他伸手扶著她的下巴，抬起她的臉迎向他的目光。

「事實上，如果我在那裡，我也不會在八點二十分關掉氧氣。妳要記得，TJ脫下了頭罩。每當他這麼做，我都會延長時間，彌補漏掉的氧氣……」

「可是……」

「……也就是說，」博接續道：「就算我在那裡，氧氣會繼續開著，照樣會起火爆炸。」

英姬闔上眼睛嘆了口氣。他們已經多少次繞著同樣這個問題打轉？他們能向彼此拋出多少假設與理由？「我們要是沒做錯什麼，那何不就實話實說？」

博抓住她的手，十分用力。很痛。「我們不能改變說詞。我離開了穀倉，妳又沒有證照，保單條款很清楚——違反這樣的規定會自動被視為過失，而有過失就不理賠。」

「保險！」英姬忘了要壓低聲音。「誰在乎那個？」

「我們需要那筆錢。拿不到錢，我們就什麼都沒了。我們所犧牲的一切、梅姬的未來……全沒了。」

「你聽我說。」英姬在他面前蹲跪下來。也許俯視的動作有助於讓他把她的話聽進去。「他們以為你說謊是為了掩蓋謀殺。那個律師在設法讓你取代伊莉莎白去坐牢。你難道看不出來這樣更糟得多嗎？你有可能被處決啊！」

梅姬倒抽一口氣。英姬原以為梅姬一如往常，陷在自己的世界裡，沒想到她正面對他們。博瞪著英姬。「妳別再那麼誇張，這下無緣無故把她嚇壞了。」

英姬伸出雙臂牢牢抱住梅姬。她等著梅姬掙脫開，梅姬卻動也沒動。「我們很擔心你，」英姬對博說：「我是說真的，你卻不太當一回事。」

「我有當一回事，我只是保持鎮靜。妳變得歇斯底里，還在法庭上倒吸氣——妳有沒有發現每個人都轉頭看？就是那種事才讓我看起來有罪。現在我們最不能做的就是改變說詞。」

門開了。博瞄了亞伯一眼又繼續用韓語說：「妳們都別吭聲，我來說就好。」不過語氣較為輕鬆，像在談論天氣。

亞伯一副發燒的樣子，他平常臉的顏色有如抹油的桃花心木，現在卻是深淺不一的赤褐色，表皮還蒙上一層半乾的汗水。當他與英姬四目交接，也不像平時露齒而笑，反而連忙望向別處，彷彿感到尷尬。「英姬，梅姬，我需要和博單獨談談。妳們可以到走廊另一邊去等，那裡有午餐可以吃。」

「我想留下來。陪我丈夫。」英姬說著將手搭在博的肩上，期望他對她的支持表露些許感激——微微一笑或點個頭，又或是把手放在她手上，像前一天晚上那樣。然而，博皺起眉頭用韓語說：「妳照做就是了。」他的聲音很輕，幾乎像在說悄悄話，但有命令的威嚴。

英姬放下手來。她真傻，竟只因為昨晚那一瞬間的溫柔，就以為博不再是原來的他：一個只要求妻子在外人面前對自己百依百順的傳統韓國男人。於是她帶著梅姬離開。

她們沿走廊走到一半時，背後的門才關上。梅姬隨即停下腳步，左右張望一下，然後躡手躡腳回到會議室外。

「妳在幹嘛？」英姬壓低聲音喊道。

梅姬舉起食指放在嘴唇上示意她別出聲，並將耳朵貼到門上。

英姬往走廊看去，四下無人，便也躡手躡腳跑過去和梅姬一起偷聽。

裡面沒有聲音，英姬感到十分詫異。亞伯是那種不喜歡安靜的人。她不記得有哪次開會，亞伯不是滔滔不絕侃侃而談。那麼這代表了什麼，這樣的安靜？亞伯顯得慎重遲疑，小心地字斟句酌，難道是因為現在博成了殺人嫌犯？

亞伯終於說道：「今天冒出了好多事情，麻煩事。」他的話帶著安魂曲的沉重與勉強的平穩。博立刻出聲，彷彿一直在等著開口。「我現在是嫌犯嗎？」

英姬期待亞伯反駁，不是！當然不是！但完全沒有回應。只聽到輕輕的咔滋咔滋聲，是梅姬在咬自己粗粗的一束頭髮，這是她到美國的第一年開始有的壞習慣。

過了片刻，亞伯說：「你的嫌疑和其他所有人都一樣。」

那是什麼意思？亞伯常常說這樣的話，雖然意在安撫，但其實認真一想，留下的彈性空間不輸一間大教堂。譬如在警方調查博有無過失後，亞伯說：「你差不多等於洗清嫌疑了。」要不是洗清了嫌疑就是還有嫌疑，除了確實洗清嫌疑之外，怎會有什麼差不多的情況？

亞伯接著說：「有一些……前後矛盾的地方。比方說，打給保險公司的電話。是你打的嗎？」

「不是。」博說。英姬很想大喊叫博把話說清楚，說他沒有理由打那通電話，因為他本來就知道答案。簽約前，她幫他翻譯條款，他們還嘲笑美國合約真白痴，花那麼多段落寫一些連小孩子都知道的明顯事實。她更特別指出縱火的部分。（「竟然用兩頁說明你要是親自或找人燒掉自己的資產，他們不會付錢！」）

「你要知道，」亞伯說：「公司正在調出通話錄音。」

「很好啊，那就可以證明不是我打的。」博的口氣忿忿不平。

亞伯說：「上午潛水期間，還有誰能取得麥特的手機嗎？」

「沒有。梅姬在八點半出門去上SAT的課，英姬在收拾早餐，第一個潛水時段總是只有我一個人，每天都一樣。不過……」博漸漸沒了聲音。

「不過怎麼樣？」

「有一天，麥特說他拿到珍寧的電話，珍寧拿到他的。他們互相拿錯了電話。」英姬想起來了。當時麥特很心煩，差點就取消潛水馬上回去拿電話。

「就是打電話那天嗎？爆炸前一個禮拜？」

「我不確定。」

接下來沉默了許久，亞伯才說：「珍寧知道你保哪家公司嗎？」

「知道，」博說：「是她推薦的公司，她診所也是保那家。」

「有意思。」最後這段對話似乎破除了亞伯的提防之心，他又恢復平時快速、有高低起伏的說話節奏——有如聲音版的旋轉木馬。「好，再來是關於你的鄰居。最後那次潛水你有離開穀倉嗎？」

「沒有。」博否認得毫不含糊，讓英姬暗暗心驚，納悶自己嫁了什麼樣的男人，竟能這麼令人信服地、這麼堅定地撒謊，沒有一絲遲疑。

「你鄰居說他在爆炸前看見你在外面待了十分鐘。」

「他要不是說謊就是記錯了。那天我有去檢查電線，很多次，看看電力公司的人有沒有來修。但每次都是休息時間，從來沒有在潛水的時候。」博聽起來自信滿滿，近乎傲慢。

亞伯的僵硬態度徹底破除，說道：「你聽著，博。如果你有什麼事沒告訴我，現在正是時候。你遭受到嚴重創傷，光是這點就足以讓任何人記憶混亂，搞錯一些事情很正常。你不會相信有多少證人信誓旦旦地說他們記得一清二楚，跟我說某某事，然後我告訴他們別人說了什麼，結果砰一下，他們就想起了某件已經忘得一乾二淨的事。重要的是，趁你現在還沒作證趕快說清楚。第一次，你就把事情原原本本地告訴陪審團，沒關係，但要是等到後來才說，就行不通了。陪審團會忽然懷疑：他在隱瞞什麼？為什麼改變說詞？然後砰一下，夏儂會高喊他們有合理的懷疑，一切就完了。」

「不會發生那種事。我說的是事實。」博拉開嗓門，說得更大聲。

「你要了解，」亞伯說：「你鄰居的說詞非常有說服力。他當時在講電話，跟他兒子說你在弄纏住電線的氣球等等。他兒子證實了，通話紀錄也吻合。你的說詞和他們的不可能同時成立。」

「他們弄錯了。」博說。

「說真的，我實在搞不懂，」亞伯見博不再開口便接著說：「你為什麼要對抗這點。有個中立的一方證實起火時你人不在那附近，這完全是最佳不在場證明。夏儂大可以一整天叫嚷著說你沒打開閘門，但伊莉莎白放火的事實完全不會改變。所以為了達到我的目的，也就是把那個女人關進牢裡，史畢南說的我可以接受。我不能接受的是你說謊，因為只要你有一點不誠實，我就會懷疑你在掩蓋什麼，你懂嗎？」

梅姬又開始咬頭髮，在寂靜中，她咬鬌頭髮的聲音愈來愈響，也愈持久，搭配著英姬耳裡不斷加快的心跳節奏。

「我在穀倉裡。」博說。

梅姬搖了搖頭，整張臉焦慮地皺成一團，劃過臉頰的疤痕突然浮腫發白，更加醒目。「我們得做點什麼。他需要幫忙。」梅姬用英語說。

「妳爸爸叫我們什麼都別做。我們必須聽他的。」英姬用韓語說。

梅姬看著她，似乎張嘴欲言，卻發不出聲音。英姬認得這個表情。就在博剛抵達美國，告訴她們他決定舉家搬到奇蹟溪時，梅姬曾經反抗他，哭喊著說她不想搬到一個鳥不生蛋、她誰也不認識的地方。博責備她不該不尊重父母的權威，她便轉向英姬說道：「告訴他，我知道妳想的跟我一樣。妳有聲音，幹嘛不用？」

英姬也想用，她很想大聲地說他們現在在美國，她在這裡四年了，全靠自己一個人養小孩、看店、處理財務收支，而博幾乎已經認不得她們，對美國的瞭解更肯定不及她的一半，所以他憑什麼命令她做事？然而從他的模樣——臉上綻放出慌亂焦慮的神情，像個換了新學校的男孩，不知如何才能適應——她看出了多年的分離奪走他多少東西，也看出了他有多急於重建他一家之主的地位。她為他感到心痛。「我相信你能為我們一家做出最好的決定。」她對博說，同時在梅姬臉上看見了和現在同樣的表情：交雜著失望、鄙視，還有最糟的是對她的無能為力的憐憫。當時她自覺渺小，彷彿她是小孩，梅姬是大人。

此時此刻，英姬想對女兒解釋這一切，便伸手打算牽梅姬的手帶她走開，到一個可以說話的地方。不料還沒來得及做什麼、說什麼，梅姬就轉身開門，大聲而清晰地說：「是我。」

對梅姬的幼稚行為感到惱怒——也不三思，全然不顧後果——那是後來的事。當下浮現的其實是羨慕，羨慕女兒，一個才十來歲的少女，竟有行動的勇氣。

「什麼是妳？」亞伯問。

「史畢南先生看到的人，是我。」梅姬說：「爆炸前我在那裡。我把頭髮挽起來，戴著跟我爸一樣的棒球帽，我猜可能因為距離遠，他才以為我是我爸。」

「可是妳當時在穀倉啊。」亞伯眉頭蹙得更深了。「妳從頭到尾都是這麼說的，說妳直到爆炸以前都跟妳爸爸在一起。」

梅姬臉色發白，顯然沒有事先想清楚該如何協調新舊說詞。她望向英姬和博，目光驚慌閃爍地求助。

博隨即伸出援手，用英語說道：「梅姬，醫生說妳的記憶會慢慢恢復。妳現在想起新的事情了嗎？妳有出去幫媽媽找電池，是不是還發生了其他的事？」

梅姬咬著嘴唇，彷彿努力忍住不哭，同時緩緩點頭。當她終於開口，話語也是斷斷續續沒有把握。「在那稍早我和媽吵了一架——她要我多幫忙家事、煮飯、打掃等等……我心想……要是我們獨處，她只會罵得更凶，所以我……沒有進屋裡去。我記得……」梅姬眉頭深鎖神情專注，彷彿試圖喚醒一段模糊的記憶。「我知道電線的事，所以……我就改去那裡。我想也許……我可以解開氣球，可是……我摸不到綁繩。所以我就回來了。」她看著亞伯。「那時候我看見冒煙，就到穀倉後面去，然後……」梅姬聲音中斷，閉上了眼睛。一滴淚水滑落她的臉頰，有如接到指令一般，更凸顯她那道疤痕的凹凸起伏。

英姬知道自己應該扮演好母親的角色，心疼在此之前從未談過那一夜的女兒，應該抱著她、輕撫她的頭髮，做一個母親安撫孩子該做的一切。但她卻只能呆呆站立，噁心欲嘔，滿懷憂慮，確信亞伯一眼就能看穿梅姬的謊言。

但他並沒有。他全部相信——總之看起來是這樣——還說這麼一來有很多事就都說得通了，而且醫生也說過，記憶會一點一滴慢慢浮現，這當然可以理解。聽到史畢南先生的證詞有了看似合理的解釋，他似乎大大鬆了一口氣，即使他對梅姬的說詞有疑慮——就算隔得遠，怎麼可能有人把一個女孩誤認為中年男子，又或是梅姬聲稱在電線旁邊只待幾分鐘，與史畢南先生所說的十多分鐘並不相符——他也找理由搪塞了過去，嘟噥著說應該是視力不好，老白男總覺得所有亞洲人都長得一樣，青少年也往往會忘記時間。

亞伯對博說：「我不知道夏儂為什麼決定挑你毛病，你並沒有動機。就算你想拿理賠金，那何不等到艙裡沒人的時候？何必冒著害死孩子的風險？這沒道理。要不是關於你在外面這件事把人搞糊塗了，她根本沒有對你不利的證據。」

梅姬脫口發出半笑、半啜泣的聲音。「是我的錯。要是我早點想到就好了……」她看著亞伯，臉痛苦地皺縮起來。「真的很對不起。這對我爸沒有傷害吧？他完全沒做錯什麼，不能讓他去坐牢。」

梅姬蹲到博身邊，將頭枕在他肩上。博拍拍她的頭，像是在說沒事，一切都得到原諒了，梅姬則向英姬伸出手，邀她加入她與博。即便走向他們，一手牽著梅姬，另一手牽著博，圍成一個圓圈，英姬還是覺得自己像個外人，被排除在丈夫與女兒的連結之外。博原諒了梅姬沒有遵照他的計畫，他對英姬也能如此包容嗎？而梅姬——她為了博打破長達數月的沉默，她也會為了英姬這麼做嗎？

亞伯說：「放心，我們會想出辦法的。博，明天你作證的時候我會請你解釋。梅姬，我可能也會請妳出庭作證。」亞伯說著站起身來。「但除非你們對我實話實說，否則我幫不上忙，我不希望再發生像今天這樣的事。所以我問你們：你們有沒有對我隱瞞什麼事，任何事？」

博說：「沒有。」

梅姬說：「沒有，完全沒有。」

亞伯看著英姬。英姬張嘴，卻沒說話。她這才發現自從梅姬開門之後，自己始終一語未發。

「英姬？還有什麼事嗎？」亞伯問。

英姬想到那個晚上，梅姬在幫博監視抗議者，她則獨自在家裡翻找電池。她想到她和博的通話，想到她對女兒的抱怨與他的維護，一如既往。

「有任何事情嗎？趁現在說。」亞伯說。博和梅姬緊緊握著她的手，催促她加入他們。

英姬俯視丈夫與女兒的臉，接著轉向亞伯說：「你都知道了。」然後她站在原地，與家人連成一氣，聽著亞伯告訴他們，下一次的證人作證後，關於伊莉莎白想讓兒子死的事情，將不會有人再有絲毫懷疑，絕對一個人都沒有。

泰瑞莎

她不斷想著性事，怎麼也停不下來。整個午餐休息時間，咀嚼食物時、閒步逛街時、凝視著葡萄園時：性、性、性。

主街上，「好漂亮啊」的咖啡館隨處可見，她的執念就是從其中一間開始的。那間店裡的牆壁是淡紫色，並有手繪的葡萄圖案，顯然是貴婦們聚餐喝下午茶的場所。不過，收銀台前是個男人，完全是典型的性感小帥哥，精緻講究的背景更加襯托出他健美肌肉的精雕細琢。泰瑞莎走上前去付沙拉的錢，忽然聞到一股熟悉的、來自她遙遠過往的味道。一種辛辣味——可能是Polo，她高中男友用的古龍水——混合著漸乾的汗味。高潮後那刺鼻的麝香味——不是她常有的那種高潮（自己蓋著被子，只用食指畫著小圓圈），而是她已經十一年沒有體驗過的那種（身上壓著男人的體重，兩人的身體因出汗又濕又滑）。

「外面很熱，妳確定要外帶？」男子說。

她用自以為帶著性隱喻的語氣說：「我就喜歡熱。」接著對他露出具有性暗示、似笑非笑的表情，從容地走了出去，一面享受著裙襬迴旋、絲質布料拂掠過肌膚的感覺。過了下一個路口後，她看見稱呼她「泰瑞莎修女」的麥特，在這個結合了甜蜜與荒謬的時刻，她不得不強忍住笑。

有可能是裙子的關係。她已經多年未穿。由於不時需要彎身處理羅莎的輪椅與導管，穿裙子不適當。也有可能是獨自一人的緣故。異乎尋常地、美妙無比地、令人眩暈地獨自一人，無須照顧其他人，十一年來頭一次擺脫了全年無休的兩個角色，一是羅莎的護士媽媽，一是卡洛斯（他自稱為「另一個小孩」）的兼職媽媽。

她倒也不是從來沒有閒暇時間；每星期教會志工會輪流幫忙照顧孩子幾個小時。但在那種時候出門都是匆匆忙忙，只顧著採買辦事。昨天是她這十年來第一次整天不在羅莎身邊——第一次沒有從頭到尾處理她餵食與換尿布的事，沒有用身障改裝車載她去做治療，沒有在她醒來時跟她說早安或親吻著向她道晚安。這讓她焦躁不安，志工們還得硬推她出門，叫她別擔心，專心出庭就是了。她一到法院就打電話回家，第一次休息時也打了兩通。

昨天的午餐休息時間，泰瑞莎打電話回家，吃完自己準備的三明治後看看手錶，還有五十分鐘，沒有什麼非做不可的事。於是她開始走路，漫無目的地。附近沒有Target或是好市多，只有為了輕浮瑣碎的目的所設計、呈現珠寶色調的商店，誇耀著它們是故意摒棄實用性。她走進一家二手書店，有一整區都是舊地圖，卻沒有一本關於養育特殊需求孩子的書；有一間服飾店內有十五種樣式的拍拍尺手環，卻沒有內衣褲或襪子。隨著時間一分一秒過去，光只是這麼瀏覽著，不必照顧人，泰瑞莎感覺到自己一吋吋地褪去那個角色，猶如蛻皮的蛇，露出了原本被隱藏的部分。不是母親泰瑞莎也不是護士泰瑞莎，而是單純的泰瑞莎，一個女人。羅莎、卡洛斯、輪椅與導管的世界逐漸變得超現實而遙遠。她對他們的愛與擔心愈來愈微弱，宛如晨星——依然還在，卻不那麼清晰可見。

第一天開庭結束後，泰瑞莎開著借來的轎跑車回家，一面跟著唱搖滾歌曲。在羅莎就寢時間的十分鐘前到家時，她駛過家門，把車停在一個樹木環繞的隱密處，看了十五分鐘的書（一本九十九分錢的梅姬．海金斯．克拉克懸疑小說，是她趁著休庭時間買的），享受一下多偷得的幾分鐘。

這很像方法派演技演員，假裝成另一個人的時間愈久便愈能深入角色。今天，雖非必要，泰瑞莎仍提早出門。她扮演起單身女子的角色——在車上化妝、披著長髮，注視著葡萄園的工人。與那名男性收銀員相處的短短一剎那，她確實覺得像個自由的女人，不具有「女兒身障加上兒子脾氣暴躁」這種足以讓男人退避三舍的組合。

她等到最後一刻才回到法院。在門口，有兩個女人和她打招呼，她見過她們幾次，是比她晚一個時段的上午療程的奇蹟潛水艇病患。其中一人說：「我剛剛才在說，要我到這裡來真的很不簡單。我先生很不會照顧小孩。」另一人說：「我也是。希望庭審可以早點結束。」

泰瑞莎點點頭，試著將嘴唇彎成「我也有同感」的微笑。她暗忖自己是否成了壞人，欣然縱情於人生這短暫的間歇時刻。假如沒有想念羅莎翹起嘴唇、張嘴要喊「媽媽」的模樣，她是不是個壞母親？假如祈禱審判能持續一個月，對那些志工而言她是不是個壞朋友？她正要開口說：「我知道，我覺得好自責。」卻看見她們的臉色——不是自責，而是興奮，眼珠子飛快地轉來轉去，看著戲劇性的法庭看得入迷。她這才想到：這些女人可能跟她一樣在扮演「好母親」，試圖假裝自己並沒有在享受這個半放假的機會，讓丈夫被迫體驗一下她們混亂又平淡的日常。泰瑞莎看著她們，微笑說道：「我完全能體會妳們的感覺。」

法庭裡很悶熱。她原以為能從熱氣中解脫——有人說已經將近四十度——不料室內的空氣也一樣濃稠。也許是因為大家從大太陽下走過，像海綿一樣吸取了濕氣，如今步入室內將濕熱釋放出來。空調開著，但聲音聽起來很微弱，偶爾還會噗噗響，彷彿精疲力竭。氣流涓滴而出，與其說是冷卻室內空氣，倒不如說是在循環汗水粒子。

亞伯宣布他的下一個證人：史提夫．皮爾森，縱火案專家兼調查負責人。他走上來的時候，布滿汗水的禿頭呈粉紅色又黏滑，泰瑞莎幾乎可以看到上頭冒出蒸氣。泰瑞莎身高才一米五出頭，因此大多數人對她來說都很高大，可是皮爾森警探堪稱巨人，他甚至比亞伯還高。他跨上證人席時，台子發出尖銳吱嘎聲，在他龐大身軀對照下，那張木椅也宛如玩具。他坐下時，流瀉進來的陽光有如聚光燈照在他燈泡般的禿頭上，讓他的臉籠罩在一圈光環中。這讓泰瑞莎想起爆炸當晚，第一次見到他的情景：他站在火場背景前面，猛烈抽動的火焰照在他的頭皮上閃閃發光。

那是猶如噩夢的場景。消防車、救護車和警車的警笛聲高高低低地嗚響著，底下則是劈哩啪啦的火焰持續不斷吞噬穀倉。急救車輛的閃光燈襯著逐漸變黑的天空，加上水管噴出的泡沫水線像彩帶似的在空中交錯，營造出一種夜店的迷幻氛圍。還有擔架。覆著潔白床單的擔架，無所不在。

如奇蹟一般，泰瑞莎和羅莎都沒事，只是吸入了煙，醫護便給她們純氧——真諷刺。她吸氧氣時，看見麥特奮力想掙脫壓制他的緊急救護員。「放開我！她還不知道，我得去告訴她。」

泰瑞莎停止吸氣。伊莉莎白。她不知道兒子死了。

史提夫．皮爾森就在此時映入眼簾，寬得畸形的肩膀加上大光頭，活像誇張版的電影壞蛋。「先生，我們會找到身故男孩的母親。」他的聲音很尖還帶著鼻音，感覺更格格不入，因為她以為如此龐大的身軀應該會發出轟隆隆的低音，不料反差實在太大。好像哪裡出了錯，好像他真正的聲音被換掉，改由一個尚未進入青春期的男孩配音。「我們會去傳達消息。」

傳達消息。太太，我有個消息要告訴妳，泰瑞莎想像這個男人說道，就好像亨利的死是CNN一則有趣的外電消息。令郎死了。

不。她不會讓一個外表有如北歐相撲選手、講話卻像《鼠來寶》中的花栗鼠艾文的陌生人去告訴伊莉莎白，她不會讓他汙染了她將一再重新經歷的時刻。泰瑞莎自己就有過這種經驗，一個「好忙又好了不起啊」的醫生告訴她：「我是來電告知令嬡陷入昏迷了。」然後當她震驚地問「什麼？你在開玩笑嗎？」，還打斷她說道：「我建議妳盡快趕來，她恐怕撐不了多久。」泰瑞莎希望能由朋友以緩和的方式轉告伊莉莎白，並擁抱她陪她一起哭，一如她當初希望前夫做到的，而不是委託一個陌生人。

泰瑞莎將羅莎交託給救護員後便去找伊莉莎白。當時是八點四十五分，因此潛水本該已經結束好一會兒了。她人在哪？不在車上，會不會去散步？麥特曾說過溪邊有一條不錯的步道。

她花了五分鐘才找到人，只見她鋪了毯子躺在溪邊。「伊莉莎白？」泰瑞莎喊道，但她沒應聲。走近後，她看見她耳朵裡有白白的像花苞的東西，隱隱洩出吵鬧的音樂聲，交雜著溪水潺潺與蟋蟀唧唧。

漸暗的天光在伊莉莎白臉上投下淡紫色陰影，她閉著眼睛，臉上帶著一抹微笑。很安詳。毯子上有一包菸和火柴，一截菸蒂旁有揉皺的紙和一只保溫瓶。

「伊莉莎白，」泰瑞莎又喊。沒反應。泰瑞莎彎下身，一把扯掉耳塞式耳機。伊莉莎白一驚，身體抖了一下醒過來。保溫瓶翻倒了，流出淡淡的稻草色液體。是酒？

「我的天哪，我竟然睡著了。現在幾點？」伊莉莎白說。

「伊莉莎白，」泰瑞莎捧握著她的雙手說道。救護車的閃光一陣一陣照亮天空，好似遠方的煙火。「發生了一件可怕的事。起火了，是爆炸。事情發生得好快。」她緊抓著伊莉莎白的手。「亨利恐怕……被波及到，他……他……」

伊莉莎白一語未發，沒有問他怎麼樣？沒有倒吸氣，沒有尖叫。她只是速度平穩地眨眼看著泰瑞莎，好像在倒數，直到泰瑞莎能說出句子的最後一個字。五、四、三、二、一。受傷了，泰瑞莎好想這麼說，甚至是，快死了。只要還有一絲希望都好。

「亨利死了。」泰瑞莎終於說出來：「真的很遺憾，妳都不知道……」

伊莉莎白緊閉上眼睛，高舉起一隻手，彷彿在說：打住。她輕輕地前後搖晃，猶如掛在衣架上隨著夏日微風擺動的襯衫，當泰瑞莎湊上前去穩住她，她張開嘴發出無聲的呼號。她猛地仰頭，泰瑞莎這才發覺伊莉莎白在笑。大聲地、拔尖地、瘋狂地哈哈大笑，同時像唸咒語般不斷重複：「他死了，他死了，他死了！」

泰瑞莎仔細聆聽皮爾森警探對於當晚後續情況的證詞。說伊莉莎白以詭異的冷靜態度環視現場。說他帶她到亨利的擔架前，還來不及阻止，她就拉開了蓋住他臉的白床單。說她不像其他傷心的家長那樣尖叫、哭泣或緊抱屍體不放，他告訴自己她想必是驚呆了，不過天哪，看了真的令人毛骨悚然。

證人詳述這些她已經知道並親身經歷的事實之際，泰瑞莎從頭到尾都低著頭，一面撫平手上的皺紋一面想著伊莉莎白高喊「他死了！」她當時的放聲大笑——她因此知道伊莉莎白沒有殺亨利，就算是她，也不是故意的，不是謀殺。八歲那年，泰瑞莎跌進池塘的冰洞，水冰冷到讓人覺得滾燙。伊莉莎白的笑聲就有那種感覺，彷彿痛苦過頭了哭不出來，直接超越哭泣到另一個層次：那種悲痛狂笑所傳達的痛苦更甚於任何啜泣或吶喊。但她該如何以言語表達，解釋說伊莉莎白的笑不是笑呢？她喝酒抽菸，做這些母親不該做的事都已經夠糟了，得知兒子死訊後大笑，會讓她顯得……輕則瘋狂，重則精神失常。所以她絕不會告訴任何人。

亞伯把一樣東西放到展示架上。是一張便條紙的放大照片，紙上寫滿潦草的句子。多半是待辦清單：電話號碼、網址、要買的東西。有五個分散在各處的句子用黃筆標記起來：我再也撐不下去了；我需要恢復本來的生活；今天就要結束！；亨利＝受害者？怎麼能？；以及HBOT到此為止，最後一句用一筆一口氣畫了十幾個圓圈，很像小孩畫的龍捲風。整張紙交錯著歪七扭八的線，是撕毀後，像拼圖一樣重新拼湊而成。

亞伯說：「皮爾森警探，告訴我們這是什麼。」

「這是在被告家廚房發現的一張便條紙，經過放大和標記。當時紙張被撕成九塊碎片，丟在垃圾桶。筆跡鑑定證實是被告所寫。」

「也就是說被告寫了這個，撕毀後丟棄。這有什麼重要嗎？」

「看起來像是某種計畫文件。被告已經受夠了照顧有特殊需求的孩子。她打算在那天晚上做個『結束』。」他在空中畫出引號。「『HBOT到此為止』，她這麼寫。我們將這些網址和號碼及被告的網路瀏覽紀錄和通話紀錄做了比對，確定這些是爆炸當天寫的。所以說在她寫完這個的幾小時後，HBOT就爆炸，她的兒子也遇害。而事發當時，她正在喝酒抽菸慶祝，這可以視為解脫父母職責的最終象徵。」皮爾森對著伊莉莎白皺眉，一副吃到腐敗食物的模樣，泰瑞莎不禁納悶，倘若他昨晚看見她躲在車上，以便多享受幾分鐘遠離身障女兒的自由，不知會不會露出同樣表情。

「也許被告是在寫她累了，打算停止HBOT療程。沒有這個可能嗎，警探？」

皮爾森搖頭。「就在同一天，她寄出email去取消亨利的治療——語言、職能、物理、社會——就只有HBOT除外。如果『HBOT到此為止』是代表她不想再做，那何不一起取消？除非根本沒有必要，因為她知道它就要毀了。」

「嗯，非常奇特。」亞伯露出「我想不通」的表情。

「沒錯，未免太巧了，被告決定停止HBOT治療的當天，機器剛好爆炸，她所寫的一切都成真，而且剛剛好，亨利再也不需要她剛取消的那些治療了。」

「但巧合的事的確會發生。」亞伯的語氣熱切，顯然是在為陪審團上演黑臉白臉戲碼。

「沒錯，但假如她決定停止，為什麼還要參加下一次潛水？為什麼要開那麼長的路，然後謊稱她生病？為什麼她在下午搜尋了HBOT火災案件之後還要那麼做？鑑識人員分析過她的電腦後已經證實這一點。」

亞伯說：「皮爾森警探，身為縱火案調查專家，你從被告的電腦搜尋紀錄和摘記得出什麼樣的結論？」

「她的搜尋集中在HBOT火災的技術面——火源在哪裡，火勢如何延燒——這顯示一個人打算縱火，在研究點火的最佳方法，以確保HBOT艙內的人必死無疑。至於她寫的『亨利＝受害者？怎麼能？』顯示她的重點集中在如何確保亨利真正成為受害者，也就是被殺害的人。她後來調整亨利的座位，讓他坐在最危險的位置，就證實了這點。」

「異議。」伊莉莎白的律師要求上前商談。當檢辯雙方代理人與法官私下交談時，泰瑞莎看著展示的證物。那每個潦草的字句，泰瑞莎自己也都可能會寫。有多少次她曾暗想：我再也撐不下去了，我需要恢復本來的生活？拜託，那根本是她每天晚上祈禱的部分內容：「親愛的上帝，請幫忙羅莎，請給我們一個新的療法或藥物或隨便什麼都好，上帝啊，因為我需要恢復我本來的生活。卡洛斯需要恢復他本來的生活。尤其是羅莎，更需要恢復她本來的生活。求求祢了，上帝。」去年夏天，每天兩趟長途車程下來，她不也是倒數著日子，對羅莎說：「女兒，還剩九天了，然後**HBOT就到此為止！**」嗎？

至於「亨利＝受害者？怎麼能？」那句，就邏輯與理智而言，皮爾森的解釋說得通，但那句話似乎觸動了什麼。亨利等於受害者，怎麼能。亨利是受害者，亨利身為受害者，怎麼能？她不斷地重複，深陷在一個無比熟悉的節奏中，有如久遠以前的搖籃曲。

忽然間，她想到了。那天早上的抗議者。「妳們在傷害他們，」銀色短髮女子這麼說：「妳們一心想要完美到無可挑剔的孩子，就是這種扭曲的欲望讓他們成了受害者。」這話擾亂了伊莉莎白——儘管當時像三溫暖的烤箱那麼熱，她也臉色發白——泰瑞莎則說：「拜託，亨利是受害者？真是可笑。妳還給亨利買有機內衣褲耶，胡說八道什麼。」但後來，她心中暗想：羅莎是不是因為我無法接受她而成了受害者？但我只是想要她健康，這有什麼錯？她手邊要是有紙，她可能也會隨手寫下羅莎＝受害者？怎麼能？

檢辯雙方代理人回到自己的席位後，亞伯又擺出另一張海報。

「警探，」亞伯說：「告訴我們這是什麼。」

「這是爆炸前被告看的最後一個網站上的圖示。她搜尋的關鍵字是『HBOT艙外起火』，可能是想找抗議者的傳單上那個案子，結果找到這個：一個和奇蹟潛水艇類似的壓力艙，起火點在外面。火把氧氣管燒裂開，使得氧氣逸出，接觸到火焰。一號氧氣瓶爆炸，燒死了連接這個氧氣瓶的兩名病患。」

「所以說被告看完這個圖示幾個小時後，就讓兒子坐到標記著死亡的第三個位子。你的意思是這樣嗎？」

「正是。請別忘記，」——皮爾森看著陪審團——「奇蹟潛水艇的爆炸情形一模一樣。起火點在同樣位置，就在氧氣管U形凹陷處的下方。死亡情形也一樣，都在後方那兩個位置，也就是她堅持要兒子坐的地方。」

泰瑞莎看著標示「沒有受傷」的左側方格，那是羅莎坐的位子。以前每次潛水，她都坐在標示「死亡」的紅色格子處。假如伊莉莎白沒有堅持換位子，那麼被火焰吞噬、燒成焦骨的就會是羅莎的頭。泰

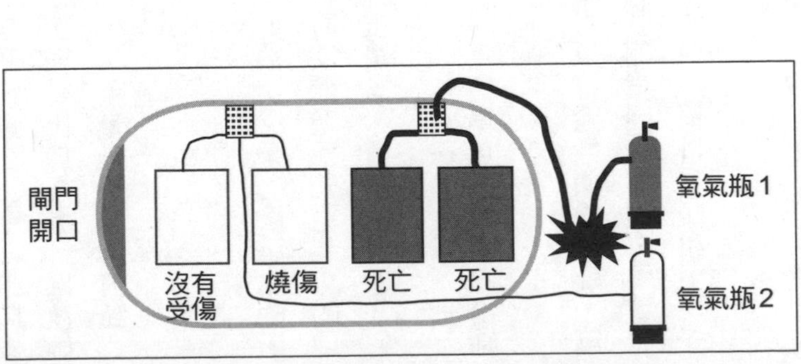

瑞莎打了個寒噤，甩甩頭驅走這個念頭，用力甩掉它。她感覺輕鬆安心到了極點，甚至於膝蓋發軟，但羞愧感隨即湧現，因為她——就誠實以對吧——在為別人的孩子慘死而感謝上帝。這時泰瑞莎突然心生一念：她之所以支持伊莉莎白會不會並非因為相信她清白，而是出於感激，感激她謀畫的爆炸給羅莎留了一條生路？她對伊莉莎白的大笑與其摘記的詮釋，是不是被自己的自私心態扭曲了？

亞伯說：「你有沒有和被告談論到起火點？」

「有，就在被告指認兒子的屍體後。我告訴她我們會查出事情是誰幹的，又是怎麼發生的。她說：『是那些抗議者。她們從外面的氧氣管底下點火。』別忘了，當時我們還不知道起火的地點和原因。後來，當我們的人分析證實起火點就在她說的地方，我們都很驚訝，這還是最保守的說法。」

「她之所以知道會不會就像她說的——是抗議者放的火，而從她們的宣傳單可以清楚看出她們是怎麼做的？」亞伯說道，口氣就像天真爛漫的學童在問復活節兔子是真的嗎。

「不會，」皮爾森搖頭說：「我們徹底調查了那些人，有幾個理由可以排除她們的嫌疑。第一，那六個抗議者是在八點結束訊問後才被釋放。她們全都說自己馬上就開車回華盛頓，中途完全沒有停留，這和手機訊號定位的結果相符。其次，她們六人身家背景清白，都是愛好和平、守法的公民，最主要的目的就是想保護兒童不受傷害。」

泰瑞莎聽了猛搖頭，真想告訴陪審團別被她們那「愛好和平」的假象給騙了。他們可沒看見那群女人那天早上咬牙切齒、眼中充滿鄙視的模樣，看起來已經準備不計任何代價阻止HBOT，就像那些以拯救生命為名、槍擊墮胎醫師的狂熱分子。

泰瑞莎深呼吸以保持平靜。證人席上的皮爾森繼續說道：「就算你相信她們會以縱火這種激烈手段來嚇阻人接受HBOT治療，她們也沒道理在氧氣全開、孩子們還在艙內的時候動手。」

氧氣全開。這句話引發了一個念頭，讓她全身發冷：萬一她們不知道氧氣還開著呢？當天早上，她結束第一梯次潛水匆匆經過她們身邊時，那個銀色短髮女子大喊道：「我們哪都不會去，今晚六點四十五分見嘍。」當下泰瑞莎沒多想，只是感到氣惱，但現在她領悟到：抗議者知道他們確切的時間表。意思就是她們預期八點五分氧氣就會關掉。據皮爾森所說，放火的人是在八點十分到八點十五之間點燃香菸，那是最佳時機：抗議者預料當時潛水即將結束，但氧氣已經關閉，這意味著火會慢慢燒，可以讓病患離開壓力艙時看見，那麼他們就會嚇壞，放棄治療並舉報博。HBOT到此為止，完全說得通。

亞伯說：「我可以明白你為什麼排除抗議者涉嫌的可能。但假如她們沒有涉案，被告怎會知道確切的起火點？」又是那種困惑好奇的語調，好像他真的摸不著頭緒似的。

「有兩個可能。」皮爾森說：「第一，她自己在那個地點放火想把抗議者捲進來。誣陷他人謀殺：這是典型的計畫，也很聰明，要不是我們發現了對她不利的有力證據，也許會成功。」

「那第二個可能呢？」

「不可思議的運氣讓她猜中了。」

有幾位陪審員發出輕笑，泰瑞莎感覺到一股力量在擠壓自己的肺。伊莉莎白很痛恨那些抗議者，這點顯而易見。她有痛恨到要冒險燒穀倉的地步嗎？不是為了殺人，而是想給抗議者製造麻煩？在那最後一次潛水，TJ的耳朵痛，博便比平時多花一倍時間加壓、開氧氣。不知情的伊莉莎白會以為到了八點十五分，氧氣已經關閉。她有可能在那個時間放火，以為大家很快就會出來，在火勢增長前便發現。這也可以說明當她聽到火災與亨利死亡的消息時，為何只是驚愕而不詫異。發覺自己害死了親生兒子——知道他為她的狂妄、她的恨意、她的罪行付出代價，這是何等諷刺、何等不堪——無疑會導致她崩潰，也才會發出那陣令泰瑞莎忘不了的痛苦狂笑。

亞伯說：「警探，到底是怎麼起火的？」

皮爾森點頭說道：「依我們的火災鑑識團隊判定，有人把一根燃燒中的香菸和紙板火柴放在一條氧氣管下方的樹枝堆裡，而引起火災。管子裂開了，讓氧氣接觸到火，儘管氧氣本身不可燃，但混合了設備裡面與周圍的汙染物之後導致爆炸，而那股爆發的力道把還沒完全燒光的香菸和火柴轟得遠遠的。我們各找到一些完好的碎片，並針對化學成分和顏色型態進行檢測，最後確認香菸是駱駝牌，紙板火柴則是這一帶的7-11會發送的那種。」

亞伯的嘴唇微微抽動，似乎試圖壓抑撇嘴而笑的衝動。「在被告的野餐區找到的香菸和火柴是什麼牌子？」

「駱駝牌香菸和7-11的紙板火柴。」

整個法庭彷彿提升顫動起來，每個人都坐得更挺更高，身子前傾或側傾，以便瞧瞧伊莉莎白的反應。

亞伯等候著私語聲與椅子的吱嘎聲安靜下來。「警探，被告有沒有試圖解釋過這項關聯性？」

「有。被告被捕後，說那天晚上她在樹林裡發現一包已經拆開的香菸和火柴。」皮爾森的聲調帶著一種吟誦的味道，有如保姆在唸童話故事給小孩聽。「她說看起來像是被丟棄的，她就撿來抽了。她說另外還有一張印著H超市標記的紙條，上面寫著：『這得結束了。我們今晚得見個面，8:15。』她說她當時沒發覺，但那想必是縱火犯丟棄的。」

「你對這番解釋有何反應？」

「我覺得不可信。青少年抽別人丟掉的菸，這我信。但一個上流階級的四十歲女性？話雖如此，我們還是把她的『解釋』當真。」他在空中畫引號。「我們去採集了香菸包和火柴紙板的指紋。」

「有什麼發現嗎？」

「說也奇怪，我們只找到被告的指紋，沒有其他人的。關於這點，她解釋說她用」——皮爾森的臉抽動了一下，好像強忍著笑——「抗菌濕紙巾擦過以後才使用。因為，你知道的，東西本來丟在地上。」

一陣格格的輕笑聲傳遍法庭，還有人大笑出來。亞伯皺起眉頭，刻意讓臉揪成一團。「抱歉，你說抗菌的濕紙巾嗎？」陪審員們面露微笑，似乎覺得有趣，但泰瑞莎發覺自己好討厭這種一目瞭然的舞台效果，好討厭他佯裝驚訝的樣子。「所以說只要用她的抗菌濕紙巾擦過，她就不介意抽這些隨手撿來、也不知道物主是誰的香菸？」亞伯重複說著「抗菌濕紙巾」聽起來很幼稚，有如一種霸凌的形式，泰瑞莎很想大喊叫他閉嘴，跟他說伊莉莎白真的有用她到處都隨身攜帶的濕紙巾擦拭所有東西的習慣，那又怎樣了？

「是的，」皮爾森說：「同時也很剛好地，『擦去』了所有可能與她的說詞相符或是矛盾的證據。」泰瑞莎真想跳起來，狠狠朝這個男人不停在比兔耳朵畫引號的肥手指打下去。

「那麼H超市便條紙上的指紋呢？被告肯定沒有用抗菌濕紙巾擦紙吧？」

「我們沒有發現什麼紙條。」

「會不會是漏掉了？」

「爆炸當晚，我們在野餐地點四周圍起一個很大的範圍，隔天早上進行地毯式搜索。那一帶沒有任何H超市便條紙。」

泰瑞莎頓時頭皮發麻，那感覺往下擴及肩膀，溫熱厚重，猶如一條披肩。那天晚上有一張紙條。她閉上眼睛，可以看得到——毯子上有一團揉皺的紙。看不清上面寫什麼，但看得出黑黑紅紅四濺的鮮豔色彩，H超市的標記搓揉後可能就是那個樣子。

泰瑞莎想像自己將此事告訴亞伯。他會相信她嗎？他會問她之前怎麼沒說。事實上，她為了避談伊莉莎白聽到亨利死訊時大笑一事，便說不太記得當時的對話，也不太記得在那附近看見什麼物件。「我只顧著要跟她說亨利死了，大概就把其他東西都排除掉了。」她是這麼說的。她可以辯稱是皮爾森的證詞喚醒她的記憶，但亞伯不會相信，他會像禿鷹一樣一啄再啄，直到把她的說詞啄到四分五裂。換句話說，她最後可能會被迫和盤托出，對伊莉莎白的大笑做出解釋。這對伊莉莎白的傷害恐怕遠大於泰瑞莎聲稱自己隱約看到某樣東西，有可能就是H超市便條紙。

因此私下找亞伯談行不通。但保持沉默也不行，一定要讓陪審團知道，紙條的事伊莉莎白沒有撒謊。

當泰瑞莎睜開眼睛，皮爾森正在說毫無證據可以證實伊莉莎白對於事件的陳述。泰瑞莎站了起來，清清喉嚨，說道：「不是那樣。我看到了。我看到那張H超市的便條紙了。」

法官敲著法槌要求安靜，亞伯則叫她坐下，但泰瑞莎站著不動望向伊莉莎白。夏儂不知在跟伊莉莎白說什麼，但伊莉莎白越過她與泰瑞莎四目相交。伊莉莎白的下唇微微顫抖，延展成約略的微笑。伊莉莎白眨了眨眼，湧現的淚水隨之滑落臉頰。速度很快，彷如洩洪。

伊莉莎白

開庭前那個星期，夏儂對伊莉莎白說法庭上需要有人坐在她後面，人數愈多愈好。可以替她遞面紙、怒目瞪視亞伯的證人等等的。家人不在考慮之列——伊莉莎白是獨生女，雙親已在一九八九年死於舊金山地震——所以只剩朋友。問題是：她一個也沒有。「我說的不是那種生死之交的閨密，只要是願意坐在妳旁邊的人就可以了。只要坐著就好。美髮師、口腔衛生師、『全食』超市的收銀小姐，隨便都行。」夏儂說道。伊莉莎白則說：「我們何不雇幾個演員？」

她也不是從來沒有朋友。沒錯，她一直都屬於內向型的人，不過念大學和在會計師事務所工作期間，曾交過幾個好友；她有三個伴娘，自己也當過兩次。但自從六年前亨利診斷出自閉，她就忙到顧不得亨利以外的任何事了。白天裡，她要開車送亨利去做七種治療——語言、職能、物理、聽覺處理（托馬迪斯療法）、社交技能（RDI人際關係發展介入療法）、視覺處理、神經回饋——中間的空檔則要去逛全方位（有機商店），買不含花生／麩質／酪蛋白／乳製品／魚／蛋的食物。到了晚上，她會準備亨利的食物與營養補充品，並上網瀏覽關於自閉症治療的留言板，諸如「HBOT兒童」和「自閉症—醫生媽媽」。失聯幾年後，朋友們也不再找她。現在能怎麼辦？打電話去說：嗨！好久沒聯絡了！不知道妳想不想來出席我的殺人審判庭，趁我被處決前聯絡一下感情。噢，對了，很抱歉六年都沒回妳電話，但我一直在忙兒子的事——妳知道吧？就是我被控殺害的那個兒子。

所以沒錯，伊莉莎白不知道有誰會來支持她（除了夏儂之外，但她不算數，畢竟她每小時要收六百美元的費用）。不過昨天當她走進來，看見身後一整排空蕩蕩——整個法庭只有這些座位空著——仍覺得心窩像挨了拳似的疼痛，彷彿有個隱形拳擊手朝她揮拳。連著兩天，伊莉莎白後面的整排位子都是空的，像在昭告世人她得不到絲毫支持，像在誇耀她的孤單無助。

當泰瑞莎冷不防地說出她有看到那張H超市的便條紙，法官試圖要取消。他敲著法槌對泰瑞莎說不能直接這樣亂喊，並指示陪審團忽略她的話。泰瑞莎道了歉，可是當法官叫她坐下——這將是伊莉莎白躺在床上，一再反覆回想的片段——泰瑞莎跨過俞家人，穿越通道，走進空空的那排座位，然後坐到伊莉莎白正後方。有幾名陪審員驚訝地倒抽一口氣。他們似乎將伊莉莎白視為痲瘋病患——也許不會傳染，但你還是會避而遠之。

伊莉莎白轉頭看著泰瑞莎。有人為她挺身而出，有人公開宣示站在她這邊，有人毫不感到羞恥地坐在她身旁——這些事她早已放棄，她早已告訴自己她不在乎，反正也沒什麼值得活下去。但還是心痛，每天和她相處數小時的那些雙潛水療程患者，連看都沒來看她，也沒親口問問是不是她做的，自動就替她定罪。

但現在，他們其中一人現身了，願意當她的朋友。感激之情在她體內不斷擴充，猶如水注入氣球，隨時可能爆破，讓她說不出口的「謝謝」激湧而出。她凝視著泰瑞莎，試圖以眼神傳達感謝。

就在此時，她瞥見人群中一團醒目的銀白。是那群抗議者的首腦，那個假裝神聖地取了「ProudAutismMom」（驕傲的自閉兒媽媽）作為使用者名稱的女人。她原以為夏儂會在庭上戳破那個女人所謂的不在場證據，將她擊垮，不料縱火的判定讓夏儂轉而盯上博，使得那個女人能安穩地坐在那裡觀看審判過程，像個清白的旁觀者。伊莉莎白感覺到膽汁朝著喉嚨慢慢蠕動，一種融合著憤怒與恨意與責怪的熟悉感覺。要不是那個女人，她兒子現在還活著，九歲了，即將上四年級。露絲．韋斯，她威脅恐嚇並企圖毀掉伊莉莎白的人生，這一切都是和琦巧講了那通致命的電話後得知的，她多希望從來沒有講過那通電話。通話後的伊莉莎白感到天旋地轉，一時間頓失理智，隨後而至的那一刻也將讓她下半輩子後悔不已。結果顯示，那一連串令人無法理解的愚蠢行為最終界定了她——還有亨利——的人生。

伊莉莎白又回頭看泰瑞莎，想到自己在喝著酒、慶祝HBOT即將結束、望著手指間的香菸讚嘆之際，她卻被困在可怕的火場中。她暗忖，倘若泰瑞莎知道那天發生的一切，倘若她知道是伊莉莎白——她對露絲．韋斯的恨意——害死了亨利，會作何感想。

夏儂很討厭皮爾森警探。「真是個不可一世、自以為了不起的王八蛋。」第一次見面後以及對他進行直接詰問後，她都這麼說。「我實在受不了他像老鼠吱吱叫的聲音。真的全身都起雞皮疙瘩了。」

是這個男人帶她去看亨利的屍體，看她動也不動的兒子，伊莉莎白原以為再見到這男人會很痛苦，沒想到她已不記得他。不記得他的長相，甚至不記得他那不協調到令人厭惡的聲音。他說的事情她也一件都記不得，但她沒有如夏儂所希望將錯誤一一指出，反而像看電視一般被動地全盤接受。

當法官請夏儂開始反詰問，夏儂對伊莉莎白說：「妳就坐著看好戲吧，看我怎麼修理他。」但是夏儂起身後，竟用眼角瞄向皮爾森（有可能嗎？夏儂在拋媚眼？），面露微笑，兩頰的酒窩跑出來了。她說：「你好，警探。」聲音低得很不自然（是想表現性感還是想強調他的尖嗓？她無法分辨），然後踩著碎步走向他，屁股左搖右晃，她猜想應該是故意裝模作樣。

「警探，」夏儂繼續用濃濁的喉音說道，伊莉莎白好想替她清清喉嚨。「我們先談一談你吧。聽說你是刑事調查的專家，有二十年的經驗了，也是這起案件的調查負責人。事實上，我聽到一個傳聞說你在教證據蒐集的研習班。」她轉向陪審團，像個驕傲地誇讚自己兒子的母親說道：「好像是所有新進警探必修的課程。」她又轉向他。「對嗎？」

「呃，是的。」這顯然出乎他意料之外。

「那個研習班叫做『刑事調查懶人包』，是嗎？」夏儂說完格格一笑（這是真的嗎？）。夏儂，那個嚴肅、專業、略微過胖，穿著不合身的花格子套裝和不透明褲襪的律師，竟然像個四歲孩童一樣格格笑。

「那不是正式名稱，但沒錯，是有人這麼稱呼。」

「而我聽說你製作了一個超級棒的圖表，你就只用那個教課。只有一頁，是真的嗎？」

皮爾森有些慌亂，他望向亞伯，好像小學生在向同學求助解答。亞伯微微聳了聳肩。「是的，我有一個一頁式的圖表上課用的。」

「我相信你是想用那個圖表來反映你的經驗，不只是教科書裡的東西，而是以你的實戰經驗所獲得的關於哪些證據最可靠、最有關聯性的知識。這樣說對嗎？」

「對。」

「好極了。」夏儂將一張海報放到展架上。

刑事調查懶人包

直接證據

**較好、可信！！！！

- 目擊者
- 犯罪時的錄音／錄影
- 嫌犯犯罪的照片
- 嫌犯、證人或共犯提供的犯罪證據資料
- 聖杯：自白

（需要證實！！！！！）

間接證據

（不那麼可信，需要一項以上）

- 冒煙的槍：證明嫌犯使用武器（指紋、DNA）
- 嫌犯擁有／持有
- 犯罪機會—不在場證明？
- 犯罪動機—威脅、之前的事故
- 特殊知識與興趣（炸彈專業知識或搜尋例證）

「警探，這是你的圖表嗎？」夏儂問道。她聲音的甜度可比糖精，其中還加了一點點嘲弄。

皮爾森與亞伯同時開口，前者說：「這個妳是怎麼弄到的？」後者則說：「異議，那有誤導之嫌。豪格女士非常清楚維吉尼亞州法並無直接與間接證據的區別。」

夏儂說：「庭上，這些法律技術層面可以等我們討論該給陪審團什麼指示時再來辯論。現在，我只是在向調查負責人詢問他的調查方法。這份文件並不是機密，而且是他自己說的，不是我。」

「異議駁回。」法官說。

亞伯不敢置信地張開嘴，然後搖著頭坐下。

「警探，我再問一遍。」夏儂說，此時已回復嚴肅的口吻，甜膩的外層就像香蕉皮被剝掉了。「這的確是你的圖表吧？你用它來教導其他調查員，包括本案的人員在內？」

皮爾森警探瞪著夏儂看，隨後才嘟噥了一句：「是。」

「所以這張圖表告訴我們，依你的經驗，直接證據比間接證據更好、更可信。對嗎？」

皮爾森看著亞伯，亞伯則揚起皺著的眉頭彷彿在說，我知道，但碰到這個瘋子法官我能怎麼辦？「對。」皮爾森說。

「這兩種證據有什麼不同？你在研習班舉了跑步當例子，對嗎？」

皮爾森的臉因驚愕摻雜氣惱的情緒而扭曲變形。他肯定拚命在想內鬼是誰，同時在想像要如何處置這個叛徒。他甩甩頭像是要釐清思緒，說道：「一個人跑步的直接證據就是有人看到他確實在跑。間接證據則是有人看到他穿跑步服和跑步鞋出現在跑道附近，臉部發紅流汗。」

「所以說間接證據有可能是錯的。比方說，那個流汗的人可能是打算稍後再跑步，流汗只是因為坐在很熱的車上，是這樣嗎？」

「是的。」

「那麼回到我們的案子。依照你這位專家的指導，先來看最重要的直接證據。你列出的第一類直接證據是『目擊者』。有人目擊伊莉莎白放火嗎？」

「沒有。」

「有人目擊她在穀倉附近抽菸或點火柴嗎？」

「沒有。」

夏儂用粗麥克筆劃掉「直接證據」底下的第一項條列內容：目擊者。「再來，有伊莉莎白放火的錄音錄影或照片資料嗎？」

「沒有。」她又劃掉犯罪時的錄音／錄影與嫌犯犯罪的照片。

「再來是『嫌犯、證人或共犯提供的犯罪證據資料』。有嗎？」

「沒有。」又劃掉一筆。

「那麼最後就剩你的『聖杯』了──自白。伊莉莎白從未承認放火，對嗎？」

他的嘴唇用力抿成一條粉紅的線。「對。」劃掉。

「所以說完全沒有伊莉莎白犯案的直接證據，完全沒有你認為，引用你的話說，『較好、可信』類型的證據可以指控她，對嗎？」

皮爾森大聲地吸一口氣，鼻孔像馬一樣張得大大的。「對，可是……」

「謝謝你，警探。完全沒有直接證據。」夏儂在圖表的「直接證據」幾個字畫上一條粗線。

刑事調查懶人包

直接證據	間接證據
較好、可信	（不那麼可信，需要一項以上）
• 目擊者	• 冒煙的槍：證明嫌犯使用武器（指紋、DNA）
• 犯罪時的錄音／錄影	• 嫌犯擁有／持有
• 嫌犯犯罪的照片	• 犯罪機會—不在場證明？
• 嫌犯、證人或共犯提供的犯罪證據資料	• 犯罪動機—威脅、之前的事故
• 聖杯—自白（需要證實）	• 特殊知識與興趣（炸彈專業知識或搜尋例證）

夏儂後退一步，微微一笑。那是個無拘無束的笑容，她臉上每個面向都反映出勝利的喜悅——眼睛、臉頰、嘴唇、下巴，就連耳朵都往上翻了。真是有趣，她竟如此盡心盡力，哪怕審判結果對她的人生沒有影響，沒有太大影響。無論輸贏，她還是會有同樣的計費收入、同樣的房子、同樣的家庭，反觀伊莉莎白，審判結果意味的是郊區生活與死刑的差別。那麼她為何絲毫感受不到夏儂的興奮呢？

夏儂接著說：「現在剩下間接證據，照你本人的用語說，就是『不那麼可信』。第一項是

『冒煙的槍』，或者在本案中可以說是冒煙的香菸。」有幾位陪審員發出輕笑。「你有在爆炸現場找到的香菸或火柴上，發現伊莉莎白的DNA、指紋或任何鑑定證據嗎？」

「火勢造成的損害太大，我們無法採集到這類的識別資訊。」皮爾森說。

「也就是說沒有嘍，警探？」

他嘴唇用力一抿。「是的。」

夏儂劃掉「間接證據」底下的冒煙的槍。「接下來，我們跳到『犯罪機會』。火是從外面放的，從穀倉後面，對嗎？」

「對。」

「誰都可以直接走到那裡去放火，對嗎？因為沒有鎖或圍欄。」

「當然，但我們談的不是理論上的機會。我們在找的是犯罪的實質機會，也就是當時在附近又沒有不在場證明的人，例如被告。」

「在附近又沒有不在場證明。明白。那麼俞博呢？他也在附近，事實上，他的位置比伊莉莎白近得多了，不是嗎？」

「是，不過他有不在場證明。他妻子、女兒和病患都證明他當時在穀倉裡面。」

「是啊，不在場證明。警探，有一位鄰居出面說在爆炸前看見俞博在穀倉外面，這你知道嗎？」

「我知道。」皮爾森的口氣帶著自信，並露出愉快的笑容，彷彿知道某件其他人都不知道的事。「那麼豪格女士，後來俞梅姬聲稱那晚在外面的人是她，而鄰居聽了以後，也承認他遠遠看見的人很有可能是梅姬，這妳又知道嗎？」皮爾森搖著頭低聲竊笑。「梅姬似乎是盤起頭髮，戴上棒球帽，所以鄰居才會以為她是男的。無心之過。」

夏儂說：「異議。請庭上下令刪除這個回答……」

亞伯起身。「庭上，是豪格女士起的頭。」

「異議駁回。」法官說。

夏儂背轉向陪審團低下頭，像是在看筆記，但伊莉莎白可以看到她緊緊閉起眼睛，眉毛之間隔著深深的皺眉紋。片刻後，她雙眼倏地睜開。「那麼我們就來釐清事實。」她轉向皮爾森。「俞家人本來都在裡面，後來俞英姬離開去拿電池，接著俞梅姬來到外面被鄰居看見。是嗎？」

皮爾森連續而快速地眨眼，好像那些未來機器人在處理信息。「據我了解是這樣。」他用試探的語氣說。

「也就是說爆炸前，俞博獨自在穀倉裡——人在附近而且沒有不在場證明，符合了你的『犯罪機會』的標準，對嗎？」

他不再眨眼，似乎屏住了氣息，臉和身體都文風不動。過了一會兒，他乾嚥一口，喉結上下一動。「對。」

夏儂臉上突然咧開笑容，她用紅筆在犯罪機會旁寫下P．俞。「再來，動機。告訴我，警探：你所見過最典型的縱火動機是什麼？」

「這不是典型的縱火案。」他說。

「警探，我沒有問你這是不是典型的縱火案。請回答我的問題：你所見過最典型的縱火動機是什麼？」

他緊閉雙唇，有如不肯回答母親問話的小男孩，接著才憤憤地吐出：「錢。詐領保費。」

「在本案中，俞博似乎能獲得一百三十萬的火險理賠，是嗎？」

他聳聳肩。「也許吧，應該沒錯。但我要重申，這不是典型的案例。在詐領保費的案件中，犯人多半會在建物裡沒人的時候放火，不會有人受傷。」

「真的嗎？那就奇怪了，因為我這裡有你最近辦的縱火案的報告」——夏儂看著手上一份文件——「我看一下，是去年十一月在溫徹斯特。你寫說：『犯人放火後仍待在裡面，因為覺得建物內無人，保險公司可能會懷疑有假。犯人認為自己如果受傷，保險公司比較可能相信是意外並理賠。』」她將文件遞給皮爾森。「這確實是你寫的報告，對吧？」

皮爾森咬緊牙根，瞇起眼睛，幾乎沒有看文件就說：「對。」

「那麼依據你的經驗，你覺得一百三十萬的保單可不可能讓俞博這樣的業主，有動機放火燒掉自己的建物，即使建物內有人？」

皮爾森警探看了看博，轉移開目光，最後終於說：「可能。」

夏儂在犯罪動機旁寫下P．俞兩個大紅字。她指著下一個條列內容。「警探，關於『特殊知識與興趣』，你括號加註了『炸彈知識或搜尋例證』。那是什麼意思？」

「那是特殊犯罪。譬如在炸彈爆炸案中，如果嫌犯知道怎麼製造特殊種類的炸彈或是做了搜尋，我就會視為強有力的證據。差不多就像本案中從被告電腦找到的證據。」

「警探，俞博有關於HBOT火災的專門知識，不是嗎？事實上，他曾經研究過之前所發生、和這次如出一轍的火災，不是嗎？」

「我不知道他知道些什麼。這妳得問他。」

「其實不必，因為你的助手們已經替我問了。」夏儂又舉起另一份文件。「這是下屬呈給你的備忘錄，建議排除俞博過失犯罪引發火災的嫌疑。」她將文件交給他。「請唸出畫線的部分。」

他清清喉嚨，唸道：「俞博十分清楚火災的危險。他研究過之前發生的火災，其中包括從壓力艙外的氧氣管底下起火一案。」

「那麼請容我再問一次，俞博對於與本案類似的高壓氧火災案有特殊的知識與興趣，不是嗎？」

「是，不過——」

「謝謝你，警探。」夏儂在特殊知識與興趣旁寫下P．俞，隨即後退。「所以這裡可以看到，俞博，奇蹟潛水艇的所有人，有犯案的動機、機會和特殊知識。接著我們來談談你這張圖表上最後剩下的項目：武器的擁有者。你現在認定武器——也就是用來起火的香菸和火柴——屬於伊莉莎白所有，對嗎？」

「我不是認定，豪格女士。事實是，用來點火的是一根駱駝牌香菸和7-11的火柴，而被告與駱駝牌香菸和7-11火柴相距不遠。」

「但她告訴你說那不是她的，是她在樹林裡發現的。極可能有人用它們點了火之後丟棄，以湮滅證據。這些東西是伊莉莎白以外的人買的，這個可能性你們有去調查過嗎？」

「有，我們查過了。奇蹟溪還有被告居住社區附近的每家7-11，我的手下都去問過，也找了收據之類的東西。」

「啊，那太好了。所以說你們一定問過那些店的店員認不認識其他人，也包括我們所知道具有放火的動機、機會與特殊知識的俞博了。」夏儂指著三個大紅色的P．俞字樣。

皮爾森怒瞪著夏儂，嘴巴緊閉。

「警探，你有沒有問過任何一個7-11的店員，俞博是否買過駱駝牌香菸？」

「沒有。」此話略帶挑釁意味。

「你有沒有查看他的信用卡帳單有無7-11的消費？」

「沒有。」

「尋找他的垃圾有無7-11的收據？」

「沒有。」

「我明白了。原來你們所做的大規模搜查，只是針對我的當事人。那麼，請說給我們聽聽。有多少7-11的店員認得伊莉莎白？」

「一個都沒有。」

「一個都沒有？那麼收據呢？你們想必搜索過她的垃圾、車子、皮包、口袋，尋找7-11的收據，對吧？」

「是的，但沒有任何發現。」

「伊莉莎白的信用卡帳單明細呢？」

「沒有，但指紋絕對是……」

「啊，指紋。我們就來談談指紋吧。你不相信香菸和火柴是伊莉莎白撿到的。照你所說，那是她的，儘管事實上完全沒有她購買的證據。因為是她的，所以上面沒有其他人的指紋——因為只有她摸過，對吧？」

「沒錯。」

「警探，這正是令我困惑的部分。如果香菸和火柴是她的，她肯定是買來的。那麼上面不是應該會有店員的指紋嗎？」

「如果她是買一整條就不會有。」

「一整條，十包，兩百根菸。你有在她家或是她的垃圾中找到拆封過的一條駱駝牌或其他牌子的香菸嗎？」

「沒有。」

「她的皮包裡面呢？」

「沒有。」

「她的車呢？」

「沒有。」

「她的車上或是家裡的垃圾桶內有菸蒂嗎？有任何跡象顯示她經常抽菸，以至於要買一整條香菸嗎？」

皮爾森眨了幾次眼。「沒有。」

「還有火柴，就算是買整條菸，他們還是會送個別的紙板火柴，對吧？」

「對，但是經過一段時間，摸了很多次以後，被告的指紋就會蓋過店員的，不管是火柴還是香菸包。所以這些物件上沒有店員的指紋，我並不驚訝。」

「警探，在一個使用頻繁到足以蓋過舊指紋的物件上，應該會發現物主的指紋多次重疊，對嗎？」

「應該是。」

夏儂走到她的桌前翻閱一份檔案，拿起一份文件後露出勝利的笑容，並昂首闊步走回來交給他。「告訴我們這是什麼。」

「這是對野餐區發現的物件所做的指紋分析。」

「請把畫線的段落唸出來給大家聽。」

他瀏覽文件的同時，臉開始往下垂，好像熱天裡的蠟像。「紙板火柴，外部：一枚完整與四枚局部的指紋印痕。香菸，外部：四枚完整與六枚局部的指紋印痕。十個特徵點分析確認對象：伊莉莎白．沃德。」

「警探，一旦發現任何重疊的指紋就上報，這是貴局鑑識中心的慣例嗎？」

「是的。」

「那麼在這兩個物件上，貴中心找到多少重疊的指紋？」

他鼻孔張大，嚥了口口水，嘴唇往兩旁拉彷彿假裝要微笑。「都沒有。」

「就只有火柴上五枚指紋和香菸上十枚指紋，全部屬於伊莉莎白，沒有重疊指紋，也沒有其他任何人留下的汙點。相當乾淨，你說不是嗎？」

他側轉過頭。過了片刻才舔舔嘴唇說：「可以這麼說。」

「既然一定至少還有另外一個人，就是店員，摸過這些東西，卻又沒有其他指紋，想必是在某個時間點被擦掉了，不是嗎？」

「應該是，但——」

「而在指紋被擦掉前，無數人，包括俞博在內，都可能摸過這些物件，而且無法知道有多少人，對嗎？」

「對，無法知道。」他說著將眼睛瞇成一條線。當夏儂在圖表上的嫌犯擁有／持有旁邊寫下無數人（包括P．俞），他開口道：「但妳別忘了，最初就是被告擦掉指紋的。」

「哎喲，警探，」夏儂睜大雙眼說：「我還以為你不相信她有擦掉指紋。很高興你終於改變心意。」她對他露出微笑——不，是粲笑——就如同母親見到稚兒終於學會不把顏色塗到線框外似的，接著往後一站，揭示最後完成的圖表。

刑事調查懶人包

直接證據

~~較好、可信~~

- ~~目擊者~~
- ~~犯罪時的錄音／錄影~~
- ~~嫌犯犯罪的照片~~
- ~~嫌犯、證人或共犯提供的犯罪證據資料~~
- ~~聖杯 自由中~~

~~（需要證實~~

間接證據

（不那麼可信，需要一項以上）

- ~~冒煙的槍：證明嫌犯使用武器~~

無數人 ~~（指紋、DNA）~~

- （包括P．俞）嫌犯擁有／持有
- P．俞 犯罪機會—不在場證明？
- P．俞 犯罪動機—威脅、之前的事故
- 特殊知識與興趣

P．俞（炸彈專業知識或搜尋例證）

「謝謝你這番具有啟發性的證詞，警探。」夏儂說：「我沒有其他問題了。」

麥特

他開車到7-11時心裡想著指紋──線條與皺褶分歧而成的弧形、箕形與斗形紋路，滲入彎曲溝紋中的汗水油漬，在茶杯、湯匙、馬桶沖水把手和方向盤上留下幾乎看不見的痕跡，汙染並覆蓋過幾秒鐘或幾天或幾年前留下的其他印痕，每個人的指紋各不相同，每個人的每根手指也不相同，存在於世上的獨特指紋數多得令人眼花撩亂──數十億？數兆？──而每一個都恆久不變，即使一個人從六個月大的胚胎長到完全成熟的成年人，到了老年又萎縮回去，指紋始終不會改變。

本來他也和其他人一樣，有十個指紋。打從他在母親腹中大似一呎長潛水艇三明治、指尖如豆子般大小開始，三十三年來，都是相同的十個指紋類型。如今全沒了。被燒毀、截斷了。右手的食指與中指在手術室的強光下被截肢，然後丟棄，連同指紋等等的，最後由醫療廢棄物焚化爐完成這項由火起頭的任務，讓血肉歸於塵土。剩下八根手指的指尖融化成了光滑、沒有稜線的粉紅疤痕。幾乎就像亨利頭罩光亮平滑的塑膠仍黏在他手上，不肯脫離。

就他記憶所及，他從未按壓過指紋，除了幼稚園慶祝感恩節的活動中曾經按手印畫成火雞之外。也就是說他並無指紋紀錄。都沒了，因此無法得知這世上留在牆壁、門把與X光片上、無可計數的潛在指紋，哪些是屬於他的。

就在截肢後不久，當他自艾自憐悶悶不樂之際，他最喜歡的燒燙傷病房護士對他說：「往好的方面想吧。有些人其實很希望自己沒有指紋。」「是啊，譬如黑道和毒梟。」他這麼說，她笑著回答：「我只是想說你做到了某些人夢寐以求的事，而且還是保險公司替你付錢！」他跟著她笑——不是大笑，比較像是微笑，但畢竟是他截肢後頭一次沒有愁眉苦臉——並說：「沒錯，現在我再也不必擔心有哪個警察利用我的指紋，把我和某件謀殺案綁在一起了。」

麥特經常想到這個。一星期後，當皮爾森警探說他們查出是香菸引燃的火，並在樹林裡地毯式搜尋丟棄的菸蒂和菸包時，他那句話——為了一個疲憊的護士隨口說出的玩笑話——隨即從一句蠢話變成不折不扣的先見之明。麥特想到溪邊他用來丟垃圾的空心樹樁，不禁驚慌起來——他倒是一刻也不曾想過自己會有放火的嫌疑，但假如和梅姬的事曝光，不但面對珍寧要付出莫大代價，丟臉的恥辱就更不用說了——但一聽到皮爾森說不用擔心，他們會找到罪犯的，指紋絕對騙不了人，麥特想起自己開的玩笑，忍不住輕咳兩聲掩飾自己鬆了口氣。樹林裡每根香菸上可能都有一組準備好要送驗的他的指紋，但沒有人會知道。沒有問題。

不過7-11：那可能會是個問題，他原先沒預料到的問題。今天早上開庭時，他才第一次聽說點火用的和伊莉莎白野餐抽的香菸，都是7-11買的駱駝牌——正是麥特去年整個夏天抽的牌子和光顧的商店。之前他沒想到，但那些菸有可能是他的嗎？會是他遺落在某處，被伊莉莎白或博或天曉得是誰撿到後用來點火，使得麥特在不知情的情況下提供了凶器嗎？如今，夏儂拿皮爾森蹩腳的「辦案方法」來盤問他，警方難道不會走遍這一帶的所有7-11，出示博的照片，也順便附帶出示其他人的，甚至包括麥特在內？

還有紙條——伊莉莎白聲稱在香菸旁發現一張無疑是他寫的紙條，這意味著什麼？爆炸當天早上，他在H超市的紙上寫了這得結束了，我們得見個面，今晚8:15，在溪邊，放在梅姬的擋風玻璃上。梅姬寫上好之後，又放到他的擋風玻璃上。麥特做完上午療程之後收到了，便揉成一團放進口袋，但後來是不是掉了，被風吹走了，最後說巧不巧剛好落在香菸附近？

麥特轉進7-11，停在遠離入口處，從後照鏡看著店面，相較於他最後一次，將近一年前來的時候並無改變。這家店散發一種疏於管理的氛圍——7-11的招牌仍然裂開斜向一邊，像是年久失修，身心障礙者停車標示牌已經不見，只剩生鏽的桿子，停車格的白線也褪成若有似無的點與短線。對街矗立著光線亮麗的埃克森美孚加油站，轎車貨車大排長龍，人進進出出，門砰然開開關關個不停。去年夏天第一天買香菸時，他差點就去了那裡。他原本開進左轉車道要去埃克森，前面還有兩輛聯結車在等著轉彎，幾分鐘後，他放棄了，改去同一條路上的7-11。是有點破舊，沒錯，但至少快一點。

此刻，坐在這裡瞇起眼睛，試圖透過髒兮兮的玻璃看清店員的長相，麥特忽然想到：如果當時他耐心地多花三十秒等卡車轉彎，然後去埃克森，會怎麼樣呢？可以肯定的是，他現在就不用擔心店員指認他了；對街的店員很忙，肯定很忙，完全不會記得他。不像7-11那個活像聖誕老公公的店員，麥特聽他咳得厲害出言關心，他卻揶揄說那他什麼不好買偏偏買香菸，還開始喊麥特「抽菸大夫」。該死，一開始要是別改變主意就去埃克森，他也不會買香菸了。他其實只是想隨便買個東西吃——也許買個甜甜圈配咖啡，或是炸熱狗配可樂，總之就是珍寧說不利受孕、禁止他吃的某種餐點組合。他是直到經過在7-11外面抽菸的人，才斷定香菸正是他現在需要的——這恐怕比垃圾食物更有害於精蟲的活動力。若非如此，他就不會老遠走到溪邊去抽菸，就不會巧遇梅姬，也不會一包接著一包地買菸，天曉得他又買了幾包，結果可能有一包就落入殺人犯手裡了。難道一年前某一天的右轉而非左轉——就是一股衝動，跟挑領帶一樣稱不上是思考後的「決定」——便改變了一切？假如他左轉，亨利是否還活著、頭完好無缺？而他此刻是否也在家，用毫髮無傷的雙手為一個熟睡中的新生兒拍照，而不是在這個破爛停車場偷窺，以確認那個能將他與凶器連結在一起的男人是否還在這裡工作？

麥特搖搖頭甩掉這些念頭。他必須停止這種精神虐待，別再問一些傷腦筋又無法回答的假設性問題，應該專注於他該做的事。總共花了五分鐘：一分鐘看清店員是女生，四分鐘從外面的公用電話打到店裡，跟女店員說他要找一個年紀較大的白髮男店員。一聽到她說沒有，沒有那樣的男生在那裡工作，至少她在那裡的十個月期間沒有，麥特立刻掛斷電話深深吸氣。他原以為能就此擺脫一整天下來的恐懼不快——以為擠縮肺部的壓力會解除，以為呼吸能令他感到舒爽而非疲憊不堪。但這些情形都沒發生，要說有什麼的話，就是不安加劇了，好像他對7-11店員的擔憂有如OK繃，底下覆蓋著其他東西，如今被撕開來，讓他不得不面對更大的憂慮，真正的憂慮，也就是自從他在法院與梅姬擦身而過時低聲說「六點半，老地方，今晚」之後，一直害怕的事：與梅姬見面。

去年夏天麥特第一次與梅姬見面是在排卵日，亦即「盡可能行房日」。這又是珍寧超級肛門滯留型性格的展現（和打鼾、讓食物燒焦和她屁股下面的痣一樣），起初他覺得很迷人，現在卻煩得要命。是怎麼變成這樣的？他想不起轉換的時刻；是否像墜落懸崖，前一天還深愛這些奇行怪癖，隔天醒來就忽然厭惡至極？或者魅力是一點一滴地削減，像新車的氣味，隨著婚姻時時刻刻過去而直線下降，直到自己在不知不覺中越線？第一個小時，再細微處都討喜，第二個小時感覺平平，接下來則是再細微處都討厭，經過十年，便會沉落至嫌棄的程度，到了三十年後，就是「再不閉嘴我就劈了你的頭」那般厭惡了？

現在想來難以置信，但他們相識之初，他為珍寧傾倒的原因之一就是她全方位地專注於未來目標。這倒也不是不尋常。差不多每個醫學院學生都有追求成就的可悲需求，在他認識的亞洲學生當中，追求的成就巔峰之高甚至到了需要以曲速引擎驅動的程度。而珍寧不尋常之處在於為什麼。他的亞裔朋友總會傷心地訴說父母親如何逼他們全年無休地讀書，叨叨絮絮地談論常春藤盟校，珍寧卻不一樣，她的成就取向源自於叛逆，因為她的父母沒有督促她。第一次約會時她告訴他，與弟弟相比，她本來好喜歡自己的自由自在——比方說，弟弟即使生病了，父母也會逼他上學（但不會逼她），或者成績拿到A⁻就會受罰（但她不會）——但後來才明白：因為他是男孩，是家中最重要的長男，父母對他期望比較高。於是她下定決心要達到父母對弟弟的期望（上哈佛，當醫生），純粹只為了讓他們難堪。

這故事確實有趣，但吸引麥特的卻是珍寧講述的方式。她痛斥韓國文化中代代傳承、毫不掩飾也不辯解的重男輕女觀念，並透露說正因如此，有時候她很討厭韓國人，很討厭當韓國人，接著她笑說真是諷刺，她拚命想逃離亞洲人對性別的刻板印象，卻落入美國白人對種族的刻板印象，成為一種樣板：成就非凡的亞洲技客。她強勢而風趣，但也很脆弱，略顯迷失、傷心，讓他既想向她歡呼致敬同時又想保護她。他想要加入她的聖戰來證明她父母錯了，尤其是第一次見面時她母親對他說了這番話之後：「我們比較想要她嫁韓國人，不過你至少是醫生。」（是啊，他忽然想到跟他約會可能也是珍寧叛逆的一部分（但不會，他不會為此（太過）困擾」。）

因此，在學校時，麥特自始至終都支持珍寧全心全力貫注於課業成績與研究生獎學金，支持她設定每個目標，然後有條不紊、輕輕鬆鬆地一一達成。看著真教人讚佩。甚至覺得性感。的確，眼下需要做出犧牲——取消晚餐約會、沒得看電影——但他不在意。他本來對醫學院就沒有抱著不同的期待；說到底，研究所不就是將未來導向的心態制度化的地方嗎？目前，通宵達旦地念書、吃垃圾食物，還有負債，但一旦到達後——當你畢業、找到工作，開始真正生活後——一切都值得了。不過問題是，對珍寧來說沒有到達這回事。只有推延。只要達成一個目標就意味著要設定更大、更艱難的新目標。她弟弟休學去當演員時，麥特以為她會停下來，宣示勝利，但也許永無止境地設定目標已經習慣成自然，那時的她停不下來了。她仍持續不懈，只不過少了原先那叛逆的新鮮感，她所做的一切似乎都徒勞無功，就像薛西弗斯每天推著一顆巨石上山，只是她的情形與神話不同，不是巨石每晚滾下山來，而是山每晚會增高一倍。

他們生活中唯一不受這個未來導向影響的就是性。就連開始試著懷孕的決定，也不像他們夫妻間其他的每個決定——從要不要冠夫姓（不要）到燈泡的類別（LED）——是經過數小時討論的結果。就是一時間自然發生了，某天晚上前戲時，他正伸手要去拿保險套，她忽然說：「我們需要那個嗎？」然後便翻身壓上去，將她的外陰直接正對他的陰莖尖端。當他搖頭，她的骨盆也慢慢下降，她有趣而新奇的衝動、她融入當下的專注，加上她與他肌膚相親時那滑潤溫熱的美妙感覺，全部交織在一起，一分一毫地吞噬了他。次日早上、次日晚上，以及接下來的一整個月，他們都繼續不戴套。而兩人都沒有提起生理期或寶寶。

當珍寧的月事來臨，她沒有煞有介事地宣告，只是隨口順帶一提。但太隨意了，是刻意如此，約略透著一絲焦慮。下一個月，她的傳達變成焦慮中透著一絲絕望。再下個月，則是絕望中透著一絲歇斯底里。床頭櫃上開始出現如何懷孕的書。

當珍寧預告排卵週——她會追蹤自己的生理週期，到了排卵日前後，他們便盡可能地行房——麥特領悟到：她設定目標的習慣，她將一舉一動都與未來的里程碑繫在一起這令人精疲力竭的做法，如今已經影響到性事了。她並沒有說其他三週不會做愛，但結果卻是如此。就這樣，此後他們做愛的理由無非只是為了懷孕，行禮如儀按表操課。約莫在做精蟲存活率與活動力檢測的那段時間，排卵週變成了排卵日，在二十四小時內盡可能地行房，接下來的二十七天就「養精蓄銳」。

後來在HBOT接觸到特別需求兒童——不只羅莎、TJ和亨利，也偶爾會碰到其他時段的孩子——而更令人心煩的是，每天被迫聽那些母親的故事聽上兩個小時。身為放射科醫師，他經常會看見生病受傷的孩子，但親眼目睹確實養育這些孩子、日復一日的挑戰——他嚇壞了，也很難不去想到在他的不孕與HBOT病患之間，想必有一個更高的力量在告訴他（不，是在高喊著）要他停止，否則至少也先等一等，三思而後行。

開始HBOT治療大約一週後的某天，在結束上午潛水後，琦巧跟他們說了TJ的新「行為」：塗糞（「糞，是說大便嗎？」他問道，她說：「對，而塗就是把牆壁、窗簾、書抹得到處都是！」）。這時麥特聽到珍寧的語音留言，說根據她的尿液檢測，今天是排卵日，問他能不能馬上回家。他不予理會，去了醫院，並關掉手機，也不理會她愈來愈頻繁的留言呼叫。他自以為逃過了一劫，不料丈母娘竟直闖他的辦公室。「珍寧要你馬上回家。她說今天是……什麼日來著？」她說道。麥特急著想趁她說出「排卵」之前將門關上，但還沒來得及，她便以清晰響亮的聲音說：「高潮，說今天是高潮日。」

麥特回到家時，珍寧已經一絲不掛躺在床上——很可能是從她六小時前留言直到現在。他準備開口道歉，才剛說手機沒電了，她卻說：「隨便啦，趕快過來就對了。快沒時間了。快點！」

他開始脫衣，慢慢地、井然有序地解開上衣鈕釦、解開褲腰帶。上床後，湊過去親她的嘴，然後努力地聚焦於她的乳頭、她撫摸他陰莖的感覺，但毫無動靜。「快啊，」她邊說邊搓摩他的陰莖，力道有點過猛。他看見排卵測試棒放在床頭櫃上，用一張面紙墊著，靜靜端置——好像在默默地命令他，來吧，現在馬上操你老婆！——這荒謬的感覺讓他忍不住想笑，從藥妝店買來的這根九十九分錢粉紅檢測棒，竟然控制挾持了他剩餘的性生活。

「你是怎麼回事啊？」珍寧說。

麥特往後仰躺。他能說什麼呢？「對不起，親愛的，不過和妳媽媽討論高潮有點讓我失去了興致，再說，我覺得上帝並不想讓我們有孩子，而且妳有沒有聽說過『塗糞』？」結果他說：「可能是HBOT的關係。我一直都睡不好。這個月就跳過去吧。」

她一聲不吭。他們並肩而躺，赤裸的身體很靠近但未碰觸，眼睛盯著天花板看。過了一會兒，她坐起身來。「你說得對，就算了吧。你需要休息一下。」她說著身子往下移，停在他的陰莖處——一團軟趴趴的肉萎縮成多層表皮皺褶——隨後將它含入口中。想到這不是為了生孩子，不是為了未來，好像有什麼啪一下啟動了原本沉睡的神經元。他按著她的頭，不希望離開她嘴巴與喉嚨的溫暖洞穴。他在她嘴裡射精了。

事後，他會納悶自己怎會天真到看不清，怎會自欺欺人地以為她會如此輕易地放棄這一天——等了一整個月啊！然而在高潮後昏昏沉沉的甜蜜迷霧中，他就是沒想到要懷疑珍寧為何忽然跳起來，而且確確實實是蹦跳著去浴室。他只像個笨蛋一樣躺在那裡，感到溫馨又快樂，有些想不通卻又不太在乎她到底在做什麼，製造那麼多噪音——浴室藥櫃門的吱嘎響聲、塑膠撕裂聲、盛裝與晃動液體聲，最後是吐口水。當珍寧溜回床上，麥特朝她翻身，準備伸手摟住她將她拉近。

「我需要你幫忙一下。你去拿那些枕頭來墊在我的屁股下面好嗎？」珍寧打開雙腿抬起臀部，手裡拿著一支沒有針頭的針筒，裡面有小球狀黏液懸浮在清澈液體中。當然了——他的精液。火雞滴油管法，她曾經取笑過的（「我告訴你，有些女人確實會用真的火雞滴油管。沒騙你！」）。她將針筒插入陰道，抬高臀部，慢慢地將液體注入體內。「我真的需要枕頭，快點。」

麥特用枕頭枕著她的大腿，幾分鐘前他原以為這會是他舌頭此時舔舐的部位。他起身後慢慢穿上衣服，一面想著珍寧是如何設法利用口交達成高潮的未來目標（麥特所能想到最像現在發生的事情），她是如何重新利用一個純粹的歡愉之舉（「你需要休息一下，」她是這麼說的！），將它變成預謀懷孕之舉。

麥特提早出門去做夜間治療，嘴裡嘟囔著說怕塞車。臨關上臥室門時，他瞥見珍寧赤條條地躺著，兩腿騰空直立，猶如軟調色情版的太陽馬戲團廣告。接下來整個下午——開車到奇蹟溪、中途去了7-11、買了香菸（駱駝牌，在打折）、走到溪邊——整個過程中他都想著自己的精液，沿著珍寧的陰道壁滑向子宮頸，然後不是靠自己的活動力而是靠重力被牽引進她的子宮。當他點燃香菸吸入時，仍想像著自己的精子，擺動著鞭子似的尾巴朝卵子游去，但太慢、太無力，無法穿透卵子外殼。

梅姬出現時，麥特正在抽第三根菸。之前他們只見過一面，在麥特岳家的晚餐桌上，但她砰咚一下坐到他旁邊，完全沒有近似陌生人般彆扭地打招呼說「啊你好，你在這裡做什麼？」之類的話，只是「嘿」一聲，隨性熟悉的感覺就像放學後約見面的學生。

「嘿，」他回道，同時看著她手裡那本厚厚的書。「SAT詞彙。要我考考妳嗎？」

後來，每當他困惑不解地想著自己到底著了什麼魔，竟然蠢到搞出這個——這個是什麼呢？——總之就是和梅姬的這檔事，他總會回想起這一幕：她像丟飛盤一樣丟出那本Barron's工具書，同時對他露出那種眼神——目光飛射過來，幾乎像在翻白眼，又不太像，還把頭一甩，嫌惡地皺起眉頭。那是珍寧的眼神，她專屬的「想都別想跟我討論這個」的眼神，第一次看到是在學生時期，當他提議休息一下去看電影的時候，最後一次看到就是今天，當他說也許，只是一個想法，並不是說要放棄還是什麼的，但也許他們應該去申請收養。梅姬有某種神情類似拋開學業的年輕珍寧——這讓他想起他們的第一次約會，當時珍寧說真正的她其實不在乎學校，說她有時候好想把教科書從寢室窗戶丟出去。

「駱駝牌。我的最愛。可以嗎？」梅姬拿起他的香菸。

麥特張嘴想說不行，當然不行，妳還小，我不會提供給未成年人，但他有種似曾相識的奇怪感覺，好像跟自由自在、「真正的」珍寧在一起，加上他極度渴望找回真實人生之前、不孕之前的她，使得他喉嚨裡彷彿築起一道堤壩，擋住了話語。梅姬將他的無回應視為默許，便拿了一根。

她點了菸夾在指間，用一種充滿愛意、近乎恭敬的眼神注視著（那神情——沒錯，他知道她是青少年，也盡量不去想，但不去想反而讓他想得更多——正是他想像中珍寧為他口交前看著陰莖的眼神），然後才放到唇間。她吸了一口（他很努力地不去想），嘴唇圈成O形吐出煙來，接著往後躺下，黑色長髮呈扇形披散在碎石地上。這也讓他想起珍寧，想起她的頭髮——同樣是黑色長髮，幾乎黑到發青——呈扇形披散在枕頭上。

麥特別過頭去。「妳不應該抽菸的。妳到底幾歲啊？」他說。

「快滿十七了。」梅姬又抽一口。「你又幾歲啊？三十嗎？」

「妳常這樣嗎？抽菸？」

她聳聳肩，像是在說：沒什麼大不了。「我會偷藏幾根我爸的菸。一大堆駱駝牌。下次我帶一些來。」

「博會抽菸？」

「他說他戒了，不過……」她又聳聳肩，閉上眼睛，撇著一邊嘴角咧嘴而笑。她將菸放進嘴裡，緩緩吸入，胸部鼓起隨後落下。吸入，經過全身，吐出。吸，吐。麥特配合著她的呼吸，不知怎地，他們的同步呼吸與兩人之間的靜默——一種舒服的靜默，以親密感裹住此刻的那種——讓他想吻她。也或許是她的臉，光滑到似乎映出天空的藍。他於是朝著她的臉俯身。

「所以，那個怎……」梅姬張開眼，正好看見麥特的頭在自己的正上方。她立刻住嘴，眉毛因為驚訝而上揚，但隨即緊皺起來，表情略帶氣惱（是氣他變態想親她，還是氣他膽小中途打住？）。

麥特想告訴她，但如何才能讓她明白呢？她看起來是那麼平靜——不，是遠遠超越平靜的至高幸福——讓他想要、需要與她分享，並汲取她肌膚半透明的美感化為己有。「抱歉，我看見一隻蟲子，一隻蚊子，我是說在妳臉上，我想要……呃……抓牠。」麥特說時暗暗希望自己臉上的微血管沒有擴張，讓血液湧上臉頰。

梅姬彎著手肘撐起身子，呈半坐半躺的姿勢。

麥特抽了一口菸。「妳剛剛要說什麼？什麼那個？」他試著用輕鬆的口氣說。

有可能是他瞥見她重新躺下時的表情：女性得知有男性對自己感興趣時暗自竊喜的表情。也有可能是她接下來說的話：「我是要問治療得怎麼樣了？你知道的，就是那個HBOT。你的精子治好了嗎？」說得既平淡又漫不經心，不帶嘲弄或憐憫，好像他的不孕根本不像珍寧、他們的醫生還有她那對要命的父母所想的那種「重大悲劇」，而使得他確信有那麼回事。不管是哪一回事，總之在那一刻，他的精子做不到它該做的事、計畫中的事，已不再引人傷心懺悔，反而帶來安心與希望。帶來沒有煩憂、沒有未來、去他媽的自由。

蚊子真是討厭。說也奇怪，去年夏天和梅姬也坐在這裡，蚊子從未來煩過他，但現在，沒有煙驅離，大群蚊子便蜂擁而上，熱切而興奮地嗡嗡叫，因為來了溫熱血肉——被汗水浸了一整天，熱血竄流過因熱氣而膨脹的血管。麥特不斷拍打正在他手腕與脖子上大飽口福的黑色軀體。他真希望有根香菸。

當他看見梅姬走近，隨即停下動作。管他媽的蚊子，現在更重要的是要顯得、要確實沉著冷靜，何況拍打毫無幫助。「謝謝妳來。我沒把握妳會來。」麥特在她停下腳步後說道，兩人離得相當遠，是剛好可以聽到彼此聲音的距離。

「你想幹嘛？」她問道。她語氣平平，聲音比爆炸前低沉，彷彿老了二十歲。

「聽說妳明天可能要出庭作證。」他說。

她沒有回答——只露出她和珍寧都會有的那種「想都別想跟我討論這個」的表情——然後便轉身走開。

「梅姬，等一下。」他以為看到她停住腳步了，不料一眨眼，她還在繼續走。他跑了過去。「梅姬，」他又喊一聲，這回聲音較柔和，並觸摸她的手臂。很奇怪，看見自己的手指接觸到她的皮膚，卻無法透過沒有神經的疤痕感受那肌膚的光滑，大腦就在這視覺與觸覺的拔河中麻痺了。

她停下來看著他的手，臉上閃過一絲什麼呢——嫌惡？憐憫？接著手臂掙脫開來，慢慢地、小心地，就好像他的手是個隨時可能爆炸的炸彈。

他想伸出手，用他的疤痕去碰觸她的疤痕，但還是退開了。「對不起。」

「為什麼？」

他張開嘴，但想道歉的每一件事——那些紙條、他的妻子、他的證詞，還有最重要的，去年夏天她的生日——彷彿一齊擠向他的聲帶，造成話語塞車。他清了清喉嚨。「我需要知道妳有沒有告訴任何人。」

梅姬用食指纏繞馬尾。放開以後，又纏繞起來。

麥特將滯悶、帶著霉臭的空氣吸入肺部，感覺幾乎像抽菸。「妳爸媽，他們知道嗎？」

「知道什麼？」

「妳知道的。」他說道。缺指開始抽搐起來，真是糟糕，因為沒辦法揉。

梅姬瞇起眼睛，彷彿試著讀他臉上的小字。「沒有，我誰都沒說。」

他這才發覺自己一直屏著氣。他覺得頭暈，蚊子在耳邊嗡嗡叫，持續的音調逐漸轉高，接著變低，有如鳴笛聲遠去。

「那珍寧呢？」梅姬說：「她也在證人名單上。她會說什麼嗎？」

麥特搖頭。「她不知道。」

梅姬皺起眉來。「什麼叫她不知道？我們現在是在說什麼？」

「說我們，」麥特說：「我們的紙條，抽菸的事，她都不知道。我從來沒告訴她。」

梅姬的臉扭曲起來，露出不敢置信的痛苦表情，接著往前一步，猛力推他。「你他媽的騙子！」她的聲音提升到爆炸前的高音。「你以為我昏迷就忘記了？我什麼都記得。那是我這一生最丟臉的一刻，讓她把我當成死纏爛打的瘋子，不肯放過她可憐的丈夫。你知道嗎？要是你再也無法面對我，我可以理解。但為什麼要叫你老婆來？」

麥特打了個踉蹌。梅姬這麼一推彷彿在他胸腔內釋放出上百顆彈珠，互相撞擊，也撞擊他的肋骨、他的脊椎，讓他站不穩。「她……她怎樣？」

梅姬往後退，臉上雖然仍滿是不信任，但見到麥特明顯感到困惑，表情已轉趨柔和。「你不知道？可是……」她用力閉上眼睛，搓搓臉，疤痕變得鮮紅，對照發白的膚色猶如岩漿汩汩地蜿蜒流下山來。「她說她知道，她說你在爆炸前一天什麼都跟她說了。」

他眨眨眼，這下明白了：爆炸前一天晚上，在他們臥室裡，珍寧的手從後面伸過來，拿著梅姬最後寫的紙條。我不知道我們有什麼需要討論的。可不可以就把這件事忘了？珍寧在他身後，不見其人只聞其聲：「我在衣櫥發現的，這是怎麼回事？誰寫的？」他當時撒的謊，他有十足把握她相信了。難道是他錯了？

「怎麼樣？你到底有沒有跟她說？」梅姬問道。

麥特注視著梅姬的臉。「她有發現妳寫的一張紙條，但我跟她說是一個實習醫師向我示愛以後自己不好意思。珍寧相信了，我知道她相信了。她後來都沒有再提起。她是什麼時候跟妳談的？在哪裡？」

梅姬將馬尾拉到唇邊隨後放掉，讓它垂落。「爆炸那天晚上，八點左右。就在這附近。」

「八點？這裡？可是我跟她說過話。我打電話告訴她療程延後了，我會晚點回去。她完全沒提到開車來這裡或是妳或是……」

「她知道延後的事？可是她說……」梅姬沒把話說完，嘴巴還張著卻沒有出聲。

「什麼？她說什麼？」

梅姬搖著頭彷彿想重新凝聚思緒。「當時我在這裡等你。她來了，說你全告訴她了。我說我不知道她在說什麼，她說你人太好，說不出口，但我一直在糾纏騷擾你，叫我最好別再這樣。她說你不會來見我，說你覺得根本沒必要，而且你已經走了，叫她想辦法讓我別再去煩你。」

麥特閉上雙眼。「我的天哪，」他說道，又或者只是腦子裡這麼想，難以分辨。他的頭開始暈眩。

「我不斷地說我不知道她在說什麼，可是她拿了一個袋子，她……」梅姬忽然變得結巴。「她拿出一包香菸往我丟過來。還有火柴和一張紙條，嚷嚷著說那都是我的。」

麥特心想這會不會是在作夢，等他醒來，一切又都會說得通了。但不對，在夢裡的時候會覺得夢境合理。此時淹沒他的超現實感覺，夢醒後才會有，不是在作夢時。「然後呢？」

「我只說那些東西不是我的，就走開了。」

麥特想像妻子站在這裡，怒氣沖天，香菸與火柴落在腳邊，而他就在幾分鐘路程外的氧氣艙內。血液瞬間灌進耳裡。

「妳覺得伊莉莎白撿到的就是她丟掉的香菸嗎？」

梅姬點點頭。當然是了。唯一不知道的是，在伊莉莎白撿到以前，珍寧拿它們做了什麼，如果有做什麼的話。

過了片刻，梅姬說：「那天晚上你有打算來見我嗎？」

麥特睜開眼再次點頭。他覺得頭空空洞洞，點頭的動作似乎讓大腦撞到了頭骨。「有。」他逼使自己大聲說出來，聲音沙啞得好像多日未使用。「我以為我們晚一點，潛水完後會碰面。」

梅姬看著他，不發一語，他試著辨識在她臉上看到的表情。是渴望？是後悔？

梅姬搖頭。「我得走了，時間不早了。」她走開幾步後忽然停下，轉向他。「你曾經覺得愧疚嗎？覺得也許我們應該把知道的全說出來，可能發生的事就讓它發生嗎？」

麥特感覺到動脈血管收縮，使得臟器進入恐慌模式，心臟被迫打得更賣力，血流得更急，肺部膨脹得更大。是的，他曾擔心自己和一個未成年少女胡來的事曝光。但相較於珍寧的情況那是可以一笑置之的兒戲，萬一陪審團得知爆炸前珍寧人在這裡卻說謊，他們會怎麼想——老實說吧，他自己又是怎麼想的？

「我想過。」麥特盡力讓語句顯得緩慢平和，彷彿演講時在思考有趣的附加內容。「但我不覺得我們能提供什麼相關的訊息。妳、我和珍寧所做的事和火災無關。紙條、香菸——沒錯，推測這些從何而來是很有趣，可是到頭來，那和到底是誰放的火並沒有關係。我怕我們只會把問題搞得更複雜。妳也看到了，那些律師是怎麼扭曲每個人說的話。」

「嗯，」她說：「你說得對。晚安。」

「梅姬，」他朝她跨近。「妳要是說出來，我是說任何事情，那我們的家庭、我們的未來全都……」

梅姬舉起手掌有如停車標誌，直視著他的雙眼許久。然後慢慢地將手放下，轉身，走開。

當她轉過一個彎再也看不見時，麥特緩緩呼吸。動脈似乎擴張了，讓血液湧向臟器，一一放鬆開來的器官感覺微微刺痛。麥特覺得有個地方發癢，低頭一看，只見一隻蚊子停在他的臂彎裡，悠哉地吸著血。他伸手打下去，又快又猛，將手移開後，蚊子壓扁在他的掌心，一個黑黑的汙漬黏在濺開的殷紅血液中，那是牠臨死前吸的血。

梅姬

她走到樹林裡她最喜愛的地點。一個隱密僻靜處，有一片濃密垂柳，奇蹟溪從中蜿蜒流過。每當她心情煩亂就會到這裡來沉思，去年與麥特度過那個可怕的生日夜後，她也到這裡來，爆炸前、珍寧朝她丟香菸後，她還是到這裡來。坐在這塊平坦光滑的石頭上，一旁的潺潺溪水與柳樹綠幕將她與世界隔離——她覺得安全又祥和，與樹林合而為一，就好像肌膚融入空氣、空氣鑽進肌膚，空氣與肌膚的細胞一一交換後，使得她的輪廓邊緣變得模糊，宛如一幅印象派畫作，她的五臟六腑從毛細孔滲出，消散於空中，讓她少了些實質的東西，變得更輕盈。

梅姬蹲下來雙手放入水裡。這裡的水流很強，湍急的水讓小石子跟著打旋，也搔得她手指發癢。她掬起一把搓洗手臂上麥特摸過的地方。她的胃已平靜下來，但大腦仍卡在那超高速癱瘓的怪異狀態，思緒來得太快，讓她無法思考。她站立著，配合旁邊柳枝的搖擺吸氣吐氣，那綠色罩紗隨風左右波動好似呼拉舞者的草裙。她需要解開糾纏的思緒，理智地將事情一件一件想清楚。

點火用的香菸和火柴是珍寧丟向她的那些，這似乎是確定的。唯一的問題是誰做的：誰把東西從樹林帶到穀倉，搭起樹枝堆，點燃香菸放到上面，然後走開？是珍寧還是伊莉莎白？或甚至是抗議者？

梅姬最初懷疑的是珍寧。昏迷醒來後，躺在床上任由醫師又戳又刺之際，她想起了珍寧的憤怒，便猜想是她一怒之下失控做的，以便摧毀與梅姬有關的一切。

但正當她苦惱著該如何告訴警方——她有足夠的勇氣坦承一切嗎？她非得披露生日當晚與麥特在一起那些不光彩的細節嗎？——母親跟她說了伊莉莎白的事，說她抽菸、虐待孩子、網路搜尋等等，梅姬就被說服了。所有事情都吻合：伊莉莎白想必是撿到珍寧丟掉的香菸用來點火，以最可能的方式既殺死兒子又陷害抗議者。好可怕的效率。除此之外，再加上亞伯「百分之百以上」確定伊莉莎白有罪——當梅姬感到良心不安，一心想打破沉默說出那晚的事時，便會牢牢攀附著這些事證。

但今天一切全變了。不只因為辯方的反詰問（亞伯對伊莉莎白的指控根本不像他承諾的那麼勝券在握），還有剛才麥特揭露的事實。據麥特所說，他從未跟珍寧談過梅姬的事，也沒有叫她替他出面去找梅姬對質。但那意味著什麼呢？珍寧的謊言與秘密會是某個縱火殺人的陰謀的一部分嗎？難道她比梅姬猜想的還要憤怒——會不會是她發現了生日那晚的事？——難道是她知道丈夫在穀倉內，而把香菸放在穀倉旁試圖殺死他？

不，那不可能。明知有無助的兒童與他們的母親在裡面，還將點燃的菸置於流動的氧氣旁，這種事只有禽獸做得出來。而珍寧——她是醫生，致力於救人性命，還努力地協助建置奇蹟潛水艇——她不是禽獸。對吧？

除了這一切，今天還冒出一件關於抗議者的怪事。皮爾森警探說他排除她們的嫌疑是因為當晚她們離開警局後，便直接回華盛頓。但事實並非如此，就在爆炸前十分鐘，她父親明明還看見她們開車在他們家附近打轉。那麼抗議者為何撒謊？她們做了什麼事需要掩蓋？

梅姬走到最近的一棵柳樹，撫摸著幾乎垂到地面的柳枝。她手指拂過，將柳枝分開來，一如母親用手梳過她的頭髮。她站進柳樹罩紗內，感受柔細的枝條輕掠過她的臉，讓她覺得疤痕四周的部位又刺又癢。

她的疤痕。她坐輪椅的父親那無用的雙腿。一名女子與一個男孩的死亡。男孩的母親因殺人受審，假如火災與她無關，等於是讓她飽受不公平的折磨。而如今，換梅姬的父親被指控殺人。這許多痛苦與毀壞，都是她的沉默造成的。就她現在所知的一切，就她對珍寧與抗議者的懷疑，她難道沒有責任不顧一切後果，挺身而出嗎？

亞伯說她可能很快就要出庭作證。也許這正是她需要的。一個說出真相的機會——不，是被授權說出真相。再等一天。亞伯說他明天會出示最驚人、最無可辯駁的證據，證明伊莉莎白的罪行。她就等著看看是什麼。到時假如仍有疑問，假如仍有一丁點伊莉莎白是清白的可能性，她就會站上法庭，說出去年夏天發生的一切。

曹珍寧

她直接走到收放炒鍋的廚櫃。這是她婚前派對上，麥特一個表姊送的禮物，送的時候還說：「我知道這不在妳的禮單上，但我覺得好適合……」她沒有解釋為什麼覺得「適合」，但珍寧知道是因為她是亞洲人。炒鍋是中國的東西，不是韓國，她本想這麼說，卻仍把話嚥了回去，並謝謝她送這麼貼心的禮物。她原本打算捐出去或轉送人，最後還是留下來，收藏到其他從未用過的廢物後面去。

她打開炒鍋的包裝盒——有史以來這才是第二次——抓起說明書／食譜手冊，很快地翻閱，直到找到它：那張聲名狼藉的H超市便條紙，這是去年被她藏起來，試圖忘記的東西。

今天在法庭上，她才頭一次發覺除了麥特、梅姬和她自己，還有其他人知道紙條的事，當然就更不知道它的存在是重要論點了。仔細想想，今天在法庭上提起紙條的事時，她差一點就錯過了。聽到皮爾森說抗議者是清白的，她的心思全被那一晚佔據——她看見抗議者開車經過奇蹟潛水艇，當時是幾點（八點十分、八點十五）？如果她們串供，這些「手機訊號定位」能有多可靠？還有天哪，會不會也有她自己手機訊號定位的紀錄？——這時泰瑞莎忽然站起來大喊：「我看到那張H超市的便條紙了。」珍寧的心臟猛烈撞擊胸腔，她不得不重新整理頭髮來掩飾發燙的雙頰。

為什麼會留著？除了愚蠢到極點之外，她想不出其他目的、其他理由。爆炸後在醫院裡，當她無意中聽到警探們說找到香菸，隔天早上得去樹林進行地毯式搜索，不禁驚慌失措，三更半夜還開車到奇蹟溪去取回她笨到留在那裡的東西。但她找不到香菸或火柴，只找到紙條，就在用黃色封鎖線圍起的方形區附近一個矮樹叢後面（她後來才得知，那是伊莉莎白野餐的地點）。她抓起紙條，也不知為了什麼奇怪的原因，選擇了保留。

當然，她當時所做的一切，在一年後的今天看來都難以解釋。可是在那一天，羞愧憤怒交織下的她整個人狂亂不已，所有的行動看起來都非常合理。就連把紙條放進炒鍋也一樣——將丈夫與一個韓國女孩不倫的證據，放在最初指責他有「東方癖」的女人送的禮物裡面，似乎適當得出奇。

事情發生在他們訂婚後的感恩節，在麥特的祖父母家。經介紹過後，珍寧去了洗手間，回來時不小心聽到一群女人的聲音——是麥特的表姊妹，個個都是外向自信的金髮女子，操著濃淡不一的南方口音——正在說悄悄話，彷彿在分享什麼可恥的秘密。「我都不知道她是東方人！」「這是第幾個了，第三個嗎？」「好像有一個是巴基斯坦人，那也算嗎？」「我就說嘛，他有東方癖，有些男人就是這樣。」

聽到最後這句（就是即將送炒鍋那人說的），珍寧悄悄退回去，鎖上廁所門，打開水龍頭，看著鏡中的自己。東方癖。這就是她嗎？一件異國玩物，用來滿足某種根深蒂固的性心理失常的慾望？「癖」暗示著不對勁，甚至於猥褻。而「東方」一詞，則會讓人腦中浮現久遠以前，第三世界、落後村莊的異域景象。藝妓與童養媳。順從與變態。她感覺到熱辣辣的羞恥感湧遍全身，從頭到腳，從左到右，每湧過一波便將她淹沒在激流中。還有氣憤，一種不公平的感覺痛徹心腑：她也交過白人男友，但誰也沒說過她有白人癖。她有朋友只和金髮女性或猶太女性或共和黨男性交往（是巧合或故意，沒有人知道也沒有人在乎），但也沒被指控是金髮癖或猶太癖或共和黨癖。反觀任何一個非亞裔男子只要交過至少兩個亞裔女友——好啦，這就成癖了，他一定是希望女友滿足他對異國東方某種變態、心理異常的需求。但為什麼呢？受金髮、猶太與共和黨人吸引是正常，受亞洲女性吸引就不正常，這是誰決定的呢？為什麼用「癖」這個暗示性變態的字眼，幾乎像是亞洲女性和腳（戀足癖）專用似的。這是冒犯，是胡扯，她很想大喊：我不是「東方」，我也不是腳！

晚餐時，珍寧坐在麥特旁邊（但不是太靠近），覺得骯髒又不對勁，心裡納悶還有誰看著他們會想到東方癖。每當有人提起亞洲人，她就會急遽地意識到自己的外國人身分而胃液翻騰，即使是她平時會一笑置之的正面刻板印象或刻意的恭維也不例外。譬如麥特的慈祥祖母說：「想想看你們生的孩子會多好看。我看過一個關於越戰混血小孩的特別節目，我不騙你，真的是好漂亮。」或是麥特那位殷切的伯父說：「麥特說妳是班上的第一名，這我不驚訝。我念大學的時候認識一些亞洲學生——好像是日本人吧——我的媽呀，他們真是聰明絕頂。」（他的妻子接口說：「現在柏克萊有一半的亞洲學生」，然後轉向珍寧說：「這當然沒有什麼不好。」）

事後，珍寧試著去忘記，並提醒自己那只是個無知的人說的無知的話，無論如何，麥特以前也交過許多非亞裔的女友（確切地說，是六個白人對兩個亞裔美國人——她隔天確認了）。但偶爾——比方說，當她看見麥特與亞裔護士在咖啡館說笑，或是聽到一個她始終不喜歡的女生說：「你們應該和新來的足科醫生夫妻來個四人約會，他太太也是亞洲人」——她仍會想起炒鍋表姊，而感覺眼睛與臉頰灼熱。

但那些時候，她知道他沒做錯什麼，是她太不理性反應過度。紙條卻是另一回事。發現第一張的時候——爆炸前一晚，要洗衣服時，在麥特褲袋裡發現的——她拿去問麥特，他說是醫院的一個實習醫生向他示愛被他拒絕了。她試著相信他，也想要相信，但次日早上還是忍不住去翻找——他的衣服、車子，甚至垃圾——又找到幾張都是同樣筆跡。內容多半十分簡短，大意不脫「晚上見？」或「昨晚很想你」之類的，但後來看到一張寫著「痛恨SAT詞彙！今晚**需要**抽菸！」她便知道：麥特說謊。

當她找到最後一張——就是如今臭名昭彰，被她藏在炒鍋一年，現在拿在手上的H超市紙條——讀到丈夫的潦草字跡寫著：這得結束了。我們得見個面，今晚8:15。在溪邊，以及最底下有少女的字跡寫了好，她頓時領悟：從提議的時間（就在潛水結束後）與地點（他提到了唯一的一條「溪」）看來，他要去見的女孩，和他一起抽菸、天曉得還做了些什麼的女孩，必然是俞梅姬。

她氣瘋了。如今她總算能看清。找到這張紙條，發現麥特在和一個韓國女孩搞曖昧，她不知道何者更令她感到羞辱——是未成年這部分，還是韓國人這部分？——並心下懷疑是不是被炒鍋表姊說中了。一陣熱氣竄遍她全身，既熾熱又迅速，讓她覺得像發燒又虛弱。她好想搧麥特耳光，尖叫著問他到底是什麼毛病，怎麼會有這種癖好，但同時又恨自己竟相信這種癖好的蠢話，希望自己永遠不要對他說出口，太丟臉了。

此刻，珍寧站在廚房裡拿著紙條，這張紙正是那天晚上許許多多令她後悔莫及的事情的起點與終點：從開車到奇蹟溪與梅姬對質，到半夜去回收紙條，以及其間無數的可怕情事。她把紙條拿到碗槽用水沖，然後一撕再撕，撕成碎片，讓紙片隨著水流落入排水孔，打開廚餘絞碎機，專心聽著金屬葉片不停轉動磨碎的聲音，紙條就這麼變成紙漿微粒再不留痕跡。當她一冷靜下來，不再聽到耳膜裡有血液湧動的聲音，便關掉絞碎機和水龍頭，將炒鍋手冊放回包裝盒關閉起來。她將盒子重新收進廚櫃，放到她從未用過的那些東西後面，緊緊封閉。

審判：第三天　二〇〇九年八月十九日星期三

博

說英語和說韓語的俞博判若兩人。他心想，就某方面來說，移民總免不了會變成兒童版的自己，被剝奪了口語的流利度，也隨之被剝去一層能力與成熟。搬到美國以前，他便知道會遭遇什麼樣的困境並已做好心理準備：因為說話前要先轉譯思緒而使邏輯變得生硬彆扭；因為要從前後文猜出字義而造成勞心的負擔；因為要將舌頭放到不熟悉的位置，以便發出韓語中不存在的音，而對身體形成一大挑戰。但他事先不知道、沒有預料到的是，這種語言的不確定感會超越談話，像病毒一樣感染其他部分：他的思考、舉止，甚至性格本身。說韓語的他是個有威嚴的男人，有教養並值得尊重。說英語的他則是個又聾又啞的傻瓜，沒有自信、緊張又笨拙。像韓語說的 bah-bo，笨蛋一個。

這點博早就接受了，早在他去巴爾的摩的雜貨店幫忙英姬的第一天。一群還不到青春期的不良少年怪腔怪調地說「啊—喔—」，假裝聽不懂他說的「需要幫忙嗎？」而且一面吃吃偷笑，一面用唸經似的語調低劣地模仿著說：「希—要—班—蠻—嗎——？」這個他能當作是小孩子的惡作劇玩笑，就像在店裡試穿衣服一樣試演殘酷。但是點波隆那香腸三明治的那個女人：她拚命努力想聽懂他說的「要不要也來罐可樂？」——他當天早上才背下的句子——那模樣是真實的。她說：「我聽不清楚，你能再說一遍嗎？」當他更大聲、更慢地重複後，她說：「請再說一遍。」接著說：「對不起，我今天耳朵有點不靈光。」最後只是露出尷尬的微笑——博發覺，那是為他尷尬——搖搖頭。他重複了四次，每一次都覺得臉頰和額頭發熱，就好像在燃燒的火炭上方低著頭，而且一公分一公分地被往下壓。他最後指向一罐可樂，做出喝的動作。她才鬆了口氣笑說：「好啊，我買一罐。」從她手中接過錢時，他想到外面的乞丐，也會從這樣的人手中接過零錢——好心卻露出令人厭惡的憐憫眼神的人。

博變得安靜了。他發現沉默相對能保有些許尊嚴，能讓他比較輕鬆，因此便退縮成隱形人。問題是，美國人不喜歡沉默，那會讓他們感到不安。對韓國人來說，沉默寡言象徵穩重，但對美國人而言，說話長篇大論是天生的優點，類似仁慈或勇氣。他們熱愛話語——說得愈多、愈久、愈快，就顯得愈聰明也愈能給人留下深刻印象。美國人似乎將安靜與心思空洞——無話可說，沒有值得聽的想法——又或許是陰沉，甚或是欺騙畫上等號。正因如此，亞伯才會為博出庭作證擔心。「一定要讓陪審團覺得你想要提供訊息。」他幫忙博做準備時說道：「你要是停頓太久，他們會懷疑：『他在隱瞞什麼？是不是在想該怎麼說謊最好？』」

此時，陪審員們坐在席位上，利用暫停時間竊竊私語，博則坐著閉上眼睛，在話語拋擲撞擊之前，好好享受這最後一刻的靜默。也許他可以飲下沉默加以儲藏，如沙漠中的駱駝，等上了證人席之後再一點一點地拿出來給自己充電。

當證人就像演戲。在高起的舞台上，在所有目光聚焦之下，努力地回想另一個人寫好的劇本。至少亞伯先從一些容易背答案的基本問題開始：「我四十一歲」、「我在南韓出生長大」、「我是去年搬到美國來的」、「一開始在一家雜貨店工作」。這類問答就跟博的舊英文課本列出的一樣，在韓國時他常常用來教梅姬。他反覆地教她，要她一而再再而三地說出答案直到變成一種反射反應，而她昨晚也正是這麼反覆教他，糾正他的發音，強迫他再多練習一次就好。現在，梅姬靠著椅子邊緣坐，凝視著他的雙眼眨都不眨，彷彿想以心電感應將想法傳給他，在韓國時，她每個月參加數學競賽期間，他也都是這副模樣。

這是搬到美國來最令他懊悔的事：變得比自己的孩子更不熟練、更不像大人。他知道這種事遲早會發生，他看見過父母年邁後是如何與孩子調換位置，他們的身心會退回到童年，接著退到幼兒期，最後化為烏有。但那需要好多年，現在肯定時候未到，梅姬都才一隻腳跨出童年而已。在韓國，他是老師。可是搬來後，當他造訪梅姬的學校，校長對他說：「歡迎！您還喜歡巴爾的摩嗎？」博微笑點頭，正琢磨著如何回答——也許微笑點頭就夠了？——梅姬便開口說：「他很喜歡這裡，還經營一家店，就在內港旁邊，對不對，爸？」接下來的會談，梅姬繼續為他發聲，替他回答問題，像個媽媽在照顧兩歲兒子。

諷刺的是，這卻正是他們移民到美國的原因：為了讓梅姬有比他們更好的生活、更燦爛的未來。（但願孩子比自己更高／更聰明／更富有，這豈不是父母親應該有的希望？）見到女兒這麼快就能把他無法捉摸的外語說得流利，見到她朝著美國化之路奔馳而去，博感到很驕傲。他無力追趕——這是理所當然的事，不只因為她早來了四年，也因為孩子學語言比較快，年紀愈小愈好，這大家都知道。到了青春期，舌頭定了型，便會失去複製新發音卻不帶口音的能力。不過知道這些是一回事，讓孩子目睹你的掙扎，在他們眼中從半個神轉化成一個渺小的人，又完全是另一回事了。

「博，你為什麼要建立奇蹟潛水艇？韓國人開雜貨店，這我見過。但HBOT似乎不常見。」亞伯開始挑戰需要較長時間陳述的問題。

博看著陪審團，試著依亞伯的建議，將他們想像成他要結交的新朋友。他說：「我在……首爾的……一家保健養生中心……工作……創立同樣的機構……幫助別人……是我的夢想。」他背的字句從嘴裡說出來感覺不太對，像膠水一樣黏答答。他必須做得更好。

「告訴我們，你為什麼會投保火險。」

「保火險是高壓氧管理單位建議的。」這句話博昨晚練習了不下一百次，短短一句英文卻連著七個r，讓他舌頭都快打結了，說起來難免結巴。幸好，陪審團似乎能諒解。

「為什麼保一百三十萬？」

「保額是保險公司決定的。」當時他氣炸了，竟然要為一件可能永遠不會發生的事付這麼多錢——而且還每個月！可是也別無他法。珍寧堅持要保，並將投保設定為他們交易的條件。就在亞伯正後方，珍寧低著頭，臉色蒼白，博不禁好奇她是否徹夜未眠，為了他們的秘密協商、現金支付而後悔，也納悶他們興奮不已的計畫怎會走到這一步。

「昨天，豪格女士指控你使用麥特．湯普森的電話，向保險公司詢問縱火事宜。博，」——亞伯走上前來——「你有打那通電話嗎？」

「沒有。我從來沒用過麥特的手機。我從來沒打電話給我的保險公司。不需要。我已經知道答案，都寫在保單裡了。」

亞伯拿起一份文件，像在炫耀厚度似的——至少有兩公分厚——然後遞給博。「這就是你說的保單嗎？」

「對。我簽名以前讀過了。」

亞伯裝出驚訝的表情。「真的嗎？這份文件很長啊。大部分人都不會去讀細則，我就不會，而我還是律師呢。」

陪審員們都點頭。博猜想他們屬於那種不分青紅皂白就簽名的人——亞伯說，多數美國人都是這樣——看起來似乎極度信任人，但也可能只是懶，又或許兩者皆是。「我對於美國的事情不太熟悉，所以非讀不可。我還用字典翻譯成韓文。」博翻到縱火那頁，高舉起來。陪審團離得太遠看不清上面的字，但肯定能看見他寫在空白處的潦草字跡。

「那份文件裡有縱火問題的答案？」

「有。」博唸出了條款，這是美國冗長詞語的範例，單一個句子長達十八行，滿是分號與長字。他指著他寫的潦草韓文。「這是我的翻譯：如果有人放火你能拿到錢，但你如果涉案就不能。」

亞伯點頭。「好，還有另一件事辯方想歸咎於你的，就是被告聲稱她發現的H超市便條紙。」亞伯緊咬牙根，博猜想他還在為了他所謂泰瑞莎的「變節」氣惱。「博，你有寫或是收到這樣的紙條嗎？」

「沒有。從來沒有。」博說。

「有聽說過什麼嗎？」

「沒有。」

「不過你確實有一本H超市便條紙吧？」

「是的。放在穀倉裡。很多人都會用，伊莉莎白也會用。她很喜歡它的大小，我給過她一本，讓她可以放在皮包裡。」

「等一下，所以說被告的皮包裡有一整本的H超市便條紙？」亞伯一臉震驚，彷彿事先不知情，彷彿博的回答不是他擬定的。

「是的。」博見到亞伯的誇張演出，強忍住笑。

「所以說她很輕易就能把紙條揉成團，丟在其他人會看到的地方？」

「異議，這是要求證人臆測。」夏儂說。

「收回。」亞伯將一張海報放上展架時，一抹微笑從臉上掠過，宛如流雲。「這是豪格女士昨天出示的，做了記號的圖表的拷貝。」

刑事調查懶人包

直接證據

較好、可信!!!!!

- 目擊者
- 犯罪時的錄音／錄影
- 嫌犯犯罪的照片
- 嫌犯、證人或共犯提供的犯罪證據資料
- 聖杯，自白（需要證實!!!!!）

間接證據

（不那麼可信，需要一項以上）

- 冒煙的槍，證明嫌犯使用武器（指紋、DNA） 無數人
- 嫌犯擁有／持有 （包括P．俞）
- 犯罪機會—不在場證明？ P．俞
- 犯罪動機—威脅、之前的事故 P．俞
- 特殊知識與興趣（炸彈專業知識或搜尋例證） P．俞

博看著那些怪罪他毀了病患的性命、他女兒的臉、他自己的雙腿的紅字。

「博，這張圖表上寫滿了你的名字。我們來探討一下。首先，擁有或持有武器——在本案中，就是駱駝牌香菸。去年夏天你有嗎？」

「沒有。我訂了禁菸的規定。因為有氧氣，太危險了。」

「那去年夏天以前呢？你抽過菸嗎？」

博原本要求亞伯不要問這個，但亞伯說夏儂肯定有他以前抽菸的證據，先坦承的話能削減她計畫好的攻擊力道。「抽過，在巴爾的摩的時候。但在維吉尼亞從來沒有。」

「你有在7-11或任何地方買過香菸或其他東西嗎？」

「沒有，我在巴爾的摩看過7-11，但從沒進去過。我在奇蹟溪附近從來沒看過7-11。」

亞伯走上前。「去年夏天你有買過或甚至碰過香菸嗎？」

博嚥了口口水。說點善意的謊言（也就是嚴格說來並不正確，但最終能獲得更大好處的答案）並不可恥。「沒有。」

亞伯拿出紅色麥克筆，走向展示架，將嫌犯擁有／持有旁的P．俞劃掉。亞伯蓋上筆蓋，喀嗒一聲有如為刪除博的名字的那一道線畫上聽覺驚嘆號。「接下來，犯罪機會。這裡有很多令人混亂的地方，你的鄰居、你的聲音等等。所以你就一次說清楚吧：爆炸前的最後一次潛水期間，你人在哪裡？」

博慢慢地說，刻意拉長每個音節。「我在穀倉裡，從頭到尾。」這不是謊言，不算是。只要不影響到「誰放的火」這個終極問題，就不算是。

「你有馬上開艙門嗎？」

「沒有。」這是事實，他不會那麼做。博解釋了他若是在場會怎麼做：關掉氧氣的緊急閥門，以免氣壓控制器受損，接著以極慢的速度減壓，以確保壓力變化不會造成再一次爆炸，也因此閘門開啟的時間才會延遲一分鐘以上。

「有理。謝謝你。」亞伯說：「再來，博，你有其他證據可以證明爆炸前，你絕對沒有到外面去接近氧氣瓶嗎？」

「有，我的手機紀錄。」博說話時，亞伯分發出紀錄的影本。「晚上八點零五到八點二十二，我在講電話。我打到電力公司去問他們會不會來修理，還打給我妻子，問她什麼時候會拿電池回來。十七分鐘，通話沒有間斷。」

「好，這我明白，但那又怎麼樣呢？你也可能一邊講電話，一邊在外面的氧氣管底下點火啊。」

博情不自禁搖著頭微微一笑。「不，那不可能。」

亞伯皺起眉頭，佯裝不解。「為什麼？」

「氧氣瓶附近收不到訊號。穀倉前面，可以，後面不行。不管是裡面還是外面。這點我的病患都知道。他們要是想打電話，就得走到前面。」

「原來如此。所以說從八點零五分直到爆炸，你都不可能在起火點附近。不在附近，沒有機會。」亞伯拔掉筆蓋，劃掉犯罪機會旁的他的名字。「我們現在回到特殊知識與興趣，豪格女士也在旁邊寫了『P．俞』。」

博聽到竊笑聲，想起亞伯解釋過有人會拿這個縮寫的諧音開無聊玩笑。「她是故意的，我很確定。那個女人真是討厭。」亞伯當時說。

「博，身為有執照的HBOT操作員，你確實搜尋了HBOT火災的相關訊息，對吧？」

「對。我搜尋是想知道要如何避免火災，增進安全。」

「謝謝你。」在特殊知識與興趣旁的P．俞底下，亞伯寫上（有正當理由——安全），說道：「接著剩下最後一項，動機。我就直問了：你有沒有為了一百三十萬美元，不顧病患還在裡面，家人也在附近，放火燒你自己的營業設備？」

博聽到這話，不必佯裝便不敢置信地笑了。「沒有。」他看著陪審團，特別注視著年紀較大的面容。「你們如果有孩子，就會知道。我絕對、絕對不會為了錢讓孩子冒險。我們來美國是為了我們的女兒，為了她的未來，一切都是為了家人。」陪審員紛紛點頭。「我對自己的事業很興奮。奇蹟潛水艇！有很多失能兒童的家長來電，我們有病患的等候名單。我們很快樂。沒有理由毀掉這些。為什麼呢？」

「我想有人會回答，為了一百三十萬。那可是一大筆錢。」

博低頭看自己坐在輪椅上廢了的腿，摸摸輪椅的金屬——即便在炎熱的法庭內，金屬依然冰涼。「醫院的帳單，金額是五十萬。我女兒一度陷入昏迷。醫生說我可能永遠無法走路。」博望向梅姫，她淚濕了臉頰。「不，一百三十萬並不多。」

亞伯看著陪審團，此時他們十二人都以同情的眼神看博，上身朝著他前傾，彷彿想伸手越過欄杆去觸摸他、安慰他。亞伯將紅色麥克筆的筆尖放到犯罪動機旁P．俞的P字上，慢慢地、毅然決然地，一筆劃過博的名字。

刑事調查懶人包

直接證據

（較好、可信！！！！）

- 目擊者
- 犯罪時的錄音／錄影
- 嫌犯犯罪的照片
- 嫌犯、證人或共犯提供的犯罪證據資料
- 聖杯：自白

（需要證實！！！！）

間接證據

（不那麼可信，需要一項以上）

- 冒煙的槍：證明嫌犯使用武器

（指紋、DNA）　無數人

- 嫌犯擁有／持有　（包括P．俞）
- 犯罪機會—不在場證明？　P．俞
- 犯罪動機—威脅、之前的事故　P．俞
- 特殊知識與興趣　P．俞

（炸彈專業知識或搜尋例證）　（有正當理由—安全）

「博，」亞伯說：「麥特．湯普森告訴我們，你跑進火場，跑進燃燒中的壓力艙，很多次，

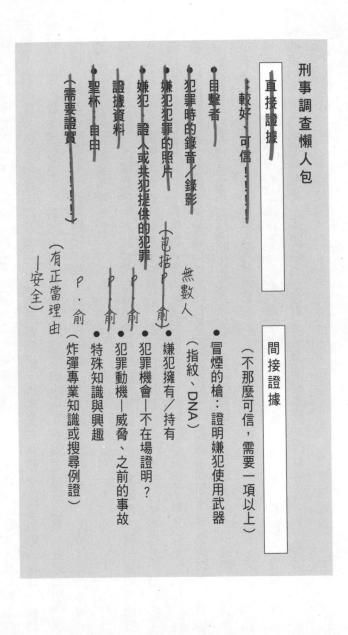

即使身受重傷後也一樣。為什麼？」

這個問題不在劇本中，但說也奇怪，要回答一個未經演練的問題，博並不感到驚慌。他看向旁觀席，看向麥特與泰瑞莎，以及他們身後的其他病患。他想到那些孩子，坐輪椅的羅莎、猶如鳥兒振翅般揮舞手臂的TJ，但最主要的還是亨利。害羞的亨利，兩眼老是往上飄，好像被繫在天空似的。「這是我的職責。我的病患，我必須保護他們。我受傷，無所謂。」博轉向伊莉莎白。「我曾試圖救亨利，可是那火……」

伊莉莎白低著頭，像是感到羞愧，同時伸手去拿水杯。亞伯說：「謝謝你，博。我知道你很難受，最後再問一個問題就好。請你最後再說一次，你和那根香菸、那些火柴，或是和那場害死你兩名病患也差點讓你和女兒喪命的火災的任何相關事物，有沒有絲毫的關聯？」

他正要開口回答，忽然看見伊莉莎白將水杯送到嘴邊時，手微微發抖。這時他想到了，有個熟悉的影像時不時就會從他內心深處緩緩爬出來，入侵他的夢境：戴著手套的手指夾著一根菸，微微發抖，朝氧氣管下方的一個紙板火柴移動。

博眨眨眼，做幾次深呼吸來緩和急促的心跳。他提醒自己忘了那一刻，直接把它緊緊揉成一團捏碎就好。於是他看著亞伯，搖頭說：「沒有，沒有關聯。完全沒有。」

英姬

真奇怪，當伊莉莎白的律師說：「午安，俞先生」時，英姬腦中瞬間浮現的記憶竟是梅姬的出生。想必是因為博臉上的表情吧：他臉上每塊肌肉都緊緊繃住不動，就像一個準備好藏起自己內心恐懼的男人戴上沒有表情的面具。將近十八年前（不，是正好十八年前——明天是梅姬的生日，但在她的出生地首爾已經是明天了），當醫生一臉嚴肅、一語不發地從英姬的產房這一頭走到另一頭，博也是像今天一樣的表情。他們必須緊急進行子宮切除，醫生這麼說。至少孩子平安，他說。是女嬰。他們很遺憾。（又或者他們遺憾的是——生了女嬰？）

博也和大多數韓國男人一樣想要兒子，期待是兒子。他試著隱藏失望之情；當家人為他惋惜唯一的孩子竟是女生，他說：「她抵得上十個兒子。」只是口氣有點太堅定，好像想說服他們相信他自己也不太相信的事。英姬聽出了他語氣中的張力，他試圖裝出的開朗樂觀讓他的聲調比平常高了些。

此時他說「午安」的口氣，和當時一模一樣。

伊莉莎白的律師沒有花費任何時間先捧捧他，和對待其他人不同。「你說你從未去過這附近的 7-11，是嗎？」

「是。我從來沒看見過。我不知道地點。」博說，英姬不由得面露微笑。亞伯告訴過他不要只回答「是」，否則就剛好落入對方的陷阱。他說，要論述，要說明。博的確照他的話做了。

夏儂放低下巴，淡淡一笑，然後像獵人追趕獵物一樣走向博。「你有提款卡嗎？」

「有。」博皺起眉頭，八成是對於突然改變話題不解。

「你太太會用那張卡嗎？」

博的眉頭皺得更深了。「不會，我太太有另一張卡。」

夏儂遞給他一份文件。「認得這個嗎？」

博翻了翻。「這是我的銀行對帳單。」

「在『ATM現金提領』底下有幾行畫了線的部分，請唸出來。」

「二〇〇八年六月二十二日——十元。二〇〇八年七月六日——十元。二〇〇八年七月二十四日——十元。二〇〇八年八月十日——十元。」

「這四次領錢的地點在哪裡？」

「在維吉尼亞州松邊，王子街一〇八號。」

「俞先生，你記得在這個地點，在松邊的王子街一〇八號有什麼嗎？」

博抬起頭，揪起臉來仔細回想，然後搖頭。「不記得。」

「我們來看看能不能喚醒你的記憶。」夏儂在展架上放了一張海報，是一間7-11的圖片，在它那橙綠紅色的遮棚下方有一台提款機。玻璃門上可以清楚看到地址——維州松邊王子街一〇八號。英姬感覺到胃裡有個東西往下沉，絞磨著她的內臟。

博靜坐不動，臉色卻發白猶如飽受風吹雨打而變灰的墓碑。

「俞先生，在這個地點的提款機旁邊有什麼？」

「有7-11。」

「你作證說你從來沒有去過這附近的7-11，甚至沒有看過，可是在你去年夏天領過四次錢的提款機旁就有一家。我說得對嗎？」

「我不記得這台提款機。我從來沒去過那裡。」博說。他的表情堅決，但聲音帶有一絲懷疑。陪審團也聽得出來嗎？

「你的銀行對帳單有什麼理由出錯嗎？去年夏天你的提款卡有遺失或失竊嗎？」

這時博想起一事，他立刻興奮得張開嘴，但也同樣突然地又閉上嘴垂下眼睛。「沒有。沒有失竊。」

「所以你是承認你的銀行紀錄證明你去過那間7-11多次，你卻聲稱不記得去過那裡，是這樣嗎？」

博依然低垂雙眼，說道：「我不記得。」

「就像你也不記得去年夏天買過香菸？」

「異議，這是在糾纏誘導證人。」

「收回。」夏儂接著繼續問道：「八月二十六日，就在爆炸前幾個小時，你沒有去7-11嗎？」

「沒有！」憤慨讓博聲音變得宏亮，也恢復了臉色。「我從來沒去過7-11。從來沒有，爆炸那天也沒有。我一整天都沒有離開我的營業場所。」

夏儂揚起眉毛。「所以那天一整天你都沒有離開你的地界？」

博急切地張嘴，英姬以為他會說「對！」，不料他把嘴闔上，身體癱軟，好像被刺破的充氣玩具快速消氣。夏儂說：「俞先生？」博於是抬頭。「我想起來了，我有去買東西。我們需要嬰兒粉。」他看著陪審團。「是氧氣頭罩的膠條要用的。為了防汗。要保持乾燥。」

英姬想起博說他們需要更多粉，但有抗議者在現場，他不能離開。後來，在最後時段的潛水開始前，他從廚房抓了玉米粉替代。那他為什麼說謊？

「你去了哪裡？」夏儂說。

「去沃格林買嬰兒粉，然後去那附近的ATM。」

「俞先生，請你把銀行對帳單上二〇〇八年八月二十六日那一行唸出來。」

博點點頭。「ATM現金。一百元。下午十二點四十八分。維吉尼亞奇蹟溪，溪畔廣場。」

「那是你去了沃格林之後用的提款機？」

「是的。」英姬開始回想。十二點四十八分，中午休息時間，博叫她準備午餐，他自己則再次去找抗議者理論。他在二十分鐘後回來，說他盡力了，但她們不聽。難道他其實是進城去了？但為什麼？夏儂在展架上放了另一張海報。「這是溪畔廣場的提款機嗎？」

「是。」照片裡呈現了整個「廣場」，聽起來很宏偉，其實只有三家店和四間掛著「出租」牌的空店面。提款機位在中央，旁邊是「派對總店」。

「我覺得有意思的是這間7-11，就在這個廣場正後方。你看得到，對吧？」夏儂指著角落裡不可能錯認的條紋。

博沒有看照片，只說：「對。」

「另外讓我覺得有意思的是，你竟然用這台提款機，它離沃格林有數哩遠，而沃格林裡面就有一台，而且根據你的對帳單，你似乎是固定用那台。我說得對嗎？」

「我離開了沃格林才想到要領錢。」

「這就奇怪了，你在沃格林拿出皮夾要付嬰兒粉錢的時候，竟然不記得你需要現金。」夏儂說完面露微笑，起步走回她的桌子。

博抬起頭說：「沃格林有賣香菸。」

夏儂轉身。「你說什麼？」

「妳認為我會用廣場的提款機是因為我去7-11買菸。但如果我想要香菸，為何不在沃格林買？」夏儂的論點當然就不成立了。看到博條理分明、看到他的自豪表情、看到陪審團頻頻頷首，英姬感覺到一股勝利的悸動。

夏儂說：「因為我不認為你那天去了沃格林。我認為你是去7-11買駱駝牌香菸，然後用了旁邊的提款機，沃格林是你今天才想出來作為你離開營業場所的原因。」假如夏儂是以喊叫或「被我逮到了吧！」的語氣說這番話，英姬會把她當成是有偏見的敵人的叫囂，不去理會。但夏儂的語氣柔和，帶著遺憾，好像幼稚園的老師——雖然不想，但出於職責不得不——對年幼學生說他答錯了，英姬發覺自己是認同的，她知道夏儂說得沒錯。博沒有去沃格林，他當然沒有。那麼他去了哪裡，做了什麼，讓他要隱瞞她，隱瞞自己的老婆？

亞伯提出抗議，法官請陪審團忽視最後這段話。夏儂說：「俞先生，在去年夏天以前，你大約有二十年的時間都天天抽菸，是這樣嗎？」

英姬幾乎可以聽到他腦子動得飛快的呼嘯聲，試圖迴避肯定的答案，但最後仍迫於無奈喃喃地說了聲「是」。

「你是怎麼戒掉的？」夏儂問。

博皺眉，看似困惑。「我就是……沒抽了。」

「真的嗎？一定有利用口香糖或貼片吧。」夏儂的口氣透著不敢置信，但並無惡意，而是溫和——甚至是佩服——英姬也再次不知不覺地認同了夏儂，暗自質疑：他到底是怎麼如此輕易地戒掉一個二十年的習慣？她看得出陪審團也有同樣疑問。

「沒有，我就是戒了。」

「你就是戒了。」

「對。」

夏儂望著博許久，兩人的眼睛都眨也沒眨，像在比賽瞪眼。夏儂先中斷凝視，眨了眨眼，說道：「好，你就是戒了。」她那微笑的模樣分明就像一個母親拍拍三歲孩子的頭說：你看到一隻紫色大象在你房間裡跳舞？好，你當然看見了呀，寶貝。「那麼，在你」——她略一停頓——「戒掉菸以前，駱駝是你最喜歡的牌子嗎？」

博搖頭。「在韓國，我抽Esse，但這裡沒賣。在巴爾的摩，我抽很多牌子。」

夏儂微微一笑。「我要是去問那些休息時間和你一起抽菸的外送員——比方說法蘭克．費雪先生——他們會說你沒有特別喜歡的美國品牌嗎？」法蘭克．費雪，當初亞伯出示證人名單時，他們沒有認出這個名字。他們只知道那個外送員叫小法，從來不知道他的全名。

亞伯起身。「異議。豪格女士如果想知道其他人的想法，應該去問他們，而不是問博。」

「噢，我正有此打算。法蘭克．費雪已經準備從巴爾的摩開車過來了。不過你說得對，我收回問題。」夏儂轉向博。「俞先生，你會跟別人說你最喜歡哪個牌子的美國菸？」

博緊閉著嘴瞠目直視，活像個頑劣的男孩，儘管證據確鑿，仍不肯為自己的頑皮行為負責。

「庭上，」夏儂說：「請指示證人回答……」

「駱駝牌。」博坦白吐出。

「駱駝牌。」夏儂看起來很滿意。「謝謝你。」

英姬望向陪審團，只見他們搖頭皺眉看著博。倘若博一開始就承認，他們或許會相信這是巧合，但博近乎否認的回答不僅在他們眼中，也在英姬的眼中變成具有某種重要意義。氧氣管下方的香菸會是博的嗎？會是他當天稍早買的嗎？但為什麼呢？

夏儂彷彿在回答似的說道：「你在生抗議者的氣，對不對？」

「也許不是生氣。我是不喜歡她們騷擾我的病患。」博說。

夏儂從桌上拿起一份卷宗。「根據警方的一份報告，爆炸隔天，你指控抗議者放火，你說，以下是你的原話：『她們威脅要不計代價讓HBOT倒閉。』」夏儂抬頭問：「報告內容正確嗎？」

博掉轉頭片刻。「正確。」

「而你相信她們的威脅是嗎？畢竟她們造成停電，打斷你的營業，就連被警方帶走時，都信誓旦旦地說會再回來繼續抗議，直到讓你關門大吉，對嗎？」

博聳聳肩。「無所謂。我的病患相信HBOT。」

「俞先生，病患會相信你難道不是基於你曾經在首爾一間HBOT機構工作超過四年嗎？」

博搖頭說：「我的病患看到成果了。孩子們有進步。」

「那麼，」夏儂接著問：「抗議者威脅說要盡可能挖出你的過去，還說會聯繫你在首爾工作過的那個中心，這是真的嗎？」

博沒有吭聲，只是緊咬牙根。

「俞先生，假如沒有發生爆炸，而她們也確實聯繫了那個中心的經營者，那位金秉倫先生會跟她們說什麼呢？」

亞伯提出異議，法官判定有效。博沒有動，沒有眨眼。

「事實上，」夏儂說：「你在那裡工作不到一年，也就是你到美國來的三年多前，就因為不稱職而被解雇了，對不對？如果抗議者發現此事，向你的病患揭發你的謊言，你的事業可能會徹底完蛋，讓你失去一切。你不可能讓這種事情發生，對不對？」

不，不可能。但英姬看見博的臉色，氣憤得變成深紫——不對，看他雙眼低垂，無法直視英姬，那是羞愧——忽地想起博叫她別再寫信到他公司的email，說是新規定禁止員工收發個人郵件。當亞伯出聲抗議、博高喊他從未傷害過病患，法官敲響法槌，英姬忍不住轉移視線。她的眼珠子繞著法庭飛轉，停在展示架的照片上，只見耀眼的陽光照在「派對總店」櫥窗裡某個亮亮的東西上，閃爍不定。昨天她來法院的路上曾經過那裡，假如此時閉上眼睛，幾乎可以假裝還是昨天，當時的她對丈夫的秘密與謊言一無所知，只是暗自想著給梅姬買生日彩帶和氣球得花多少錢。

氣球。想到這個，英姬倏然睜開眼睛，定焦於展示架。照片中看不出櫥窗裡反光的東西是什麼。但昨天開車經過時，英姬看見了，在提款機旁的櫥窗內懶洋洋地飄動著：印有星星彩虹圖案、亮晶晶、金屬色的鋁箔氣球。恰恰就像爆炸當天引發斷電的那一種。

梅姬（當時叫美熙）一歲時，博聽英姬說寶寶第一次看到氣球高興得不得了，他便從某個工作場合帶一些回家，因為要跟人擠地鐵和巴士，延誤了回家的時間——他說他怕氣球破掉，只好等搭車人潮減少，結果等了半個多小時。但回到家後，美熙高興得尖叫，胖胖的腿搖搖晃晃地跑過來，張開短小的雙臂包住氣球，像擁抱一樣。博捧腹大笑，學小丑的樣子拿氣球打頭，一面發出傻氣的聲音，英姬站在一旁納悶著這個男人是誰，迥然不同於直到此刻前她心目中的他：踏實、嚴肅，努力表現出安靜、威嚴的態度，鮮少說笑或是放聲大笑。

她現在又有同樣的感覺了，她看著博，告訴自己說這個——額頭上青筋暴露，被汗水浸濕的頭髮無力地垂落，怒目瞪視著夏儂的——男人和當時帶著比寶寶的頭還大的氣球回家的是同一人。只不過那時候，「他和我想的不一樣」這份體悟是比喻性質，是發現了丈夫前所未見的一面的欣然，但此刻卻是實實在在：博的確不是她以為的那個人，不是他自稱的養生保健中心主任兼HBOT專家。

博推著輪椅下證人席休息時，英姬試著與他四目交接，他卻迴避了。當亞伯介入，說需要準備一下他的覆主詰問，他幾乎像是鬆了一口氣，看都沒看她一眼便推著輪椅離開。

覆主詰問。要問博更多問題，要用更多謊言來圓先前說的謊言。英姬感覺胃液翻騰，胃酸由食道逆流到喉底。她彎下身，努力壓制住胃裡的東西，用力吞嚥。她需要離開這裡，她沒法呼吸了。

英姬抓起皮包，跟梅姬說她不舒服。八成是吃壞了肚子，她說完匆匆走出去，盡可能不要絆跤。她知道應該告訴梅姬她要去哪裡，只是她自己也不知道，她只知道需要離開，馬上離開。

她車開得太快。出松堡的路是沒有鋪設的鄉村道路，碰到像今天這種下雨天，就會變得泥濘濕滑。不過在髮夾彎高速行駛能讓人鎮定下來，因為必須兩手轉動方向盤同時踩剎車，身體則失控興奮地滑撞車門。博要是在的話，會吼著叫她慢一點，像個稱職的母親一樣開車，不過他遠在天邊，此時只有英姬獨自一人。獨自專注於輪胎摩擦著碎石的感覺，專注於劈哩啪啦打在車頂的雨水，專注於在頭頂高處形成綠色隧道的濃密樹葉。她的噁心感逐漸淡去，又能呼吸了。

當路邊溪水上漲，像今天這樣，她都會想起博在釜山鄉下的老家。她曾經提過一次，博卻叫她別那麼荒唐，說這跟他的老家一點都不像，還怪她是個都市人，只要稍有鄉村氣息的地方在她看來都一樣。的確，這裡有的是葡萄園而不是稻田，是鹿而不是羊。可是在那裡漫過稻田的水，與暴風雨過後的奇蹟溪水色調如出一轍：淺淺的褐色有如放太久變脆的巧克力。在這種毫無特色的荒蕪之地就是這樣，沒有什麼能為你指引時空，你也就可能被送到地球的另一頭，到久遠的從前。

他們第一次吵架就是在博的故鄉村落。當時剛訂完婚，回去拜見他的父母。博很緊張，深信一直都住在有室內管線與中央空調的高樓大廈的她，一定會討厭他家。其實博不明白，她是真的喜歡他們村子，寧靜安適，不像正在為奧運全面改造的首爾，處處都是化學氣味的霧霾與工程噪音。到了村子下車後，她聞到新鮮的堆肥味——好像泡菜封在甕裡發酵幾天後，第一次打開時的味道。她環視四周小山，看到孩童在溪床上亂跑，母親們在溪邊洗衣，不禁說道：「真難想像你來自這樣一個地方。」博將此話當成藐視，也更堅定了他長期醞釀的想法，覺得英姬的家人（當然也連帶擴及英姬）認為他「不如」她，殊不知英姬是在稱讚他，是在為他能憑著自己苦學上大學致敬。吵到最後博說他不會接受她父親給的嫁妝，也不會去她叔叔的電器公司做業務。「我不需要施捨。」他說。

此時想起這件事，英姬不由得握緊方向盤。忽然不知什麼東西橫越過道路——浣熊嗎？——她倏地轉向，一只輪胎搖搖晃晃偏離道路，車子隨之滑向一棵高大橡樹。她猛踩剎車又打方向盤，但車子依然打滑，繼續滑行，減速太慢。她於是拉起手剎車，車子一陣抖動後停下，她的頭猛然後仰。

樹幹就在車子正前方，離保險桿幾公分遠，而她——沒錯，她知道這樣不得體，但忍不住——大笑了起來。想必是驚惶加上鬆了口氣，揉雜成一種奇怪的勝利感。所向無敵。她深呼吸緩和自己的情緒，一面看著雨水彎彎曲曲流過樹結與樹瘤，想到了博，她驕傲的丈夫，在家人出發前往另一個國家後不到一年就被炒魷魚了。分離的那四年當中他們鮮少通話——國際電話很貴，他們的工作時間也無法配合——偶爾通上電話，她自己也會避免傳達壞消息。丈夫不想透過電話或email揭露羞恥的事，她覺得驚訝嗎？如今坐在這裡，遠離得知他欺瞞時當下的震驚，英姬的怒氣開始從邊緣瓦解，取而代之的是同情。對，她可以理解，事情可以說發生在另一個世界，她完全幫不上忙，要為丈夫的沉默找到正當理由很簡單，也許她甚至可以原諒。

但撇開這些不說，也還有氣球的事。重點在於，博知道鋁箔氣球可能造成電線短路。很可能每個韓國的家長都知道。在韓國，家庭用品造成電氣意外事故是科學競賽中的熱門項目——梅姬有個男同學便是以展示鋁箔氣球、吹風機掉入浴缸與老舊電線起火，贏得了五年級組的比賽——令她訝異的是大多數美國人似乎都不知道。（不過話說回來，美國在科學教育方面的國際排名並不高。）而博在停電前的幾個小時內，去過賣氣球的店。但這難道就意味著是他做的？說不過去。還有博抽菸的事呢？去年夏天有幾次，她好像聞到菸味，不過很淡很淡，她覺得應該是出門遛狗的鄰居在附近抽菸。還有如果他在韓國真的失業，來美國之前又是怎麼存到那麼多錢的？

她閉上眼睛用力甩頭，希望能清除這些思緒，但一個個問題彷彿在她頭顱內撞來撞去，每次碰撞後數量便加倍並狠狠衝撞她的大腦，讓她發昏。一隻松鼠跳到引擎蓋上，透過擋風玻璃凝視著，那偏著頭的模樣有如孩童端詳魚缸問道：妳到底在搞什麼？

她需要答案。她鬆開剎車，退離樹幹，面向道路。假如左轉，便能在休息時間結束前回到法院，回到丈夫身邊。但那裡不會有答案，只有更多的謊言，帶來更多的問題。現在，梅姬和博都不在，正是去做她需要做的事的最佳機會，也是唯一機會。不要再等著別人餵一些模稜兩可、不知所云的答案。不要再觀望與信任了。

她往右轉。她需要去尋找答案，由她自己來。

儲藏棚屋位在他們地界的邊緣，距離那天卡住氣球的電線桿僅一步之遙。英姬一跨入，各種完全無法辨識的氣味立刻撲鼻而來，又嗆又潮又酸。雨猛烈地打在鋁製鐵皮屋頂，宛如小鼓的急促鼓聲，接著以低音鼓的節奏，從裂縫滴落在腐壞的木地板上。工具與枯葉散落一地，覆蓋在一層灰塵、鐵鏽與黴菌底下，邊邊角角則凝結成黑綠色的黏稠物。

她心中暗想，不知要佇立多久才會有蜘蛛爬上身。置之不理已有一年——一個滴滴答答的秋天，接著一場颶風和四場暴風雪，然後是悶熱程度創紀錄的夏天。他們在首爾與巴爾的摩的歲月，就這樣變成了這堆腐敗狀況各不相同的物事，被拋到腦後。他們住的小屋裡沒有閣樓或櫥櫃，倘若博藏了什麼，一定就在這裡。

她走向堆在角落的三個搬家紙箱，扯掉蓋在上面、因覆滿乾蜘蛛網而不再透明的垃圾袋。瞬間揚起一陣粉塵，接著吸收了空氣中的濕氣又紛紛落下，英姬聞到一股潮濕味，很像地底深處的土被翻出來，頭一次接觸到空氣。

她在第三個箱子，最底下、最不容易拿的那個，找到了。上面兩個箱子幾乎都是空的，但第三個裝滿了她都已經忘記自己有留下的舊哲學課本。如果她只是隨便翻一翻，應該會漏掉，這樣東西用紙袋包得方方正正，收藏在大小相仿的書本間。是一個馬口鐵盒，他們在雜貨店時用來放包裝破損的散菸，當時她想到可以用一根五毛錢的價格零賣。她告訴那些請領救濟的顧客，食物券雖然不能買菸，但她不能阻止他們用食物券找零的部分買散菸，從此以後銷售量驟升，她也不得不拆包裝完好的菸來供應需求。

她最後一次看到這個盒子是要搬到這裡來的時候。盒子放在等著打包的運動衣最上面，她打開一看，發現裡面裝滿散菸。她問博為什麼要帶這個——他不是說要戒菸了嗎？——他說他不想把好好的菸丟掉，那裡面想必有上百根吧。「什麼，你是要把香菸收藏起來傳給孫子啊？」她笑著說。他微微一笑，沒有看她，她跟他說那其實是店裡的存貨，是屬於店主的，便要他把菸跟其他需要歸還的東西放在一起。那是她最後一次看到盒子——在巴爾的摩，在博的手上，他正要送還給姜家。如今它竟出現在這裡，在另一個州，被故意藏起來。

英姬把馬口鐵盒從紙袋裡拿出來，用力扳開蓋子。一如最後一次所見，一根根細細的菸像士兵一樣整整齊齊排列在盒內，但最上面放了兩包青箭口香糖（博的最愛）和一罐旅行用的風倍清芳香噴霧（消除臭味）。

英姬啪的一聲蓋上蓋子，看著搬家紙箱。那裡面還藏了什麼？

她把整個箱子抱起來，很重，底部發霉黏滑，但她抱得更緊，抬高後上下翻轉。所有東西都掉了出來，跟著揚起一片灰塵，乾蜘蛛網散得到處都是。她將空箱擲向牆壁——聽到那撞擊聲感覺真好，不過厚厚的書一本一本掉落在地，那砰砰的沉重響聲聽起來更痛快——然後瀏覽各項物件尋找……什麼呢？氣球的收據？7-11的火柴？H超市的便條紙？隨便什麼都好。但什麼也沒有。只有韓文書散落在四周，有些被墜落的力道扯破，另外有三本書不知怎地好像黏在一起，落地後整齊地堆疊著。

英姬朝那三本書走過去，一接近後便看出了：中間那本不是很平，裡面似乎夾了什麼東西鼓鼓的。她用涼鞋鞋尖抵住最上面那本——小心翼翼地，好像那些書是毒蛇，看似死了卻有可能只是睡著——以恰到好處的力道將它踢落，然後彎身去拿現在換到最上面的第二本書。是約翰·羅爾斯的《正義論》，她大學時期最喜愛的書。那麼讓書鼓起的東西想必是——沒錯，翻開後就看見了折放在裡面的熟悉紙張——她碩士論文的筆記，主題是以《罪與罰》的主角拉斯科尼科夫為例，比較羅爾斯、康德與洛克。她始終沒有完成；她在母親的堅持下停止（「沒有一個男人會想要一個學問比他好的老婆，那會讓他覺得丟臉！」），卻忘了自己還保留著。她把書丟到一旁，迅速翻看最底下那本。一無所獲。

直到檢查完所有的書，英姬才發覺自己一直屏著氣。她闔上眼睛吐氣，舒舒服服地將汙濁的空氣從肺葉排出，手指感覺刺刺麻麻，代表氧氣正在重新滲透全身。她原以為會找到其他東西，甚至確信到害怕的地步。但結果呢，找到了什麼？博沒有戒菸而且竊取了（如果可以這麼說的話）價值五十元的香菸的證據？那又如何？沒錯，他偶爾會有些秘密，哪個丈夫沒有呢？他有抽菸，爆炸事件後，他害怕受到不公平審判而決定隱瞞自己抽菸的事。這有那麼十惡不赦嗎？

她看看手錶。兩點十九分。該回法院去了。她要拿走鐵盒，找個適當時機和博對質。不，不是對質——這個字眼太重了。是詢問，是討論。對，她會當著他的面拿出來，看他怎麼說。

伸手去拿鐵盒時，她雙手微微顫抖，她忍不住輕笑嘲弄自己，竟然把自己搞得這麼驚慌失措，深信會找到丈夫撒謊的鐵證。不，不只如此，如今事情過去了，她可以坦然承認：其實她原以為會找到丈夫，那個愛她也愛女兒的溫柔男人，那個為了病患跳進火窟的男人，是個殺人犯的證據。「Sahr-een、Bang-hwa，」英姬用韓語大聲說出殺人、縱火。有這樣的念頭，甚至容許這樣的念頭進入下意識，她自覺卑劣。她是個壞妻子。

她抓著鐵盒，拾起原本包在外面的紙袋，打開袋子要把鐵盒放回去時，忽然發現裡面有東西。她伸手進去拿。是一本韓文的小冊子「再次入境南韓須知」，上面用迴紋針別著一張安南岱爾的房地產仲介的名片和一張用韓文手寫的字條：您要搬回國真是太好了。希望手冊會有幫助，另外附上符合您需求的清單。請隨時來電。

小冊子背後釘著一份文件，是首爾公寓的清單，全都是可以立刻入住的物件。她重新翻回首頁，搜尋日期旁寫著08/08/19。是韓國日期的寫法：二〇〇八年八月十九日。恰恰就在爆炸的一個星期前，博在計畫全家搬回韓國。

泰瑞莎

爆炸過後兩天，她無意中聽到有人在討論「那齣悲劇」，一開始幾天大家都是如此稱呼該事件。當時她在醫院的自助餐廳，在喝咖啡——或者應該說攪拌咖啡假裝在喝。

「有兩個孩子活下來真是奇蹟。」一個女子的聲音說——聲音低沉沙啞，泰瑞莎敢說那是刻意的，她要不是想裝性感就是想裝男人。

「是啊，的確是。」男人的聲音回答道。

「不過，這讓人覺得……上帝的幽默感還真奇特。」

「怎麼說？」

「你看嘛，最後死的是那個近乎正常的孩子，而那個自閉症孩子雖然受傷但活下來了，腦部嚴重受損的孩子則是毫髮無傷。好諷刺。」

泰瑞莎專心地攪著咖啡，湯匙愈繞愈快，凝結的鮮奶油的白色碎片一下子全被捲進這道急流中。她幾乎可以聽見液體湧向漩渦深處，耳中充斥著快速旋轉的咻咻聲，壓過了餐廳的噪音。她愈攪愈快也愈用力，無視咖啡從杯緣濺出打濕她的手，一心只想讓這道咖啡氣旋觸及杯底。

忽然有個東西打掉了她手上的湯匙。她眨眨眼，不知為何，杯子已經側翻，咖啡灑得到處都是。咻咻聲停了，在寂靜中她聽見一個哐噹的回聲，彷彿聽覺的殘像。她抬起頭，發現每個人都在看她，沒有人也沒有東西在動，只有灑出來的咖啡悄悄往外流向桌緣。

「這給妳，太太。妳還好嗎？」聲音低沉的女子說著，很快地丟下幾張面紙，擋在咖啡與桌緣之間。女子也遞給她一張，泰瑞莎說：「對不起，喔，我是說謝謝。」女子說：「不客氣。」她伸手搭著泰瑞莎又說：「真的沒什麼。」她的視線往下移，瞬間雙頰飛紅，泰瑞莎知道她認出她就是那個很諷刺地毫髮無傷的女孩的母親。

聲音低沉的女子原來就是摩根．海茨警探，現在泰瑞莎看見她用完午餐正要走向法院。泰瑞莎也不明白為什麼，每當想起警探在醫院自助餐廳裡說的話，她總會羞愧得全身潮熱，因為每個人可能都會這麼想：由於羅莎失能的狀況最嚴重，死的應該是她。那該有多公平，多合理。乾乾淨淨。解決掉了腦子受損有缺陷的孩子，那孩子不會說話不會走路，總之死了乾脆。

泰瑞莎用傘遮住自己不讓海茨警探看見。排隊進入法院時，她聽見有人說：「他可能會被收治住院。聽說塗糞的狀況惡化了，而且撞頭撞個不停，學校只好用上緊束衣。」另一個聲音說：「可憐。他失去了母親，難怪會這樣發洩，不過……」這時有三名青少年加入排隊行列，聒噪的談話聲淹沒了原來的聲音。

TJ。塗糞。琦巧曾在某次潛水時提到過。當時伊莉莎白在談論亨利「新的自閉行為」，對於石頭特別固執，琦巧忽然說：「妳知道我昨天花了四個小時做什麼嗎？清大便。是真的。TJ的新玩意是塗糞。他會脫下尿布塗大便，牆壁、窗簾、地毯，抹得到處都是。妳絕對沒法想像那是什麼情形。妳說TJ和亨利都有自閉症，說他們是一樣的——我覺得很刺耳。妳抱怨亨利不能有持久的眼神交流，不能分辨面貌，朋友不夠多？那讓妳覺得傷心欲絕，是啊，也許吧。照顧孩子每天都有傷心事。小孩會被取笑、會骨折、會沒有受邀參加派對，當我女兒碰上那種事，我當然也會傷心地陪她們哭。但那是正常的事，和我照顧TJ所要經歷的相差十萬八千里，甚至根本不在同一個銀河系裡。」

她們經常這樣，唇槍舌戰地比較自己孩子症狀的艱難——特別需求版的家長吹牛大賽——泰瑞莎總會拋出她的一項憂慮，例如羅莎可能會被口水噎死或是因為褥瘡導致敗血症，這麼一來通常很快就能讓她們住嘴。但聽琦巧說完，想像著那臭味、汙穢與清理的辛苦，泰瑞莎也被難倒了。塗糞恐怕是唯一無法超越的慘況，沒有什麼反面故事能讓琦巧覺得：至少我的人生沒有那麼糟。

如今琦巧走了，重擔落到丈夫肩上，而他打算把TJ送走。泰瑞莎想像羅莎住在療養院，單調空蕩的房間裡排放著鐵床架，忍不住就想跑回家親親她的酒窩。她看一眼手錶。兩點二十四分。剛好有時間可以打電話回家，跟羅莎說媽媽愛她，並聽她一聲又一聲地喊著「媽」。

泰瑞莎試著集中精神。博的覆主詰問很重要；夏儂提出了令人不安的問題，從她在休息時間聽到的零星交談看來，有人的立場開始動搖了，這是開審以來頭一遭。但開庭後，每個人都看向梅姬旁邊的空位，交頭接耳地談論英姬上哪去了，她的缺席又代表什麼。（「我猜是去找離婚律師了。」她後面有個男人說。）博進行覆主詰問時——對7-11和香菸提出更堅定的否認，同時解釋說他被解雇是因為兼職而非不稱職，而且馬上就在另一家HBOT中心找到工作——泰瑞莎始終看著梅姬，獨自一人坐在兩個空位中間，那通常是她父母坐的位子。十七歲，跟羅莎一樣，但她的臉由於滿心憂慮整個糾結在一起，臉上的疤痕倒像是唯一平整的部分。

泰瑞莎第一次看到梅姬的疤痕，就在自助餐廳的灑咖啡事件後。她對自己說應該去探望英姬給她一點支持，但事實上，她是想去看看昏迷中的梅姬。透過百葉窗片看著梅姬，看著纏在她臉上的繃帶與插在她身體的管子，泰瑞莎心想那個聲音低沉的女人可大錯特錯了：涉及的孩子有四個，不是三個。在此關係狀態中，那個女人會怎麼說梅姬？沒錯，對比羅莎與TJ，亨利「相當正常」，可是梅姬卻再完美不過：長得漂亮、功課好、準備上大學。在那個女人眼中哪個更諷刺，哪個是更大的悲劇：是一個幾乎可視為正常的男孩被活活燒死，還是一個確實正常的女孩陷入昏迷，絕大部分的臉留下疤痕加上絕大部分的大腦可能受損？

泰瑞莎走進去後擁抱英姬——緊緊擁抱許久，一如葬禮上同感哀傷的人。英姬說：「我一次又一次地想，上個禮拜她都還健健康康。」

泰瑞莎點點頭。她最討厭以講述自己的遭遇來安慰人，因此沉默不語，不過她能理解。當五歲的羅莎生病，她坐在醫院病床邊撫摩她的手臂，像英姬對梅姬那樣，無止境地反覆想著：但她兩天前還好好的呀。羅莎生病時，她正在出差。出差前一天晚上，羅莎下樓來說晚安，她正把扭個不停的小卡洛斯抱在腿上，替他剪指甲，因此她只說：「晚安，親愛的，我愛妳。」但沒有抬頭——這是最令她肝腸寸斷的部分，這是她與女兒最後一次正常相處的時刻，她竟沒有看著她——而是偏著頭湊過去讓羅莎親吻。剪卡洛斯指甲的喀嚓聲，羅莎牙膏的泡泡糖香味，黏黏的嘴唇在她臉頰上咂了一下，然後很快的一聲「晚安，媽咪，晚安，卡洛斯」——這是泰瑞莎對生病前的羅莎的最後記憶。接下來再見到她，那個能唱能跳能說「晚安媽咪」的女孩已然不再。

所以沒錯，英姬肯定覺得完全無法理解，泰瑞莎可以體會。當英姬說：「醫生說大腦可能有受傷，她可能醒不過來了。」泰瑞莎便緊抓她的雙手陪著她哭。可是在她的痛苦與共鳴底下（她確實為英姬心痛，千真萬確），內在卻有一部分——極小、極微不足道的一部分，只有大腦深處十分之一個細胞那麼大——感到慶幸，甚至是高興梅姬陷入昏迷，最後可能落得和羅莎同樣下場。

無可否認，泰瑞莎是個差勁的人。她無法理解別人說的：「就算是最大的敵人，我也不希望他們發生這種事。」無論她再怎麼對自己說她不會，也不該希望別人有相同遭遇，有些時候還是難免想讓世上每個父母都經歷一下她的人生。對這樣的想法感到不齒的她，試著為自己找理由：假如奪走羅莎大腦的病毒開始流行，相關單位肯定會投入數十億經費研發治療方法，所有的孩童也會迅速康復。但她心知肚明——她之所以希望自己的悲慘境遇蔓延，並不是為了羅莎著想。而是忌妒，純粹如此。不幸只降臨在她一人身上令她憤慨，她也怨恨朋友們帶著燉菜前來，陪她哭個一小時後，便急急忙忙送孩子去踢足球、跳芭蕾，假如她不能回到原來的正常生活，那麼上天為證，她真的想把每個人從正常狀態的基座上打落，讓他們能分擔她的負擔，讓她不覺得那麼孤單。

她盡量不對英姬有這種想法。梅姬昏迷的兩個月期間，她每星期都去探望。有時候她和英姬聊天時，會讓羅莎坐到梅姬身旁。看到這兩個女孩在一起，感覺很奇怪——梅姬纏著繃帶，雙眼閉闔躺著，而羅莎坐在輪椅上俯視著她——第一次地位平等，幾乎像朋友。

梅姬從昏迷中甦醒時，只有泰瑞莎一人去。當她打開梅姬的房門，看見醫生圍繞在床邊，並從身體間的縫隙看見梅姬已坐起身，張著眼睛。英姬擒抱住她，力道之大將她推靠到牆上，說道：「她醒了！她沒事，大腦沒問題。」泰瑞莎試圖以擁抱回應，告訴英姬說這真是太好了，真是奇蹟，但彷彿有隱形繩索縛住她的手臂，並打了個活結套在她脖子上，讓她無法呼吸，刺痛感從喉嚨傳到鼻竇，使得她眼眶泛淚。

英姬沒有注意到。匆匆回到梅姬身邊之前，她說：「謝謝妳，泰瑞莎，妳一直都陪在我身邊，妳真是個好朋友。」泰瑞莎點了點頭，慢慢退出房間。她去了廁所，走進廁間後上鎖。她想到英姬的話──「好朋友，」她如此稱呼她。她一手按著肚子，努力想將她對剛才緊緊摟住她摟到她發疼的那個女人的忌妒、氣憤與怨恨嚥回去。她努力地想記起這是她禱告的結果。接著她脫下外套，捲成一團，摀住嘴巴放聲尖叫哭喊，並一次又一次地沖水，以免被人聽見。

英姬進入法庭時，摩根．海茨警探正好開始作證。英姬一臉病容，平時的桃色皮膚看似蒙上一層暗淡的灰，有如長期住院的病人。當她拖著腳步走下走道，雙眼疲憊得眼皮下垂，泰瑞莎突然心生愧疚。梅姬甦醒後，她再也沒有回去探視過。剛好羅莎也開始接受臍帶血治療，讓泰瑞莎有了藉口，然而她知道突然變得冷淡讓英姬感到迷惘，而她更是深深慚愧自己竟因為朋友的孩子康復而拋棄她。所以她才在英姬最需要她的時候，轉而支持伊莉莎白嗎？為了梅姬恢復健康而懲罰她？

旁聽席上突然爆出竊竊私語聲。只見夏儂站起來說道：「庭上，我要對這一連串的詰問再次提出異議。那是不相關的傳聞，而且高度偏頗。」法官說：「異議聽到了並駁回。警探，妳可以回答。」

海茨警探說：「爆炸前一個星期，有名女子在二〇〇八年八月二十日晚間九點三十三分，打了兒童保護局的熱線電話，舉報說有個名叫伊莉莎白的女人讓兒子亨利接受非法且危險的醫藥治療，其中有一項靜脈注射螯合療法，最近害幾名孩童喪命。來電者聲稱伊莉莎白剛剛開始做一種喝漂白水的療法，讓她非常擔心。她不知道他們姓什麼，住在哪裡。我是有證照的精神科醫師，也是我們局裡與兒護局合作的調查聯絡官，所以我受命負責調查。」

「打電話的人是誰？」亞伯問。

「是匿名電話，但我們後來得知來電者是露絲．韋斯，抗議者的其中一人。」露絲。剪銀色鮑伯頭那個。泰瑞莎看著坐在後面滿臉通紅的她，好想一巴掌打過去。膽小鬼一個。匿名指控，沒有後續影響，不必負責。她又再次想到她們潛伏在穀倉後面，等到了最佳時機，她們以為氧氣已經關閉了才放火。她得把自己的推理告訴夏儂，說她們知道HBOT療程的確切時段。

亞伯說：「妳是怎麼找到伊莉莎白和亨利的？」

「來電者從線上聊天室知道亨利去哪裡參加夏令營。隔天我在夏令營下課的時間去，但伊莉莎白不在，有個朋友替她去接亨利。我解釋我去的原因，並問她知不知道這些醫藥治療。」

「那位朋友怎麼說？」

「起先她什麼都不肯說，但我繼續追問，她才承認她有點擔心，伊莉莎白似乎太沉迷於——這是她用的字眼，*沉迷*——一些亨利不需要的治療。她說亨利是個『古怪的孩子』——這也是她的原話——說他以前有些問題，但現在沒事了，可是伊莉莎白還是一看到新出現的自閉症療法就會嘗試。那個朋友說她主修心理學，心想伊莉莎白會不會是得了代理型孟喬森症候群。」

「什麼是代理型孟喬森症候群？」

「這是一種精神疾病，有時稱為『醫療虐待』，就是照護者會誇大、捏造，或甚至引發孩子的病症，以博得注意。」

「那位朋友有擔心到這個程度嗎？」

「沒有。當我再追問，她才說——這次還是非常猶豫——夏令營的老師說亨利手臂上被貓抓傷的地方很痛，所以他們替他塗藥膏包紮。那個朋友覺得困惑，因為亨利家沒有貓，不過她沒說什麼。」

泰瑞莎想起她也看見抓痕了。在亨利的左上臂有斷斷續續的紅線，是血管破裂出現的斑點。伊莉莎白發現泰瑞莎注意到了，便說亨利不知被什麼蟲咬到，抓個不停。根本沒提到貓。

「那位朋友也為亨利的自尊心憂慮。」海茵接著說：「她說有一次她稱讚他，他卻回答說：『可是我很煩人，大家都討厭我。』她問他怎麼會這麼想，他說：『媽咪跟我說的。』」

泰瑞莎嚥了一下口水。我很煩人，大家都討厭我。她記得伊莉莎白叫他別再講石頭講個不停，當時她蹲下來臉貼近他，鼻子對著鼻子，小聲地說：「我知道你很興奮，可是你一直說一直說，大聲地自言自語，大部分人聽了會覺得恨煩，你要是再繼續這樣，我怕大家都會討厭你。所以你得非常努力地讓自己閉嘴。好嗎？」

亞伯說：「然後怎麼樣了？」

「那個朋友不肯透露自己的名字，不過倒是說出了亨利的姓氏和住址。那天是八月二十一日星期四。隔週週一，我們去夏令營找亨利面談。根據維吉尼亞州法，我們可以不必通知家長或徵求家長同意，在家長不在場的情形下與小孩面談。在本案例中我們決定這麼做，盡可能減少家長指導的機會。」

「關於虐童的調查，被告後來知道了嗎？」

「是的，在八月二十五日星期一傍晚，就是爆炸前一天。我去了他們的住所，向她告知這項指控。」泰瑞莎想像著警察敲她的門，藉虐待的罪名闖入。被告知有人——妳認識的人，甚至可能是朋友——指控妳虐童，那會是什麼感覺？

亞伯說：「被告有否認指控嗎？」

「沒有。她只說想知道是誰投訴的，我告訴她是匿名檢舉。我自己也不知道。但隔天早上，我接到那位朋友來電，就是去夏令營接孩子那位。」

「真的嗎？她說什麼？」

「她很心煩，因為她剛剛和被告大吵一架。」

亞伯走上前。「那是爆炸當天早上？」

「是的。她說伊莉莎白指責她向兒護局投訴，對她大發雷霆。她請我告訴伊莉莎白到底是誰投訴的，讓伊莉莎白知道不是她。」

「妳怎麼回答？」

「我跟她說我沒辦法，那是匿名電話。」海茵說：「她變得更加心煩，說她可以肯定是那些抗議者。她又再說一遍伊莉莎白氣壞了，說她實在不該跟我談。她說，這是原話：『她氣瘋了，她隨時會殺了我。』」

「海茨警探，」亞伯說：「妳後來有沒有查出這位朋友的身分，就是爆炸當天早上打電話給妳，說被告，引述她的原話：『氣瘋了，她隨時會殺了我』的那位。」

「有。我是從遺照認出她的。」

「她是誰？」

海茨警探看著伊莉莎白，說道：「琦巧．柯茲洛夫斯基。」

伊莉莎白

琦巧和伊莉莎白與其說是朋友，倒更像姊妹。不是「我們比任何朋友都親近！」那種關係，而是「我不會選妳當朋友，但我們已經分不開，所以就盡量和平相處吧」那種。她們相識是因為六年前，兩人的兒子同一天在喬治城醫院被診斷出自閉。當時伊莉莎白正在等亨利的評估結果，忽然有個女人說：「好像在等著上斷頭台，對吧？」伊莉莎白沒有應聲，但女子繼續說：「我不懂，在這種時候男人怎麼還能專心工作。」同時看著維多和另一個男人——大概是她丈夫——兩人都在敲筆電。伊莉莎白極盡可能露出最簡潔的笑容，然後抓起一本雜誌。不料女子繼續叨叨絮絮聊她兒子——即將滿四歲，他生日快到了，她要做一個邦尼蛋糕，他最愛邦尼了，簡直像著魔——說他不會說話（會不會是因為他根本一個字也插不進去？），但很可能因為他是老么，她另外還有四個孩子，都是女兒，老是嘰哩呱啦說個沒完（顯然是基因遺傳），妳也知道女生都這樣，等等、等等。女子——琦巧，跟奇巧巧克力同音，只是字不一樣，她自言自語到一半時如此自我介紹——不是在交談，比較像是將字句一長串地吐出來，也不理會伊莉莎白毫無反應。她一直到護士出來喊亨利．沃德的家長才打住。

醫生說：「我看看……喔，對了，亨利。我知道你們很心急，我就不拐彎抹角了。亨利被發現是自閉的。」他在兩口咖啡之間的空檔隨口說出，好像向父母親宣告他們的孩子得了自閉症是件正常的事，每天都會發生的事。當然了，對他這種自閉症診所的神經科醫師來說，這確實是每天，說不定還是每小時會發生的事。可是對身為家長的她，這卻是將她的世界分為**之前**與**之後**的時刻——重大時刻——是她會在腦海中不斷重播的人生關鍵場景，所以真的有必要像這樣超級淡漠地喝著特大杯星冰樂一邊說嗎？還有他的遣詞用字：「亨利被發現是自閉的」，就好像不是他自己做的檢查，而是無意間發現亨利躺在某個地方，被某種神秘的自然力量蓋上了「自閉的」的印記。再說，「自閉的」——有這種說法嗎？讓她生氣的是他把一種疾病變成形容詞，實際上等於宣布自閉是界定亨利的特質，是他身分的概括。

她與琦巧擦肩而過時，腦海正被這些語意問題所盤據——譬如，為什麼說「罹癌」卻不說「罹骨折」，以及「嚴重偏中度」（自閉光譜量表中亨利所屬的等級）與「中度偏嚴重」有什麼差別。當時伊莉莎白沒有哭，事實上她從頭到尾都沒哭，但臉上想必強烈透露出悽慘心境，琦巧才會停下來擁抱她，那是親密摯友間才會有的緊密、持久的擁抱。她不知道為什麼這個不適當的陌生人所給予的不適當擁抱，竟會有彆扭之外的感覺，竟讓她覺得安慰，像家人一樣，於是她也擁抱她並哭了起來。

伊莉莎白根本沒想到會再見到她，便沒有交換電話號碼、email或甚至姓氏。不料，一星期後，她們再度巧遇，先是在郡立自閉症幼兒園的迎新會上，接著是在一間語言治療診所，再接著是在一場應用行為分析說明會——也不奇怪，畢竟這些全是喬治城市政府建議的，但還是有一種宿命感，有點巧得不像巧合。後來當亨利和TJ進了同一間學校又同班，她們也就不管做什麼都在一起了。「自閉症集中訓練營。」她們還起了這個名號。她們一車共乘去學校、去做治療，一起去聽有關如何面對確診自閉後的悲傷情緒的演說，並加入當地的自閉兒媽媽團體。就這樣，她們彷彿意外地變得親密了，不是因為特別喜歡有對方陪伴，而是出於習慣，因為不管喜不喜歡，她們每天都會被硬湊在一起。反覆的近距離接觸轉變成親密；有一回，在維多投下震撼彈，說他在加州找到新歡後，她們還一起出去徹夜買醉。

伊莉莎白是獨生女，因此這是前所未有的體驗，但形影不離又分享那麼多心事——從兒子每一季的自閉嚴重度評分到老師每天控訴的「持續反覆的行為」（亨利是搖晃身子，TJ是撞頭）——卻有個問題，就是衍生出一種激烈競爭。這影響到她們所做的每件事，悄悄滲入她們關係中的犄角旮旯，使得兩人的關係略微變質。伊莉莎白知道在「典型的」小孩媽媽的世界裡，競爭非常劇烈，聽說主婦們在喬氏超市排隊結帳時，會互相比較自己的孩子有哪些技能、進了什麼資優班。但不能免俗的，在自閉兒媽媽的世界裡，忌妒心同樣是超高速運作，那是她所見過最合作同時也最競爭的團體，因為利害關係重大——不是妳的孩子進哪所大學，而是孩子在社會上的存亡：能否學會說話、能否有一天離家，還有妳死後他們如何生活。在「典型」的世界裡，別人家孩子的成功意味著妳自己的孩子未能達期望，但她們的世界不同，在這裡分享、幫助與慶賀別人成功的心情，遠遠更加熱切與複雜，因為另一個孩子的進步代表妳的孩子也有希望，但也讓妳有更大的壓力要為自己的孩子挺過來。以亨利和TJ來說，這些因素全都會放大，因為他們同年、同班，不可能不互相比較對照。

生物醫學療法開始後，亨利進步了，TJ卻沒有，伊莉莎白與琦巧的關係也慢慢扭曲成外表看似友誼——依然一車共乘，每週四一起喝咖啡——內在卻似乎有不同的感覺。有趣的是，關於「立刻打敗自閉症！」（DAN！）還是琦巧先告訴她的，那是由一群醫生組成（多半都是自閉兒家長），提倡一些能讓自閉症「復原」的療法——伊莉莎白並不知道有此可能。想當然耳，這是個奇怪的觀念，特別是因為世人普遍並不相信自閉症是能夠「復原」的病。骨折，可以。肺炎，可以。運氣好的話，或許連癌症都可以。可是自閉症？那是一輩子的事。何況，「復原」暗示著有一條正常的底線，只是一度失去，但自閉應該是天生的，也就是說當然沒有失去什麼可以加以復原。她心存懷疑，不過嘗試這些療法就像她雖是無神論者，卻還是讓亨利受洗一樣：如果是她對，他們只是往亨利頭上澆水罷了（無害），但假如是維多對，他們就是在拯救他脫離地獄的永恆苦難（大大有利）。同樣地，特別的飲食與維他命對他無害，但假如有一丁點「復原」的可能性，那潛在的好處就能改變一生。風險，零。報酬，八成也是零，但也有可能很巨大。簡單的數學。

於是她照做了。戒除亨利飲食中的色素、添加物、麩質與酪蛋白，要求學校以她的有機葡萄代替彩虹小金魚脆餅時，忍受老師們「唉，妳這個神經質瘋母親」的眼神。儘管亨利的兒科醫生十分抗拒（「我不會沒事替小男孩抽血，更別說是為了保險公司多此一舉」），仍設法哄他為亨利做檢測，當結果果真如DAN！的醫生所預測（高銅、低鋅、高病毒量），又設法讓那個只稍稍變得客氣一點的兒科醫生贊同、說沒錯，他認為讓亨利補充B_{12}、鋅、益生菌等等，應該不至於有害。

這一切並未使她與眾不同；在她的自閉兒媽媽群組裡，有其他十來個母親已經在這條「生醫軌道」上走了多年。不同之處在於亨利。他是生醫療法中的罕見至寶，是所謂的「超級反應者」。伊莉莎白斷絕食物色素一個星期後（一星期！），亨利搖晃的情形便從每天平均二十五次減少為六次。開始補充鋅兩週後，他開始有了眼神交流——短暫且零星，但相較於從來沒有，已算是突破。而在她增加B12的注射一個月後，他的平均語句長度也從一點六個字倍增為三點三個字。

與琦巧談話時，伊莉莎白會小心地避免沾沾自喜，會特別留意到TJ毫無改變的事實。問題是，她們對治療採取的態度南轅北轍——伊莉莎白鉅細靡遺，琦巧則是鬆鬆散散——這讓她很難不認為自己超級吹毛求疵的做法（譬如另外買烤麵包機和鍋具為亨利準備食物，以確保絕對符合飲食限制），想必對亨利的進步神速有某種貢獻吧。相反地，遇上特殊的日子，琦巧會讓TJ在飲食上「作弊」，由於他有四個姊姊、四個祖父母、九個表兄弟姊妹和三十二個同學，每星期都會碰上一個特殊日子，她便經常忘記他的營養補充品。伊莉莎白告訴自己，TJ不是她的小孩，而且每個人做事方式各有不同，但她為TJ心痛，當亨利突飛猛進之際，她很不樂意看到TJ停滯不前，因此巴不得能接手掌控，讓兩個孩子恢復對等的關係，同時——沒錯，她可以承認，這是她最大的希望——恢復她與琦巧的親密。伊莉莎白主動表達幫忙的意願，她自告奮勇要把TJ的營養補充品分配好放進一週藥盒中，並且為班上同學的生日派對準備符合飲食限制的杯子蛋糕。但琦巧卻說：「然後讓自閉症納粹接管我的生活？不用了，謝謝。」她用開玩笑的語氣說，還眨眨眼笑了一聲，不過表面底下暗藏怨恨。

那一天，當校長宣布亨利將從自閉班轉到為問題「較輕微」（如發音與過動）的學生開設的班級——這類班級有個矛盾的名稱叫「一般特殊教育班」——琦巧抱著伊莉莎白說：「真是大好消息，我實在太為妳高興了。」但她眼睛眨得有點太快、有點太久，笑得有點太開，十分鐘後，伊莉莎白在停車場從琦巧的車旁駛過，看見她癱坐在駕駛座上，全身因啜泣而起伏。

此時回想起來，伊莉莎白好希望能回到那一天，去打開車門叫琦巧別哭，說那些事一點都不重要。亨利「功能高出」多少、能多說多少個字，又有什麼差別？因為如今他已進了棺材，TJ卻沒有；TJ能吃能跑能笑，亨利卻再也無法做那些事。如果琦巧知道幾年後，伊莉莎白願意付出任何代價與她調換位置，她會怎麼說呢？伊莉莎白寧可當活下來的孩子死去的母親，也不想當死去的孩子活下來的母親，她寧可為了保護兒子死去，永遠不必因為想像兒子的痛苦與知道自己是罪魁禍首的愧疚感飽受折磨。

可是她們倆當然都不知道未來會如何。那天在停車場從琦巧身旁駛過，她想到她們初次見面時，琦巧停下來緊緊擁抱她，於是她也想停車、跑過去，抱著她陪她哭。她想說抱歉，她不該假「幫助」之名評斷她並給予無聲的批判，說她不會再那麼做，只會傾聽與支持。但伊莉莎白的安慰與假裝理解，琦巧會作何感想？畢竟她的痛苦是伊莉莎白的兒子造成的。她是真的為琦巧著想，或是自私使然？因為不想覺得自己失去了唯一的朋友。

伊莉莎白繼續往前開，一路開回家。當天稍晚，琦巧寫email來說共乘已經沒有意義，因為亨利新班級所在的學校相距八公里，喔，對了，這個星期四她要陪一個女兒參加課外教學，不能去喝咖啡。伊莉莎白說沒關係，希望很快再見。接下來一個禮拜都沒有email，但伊莉莎白還是在週四去了她們平常去的星巴克等候。琦巧始終沒來。伊莉莎白沒有打電話也沒有寫email，只是每個星期四仍繼續去星巴克，坐在窗邊，等著朋友走進來。

坐在法庭上，伊莉莎白回想著爆炸前那個星期四，就是海茨警探去亨利的夏令營遇見琦巧那天。她一如往常，坐在星巴克店裡想琦巧。亨利換學校後，她很少見到她，只有每個月一次的自閉兒媽媽聚會，但她以為她們會因為HBOT而恢復以往的親密。就某方面來說，的確是；她們每天關在壓力艙裡會聊上幾個小時，將許久未聯絡的空檔都給補上。不過有種彆扭的感覺，她們（又或者只是她）似乎太努力想修復已然走味變質的昔日親密關係。後來，當然就發生了「優趣」口角事件；那是在一次特別尷尬的療程過後，她試著告訴琦巧一些新的療法與夏令營活動，琦巧則只是禮貌地點頭，沒有答腔。伊莉莎白的沮喪感不斷累積，到了某個程度終於按捺不住，讓她變成一個粗暴、傲慢、假仁假義的賤人——承認這一點很受傷。她自己知道，也想打住，不料所有凝聚的受傷情感一股腦兒地爆發，大量傾洩而出，她也無法控制。

她放下咖啡下定決心：她必須去向琦巧道歉，正式地、當面地。不是在HBOT（那裡始終有其他人在），她也不能直接上門去（太不顧一切，太像跟蹤狂），但可以打電話給琦巧，說她時間來不及，請她幫忙去夏令營接亨利（和TJ的夏令營只隔一條街）。那麼，當她去琦巧家接亨利，兩人就能說上話了。她可以說她很抱歉，說她很想念她，也許難聽話全說出來之後，便能生出毫無積怨的真正親密感。於是她就這麼做了，換句話說——天啊，這有多諷刺！——是伊莉莎白自己讓琦巧遇見海茨警探，證實了虐童的投訴。而且她根本也沒機會道歉；她去接亨利時，琦巧顯得心煩意亂，還提到貓的抓痕，伊莉莎白一心慌便急忙離開，她原本想像的交心場景頓時變成一分鐘的門口對話。

如今，琦巧死了，一個心理專家警探站上證人席，將琦巧對伊莉莎白，她瘋狂的前友人，的想法與說法，一五一十地告訴全世界。亞伯說：「爆炸當天，當琦巧來電說被告，這是她的原話：『氣瘋了，她隨時會殺了我。』還說了其他什麼嗎？」

海茵說：「是的。她說她發現亨利即將接受靜脈注射螯合治療。」她面向陪審團。「螯合療法就是將強力藥劑注入靜脈，來排除體內的有毒金屬。這是經過食品藥物管理局核准的重金屬中毒療法。」

「亨利中毒了？」亞伯問道，臉上又是那副佯裝驚訝的熟悉表情。

「沒有，但有些人認為空氣和水中的金屬與殺蟲劑會導致自閉，只要洗淨體內毒素就能治癒。」

「聽起來確實很不正統，但這不是一種醫療判斷嗎？」

「不，有許多孩子因此死亡，而被告也知道。她在網路上有相關貼文，卻沒有告訴亨利的兒科醫師。她使用一種外州的自然療法，一種維吉尼亞州並不認可的另類療法，並在網路上訂藥。依我之見，讓你的孩子接受一種可能致命而且秘密的實驗療法，這是危害之舉。」

「琦巧有沒有說這個療法的哪一點令她憂慮？」

「有。她說伊莉莎白還打算結合另一個更極端的治療方法叫MMS。」

亞伯舉起一個拉鍊袋，裡面有一本書和兩個塑膠瓶。「妳認得這個嗎，警探？」

「認得，那是我在被告家的廚房水槽下面找到的。書名叫《MMS：神奇礦物質溶液》，是最新流行的自閉症療法的操作指南。書中教人將氯化鈉溶入檸檬酸中，就是這兩瓶，形成二氧化氯。」她看向陪審團。「也就是漂白水。這個溶液必須口服——換句話說就是讓他喝漂白水——一天八次。」

亞伯露出憤慨的表情。「被告對自己的兒子做這種事?」「是的,就在他死前一個星期。被告在書中的一個表格記錄說兒子哭了、出現胃痛還發燒到三十九度半,而且吐了四次。」

「被告記錄這些細節,像是拿老鼠做實驗嗎?」亞伯說完後夏儂立刻提出抗議,法官判定有效,要亞伯針對事實發言,但她從陪審員的臉看出了:噁心驚恐,腦中浮現出變態納粹醫生凌遲囚犯的畫面。這與她的記憶截然不同:她是緊抱著亨利告訴他不會有事,而且由於雙手發抖淚眼模糊,根本看不清溫度計。

海茵說:「這與琦巧的說詞吻合。伊莉莎白好像是說她得中止MMS,因為亨利太不舒服,她不想讓他夏令營缺課,但等夏令營結束,她會結合螯合療法再重新試過。到時候他再難受也不要緊。」

「『再難受也不要緊,』」亞伯重複最後一句話,雙眼呆滯凝視,彷彿在想像亨利受苦的情形,然後甩了甩頭。琦巧也做了同樣的事——重複伊莉莎白的話並甩頭,只不過是用憤怒的語氣。「再難受也不要緊?妳自己聽聽看這是什麼話。他真的很棒了。妳幹嘛一直做這些無聊的事?」琦巧說完又照例搬出那套糖果言論——這番話讓伊莉莎白氣瘋了,並導致琦巧死前十個小時兩人的激烈口角。

琦巧第一次說這些話是在某次自閉兒媽媽聚會上,當時喬治城的神經科醫師剛重新為亨利做檢測,說他「已不再屬於自閉症譜系範圍」。媽媽們用印著Wow!彩虹字樣的派對杯裝香檳,舉杯歡慶,甚至有人哭起來——但不一定是因為高興;根據她自己的經驗,每當看到那些「我孩子的自閉症奇蹟似的痊癒了」的實錄，之所以情不自禁地哭泣，她知道那是因為心境在絕望（別人的小孩改善了，我的孩子卻沒有）與希望（別人的小孩改善了，那麼我的孩子也能）之間擺盪。

聚會上有人說了再見、她們會想念她之類的話，伊莉莎白卻說不，她打算一切照常繼續——聚會、生醫治療、語言治療等等——琦巧就在此時開口了。她對伊莉莎白猛搖頭，好像覺得她瘋了，同時格格笑著說：「我要是有個像妳那樣的孩子，我會整天躺在沙發上吃糖果。」

伊莉莎白感覺內心一震，彷彿被戳了一下，但仍試著面帶微笑，試著不去在乎琦巧強裝出來的輕鬆口氣與帶著輕蔑的格格笑聲，那語調就像是青少年對霸道的父母翻白眼。她告訴自己，琦巧本來就是急性子又愛諷刺，是那種口無遮攔的人，糖果言論是她用自己的方式——想展現風趣，卻不知道這些話有多酸——在恭喜伊莉莎白跑完了她們一起開始的馬拉松，在跟她說她已經有鬆懈、有享受人生的權利。

問題是，伊莉莎白並不相信自己（或者應該說亨利）真的已經抵達終線。不再自閉並不等同於正常，就連醫生說的話——「說話與一般同儕幾乎沒有分別」——也很清楚地指出：亨利不是一般小孩，只是學會了模仿，有如實驗室訓練出來的猴子。他若是小心，便能混充為正常人，但那是一種岌岌可危，在懸崖邊搖搖欲墜的正常。

因此，孩子從自閉症復原就像是癌症的緩解或是戒酒成功，要時時提防任何異常的跡象，任何可能意味著他退步的跡象，同時還要盡可能不陷入偏執。別人恭賀妳完成不可能的任務時，儘管妳滿腹焦慮，不知道自己能被緩刑多久，仍得強顏歡笑。

但她不能對琦巧，或是對任何一個自閉兒媽媽說這個，否則會像是一個病情緩解的人對一個眼下即將死於癌症的人，哭訴說萬一病情復發，最後還是可能會死——這樣太不懂得惜福，不知道自己有多幸運，自己的煩惱相較之下有多微不足道。所以當琦巧說糖果的事，她沒有爭辯說亨利可能會退步，她沒有說自己還有多擔心——擔心亨利在新班級交不到朋友，擔心他每次生病或緊張的時候，就會恢復老習慣，眼睛往上吊，用機器人的平板聲調不斷重複同一句話。沒有，每當琦巧這麼說（她似乎愈說愈覺得有趣），伊莉莎白就只是跟著笑。

除了那最後一天。爆炸當天早上，走向停車處時，她正談論著MMS的事，琦巧忽然說：「妳為什麼要一直做這些無聊的事？我覺得抗議者對妳的批評也許不無道理。我不總是說嘛」——她又說出那番糖果言論。只不過這次沒有笑。

伊莉莎白一語未發。她讓亨利坐上車，給了他幾片蘋果，然後等著琦巧將TJ安頓好。當琦巧替TJ關上車門，伊莉莎白說：「不，妳不會。」

「我不會什麼？」

「如果TJ像亨利，妳不會整天躺著吃糖果。照顧小孩不是這麼回事，妳是知道的。妳以為每個普通小孩的媽媽會說：我的孩子不是特殊需求兒童，所以我無事可做；我想我來從巴黎郵購一些糖果好了？相信我，我也很想整天躺著吃糖果，不要照顧亨利——有哪個媽媽不想？——但總會有事情要擔心，他們總會有事情需要妳。就算不是健康，也會是學校或朋友或某件事。沒完沒了的。妳怎麼會不知道？」

琦巧翻了個白眼。「我只是開玩笑，伊莉莎白。只是打個比方。我是想叫妳放輕鬆一點，別再說那種『在孩子到達百分之百完美以前我都不能休息』的屁話。」

「妳沒有權利叫我停。就像泰瑞莎也無權因為TJ能走路，就叫妳別再為他做什麼。」

「妳太可笑了。」琦巧轉身就要離開。

伊莉莎白一個跨步擋到她前面。「妳想想看。如果羅莎明天醒來能像TJ一樣，那會是奇蹟——那是泰瑞莎做這麼多治療的目的。可是這難道就意味著她有權利跟妳說，妳不應該再盡最大努力讓他突破現況嗎？」

琦巧搖頭。「妳真的必須要放輕鬆一點。那就是個玩笑話。」

「不，我不覺得。我覺得妳在生氣，妳在忌妒，因為兩個孩子一開始是一樣的，但亨利進步了TJ卻沒有，所以妳想羞辱我，讓我為了丟下妳感到愧疚。其實，妳知道嗎？我的確感到愧疚。」一旦坦承後，伊莉莎白頓時覺得所有的怨恨全部湧出體外，留下一種暖暖刺刺的感覺，宛如發麻的腳恢復了血液循環。好呀，終於有機會說出一切：她有多麼內疚、有多麼想念琦巧，對於自己的批判與嘮叨又有多麼抱歉。

她張口想說出這些話，想求得原諒，琦巧卻忽然雙手掩面，砰一聲重重跌靠在車子引擎蓋上。她以為琦巧可能在哭，正要起步走過去，琦巧便放下雙手。沒有眼淚。她臉上交織著疲憊與覺得好笑的表情，一副「真不敢相信我在跟這個瘋子說話」的樣子。

琦巧看著她，搖著頭說：「狗屁不通。告訴妳吧，妳真的是夠了。真是不可思議到了極點。」

伊莉莎白什麼也沒說，她說不出來。

琦巧嘆了口氣，又長又響，精疲力竭的一口氣。「妳以為我叫妳停是因為我希望，什麼，亨利又重新變成自閉嗎？妳以為我是什麼瘋狂的賤女人？我沒有忌妒妳或是生妳的氣，」她說：「要是問我希不希望TJ能像亨利一樣說話並進入正常班級，我當然希望。我是人啊。可是我也替妳高興。我只是……」琦巧吸了一口氣，但這次嘟起嘴來，像做瑜伽一樣，藉此為自己接下來要說的話打一劑強心針。她看著伊莉莎白。「妳聽著，這不是開玩笑。我認為是妳的努力讓亨利走到這一步，只不過，妳努力了太久，不知道該怎麼停下來。我覺得也許……」

「也許什麼？」

「我認為妳很努力地擺脫了自閉，現在留下來的亨利是他注定的樣子。我在想也許妳並不喜歡這個男孩，他有點奇怪，又喜歡談論石頭什麼的。他進不了重要人士的小圈圈，永遠進不了。我覺得妳是希望能把他變成妳想要的孩子，而不是接受妳有的孩子。不過沒有一個孩子是完美的，妳不可能透過更多治療讓他變得完美。那些治療很危險，他不需要。那就像癌症都好了卻還繼續化療。妳這麼做是為了誰——是為妳還是為他？」

癌症好了繼續化療。前一晚，警探在說明虐待投訴案時也是這麼說。伊莉莎白直視著琦巧。「是妳。」

「什麼？什麼是我？」

「是妳打電話去兒護局，說我虐待小孩。」

「什麼？沒有。我不知道妳在說什麼。」琦巧說道，但從琦巧整張臉與脖子瞬間通紅、說話結巴斷續、目光飄忽到處看就是不看伊莉莎白的臉，伊莉莎白看得出來琦巧知情。背叛、尷尬、困惑——種種感覺糾纏，緊緊堵在伊莉莎白的喉嚨，使得她眼前有許多光點閃爍。她一秒鐘也待不下去了。她跑向自己的車，甩上車門飛快駛離，車後旋起了如龍捲風般的灰塵。

英姬

她找不到車，既不在法院的身心障礙者專用車位，也不在前面的路邊。博沒說什麼，只是搖了搖頭，好像面對一個健忘的孩子，他已經累到不想責罵。

「妳怎麼會忘記停在哪裡？才幾個小時前的事啊。」梅姬說。

英姬咬牙緊閉著嘴。質問與責難在她腦中碰來撞去，活像樂透機裡的彩球，而現在──在開放的街道上，還跟女兒在一起──不是說這些話的時候。

她在兩條街外，一個設有收費馬表的路邊停車位找到了車。當她招手叫他們過來，忽然注意到雨刷下面有張紙。違停罰單？她這才想到自己忘了往馬表裡丟錢。但話說回來，她連車子停在這裡都不記得了。英姬大步穿越滿是垃圾、臭氣沖天的小巷，拿雨傘擋在博的視線與擋風玻璃間，一把抓起罰單：三十五美元。

從她發現首爾的公寓清單之後至今三個小時──開車回松堡、進入法庭、全程聽完海茨警探作證──她都覺得恍如作夢。不是好夢，一切模模糊糊，隱隱響著「一切都有可能」的聲音；但也不是噩夢，而是妳敢發誓是真實的，卻又有一些事情扭曲到恰恰足以令人混亂的那種夢。*您要搬回國真是太好了*，房仲業者的紙條上這麼寫著。跨國搬家，對妻子竟隻字未提。難道他打算離開她？也許是為了另一個女人？或者被伊莉莎白的律師說中了，他精心策畫了一個「快速致富後逃離」的計畫？丈夫是姦夫與丈夫是殺人犯，哪個比較好呢？

她會找博談。她需要和他談談，以阻止各種劇情在心裡不斷循環繞圈。在某次短暫休庭時，他為了始終沒告知他被解雇的消息向她道歉。他說是因為不想讓她知道他兼兩份差，不想讓她擔心，但無論如何，還是應該告訴她才對。博的真誠態度讓她想到，他確實犯了錯，但他是好人。她會把自己發現的東西拿給他看——實事求是，不做批判或指責——等他解釋。

Yuh-bo（老公），她會像個賢慧妻子用韓語中對另一半的暱稱說，你為什麼把香菸藏在棚屋裡？

老公，你把我一個人留在穀倉以後做了什麼？

她愈想愈加領悟到，不知道這些答案，她應該怪自己。即便是最後一個，也是最重要的問題——爆炸前他到底做了什麼？——她也始終沒有得到清楚的答案。她太專注於思考他們應該怎麼說，以至於沒有逼迫博坦承他究竟做了什麼，「站在那裡看著」抗議者的他實際上到底採取了什麼行動。

英姬將罰單推到皮包深處，拉起拉鍊。她扶博上了車，收起輪椅，發動引擎開車回家。今晚在家，她終於要問這一整年來她太害怕又太蠢笨而問不出口的問題了。

老公，爆炸和你有關係嗎？

到了八點，英姬終於得以與博獨處。晚餐過後，梅姬通常會到樹林裡散步，但雨下個不停，英姬便拿三十塊錢給梅姬，說這是她十七歲的最後一晚，何不開車去找朋友聚聚？給她這麼多錢，表示接下來一個月還得更省著點花，但為了不要再等下去，這是值得的。何況，滿十八歲是個里程碑，他們又沒錢出去慶祝或買禮物，這麼做應該夠了。

她拿著棚屋的紙袋走進屋時，博正在桌邊看他從法院回收箱拿回來的報紙。博抬起頭說：「妳淋濕了。」外頭想必還在下雨，但她沒察覺，甚至沒感覺到雨水打在身上浸濕皮膚，只顧著走到棚屋查看紙袋，以確認公寓清單還在，那不只是她在噁心作嘔的狀態下產生的幻覺。說也奇怪，她原本根本沒注意到，但博那麼一說，衣服潮濕的感覺竟令她焦躁不已。可能成為罪證的紙袋在她手中，指控的話語已到嘴邊，她卻一心只想著上衣濕而粗糙的尼龍布料黏在皮膚上，搔得她發癢。

「妳有什麼東西要給我看嗎？」博放下報紙。

英姬一時感到困惑，心想他怎麼知道她有所發現，緊接著她看見自己的皮包開著，露出了違停罰單。

她瞪著丈夫，只見他看她的眼神有如父親面對一個做錯事的孩子。她的脖子立刻燒紅起來，愈看著他愈是怒火高漲，他隨便翻她的私人物品，臉上竟沒有絲毫歉意。

英姬大步走到桌旁抓起皮包。「你翻了我的皮包？」

「我看到妳上車後把它藏起來。三十五元不是小數目，妳怎麼能做這種蠢事？」博的語氣溫和，但態度並不和善。沒錯，他的聲音帶著家長專門用來斥責小孩的威嚴口吻，表面包覆著不自然的寬厚以掩飾怒氣。

而他確實在生氣。現在她看出來了。經過今天發生的事，她在大庭廣眾下與一群陌生人一同發現他多年的謊言後，他在生她的氣。剎那間，這整段對話似乎變得荒謬，她為了質問他鐵盒的事所產生的焦慮也像鬧劇一般，她都不知道該賞他耳光還是放聲大笑了。

「我在想什麼？」她說：「是啊，我不專心停車有可能是在想什麼呢？」當她拿出紙袋，一股排山倒海的力量在她體內奔竄而過，最後安定下來化為麻木的平靜。「我猜我滿腹心思肯定都在想這個。」她將鐵盒丟到桌上，哐啷一聲。「在想你瞞著我的所有事情。」

博盯著鐵盒看，隨後伸手去摸，當食指碰觸到邊緣，他眨眨眼立即縮手，好像摸到鬼，發現它有實體。「妳在哪裡找到這個的？怎麼找到的？」

「在你藏的地方找到的，棚屋。」

「棚屋？可是我把它給了……」他看看盒子，隨後轉移目光，眼珠子來回動得飛快，似乎試圖回想某事。他迷惑得臉糾結成團，英姬不禁納悶他是否真以為他把盒子給了姜家夫婦。

博搖搖頭。「我一定是忘了拿給他們了，結果才會跑到這裡來。那又怎樣？我們有一些庫存的舊菸，之前並不知道。這不重要。」

他的話似乎可信。可是口香糖、風倍清、公寓清單……這些東西證明了去年夏天他把鐵盒當成藏匿處。不對，博在撒謊，一如他在亞伯的辦公室。她還記得當時看到他是多麼具有說服力，明知他在說謊，他卻堅決地一口咬定，讓她不禁內心發涼。他仍繼續玩他的老把戲，以為她會上當。

博似乎將她的沉默視為認同，便將鐵盒推開，說道：「好，解決了。我們就把它丟了，忘了這回事。」他舉起罰單。「現在，換這個……」

她從他手中一把搶過來撕成兩半。「罰單？罰單根本不重要。只是一點錢，付完就沒事了。

可是這裡這個？」她拿起鐵盒搖晃，裡面的東西空隆空隆響，接著她用力摔到桌上打開盒蓋。「你看到這些香菸了嗎？駱駝牌，就跟某個人在我們的地界上用來殺害我們的病患的菸同一個牌子。還有口香糖和風倍清，一般用來掩蓋菸味的東西。全都藏在我們的棚屋裡。你整天在法庭上發誓說你再也沒抽菸了，你還是覺得這是不重要的東西？這不是不重要的東西，這是證物。」她取出房仲業者的手冊，啪地打在桌上。「還有那個律師會怎麼處理這個？如果陪審團知道就在爆炸之前，你正在暗中計畫搬回首爾，他們會怎麼說？」

博拿起手冊盯著封面。

「我是你老婆，」她說：「這種事你怎麼能瞞我？」

他很快地翻了一下手冊，眼睛快速地瀏覽著每一頁，似乎試著去消化、去理解。

見到博那不確定的空洞眼神，英姬的怒氣化為憂慮。醫生警告過日後可能會有更多症狀浮現。難道他的傷勢波及到大腦，讓他忘記清單的事了？「老公，」她說：「怎麼了？告訴我。」

博看著英姬的臉，接著看她的手，看似已忘記她在場。他皺起眉頭，然後長長地吁出一口氣。「對不起，這真的是很愚蠢的白日夢。所以我才沒告訴妳。」

「告訴我什麼？」她問道。這時又來一波嘔吐感讓她的胃劇烈抽搐。原以為聽完真相，知道這不完全是她的幻想，會感覺輕鬆一點，但現在他真的要承認了，還流露出悔恨，她好希望能回到幾秒鐘前，她的擔憂仍不確定、憤怒仍無正當理由的時候。

「對不起，」他說：「香菸，是我留下的。我知道我必須戒掉，我也確實戒了，後來都沒有再抽，只是我喜歡拿著菸。每當為了什麼事情擔心，這會有幫助，就只要……摸得到、聞得到菸。不過那味道太濃，就算沒抽也會沾上，所以我才準備芳香劑和口香糖。我不想讓妳知道是因為……因為聽起來實在太蠢了。太弱了。」

他因痛苦與需求而皺瞇起的雙眼，牢牢鎖定在她身上。

「那公寓呢？」她問道。

「那個……」他搓搓臉。「那不是我自己要的。只是因為……生意做得很順利，我想也許可以幫忙我弟弟搬到首爾。妳也知道他有多想搬過去。」他搖著頭說：「不管怎麼樣，妳看到價格了。我跟他說我們無能為力，就是這樣。我本來想把它丟了，可是爆炸後就忘得一乾二淨。」他又嘆一口氣。「我應該告訴妳的，但我想先看看價錢。問到以後，也沒什麼好跟妳說的了。」

「可是仲介說你要搬回韓國。」

「我當然要這麼跟她說，如果說是要探聽行情，她哪會有動力幫我？」

「你是說你根本沒打算讓我們搬回韓國？」

「我為什麼要那麼做？我們可是費了千辛萬苦才來的。即使是現在，我也還是想留下來努力。妳不想嗎？」他的臉略往左歪斜，雙眼圓睜流露疑惑，像隻小狗仰頭注視主人，她不禁為了自己質疑他的動機感到有愧。

「那溪畔廣場呢？」她說：「我知道你沒有去沃格林買嬰兒粉。我記得——我們用了玉米粉。」

他將手搭在她手上。「我想過要告訴妳，但又想保護妳。我不希望妳為了我說更多謊。」他低下頭，手指順著她手上的青色血管劃過。「我去買了氣球，在派對總店。我想擺脫那群抗議者，我心想如果可以引發斷電，怪到她們頭上，警察就會把她們帶走。」

房間似乎瞬間傾斜。被她猜到了，看到照片裡的氣球那一刻她便已心生懷疑，但此時聽他親口證實仍十分震驚。很奇怪——此時此刻丈夫正在坦承一樁隱瞞她的罪行，但非但沒有拉開兩人的距離，反而讓她難受一整天的心情好過了些。事實上，他沒有必要坦白。她沒有證據，只是懷疑，他大可以隨便編個故事，可是他選擇了誠實。這讓她心存希望，或許，只是或許，今晚他對她吐露的其他一切也都是實情。

她說：「所以那天晚上你才離開穀倉嗎？因為氣球的關係？」

他咬著嘴唇點點頭。「對不起。我知道不應該丟下妳一個人。可是警察打電話來的時候，說他們會馬上來拿氣球去驗指紋，好證明是抗議者幹的，就可以聲請禁制令了。我當時才想到，我根本沒擦氣球，我不想讓他們找到我的指紋，所以就去拿氣球。本來以為只要一兩分鐘，沒想到拿不下來，然後我看到了抗議者，很怕她們不知道會做出什麼事，我就是在那時候打電話給妳，說我要等到潛水結束後才能回去。」

「所以梅姬才跟你在一起在幫你？這一切她都知道嗎？」

「不知道，」他說，英姬頓時覺得心上的一塊大石落了地。丈夫有秘密瞞著妳是一回事，他向女兒透露這些秘密又完全是另一回事了。博說：「她不知道，我只說我需要有人幫忙把氣球拿下來。她確實幫了我，她到棚屋去找一些棍子來勾氣球等等的，我甚至試著把她舉上去。」

英姬看著他們倆的手，此時交纏著放在桌上。

「老婆，」博說：「對不起，我應該早點告訴妳的。我不會再有事情瞞著妳了。」

她直視他的雙眼，點點頭。他說的一切，都合理，終於沒有謊言了。沒錯，他做了可疑的事情——關於首爾的工作沒說實話、隱藏香菸鐵盒，氣球的事也撒謊。但這些錯事都是小事——嚴格來說是錯的，但又不是真的錯。就像善意的謊言。儘管換了工作，他在首爾的確有四年HBOT的經驗，這才最要緊。他雖然藏起一盒菸，但只是看著，在想事情的時候作為輔助，這又有什麼關係？氣球最麻煩，因為要不是停電，他那晚就會留在穀倉，關閉氧氣，更快地打開閘門。但釀成火災的畢竟是伊莉莎白，那個舉動所造成的一切損害都要由伊莉莎白負責。

英姬與博十指交纏，她告訴自己是她錯了，她不該懷疑丈夫。但即便當她信誓旦旦地說她相信他、原諒他、信任他，心裡似乎還是有疙瘩，有種說不上來的感覺告訴她，他的說詞不對勁，彷彿有個很小的東西在她內心深處蠕動，像米袋裡的米蟲一樣。

當夜稍晚她上床後，他的說詞有如錄影帶在她腦海播放，她才發覺是哪裡錯了。

如果梅姬和博在一起，他們兩人都在電線桿旁待了很長時間，為什麼鄰居告發說只看到一個人？

麥特

雨攪得他心裡亂糟糟。稍早，珍寧開車載他回家時，狂風暴雨，感覺沒那麼糟。暴烈的噪音——重重的雨滴狂打車身，又快又猛，幾乎蓋過隆隆雷聲——讓麥特感到平靜，他還把手放到頭頂上的天窗，想像雨水打在肌膚上的壓力，說不定厚疤痕下面的神經受到震盪能感覺到些什麼。可是到家以後，風雨停歇了，現在下著毛毛細雨，滴滴答答輕敲著他的浴室窗戶——一個模糊的刮擦聲爬過潮濕的空氣，爬過他的血管，讓他的脖子和肩膀開始發癢。

他將手伸到上衣底下去摩擦，現在指甲全沒了也只能如此將就。說來好笑，他曾認為指甲是退化後剩餘的無用之物，如今卻想念得不得了，他需要用指甲深深嵌入肉裡搔抓。他更使勁地摩擦，渴望獲得緩解，偏偏手指上光滑的疤痕只在他濕黏的皮膚上滑來滑去，更癢的感覺遍及各處——從手臂往下蠕行至雙手，深深鑽入難以穿透的疤痕組織層。昨晚在溪邊被蚊子叮的地方立刻又癢起來，手臂上的紅腫處變得宛如草原上的罌粟般鮮紅。

他脫掉衣服打開蓮蓬頭，轉到噴射模式。他站了進去，強力的冷水柱穿透了他，像炸彈爆發似的消滅全身的癢。他將水溫轉高，頭放到蓮蓬頭下面，試圖將混亂的思緒一一條列。珍寧很喜歡條列，吵架時（她會糾正說是「討論」）會用這個來證明她條理分明而且公平。「我不是在指責你什麼，」她會這麼說：「只是條列出事實。就我所知是這樣的，事實一：吧啦吧啦，事實二：吧啦吧啦。」為事實編號是她的一大嗜好，眼下他可得小心處理，要遵循她的模式。他閉上眼睛深呼吸，盡量集中注意力在已知的事實——不要質問或臆測，純粹專注在能夠列舉出來的事情上面：

事實一：爆炸前，珍寧不知怎地發現了，寫紙條給他的是梅姬，不是醫院的實習醫師。

事實二：爆炸前三十分鐘，珍寧人在奇蹟潛水艇附近。

事實三：當時珍寧在氣頭上，她當面質問梅姬還撒謊（說他抱怨梅姬在騷擾他）。

事實四：珍寧拿駱駝牌香菸、7-11火柴和揉成團的H超市紙條丟梅姬。（相關事實四A：伊莉莎白聲稱在同一天晚上、同一處樹林發現駱駝牌香菸、7-11火柴與揉成團的H超市紙條。）

事實五：關於這些，珍寧從來沒告訴過他任何一件事。她對他、警察和亞伯說，爆炸當天她整晚都在家。

最令他難以接受的是最後一個事實，是她的秘密與謊言。整整他媽的一年了，竟然隻字未提她從他車子或口袋等安全範圍或任何地方找到並拿走香菸，甚至可以說交給了殺人犯。這麼長時間以來，就讓他假裝香菸這事與他無關，假裝她不知道他在假裝。老天哪。

去他的條列。去他的事實。現在是提問的時候。他和梅姬的事，珍寧知道些什麼又不知道些什麼？最初她到底是怎麼發現的，又為什麼沒來問他？她為什麼背著他去質問一個未成年少女，去找她麻煩，她有沒有毛病啊？而梅姬離開後，珍寧就把東西丟著，任何人都能發現？或者她……可不可能如夏儂所說，不管是誰丟棄了那些東西就是殺人犯，而那個「不管是誰」正是他的妻子？但為什麼呢？為了傷害他？梅姬？他二人？

麥特抓起搓澡巾。蚊子叮咬的地方快把他逼瘋了——原本已消停的狀態想必是被熱水融化了——他大腦的每個細胞都在尖叫索討著隨便一樣東西，只要可以破癢而入抓到它流血為止。他快速使勁地搓摩，享受著網狀搓巾咬入皮膚的快感，薄荷香皂滲入的刺痛感。

「親愛的？你在裡面嗎？」淋浴間的門喀嗒一聲打開。

「我快好了。」他說。

「亞伯來了。」珍寧看似驚慌，額頭上出現曲曲折折、往不同方向延伸的皺紋。「他說他得馬上跟你談談。他看起來很心煩。我覺得」——她把手放到嘴邊，咬起指甲來——「他可能發現了。」

「發現什麼？」麥特問。

「你知道的。」珍寧直盯著他的雙眼。「香菸的事。你和梅姬的事。」

珍寧說對了。亞伯心浮氣躁。他試圖掩藏，面帶微笑地與麥特握手（麥特討厭握手，討厭別人用正常的手碰觸到他畸形的手之前流露出嫌惡卻好奇的眼光，但這樣總好過假裝沒看見別人朝你伸出手來的尷尬氛圍），不過他顯得緊張不安，還用不祥的口氣說需要和他們倆個別談談，麥特先來。這很可能意味著珍寧說得對，亞伯已經知道他和梅姬的事、抽菸的事、所有的事。否則亞伯怎會那樣看他（或者應該說不看他）——彷彿他是嫌犯而不是他的明星證人？

待他二人獨處後，亞伯說道：「我們追蹤到接聽那通縱火電話的專員了。」

麥特不得不強忍住衝動，才不至於大大舒一口氣；終究與梅姬無關。這心情舒緩的程度讓麥特再次發覺自己有多愚蠢，竟會做一件只要稍有可能被發現就會帶來莫大恥辱的事。「好啊，那是誰打的？博嗎？」

亞伯將手指搭成尖塔狀抵著下巴，眼睛看著他似乎有什麼事猶豫不決。「那個待會兒再說，我要先讓你看看這個。」他啪一聲放下一份文件。「這是你在交互詰問時被問到的帳單，打了縱火電話的那份。你仔細看看每通電話的號碼和時間，告訴我有沒有你不認得的電話。」

麥特瀏覽了清單。大多數是打到他的語音信箱、醫院，有幾通打到他的辦公室，還有幾通打給珍寧。有一通打到不孕症診所，這不太尋常──那些事通常是珍寧在處理──但也不算離譜，因為他要是有所耽擱，偶爾也會打去。「沒有，唯一特別的就是保險公司這通。」

亞伯遞給他第二份文件：是另一張帳單，但少了最上面註明日期與電話號碼的部分。「那這份呢？」亞伯問道：「有什麼不對勁的地方嗎？」

這張也和前一張一樣，列出了撥出到語音信箱、醫院、辦公室與珍寧辦公室，或從這些地方撥入的電話。「沒有，沒什麼不對勁。」麥特說。

「保險公司那通不算的話，這兩張帳單哪一張列出的比較像你平常會打的電話？」

麥特再看一次。「大概是第二張吧，因為我通常不會打到不孕症診所。不過怎麼了？這是怎麼回事？」

亞伯碰了碰桌上的兩張紙。「這其實是同一天的電話紀錄。這一張」──他敲敲第二張──「是珍寧的，不是你的。」

麥特來回看著兩張單子。亞伯說「不是你的」的語氣——帶著神秘，是他在法庭上很喜歡用的那種「被我逮到了吧！」的口吻——讓麥特知道這是重要的一點，但思考有難度。他漏掉了什麼？

亞伯說：「據我了解，你們用的是同一型的掀蓋手機，而且調換過一次，就在打電話去保險公司那天的前後，對不對？」

是嗎？重建過去的問題就在這裡：現在，二〇〇八年八月二十一日，打**那通電話**那天，是個**非常重要的日子**，可是在當時卻只是另一個普通日子，和其他每一天一樣，被同樣的雜務與診療佔滿。手機調換——沒錯，是不方便，卻不是你會記下來日後備查的事——誰會記得是否發生在這一天或是其他無數一模一樣的日子？

麥特搖頭。「我不知道是什麼時候。但那又有什麼……等等，你是說……你認為是珍寧打的電話？」

亞伯沒有出聲，只是用那不透露一絲口風的白痴表情瞠目直視。

「是那個客服的傢伙說的？」麥特說：「告訴我啊，快說。」

亞伯瞇起眼睛片刻。「不是博。是一個說標準英語，沒有口音的人。當時他們在做某種市場研究，這類不尋常的事都要記錄下來。」

麥特搖頭。「不對，不可能是珍寧。她沒有理由打電話。我是說，她幹嘛要那麼做？」

「這個嘛，你要是夏儂．豪格，可能會說她和博合謀獲取一百三十萬元，而她打電話去是為了確保一旦他們按計畫放火燒穀倉，並將責任推給第三方，保險公司還是會付錢。」

麥特注視著亞伯，只見他雙眼眨也不眨，彷彿一秒也不想錯過麥特的反應。「那你呢？」麥特問：「你又會怎麼說？」

亞伯的嘴唇放鬆下來——是變成半微笑或訕笑，麥特無法分辨。「很明顯，這要看你和珍寧怎麼說了。但我希望能告訴陪審團說夏儂只是一如往常地誇大其辭，其實這情形單純就是夫妻在某一天拿錯對方的手機，而妻子也按照正常程序打電話，只不過其中一通剛好是她以醫療顧問的身分打到保險公司詢問承保範圍。」

麥特略感心驚，這些律師竟能將同樣的事證朝反方向翻轉。醫界倒也不是沒有這種情形——兩個醫生對同樣症狀的診斷有可能南轅北轍，這種事司空見慣。但醫生至少是試著找出真相。麥特有個感覺，亞伯只有在真相與他對案情的推理吻合時才會在乎，否則，他並不那麼在乎真相。只要出現不相容的新證據，他不會因此重新考慮他的立場，而會設法巧辯搪塞。

「所以，」亞伯說：「我再問你一遍。二〇〇八年八月二十一日，是不是你們意外調換電話的日子？容我提醒你一句，你自己也說珍寧的電話紀錄」——亞伯摸摸第二張紙——「比較符合你平常打電話的習慣。」

這個問題證實了。亞伯找他談不是為了找出真相，而是為了將他對事件的陳述導向可以讓「製造問題的新證據」消失的方向。自己成了亞伯災害管控的棋子，讓他很不高興。但若不照做，恐怕會為珍寧帶來更多麻煩，讓人對她產生更多疑問，他不容許這種事發生。麥特點點頭。「我想八月二十一日就是調換手機那天。」

「珍寧身為醫療顧問，英語又說得十分流利，我想她會處理許多業務事項，包括保險問題在內。你記得的是這樣嗎？」

「是的，」麥特說：「我記得就是這樣沒錯。」

他跨到外面的木板平台上，看著亞伯與珍寧投射在窗簾上的影子，他們倆隔著桌子相對而坐，像在下棋。現在的雨勢一如他的感覺——虛弱又懶洋洋，雲似乎被響個不停的雷聲搞得精疲力乏，如今沉沉昏睡，偶爾流下一點溫溫的口水。麥特很討厭這種暴風雨過後的夏日小雨，很討厭皮膚變得浮腫發黏。但今晚，苦惱的氛圍似乎正合時宜。悶熱的空氣沉甸甸地壓著他的肺，讓他怎麼也輕鬆不起來。

稍早得知消息——就在爆炸前，珍寧手持凶器在現場，怒火中燒——都已經夠糟了，偏偏託亞伯的福，又多了一個事實六：她打電話去奇蹟潛水艇的保險公司，詢問縱火是否在承保範圍內，而一星期後奇蹟潛水艇就被縱火燒毀了。去他媽的！

當看見人影起身離開，前門隨後砰然關上，他一度閃過逃離的念頭，假如直接上車，重搖滾樂開得震天響，繞著環線公路開個幾圈，豈非輕鬆愉快得多？然而，他走進廚房，連鞋子都懶得脫，也不管珍寧高不高興，然後從冷凍櫃拿出坦奎瑞琴酒，咕嚕咕嚕灌下。去他的鞋子，去他的杯子。

冰涼的液體直奔而下，燒灼他的喉嚨，最後在胃裡積成一灘火熱。幾乎是在一瞬間，熱氣向外蔓延到四肢，一個細胞傳過一個細胞——宛如以數千片組成、設計得又長又複雜的骨牌，一一倒下，但速度飛快，最後一片與第一片倒下的時間只相隔數秒。

麥特正要將酒瓶再次湊近嘴裡，珍寧走了進來。「真不敢相信你做了那種事。」她說。他就著酒瓶喝了一大口，舌頭扎扎刺刺，幾乎就要麻痺。

珍寧搶過酒瓶重重放下，玻璃碰撞到花崗岩流理台的空咚響聲讓他抖了一下。「亞伯跟我說——你說那通電話是我打的。你在搞什麼，幹嘛那麼說，而且還是跟檢察官？你又怎麼會那麼想？」

麥特想反駁，說他沒有真的那麼說，他只是說有可能，但說真的，那有什麼意義？既然可以直搗黃龍又何必瞻前顧後地兜圈子？他看著珍寧，吸一口氣，說道：「我知道爆炸那一晚的事。妳去見了梅姬。」

這時就好像很快地翻著伊莉莎白常用來考亨利的那種臉部表情辨識書，一個圖片一種表情。震驚、惶恐、害怕、好奇、安心，種種表情連續快速地閃過珍寧的臉，終於演化成最後一個表情：死心。她別開頭去。

麥特說：「妳怎麼從來沒跟我說？整整一年了，一個字都沒吭。妳在想什麼啊？」

珍寧忽然變了臉色。防禦態勢驟然消失，旋即被一個截然不同的神情取代，讓她彷彿變了一個人。收起下巴、縮起瞳孔，宛如即將發動攻擊的公牛，鬱積在她體內的憤怒濃縮成兩個針尖般的小點，眼看就要噴出火來。「你在教訓我？真的假的？那你的香菸呢？你的火柴呢？還有你寫給一個未成年少女那張該死的紙條呢？我也沒看到你來找我開誠布公啊。現在是誰在保守能坐實罪證的秘密？」

珍寧的話字字句句都像冰鑿，戳破了酒精漫開來包覆著他的暖意。她當然是對的。他憑什麼自以為是？這一切都是他起的頭——躲藏、謊言、秘密。他感覺到從額頭到小腿，每塊肌肉都洩氣鬆垂。「妳說得對，」他說道：「我應該要告訴妳，老早就該說了。」

他近似道歉的話似乎排解了珍寧的怒氣，她緊鎖的眉頭稍稍舒展開了。「那就告訴我。一五一十地。」

說來好笑，他曾經那麼害怕這一刻到來，逼得他非說出梅姬的事不可，但如今真正面臨了，反而感到無比輕鬆。他先從實話說起，說自己被計畫懷孕的事壓得喘不過氣，就心血來潮去買了菸，很可能是故意想搞破壞。承認這點，有損他在這場爭執中——其實應該是整個婚姻中——的地位，但說謊的重點就在這裡：偶爾必須抛出一些可恥的事實當誘餌，替代你真正需要隱瞞的事。何其簡單，讓謊言依附著這些脆弱的誠實碎片，然後扭曲細節建構出一個可信的故事。他說梅姬發現他在溪邊抽菸，雖然她年紀還太小，他還是讓她討了幾根菸（真實），說他覺得很愧疚（真實，但不是關於抽菸），決定不再那麼做（非真實），但後來她要求他替她和朋友買菸（非真實），她也開始寫紙條要求見面（真實）拿菸給她（非真實），他都沒有理會（非真實），至少大概寫了十張吧（真實），直到最後他決定這一切得做個了結（真實，但仍然不是因為抽菸），便留給她最後那張紙條說事情得結束了，叫她當晚八點十五分和他見個面（真實）。

當珍寧說：「那麼我找到的菸，那是你在第一天買的？」麥特回答說是，當然是，他只買了一包（非真實）而且——這是他所說最真實也最不真實的一句話——「反正也就那麼一次。」（只發生過一次是真的，在梅姬生日那天，當她摔倒在他身上所引發可怕的、不光彩的一次。說是抽菸卻不是真的。）

他說完來龍去脈後整整一分鐘，珍寧都默不作聲。她坐在餐桌對面，一言不發地看著他，彷彿試圖判讀他臉上的某種表情。他也看了回去，目光毫不迴避，像是篤定她不敢不相信他。最後她望向別處，說道：「那晚爆炸前，我發現她的紙條的時候，你怎麼不告訴我？」

「妳認識她，我們是她爸媽的朋友，妳可能會覺得有義務告訴他們，而且事情好像也沒那麼大不了。是很煩人，不過……」他聳聳肩。「妳是怎麼發現的？我是說，發現紙條不是實習醫生寫的。」

「隔天，」珍寧說：「我在醫院停車場從你的車子旁邊經過，看到座位上有張紙條寫說八點十五碰面。」胡扯。他絕不可能把那張紙條大剌剌地放在外面。他敢打賭，賭什麼都行，那天她肯定花了一整個早上翻找他的口袋、email，甚至垃圾。

「既然HBOT八點才結束，」她接著說：「我猜想你能見的人並不多。鐵定不是醫院的實習醫生。所以我把車裡找了一遍，找到另一張寫到關於SAT詞彙。對方是誰就很清楚了。」

他記得那張紙條。梅姬總會把紙條夾在雨刷下面，但當時在下雨，所以她用他放在車子底下磁鐵盒裡的備用鑰匙打開車門，將紙條貼在方向盤上。她還畫了個笑臉，那份青春、純真讓他覺得好笑。

「那妳怎麼不來找我談呢？」麥特的口氣很溫和，盡量讓它聽起來像是好奇，不是指責。

「不知道。大概是我也不確定到底怎麼回事，所以才跑到那裡去看。沒想到療程拖延了，只有她一個人在，我就……」珍寧看著自己的手，用食指指尖劃著另一隻手的掌紋，有如算命師。

「你是怎麼知道的？」

「昨晚，我去找她談了。亞伯提到要找她作證，我已經一年沒跟她說話，所以心想應該去問問她要說什麼，妳懂吧？」

珍寧緩緩點頭，動作幾乎細不可察，當他說自己這段時間都沒跟梅姬說話，他好像看見她有一絲絲鬆了口氣的樣子。「我以為她什麼都不記得了，」珍寧說：「英姬是這麼說的。」

「也許是不記得爆炸的事，但絕對記得妳」——麥特搜索著適當字眼——「那天晚上的到訪。她只跟我說了一點，因為她以為妳已經告訴我了。」接下來還有一串話已經迫不及待擠在喉頭，麥特卻硬生生嚥了回去，就是「妳到底為什麼不告訴我」。他先前已學到教訓——婚姻生活中的爭吵如同坐蹺蹺板，必須小心地平衡罪責。你要是把太多責任推到對方頭上，讓他們重摔落地，他們就可能直接站起來走人，讓你摔到屁股開花。

珍寧咬著指緣皮，過了一會兒才說：「我不覺得有必要。我是說，告訴你。有人死了，你燒傷，她也陷入昏迷，紙條和我跟她的談話，全都顯得好愚蠢，微不足道，看起來再也不重要。」

麥特心想，除了一個事實之外：犯罪當時，妳人在現場，手裡還拿著武器。警察可能會認為這大為重要。

珍寧彷彿知道他在想什麼，知道自己的藉口讓人作何感想，便說道：「警方開始談到香菸時，我有想要說點什麼，但我能說什麼呢？說我開了一小時的車去叫一個未成年少女別再寫紙條給我先生？說噢，對了，順帶一提，我離開前給了她香菸和火柴，有可能就是引發爆炸的那些？」

給？她竟能把往某人臉上丟東西說得好像送禮一樣，令他嘆為觀止，但他同時也發覺珍寧的遣詞用字有更重大的意義。給等於暗示收受者梅姬持有前述物件。「等一下，所以說在妳，呃，給了她那東西後，她會不會是弄掉了，把東西和妳留在那裡，或者是妳把她和東西留在那裡？」

此時酒精將他的大腦搞得像一團漿糊，無法思考，但總覺得這點似乎很重要。

「什麼？我不知道。那有什麼差別？我們兩個都離開了。我只知道我叫她別再拿那東西接近你，別再給你寫紙條，什麼事都別再做了。」

珍寧又說了點其他的——好像是說那些香菸被丟在樹林裡，一想到就剛好在那個時候被伊莉莎白——一個分明心理有問題的女人——給碰上還拿來殺人，她就覺得噁心。但麥特的心思仍繼續集中於一個問題：那些香菸最後是在誰手上？當他以為是珍寧，曾考慮過她放火的可能。但假如珍寧先離開了，假如最後落在梅姬手上，有沒有可能是她……

「明天，」珍寧說道：「亞伯要我去做聲音採樣。」

「什麼？」

「他要我錄下聲音，好播給那個客服人員聽。真是荒謬。那是一年前一段兩分鐘的對話，這個人怎麼可能記得一年前的聲音，對不對？再說他根本不知道是男是女，他只知道那個人說的是標準英語，沒有口音，天曉得那是什麼意思。你再想想能拿走你手機滑個一分鐘的人有多少。不知道亞伯為什麼要這麼做。」

沒有口音的標準英語。能拿走你手機滑個一分鐘。他驀地想到——他忽略了一件事，因為他從不認為有此可能，始終視而不見，直到現在。

梅姬知道他把車子的備用鑰匙藏在哪裡。她大可以盡情地打開他的車，使用他的電話。而且她說的英語很完美，沒有口音。

審判：第四天　二〇〇九年八月二十日星期四

珍寧

看網路上有關測謊的文章寫得好像很簡單：放輕鬆並控制好呼吸以便降低心跳速度、呼吸速率與血壓，那麼你也可以隨心所欲地撒謊！但無論她保持瑜伽坐姿、想像海浪、進行廓清式呼吸多長時間，都沒用。每次甚至只要一想到麥特的手機（那通電話就更甭提了），她的血液就會從緩緩流動的溪水瞬間變成五級白水湍流，好像感覺遭遇到危險需要逃脫，刻不容緩，使得她的心臟驚慌失措地跳動。

諷刺的是，在她無數的劣行與謊言之後，即將讓她世界瓦解的竟是保險公司那通電話——甚至還不是電話本身，而是因為她在打電話那天與麥特調換了手機。還有更諷刺的：她其實並不需要打電話。她大可以輕鬆地上網搜尋，或者其實猜也猜得到——有哪個火險保單不涵蓋縱火？——可是博先是沒完沒了地叨唸香菸的事，然後又磨磨蹭蹭猶豫不決，說也許他們安排的這整件事都錯了，才讓她煩亂之餘一時衝動打去保險公司，只是很快地確認一下。偏偏好巧不巧，那天她正好拿到麥特的手機！如果他們的電話在另一天對調，或是她打辦公室的電話（她當時坐在辦公桌前，電話就在旁邊！），那張該死的電話帳單上就不會有任何紀錄，一切也就沒事了。

她早該在兩天前，夏儂首次提及那通電話，便挺身說出真相。（嗯，也不是所有真相，只是關於那通電話的部分。）她原本可以向亞伯坦承，給他一些看似有理的說明，比方說她是想確認父母親對奇蹟潛水艇的投資有獲得完整的保障。他們還可以一起嘲笑夏儂積極過了頭，只因為一個粗心丈夫某天早上拿錯電話，就把博鎖定為殺人犯。但是看那個律師對博緊追不捨的態度，珍寧不禁心慌意亂，不知道她會不會將注意力轉到自己身上，去調查她的通話、質問她的動機、細細爬梳她的通聯紀錄，說不定還包括她的「手機訊號定位」。萬一夏儂得知就在爆炸前幾分鐘，珍寧人在那一帶，得知當天晚上那些駱駝牌香菸就在她手上，得知她說了一年的謊，會怎麼樣呢？她難道不會緊抓著保險公司那通電話不放，用它證明珍寧縱火，甚至於殺人的動機？

什麼都不做，什麼都不說，很簡單。一旦錯過了時機，之後她便無法站出來了。說謊就是這麼回事：必須有始有終。一旦說謊，就要堅持一貫的說法。昨晚，亞伯叫她坐下後，將事情經過一字不漏地說出來，連手機對調的細節也沒放過，她心想：他知道，他什麼都知道。可是她不能承認，不能讓自己屈服於被逮到撒謊的奇恥大辱。在那一刻，他大可出示錄影帶證明她打過電話，出示無可辯駁的證據，而她也依然會否認，會說一些荒謬可笑的話，諸如：我是被陷害的，這帶子造假！這是一種忠誠，對她的說詞忠誠，對她自己忠誠。他拋出的愈多——他們找到了那個客服專員，很快也會找到錄音——她就會愈堅定：那不是她。

昨晚，當麥特自白後請求她誠實以對，她曾想過要告訴他。然而要解釋自己為何針對那通電話撒謊，就得全盤托出——她與博做了交易，對此協商他們決定保密，她還攔截銀行對帳單，以隱瞞她小心地透過多個帳戶分好幾個月付出的款項——如此一來，她不確定他們的婚姻還能持續下去。

不過，她原本還是可能這麼做，向麥特坦承一切，如果他關於梅姬的自白如她所想那般齷齪的話。不料他的故事全然無害，沒有一點不正當行為——想起自己在爆炸當天的過度反應（這說法真是太輕描淡寫了），她就覺得自己很白痴，她說不出口。

結果就走到這一步了，準備去檢察官辦公室為一樁命案調查做聲音採樣。這部分，她倒是不擔心。一年前通過兩分鐘話的專員絕不可能記得她的聲音。但測謊（亞伯臨走前，幾乎是漫不經心地脫口而出：「如果聲音採樣得不到結論，總還能測謊！」）——置身於雙面鏡背後，與一台機器相連，一個問題接著一個問題地否認，卻明知自己的身體——肺、心、血液——在背叛自己，那會是什麼感覺？

她必須戰勝它，就這麼簡單。喏——有一篇關於如何通過測謊的文章說把圖釘藏在鞋子裡，回答最初幾個「控制」問題時便踩圖釘，理論上那種痛楚引發的生理徵兆與說謊相同，那麼他們便無法分辨正確與錯誤答案。有道理。應該行得通。

珍寧關閉網頁瀏覽器，接著打開網際網路設定，清除瀏覽紀錄，登出後關掉電腦。她躡手躡腳走進臥室，小心翼翼以免吵醒麥特，然後進到衣櫥去找圖釘。

麥特

梅姬穿著每次入他夢裡都會穿的衣服：去年夏天她十七歲生日當天，與他最後一次見面時穿的那件紅色無袖連身裙。麥特也一如每次的夢境，說她好漂亮並親吻她。一開始是輕吻，閉合的嘴唇相碰，隨後加大力道，吸吮她的下唇，去感受那唇瓣的豐潤並以自己的雙唇壓擠著。他拉下她的細肩帶，觸摸她的胸部，感覺到一雙乳頭由柔細轉為堅挺。這時候夢裡的他已發覺自己在作夢，只有在夢境裡他的手指才有感覺。

在實際情形中，他原本假裝沒注意到那件洋裝。那是爆炸前的星期三，當他依平常的時間（晚上八點十五分）來到溪邊，她就坐在一截木頭上，一手拿著點燃的香菸，另一手拿著一只塑膠杯，垂肩駝背有如剛度過漫長艱辛的一天的老婦。那是有感染力的，她的孤單，他很想把她摟進懷裡，用其他一點什麼（什麼都好）取代那份寂寞。但他只是坐下來說：「哈囉。」勉強將他感覺不到的輕盈注入聲音中。

「加入我吧。」她遞給他另一只盛滿清澈液體的杯子。

「怎麼了？」他話都還沒說完就聞到了，不禁笑道：「蜜桃酒？妳在開玩笑吧。我已經十年沒喝過了。」他大學時的女友很愛這玩意兒。「我不能喝。」他遞了回去。「妳還要五年才到合法年齡。」

「其實是四年。今天是我的生日。」她把杯子又推回去。

他「哇」了一聲，不太知道該說什麼。「妳不是應該找朋友一起慶生嗎？」

「我問過SAT補習班上幾個人，可是他們都沒空。」她或許看到他眼中的憐憫，才會聳聳肩強裝開朗地說：「不過現在呢，你在這裡，我也在這裡。所以來吧，乾杯。就這麼一次。你不能讓我在生日這天一個人喝酒。這樣好像不吉利。」

這是個蠢主意。但是她那模樣——嘴唇向外拉得開開的咧成微笑，還露出上下兩排牙齒，眼睛卻浮腫無神，好像剛哭過——他不由得想起一種兒童拼圖遊戲，要將上半邊與下半邊拼湊成對，結果孩子搞錯了，把傷心的額頭和高興的嘴放在一起。他看著她不由衷的笑容，看著那揚起的眉宇間希望與哀求交雜，便與她碰杯。「生日快樂。」說完後喝下一大口。

他們就這樣坐了一個小時，接著兩個小時，喝酒聊天，聊天喝酒。梅姬告訴他儘管她現在隨時都說英語，夢裡卻還是說韓語。麥特告訴她這條溪讓他想起童年養的狗，那條狗死了以後，他就把牠埋在一條像這樣的溪邊。他們爭辯著今晚的天空是偏橘紅（梅姬）還是偏紫紅（麥特），哪種顏色又比較美。梅姬告訴他說她以前最討厭首爾的擁擠——教室裡、公車上、街上滿滿的人——現在卻懷念起來了，說住在這裡並未讓她感到平靜，反而只覺得寂寞，偶爾還會迷失。她告訴他說她有多害怕上這裡的學校，說她在城裡和幾個青少年打招呼，但沒有人回應，都只是瞪著她露出「滾回妳原來的地方去」的眼神，後來她還無意間聽到他們用「亞洲佬的巫毒教」詆毀她家的事業。麥特告訴她說珍寧甚至不肯考慮收養小孩，說他排休假時都會故意不配合珍寧的時程，以免待在家與她獨處。

十點左右，夕陽餘暉淡去，夜色終於降臨，梅姬起身說她頭暈，需要喝水。他也站起來，正說著他該走了，她忽然被一塊石頭絆跤跌向他。他試著想扶住她，自己卻也打了個踉蹌，最後兩人雙雙倒地，大笑起來，她壓在他身上。

他們想要起身，但因為太醉了，結果交纏在一起，她的大腿壓在他的胯下動來動去，他竟勃起了。他盡可能壓抑，並告訴自己他三十三歲，她十七歲，這很可能是重罪呀，拜託。但問題是他不覺得自己有三十了，而且不只是像他平日裡與醫院那些青少年志工在一起時，「我不覺得自己有這麼老」，還納悶自己是怎麼變成他們口中的「先生」那種感覺。大概是蜜桃酒的緣故。不是酒精（雖然的確有酒精成分），而是酒火辣辣地往下竄，熱騰騰地積在胃裡，香甜濃烈的味道則逗留在他嘴巴鼻子裡。宛如有一台即時時光機將他送回高中時代，與某個女孩喝得爛醉，親熱交歡數小時後又自己打手槍。而此時坐在這裡，喝了太多那鬼玩意，還無所不談又言不及義地閒聊一場，這是他大學畢業後就沒有過的事，因此他自覺年輕。何況，穿上那襲洋裝的梅姬壓根不像個清純少女，真真切切是個誘惑陷阱。

於是他吻了她。也或許是她吻他。他的腦袋像一團漿糊，無法思考。事後，他回想這一刻，仔仔細細地分析每一幕，看有無任何線索顯示她並不像他以為的那般熱情投入——她有扭動著企圖脫身嗎？她有喃喃拒絕嗎，不管聲音多微弱？——但事實是，他從頭到尾只注意到他二人身體的接觸，至於她的反應、她的聲音與動作，這些全都被忽略了。他閉上眼睛，將每個神經元集中於親吻的感覺，集中於她嘴唇與舌頭與牙齒的新鮮感，除此之外還有一種回到青少年時代的超現實感覺。他不希望這一刻與其純粹肉體的感覺消失，因此他張開雙臂抱住她，一手扶著她的頭讓她的嘴貼靠他的嘴，另一手則抱住她的臀部，將她的骨盆往他身上壓，一如青少年的親熱方式。

他感覺到陰囊深處的腫脹壓力不斷累積增強，他需要釋放，馬上。於是他依然閉著眼睛，拉開褲襠，抓起她的手便往自己內褲裡塞。他的手包覆住她的手指，緊緊按在他的陰莖上，然後以上上下下的節奏牽引，手淫的熟悉感結合她嘴唇與手心那不熟悉的平滑感，驅使他進入一種激昂狂熱狀態。

很快地，太快地，他射精了，一陣陣的收縮是那麼強烈，讓他痛得甘之如飴，同時感覺到又刺又麻的電流順著腿傳到腳趾。酒精產生的嗡嗡巨響堵塞了他的耳朵，眼皮後方有灼熱的白色閃光。他感到虛弱無力，隨即鬆手不再抓著梅姬的頭與手。

他往後一躺，任由世界不停轉圈，他感覺到有東西靠在胸口——但很輕很輕，幾乎像在試探——旋即退縮。他睜開眼睛，只覺得頭在晃動，天旋地轉，但卻看見胸口上方有一隻小手——是她的手，梅姬的手。在顫抖。而手的正上方，是她張大成橢圓形的嘴，還有她的眼睛，睜大到幾乎外凸地瞪著她黏答答的手，然後轉而看著他，看著他依然勃起的陰莖。害怕。震驚。但最主要是迷惑，好像這一切她都不明白，不知道覆蓋在自己手指外的是什麼，不知道那是什麼東西，從他大致都還穿在身上的褲子突出來。像個孩子似的。一個小女孩。

他跑走了，卻不記得過程——他不記得如何起身，當然更不記得以他血液中那麼高的酒精濃度，是如何開車回家的。翌日早晨醒來，全身慘遭宿醉糟蹋，他有一度在絕望中抱著一絲希望，但願那場意外是酒精引發的某種幻覺。但沾在褲子上的殘餘精液，鞋子上結成硬塊的泥巴——這些都在在證明他記得的是真實發生的事，他羞愧到無地自容，耳鳴與眼前的白色閃光再度出現。

那晚過後他便未曾與梅姬交談。他嘗試過，試著解釋與道歉（以及，他若夠誠實的話，打探她有沒有告訴別人），但她總會刻意迴避他。他設法給她留了幾張紙條——他還得去她補習SAT的地方找到她的車——但她只回說：我不知道我們有什麼需要討論的。可不可以就把這件事忘了？可是他忘不了，無法讓她就這麼簡單地放過他。所以他才會寫那張如今眾所周知的H超市紙條，也就是他老婆最後往她臉上丟去，當面指控她死纏著他不放的紙條！

那段痛苦試煉至今已經一年，但那一夜的羞愧、內疚與恥辱，始終都在。大部分時間，這些感覺會緊緊擠縮成一團，埋在心口動也不動。但是每當他想到梅姬，還有些時候沒想到她，而是在吃東西或開車或看電視時，那團羞愧就會爆發。

那天晚上是他最後一次達到高潮。不只因為梅姬，還加上爆炸事故與緊接而來的截肢，禍不單行，讓他僅剩的性慾徹底潰散。他倒不是全然沒有再次嘗試做愛。只不過第一次，當他照例開始前戲——用拇指繞著珍寧的乳頭轉——卻赫然發現：他什麼也感覺不到。他不知道自己的觸摸是太用力或太輕，無法藉由感覺她的濕潤度來判斷她準備好了沒有。治療師教導他如何用那雙好像戴著棒球手套的手打字、進食，甚至於擦屁股。可是卻沒有「如何讓老婆性高潮」的課程，沒有可替代的愛撫技巧。發現人生中又有一樣元素被爆炸搞砸了，他好想大聲尖叫，自然也就硬不起來了。

珍寧試著替他口交，有一會兒工夫起了作用，但他錯就錯在睜開了眼睛。朦朧月色下，可以看見珍寧如長簾般的頭髮，隨著她上下晃動的頭甩動著。這讓他想到梅姬，想到她從他身上撐起時頭髮在臉龐四周甩動的模樣。他立刻變軟。

那是麥特陽痿的開始。多虧了珍寧努力不懈，還求助於她曾經視為貶低女性而嗤之以鼻的方法——開衩性感內衣、假陽具、色情片——但沒有一樣能彌補他在床上笨拙無能的感覺，更遑論他對梅姬的羞愧感，結果什麼反應也沒有，就算他自己來也一樣。他曾經試過一次（在浴室裡，某次珍寧的試驗失敗後，因為深恐自己再也無法恢復雄風），手的感覺很陌生，那些疤痕既光滑又凹凸不平的感覺，隨著每次摩擦愈加強烈，一點也不像自慰。看得到卻感覺不到手握著陰莖，更增添一種迷幻感，好像不是他在觸摸自己，而是一個陌生人，不禁讓他因新鮮感產生悸動。但下一個念頭卻是：想到是一個陌生男人在替自己打手槍，真的讓他興奮了嗎？

有幾次，麥特都差點夢遺，以前他總覺得這樣簡直比完全沒有更糟（一剎那轉眼即逝的滿足，不值得可悲地倒轉回青春期），但後來他開始為此祈禱，只希望能自我安慰說他的高潮未死，只是沉睡。問題是，梅姬總會入侵他的夢境，他便會被某種深層的戀童／強暴罪惡感測器喚醒。直到今晚為止。

今晚，他繼續作夢。脫去她的內褲，也讓她脫掉他的內衣褲。他爬到她身上，將她雙腿打開時，舉起殘缺的雙手說：「妳毀了我。」她說：「因為是你先毀了我。」接著抬起臀部讓他插入她體內，愈來愈緊、愈來愈濕，那種真實感他已多年未有，也或許從未有過。當他射精，夢裡的梅姬放聲尖叫，碎成上百萬玻璃顆粒，化身為玻璃小圓珠的她以慢動作朝著他爆裂，穿透他的皮膚進入他的身體，將溫熱與純粹喜悅的震顫傳向他的四肢。

「親愛的，你起來了嗎？」珍寧的聲音喊醒了他。他抓著被毯翻身，假裝還在睡，聽到她說她要早點出門去做聲音採樣。他躺著沒動，直到她出門。聽見她的車開走後，他才進浴室，打開水龍頭，想把內褲搓洗乾淨。

英姬

她醒來第一個注意到的是陽光。被他們當成窗戶那個歪斜扭曲的洞口太小了，採光不佳。不過當太陽剛剛好在適當的位置，就像現在──早晨，當太陽爬升過樹梢，進入他們將就著用的窗子的正中央，完完全全被方洞框起來──陽光便會大量湧入，方形光束強烈無比，以至於最前端的一公尺看起來幾乎有如堅固實體，隨後才擴散成空靈的明亮充滿整間小屋，賦予它一種童話的氛圍。飄浮的微塵罩在陽光中閃閃發亮。鳥聲啁啾。

偏僻林地的問題在於一旦到了沒有月亮的晚上會有多黑，就像昨晚──那種黑不只是沒有光線，而且是本身具有質量與形體的存在。一種極致的漆黑，無論睜眼或闔眼都沒有差別。大半個夜裡，她都醒著，聽著雨水劈哩啪啦打在屋頂上，呼吸著潮濕的空氣，一面強忍住將博搖醒的衝動。她深信面對問題應該要花一夜的時間深思熟慮，隔天才採取行動。有趣的是美國人寫的文章卻大力鼓吹在一天結束前解決爭端才是明智（「絕不生氣就寢！」），與一般常識恰恰相反。晚上是最不適合吵架的時間──夜晚的陰鬱會增強不安全感、提升疑慮──但假如等一等，隔天醒來總會覺得好些了，會變得比較理智而寬容，經過了一段時間加上新的一天的光明燦爛，會冷卻激動的情緒並削減其力道。

不過呢，也不盡然如此。看吧，如今新的一天到來──雨停了，雲散了，空氣清新了──但現在內心的憂慮卻反而不像昨晚那樣顯得微不足道，就好像時間的流逝鞏固了世界已經改變的事實，而在這新的世界裡，她的丈夫是個騙子，甚至可能是殺人犯。在夜晚那超現實的模糊氛圍中，新的事實有可能並非真實，明亮的晨光卻奪走了這個可能性。

英姬起床，發現博的枕頭上有張紙條寫著：我到外面呼吸點新鮮空氣，八點半以前會回來。她看看手錶，八點零四分。時間還太早，她打算查證博的說詞的計畫多半都還無法施行——去找史畢南先生，他們的鄰居；打電話給寄首爾公寓清單來的房仲；利用圖書館電腦查詢與博的弟弟往返的電子郵件——只有一項除外：去問梅姬爆炸當晚她到底和博在一起做了什麼，一分一秒細細說來。

英姬在梅姬用浴簾隔起的角落外跺了兩下——他們的替代式敲門——用韓語說道：「梅姬，起床了。」會不會更加惹惱梅姬，機率一半一半，無論是說英語（「妳在說什麼根本沒人聽得懂！」）或是說韓語（「難怪妳英語講得這麼差——妳要多練習！」），但這段對話她不想使用外語造成障礙。從英語轉換成韓語能讓她的IQ加倍，能讓她侃侃而談控制得宜，她需要這樣才能將所有細節連根拔出。「起床。」她說得更大聲，並再次跺腳。沒有反應。

忽然，她想到了：今天是梅姬的生日。在韓國時，他們會大費周章地替她過生日，利用晚上布置標牌與彩帶，以便隔天一早給她一個驚喜。到了美國以後，英姬並未繼續這個慣例——看店的時數讓她除了基本需求之外，根本沒空顧及其他事情——但不管怎麼說，梅姬可能會希望十八歲生日過得特別一點，畢竟是意義重大的一年。「生日快樂，」英姬說：「就要看見我十八歲的女兒了，好興奮喔。我可以進來嗎？」

毫無動靜。沒有床單的窸窣聲，沒有打呼聲，沒有睡覺的深沉呼吸聲。「梅姬？」英姬拉開簾子。

梅姬不在。她睡覺用的席墊捲起來放在角落，和前一晚一樣，枕頭和被毯不見蹤影。梅姬沒有在這裡睡覺。但她昨晚回來了。午夜左右，車頭燈掃過窗口，前門也咔嗒咔嗒地打開過。難道她又出去了，而英姬沒有聽到？

她跑出去，車子還在，但梅姬不在車上。她跑到棚屋，空無一人。但其他已沒有可以讓她過夜的乾燥地點，在腳程之內沒有……

這時她腦中閃過一個畫面。女兒平躺在一個幽暗的金屬筒內。

她清清楚楚知道梅姬昨晚在哪過夜了。

英姬沒有馬上進去。她站在穀倉邊緣正要開口喊梅姬，卻聞到一股陳腐、像是粉末的味道，同時想到燒焦的肉與頭髮。她暗想不可能——火災已經過了一年——便往裡面走，垂著眼睛想避開火災的標記，卻辦不到。半數牆壁不見了，暴風雨造成的泥巴水坑布滿殘餘的地板。一道陽光從屋頂塌陷的洞口射進來，像聚光燈照在壓力艙上，宛如博物館的展示品。它厚重的金屬框架絲毫無損地逃過火劫，但外表水藍色的漆滿是浮泡，玻璃舷窗也已粉碎。

去年夏天，梅姬多半都睡在這裡。一開始，他們一家都睡在小屋裡，可是梅姬抱怨個不停——太早熄燈、鬧鐘太早響、博會打鼾等等的。當英姬指出這只是過渡期，何況在韓國時，他們也是依傳統慣例全家睡同一間房，梅姬（用英語）回道：「是啊，那時候我們真的是一家人。再說了，妳要是那麼想維持韓國傳統，我們幹嘛不搬回去？我是說，這個」——梅姬對著小屋大手揮掃一圈——「怎麼會比我們以前好？」

英姬想說她了解沒有自己的空間有多難過，想承認博和她自己也很辛苦，吵嘴時連個隱私也沒有，更甭提夫妻間的其他需求。然而看到梅姬翻白眼，一副不屑的模樣——公然地、傲慢地，好像英姬一點也不值得尊重，所以梅姬甚至不需要隱藏她的輕蔑——英姬不禁勃然大怒，暗自希望沒生下梅姬這個女兒，連母親們常掛在嘴邊，她承諾過自己絕對不會說的陳腔濫調也叫嚷了出來：有些孩子沒得吃沒得住，她知不知道自己有多不知感恩、多自私？（這就是青春期女兒最拿手的技能：讓妳去想去說一些即便在妳想和說的當下都覺得後悔的事。）

第二天，梅姬的反應一如她們每次吵架過後：對博撒嬌，對英姬尖酸刻薄。英姬視若無睹，但博（一如往常對女兒的操控絲毫未察）欣然享受著女兒的熱情攻勢。英姬不得不讚佩梅姬手段之專業，她提到自己老睡不好時，很小心地彷彿隨口閒聊，用一種不一樣的、近乎道歉的口吻，還牽引著他讓他覺得她提出的解決方案（睡壓力艙）其實是他的主意。之後直到爆炸發生，梅姬每晚都睡在那裡。

梅姬出院的第一個晚上，她去睡在屋裡屬於她的角落。可是英姬醒來時，梅姬不見了。她到處找她，只差沒找穀倉，她根本沒想到梅姬會跑進四周拉起的黃色封鎖線內，沒想到她能受得了靠近那個有人被活活燒死的金屬筒，更遑論進到裡面。但就在經過穀倉牆上一個燒焦黑洞時，英姬瞥見壓力艙旁有閃光。她打開閘門一看，梅姬就仰躺在裡面。沒有枕頭，沒有席墊，沒有毯子。她的獨生女，動也不動，閉著眼睛，手臂直直地貼在身側。英姬聯想到棺材裡的屍體。焚屍爐。她尖叫了起來。

後來她們從未談及此事。梅姬從未解釋，英姬也從來沒問。梅姬回到自己的角落，每晚睡在那裡，事情到此告一段落。

直到現在。如今她又再次打開閘門，生鏽的鉸鍊咿呀作響，細針般的陽光光束穿透進來。梅姬不在裡面，不過本來在。她的枕頭和毯子都在，枕頭上交叉著兩綹黑髮——很長，跟梅姬的一樣——形成一個X字樣。毯子上放著一個牛皮紙袋。昨晚，博將棚屋拿來的紙袋放在門邊，準備今天丟掉。梅姬回家時發現了嗎？

英姬爬進去拿袋子，正當她將袋子傾斜往內看時，聽到一個聲響。碎石子吱吱嘎嘎，地上枯枝斷裂。是腳步聲。很快，好像有人奔向穀倉。一聲高喊。是博的聲音。「美熙啊，別跑了，聽我解釋。」更多的腳步聲，砰咚一聲——梅姬跌倒了？——接著是啜泣聲，離得很近，就在外面。

英姬知道自己應該出去瞧瞧是怎麼回事，但當下狀況有些異樣——梅姬奔離博，顯然心煩意亂，博則追在後面——使她卻步。這時英姬看見袋子裡的東西了。馬口鐵盒。文件。她猜對了，梅姬發現了香菸和首爾的公寓清單。梅姬也跟她一樣去質問他了嗎？

博的輪椅喀嗒喀嗒地接近，英姬關上閘門但未緊閉，既能隱身又能從縫隙開口看到外面。她在黑暗中挪動身子，手摸到梅姬的枕頭。濕濕的。

輪椅的聲響停了。「美熙啊，」博用韓語說，聲音更加靠近了，就在穀倉外面。「真不知道該怎麼說我有多後悔。」

梅姬的聲音在顫抖，一整句英語被抽抽搭搭的啜泣分割成好幾段：「我不相信……你和這件事……有任何關係。這……根本……沒道理。」

略一停頓後，博的聲音說：「我也希望這不是真的，但事實的確如此。香菸、火柴，都是我做的。」他說的是鐵盒，一定是。只不過那裡面沒有火柴。

梅姬的聲音，用英語說：「可是它最後怎麼會跑到那裡去？我是說，整片土地那麼大，它怎麼會剛好就在最危險的地方？」這時英姬想到了，他們聲音的來處：在穀倉後面，原本放氧氣瓶的地方。

一聲嘆息。不長，但沉重——充滿了恐懼，似乎滿心渴望保持沉默——英姬也希望這聲嘆息能永久持續，希望他不要開口說接下來的話。

「是我放的，」博說：「是我挑的地點，就在氧氣管下面。是我撿來了樹枝枯葉，是我把火柴放進去的，還有香菸。」

「不，」梅姬說。

「是的，全都是我，」博說：「是我做的。」

是我做的。

聽到這句話，英姬把頭靠在梅姬的枕頭上，臉頰貼著梅姬淚濕的地方。她闔上眼睛，感覺到身體在旋轉。或許也可能是艙房在轉，愈轉愈快，愈來愈小，然後塌縮成一個小點，壓扁了她。

是我做的。一切都是我。

令人費解的字句，卻意味著世界即將終結，他怎麼說得如此平淡？他怎能如此冷漠地承認自己放火害死兩條人命，之後還繼續呼吸、說話？

梅姬的啜泣聲此時已變得歇斯底里，劃空而過，英姬遽然想到她在這片迷霧中忽略的東西：梅姬剛剛發現自己的父親犯下殺人罪。梅姬受到了驚嚇，就和驚嚇到暈眩的她一樣。英姬倏地睜開眼睛，恨不能馬上跑出去，將梅姬抱進懷裡，為了得知關於她們心愛的人如此駭人的事實，與她一起傷心哭泣。英姬聽到「噓—噓—」的聲音，是家長在安慰受苦的孩子，她好想吼著叫博離梅姬遠一點，讓她們母女倆清靜一點，別再用他的罪行玷汙她們，梅姬忽然開口道：「但為什麼是那裡？你要是挑別的地方……」

「因為抗議者，」博說：「伊莉莎白讓我看了她們的傳單，還一直說她們可能會放火妨礙我們，才讓我想到這個主意——如果警方在傳單上說的地點發現一根香菸，她們就會有麻煩。」那可不。多方便啊：放火、栽贓給抗議者、拿保險金。典型的陷害手段，用來對付招惹自己的人。

「可是警察為了氣球的事把她們帶走了。」梅姬說：「你幹嘛還要做其他事情？」

「抗議者打電話給我，說警察只是警告她們，說她們無論如何都會每天回來，直到趕跑所有的病患為止。我必須做點更激烈的事，給她們招來真正的麻煩，讓她們永遠不能再靠近。我萬萬沒想到妳會到那附近去，更別說是……」他的語氣變得遲疑，畫面瞬間在腦中湧現：梅姬奔向穀倉，轉身，然後一眨眼，她的臉籠罩在橘色火光中，身體被爆破的威力拋向空中。

那一刻似乎也在梅姬心中縈繞不去，她說：「我一直在想，當時沒聽到HBOT的風扇聲。好安靜。」英姬也記得——可以聽到平常被空調風扇聲掩蓋的遠處蛙鳴。在轟然巨響前一種令人窒息的萬籟俱寂。

「全都是我做的。」博說：「我故意造成停電好賴給抗議者。一切都跟著啟動了——療程延誤，還有那天晚上出的所有差錯。我怎麼也沒想到會出這麼多差錯。我怎麼也沒想到會有人受傷。」

英姬好想尖叫，想問他到底在想什麼，竟然在流動的氧氣底下點火。可是她相信他，知道他一定是計畫好，能讓每個人都及時出來。所以他才會用香菸，讓它慢慢燒到最後才著火，也所以他才想要待在外面，讓她關氧氣，以便確保八點二十以前，氧氣還開著的時候，火不會燒得太旺。他醞釀了一個完美計畫，放一場慢慢燒起的火，夠嚇人卻不會傷害人。問題是，事情沒有按計畫走。向來都是如此。

經過漫長的靜默後，梅姬以輕到她必須豎耳聆聽的顫抖聲音，用英語說：「我一直不斷地想到亨利和琦巧。」

「那是場意外。」博說：「妳要記得這點。」

「但是我的錯，全都因為我的自私，因為我想回韓國。你跟我說情況會好轉，但我就是聽不進去，不斷地抱怨，結果……」梅姬放聲哭泣，但英姬知道：結果，博決定滿足女兒的願望，便做了他所能想到能讓她願望成真的唯一一件事。

英姬覺得內在有個地方崩塌了，好像有人重擊她的肺部似的。讓她百思不得其解，覺得一切都說不通的是：為什麼？沒錯，博痛恨那些抗議者。沒錯，他想把她們趕走。但為什麼用火？他們的生意蒸蒸日上，沒有理由毀掉它。除非一件事。梅姬去找他，求他搬回韓國。縱火並不是因為對抗議者的憤怒，不知不覺生出的念頭。他是事先做了計畫。如今一切都說得通，都兜起來了。縱火保單的電話、首爾公寓的清單——全都為了促成他的陰謀。抗議者來了之後，他便善加利用了這絕佳誘餌。

想像著去年夏天梅姬向博吐露心聲，哭訴著她有多渴望回家鄉，英姬不禁覺得胸口疼痛，好像有一群小鳥在啄她的心臟。梅姬為什麼沒來找她，找母親？在韓國時，每天下午她們會一起玩韓國的抓石子遊戲，女兒也會一面告訴她有哪些男生捉弄她、她上課時偷看什麼書。那份親密感到哪去了？已經煙消雲散不可再得了嗎？或者只是蟄伏在深處準備度過青春期的寒冬？她知道梅姬不喜歡美國，想要回去，但都只是透過一些零碎話語或是沒好氣地隨口插入的一句，至於推心置腹地傾吐秘密這個專利，梅姬似乎保留給了博。而博，也沒來找她，而是執行一個危險的計畫來滿足梅姬的想望——他自己做了決定，完全沒找她這個二十年的髮妻商量。這感覺像是背叛。女兒與丈夫的背叛。兩個她最愛也最信任的人的背叛。

「我們應該告訴亞伯。」梅姬說：「現在就說。我們不能再折磨伊莉莎白。」

「關於這點我想了很多。」博說：「可是審判就快結束了。她很有可能不會被判刑。等到審判一結束，我們就能往前走，重新開始。」

「可是萬一她被判有罪呢？她可能會被處死。」

「要是那樣，我會出面認罪。我會等到保險金撥下來，等妳和媽媽離開到了安全的地方，我就去找亞伯。我不會讓她為了她沒做的事去坐牢，我做不到。」他乾嚥一口。「我做錯了很多事，但沒有一件事，沒有一件事，是故意要傷害人。妳要記住這點。」

梅姬說：「可是她已經在受苦。她現在因為殺害了兒子在受審。她一定非常痛苦，我沒法忍受……」

「妳聽我說，」博說：「發生這些事我心裡也很不好受，我願意用任何代價來改變事實。但我不認為伊莉莎白也這麼想。或許火不是她放的，但我覺得她會想要亨利死，她會慶幸發生這樣的事。」

「你怎麼能說這種話？」梅姬說：「我知道他們說她會傷害亨利，可是說她真的想要他死……」

「是我親耳聽到她說的，她以為對講機沒開。」博說。

「聽到什麼？」

「她跟泰瑞莎說她希望亨利死掉，說她真的會幻想他死去。」

「什麼？什麼時候？那你怎麼都沒說？你甚至作證的時候也沒提。」

「亞伯叫我不要。他打算在泰瑞莎作證的時候問她，但想要出其不意，以便得到完整的事實。」所以英姬才會始終沒聽說嗎？因為泰瑞莎是她的朋友，亞伯擔心她會走漏消息？到底還有誰沒騙過她？

「重點是，」博說：「伊莉莎白想要亨利死。她虐待他。不管怎麼樣，她都會因為這個被起訴，而她已經在接受審判了。延後一個禮拜受審對她來說有多大差別？而且妳別忘了，如果判決有罪，我會站出來的。我向妳保證。」

真是這樣嗎？或者他這麼說只是想說服梅姬保持緘默，假如判決有罪，他又會想出其他藉口，任由伊莉莎白死去？

「好了，」博說：「進屋以前我要妳答應我，妳會照我說的做。絕不向任何人透露隻字片語，包括妳母親在內。懂嗎？」

聽見自己被提及，英姬的心臟猛撞胸腔，又狠又急。博說：「美熙啊，回答我，妳聽懂了嗎？」

「不，我們應該告訴Um-ma。」梅姬一如往常地說英語，除了最後的Um-ma之外。梅姬有多久沒喊她Um-ma了？在她用憤恨的盔甲武裝自己之前，都是這麼喊她的。「你說過她疑心愈來愈重。萬一她問起那天晚上呢？我該怎麼說？」

「就像妳一直以來說的，一切都很模糊。」

「不行，我們得告訴她。」她聲音顫抖，聽起來很小聲又沒把握，像個小女孩。

「不行。」博費了好大力氣吐出這兩個字，震得英姬耳鳴，但他中斷了一下深呼吸，彷彿要讓自己平靜下來。「為了我，美熙啊，就算是為了我吧。」他一字一句都包覆著強裝的耐心。「這是我的決定，由我負責。如果妳媽媽知道了……」他嘆了口氣。

沉默無聲，她知道梅姬想必點了頭，也知道假如梅姬不從，他會繼續糾纏她。片刻後，她聽見腳步聲與輪椅移動的聲音。愈靠愈近，接著從旁經過，朝屋子而去。她想等他們進屋後才跑開。或者跟在他們後面進去，假裝沒聽到什麼，也不知道他們要怎麼做。兩者都是懦弱行為，這她明白，但她真的好累。就待在這裡與世隔絕，這樣多簡單，就像被埋葬一樣躺在這裡，直到事情不再團團轉，直到一切就這麼過去，消失於無形。

不行。她不能什麼都不做，不能讓博直接把她推到一旁，讓原本就像個外人的她變得更不相干。她用力地推開閘門。門呀然開啟，不協調的噪音刺耳欲穿，讓她想高聲叫喊。她試著站起來，頭卻撞到上面的鋼板，空咚聲在頭顱內回響有如鑼聲。

腳步聲進入穀倉，緩慢而謹慎。博說沒什麼，八成是動物，梅姬卻說：「媽，是妳嗎？」她的聲音飽含畏懼，但也有另外一點什麼。也許是希望。

慢慢地，英姬抬起身子，爬出來以後站直了。她朝梅姬伸出手，邀她加入自己，一起哀悼這份專屬於她們的失落。梅姬看著她，淚如雨下，但並未走向她，反而望向博，彷彿在徵求許可。他也伸出手，梅姬略一遲疑後往博的身邊靠近，遠離了她。

一段記憶：幼兒時期的梅姬在他們兩人之間，英姬和博都伸長了手喊她的名字，然後小女兒爬向博，每次都是這樣，英姬則拍手大笑，假裝不難過，並告訴自己，說他真是厲害能與小寶寶如此親近，不像其他男人，說美熙只是因為絕大部分時間——是一整天！——都跟她在一起，才會更喜歡沒見到面的爸爸。他們的關係一直都是這樣——不平衡，即便是現在的定位，三人所形成的也是一個瘦巴巴的三角形，只有英姬一個被拋離另外兩人遠遠的。也許所有獨生子女的家庭都一樣，在所有三人團體中，親密程度不均，自然而然會產生忌妒。畢竟，每邊確實相等的正三角形純屬理論，真實生活中並不存在。她原以為到了另一塊大陸，母女倆遠離博獨處後，平衡就會改變，但諷刺的是，這段時間他甚至比她更常見到梅姬：兩星期一次，透過Skype（這個英姬無法使用，因為店裡沒有網路）。天平總是會斜向博－梅姬那一方，從前如此，現在依然如此。

英姬看著他們。輪椅上的男人，犯下獸行後隱瞞了一年，如今傾吐秘密的對象是他們的女兒，不是她。而他身旁那個有疤的女孩，已經原諒父親所犯下並讓她留下那道疤痕的罪行。這女孩總是選擇父親，現在依然站在他那邊，儘管短短幾分鐘前那驚人的告白本該將她帶回英姬的身邊才對。她的丈夫與女兒。她的太陽與月亮，她的骨與髓。沒有他們她的人生便不存在，但他們卻又那麼遙不可及、不可知。她胸腔忽然一陣深沉劇痛，彷彿心臟的每個細胞都缺氧，正逐漸死去。

博看著她。她以為會看到懺悔，以為他坦承罪行乞求原諒時，頭會像凋零的向日葵低垂下來，以為他會無法正視她。然而，他卻說：「老婆，我不知道妳在這裡。妳在做什麼？」——不是指責或緊張的神情，而是假裝輕鬆隨意的語氣，像在試探她，看能不能繼續撒謊騙過她。看著他，看著他那真實得詭異的假笑，她往後一個踉蹌，突然間地板好像消失不見，她就那麼跌落真空。她需要離開這個空間，這個充滿死亡與謊言的廢墟。她跌跌撞撞，腳下的焦黑地板凹凸不平，需要張開手臂保持平衡，猶如走過遇上亂流的飛機走道。她從博與梅姬身旁經過，走到一截早已枯死的木樁前，伸手拭淚。

「原來……妳聽到了，」博說：「老婆，妳要明白，我是不想造成妳的負擔，而且我覺得事情到最後有很大機會能順利解決，只要……」

「解決？」她轉身瞪著他。「怎麼可能解決？死了一個男孩，五個孩子失去母親，一個無辜的女人受到殺人審判，你要坐輪椅，梅姬則是後半輩子都要活在父親是殺人犯的認知中。不管哪件事都永遠不可能好起來。」她一直到住口後，聽見自己的話語在寂靜中回響，才發覺自己是用吼的。她覺得喉嚨摩擦得發疼。

「老婆，」博說：「進來吧，我們談一談。妳會知道——一切都會解決。我們只要繼續下去，暫時什麼都別說就好。」

英姬往後退，踩到樹枝，落足點不穩讓她搖搖晃晃，眼看就要摔倒。梅姬和博雙雙往前傾，伸出手去。英姬看著女兒和丈夫的手並列，準備要扶住她、支撐她。她看著他們的臉，她深愛的兩個美好的人，站在溪畔小徑的終點，身後的高大樹木在頭頂上形成一片綠色華蓋，一絲絲閃耀的陽光從葉縫間流瀉而下。這個早晨多美啊，她的人生卻在此時分崩離析，就像上帝在嘲弄她，在證明她的無關緊要。

梅姬看著她說：「Um-ma，拜託。」她用韓語喊「媽」的溫柔口氣讓英姬想把女兒抱入懷中，像從前一樣用大拇指為她擦去淚水。她心想，這再簡單不過了，就說好，牽起他們的手，讓這個藉由共同的秘密永遠牢牢繫在一起的結盟關係更加穩固。接著她抬起眼，望向在一旁窺視、已然被火燒得焦黑的潛水艇，那把火吞噬了一個八歲男孩和一個試圖救他的女人。

她搖了搖頭，退後一步，接著又一步，接著再一步，直到他們碰不到她。「你們沒有權利要求我任何事情。」她說完轉過身，背向丈夫與女兒，走了開來。

麥特

他在法庭上尋找梅姬。他想見她。其實，不算是想，比較是需要。就像你不是真的想做根管治療，而是需要清除腐壞的部分來止痛。法庭上的人比平時更多──八成是最近的新聞產生的效應（「『媽咪凶手』接受審判：被告餵兒子漂白水」）──但奇怪的是俞家人都沒到。

珍寧已經到了。「聲音採樣做完了，他們今天會放給那個人聽。」她低聲說道，而他想到梅姬能開他的車門，還有車上的手機，焦慮得胃液翻湧。

亞伯轉身問：「你們有看到俞家人嗎？」

他搖頭。珍寧則說：「我想是因為梅姬過生日。也許他們去慶祝吧？」

梅姬的生日。這些令人不安的事情接踵而來，有種不對勁、不吉祥的感覺──發現車鑰匙的事、作夢，現在又是她過生日。十八歲，法律上的成年人，也就是說可以直接起訴。該死。

海茨警探走上前去接受反詰問。夏儂沒有浪費任何時間打招呼或問候，也沒有站起來或是等竊竊私語聲安靜，直接坐在位子上就說：「妳認為伊莉莎白．沃德會虐待小孩，是嗎？」

大夥兒東張西望，像是要找出問題從何而來。海茨似乎當下愣住，猶如拳擊手原以為能有一分鐘的時間繞場一周，沒想到鈴聲一響，臉上立刻中拳。她說：「我，呃……我想是的，沒錯。」

夏儂依然坐著，說道：「妳還對妳的同事說這點是本案的關鍵，如果沒有虐童的主張，你們提不出動機，對嗎？」

海茨皺眉道：「我不記得有這件事。」

「是嗎？妳不記得妳在二〇〇八年八月三十日一場討論本案的會議上，在白板上寫了『沒有虐待等於沒有動機』？」

海茨嚥了口口水。過了一會兒，她才清清喉嚨說：「是，我確實記得，不過……」

「謝謝妳，警探。現在」——夏儂站起身來——「請告訴我們你們通常如何處理虐童的指控。」她走上前去，步伐緩慢輕鬆，有如在花園散步。「當你們接獲檢舉，若發現情節重大，有時甚至還沒有進行調查，就會馬上將孩子帶離父母身邊，對嗎？」

「對，如果可以確信有嚴重傷害的威脅，我們會盡可能取得緊急命令，暫時將孩子安置到寄養家庭，等候調查。」

「確信有嚴重傷害的威脅。」夏儂向前靠近。「在本案中，當你們接獲匿名人士檢舉伊莉莎白，你們並沒有將亨利帶離家，甚至連試都沒試。對不對？」

海茨看著夏儂，嘴巴緊閉，眼睛眨也沒眨。過了大半晌才說：「對。」

「也就是說你們認為亨利並沒有確實會受到傷害的危險，對嗎？」

海茨的目光望向亞伯，隨後轉回到夏儂，眨了眨眼。「那是我們初步的評估。在展開調查以前。」

「啊，對了，你們調查了五天。在任何一個時間點，只要你們認定亨利的確受到虐待，就可以也應該將他帶離以保護他。這是你們的職責，對嗎？」

「對，可是……」

「可是你們沒有那麼做。」夏儂以推土機強輾過障礙的態勢跨步向前。「接獲檢舉後整整五天，你們都讓亨利留在家裡，對嗎？」

海茨咬著嘴唇。「我們的評估顯然出了錯……」

「警探，」夏儂以清晰宏亮的聲音說：「請回答我的問題，而且只回答我的問題就好。我並沒有問妳的工作表現，雖然妳的上司還有那些有興趣為亨利的財產打官司的律師，可能會非常願意聽妳對此認錯。我的問題是：調查了五天之後，你們有還是沒有發現伊莉莎白確實對亨利造成嚴重傷害的威脅？」

「沒有。」海茨面露沮喪，語氣平平板板。

「謝謝妳。現在我們就來看看調查工作的本身。」夏儂在展示架上擺了一塊空白的海報板。「昨天，妳說你們調查了四種虐待類型，就是疏忽以及心理、身體與醫療虐待，對嗎？」

「對。」

夏儂將這四類寫在海報上的同一行。「你們面談了琦巧·柯茲洛夫斯基、八名教師、四名治療師和兩位醫師，還有亨利的父親，對嗎？」

「對。」

夏儂將接受面談者寫在最上方的橫列：

	疏忽	心理虐待	身體虐待	醫療虐待
父親				
教師 8名				
治療師 4名				
醫師 2名				
琦巧				

夏儂說：「有誰對於伊莉莎白疏忽亨利表示擔心嗎？」

「沒有。」

夏儂在疏忽那一列寫了五次否，然後將一整列劃掉。「再來，除了琦巧之外，還有誰對於心理虐待或身體虐待表示擔心嗎？」

海莢說：「沒有。」

「事實上，去年教亨利的老師說——我現在讀妳筆記裡寫的，以下是原話：『我覺得伊莉莎白是最不可能傷害小孩的母親，無論是心理上或身體上』，是這樣嗎？」

海莢呼出一口氣，幾乎像在嘆息。「是。」

「謝謝妳。」夏儂又在這兩列，除了琦巧那行之外，全部寫上否。「最後是醫療虐待。妳把重點放在這裡，所以我想你們應該是非常詳細地詢問了每個面談者。」夏儂放下麥克筆。「那麼就讓我們聽聽看吧。請一一說出另外這十五個人告訴你們的醫療虐待實例。」

海茨悶不吭聲，只是用一種極度討厭的表情瞪著夏儂。

「警探，妳的回答是？」

「問題是，被告施加在亨利身上所謂的醫療行為，這些人全然不知情，所以……」

「好的，我們馬上就會進入亨利的治療。但從妳的答案聽起來，你們面談的這十五個人其實並不認為伊莉莎白有醫療虐待的行為。對不對，警探？」

海茨吸了口氣，鼻孔擴張。「對。」

「謝謝妳。」夏儂在最後一列全寫上否，然後往後站，好讓陪審員能清楚無礙地看見展示架。

	父親	教師 8名	治療師 4名	醫師 2名	琦巧
~~疏忽~~	否	否	否	否	否
心理虐待	否	否	否	否	
身體虐待	否	否	否	否	
醫療虐待	否	否	否	否	

夏儂指著海報。「所以說，這十五位最了解亨利並照顧他健康的人，都一致認為伊莉莎白在任何方面都沒有虐待他。我們現在來談談唯一擔心的人。琦巧真的指控伊莉莎白心理虐待嗎？」

海茨皺眉道：「我想比較正確的說法是，她質疑被告說亨利很煩人還說大家都討厭他，是否傷害了亨利。」

「所以她質疑有心理虐待。」夏儂在心理虐待／琦巧的格子裡畫了一個問號。「關於這點妳有何看法呢，警探？那是虐童嗎？我有一個小孩，一個十足的青春期女孩，妳懂我的意思吧。而且我承認，我經常忍不住會跟她說她沒禮貌又惡劣，討人厭到了極點，她要是不趕快改改性子，到最後會落得孤單一人，沒有朋友、沒有丈夫、沒有工作。」有幾位陪審員噗哧一笑頻頻點頭。「好吧，我知道我拿不到年度模範母親獎，但我們會因為這種事把孩子帶離開母親身邊嗎？」

「不會，如妳所說，這不是理想行為，但還不至於到虐待的程度。」

夏儂微微一笑，將心理虐待那一列整個劃掉。「現在，身體虐待。琦巧有明確指控伊莉莎白這點嗎？」

「沒有，她只是因為亨利手臂上的抓痕而提出疑問。」

夏儂在身體虐待／琦巧的格子裡畫上問號。「妳面談亨利時，他說是被鄰居的貓抓傷的，是嗎？」

「是。」

「事實上，妳在面談亨利的筆記上寫道，我引述原句：『沒有證據佐證身體虐待的指控』，對嗎？」

「對。」

夏儂劃掉身體虐待那一列。「現在就剩下醫療虐待了。這項指控以伊莉莎白的另類療法為主，尤其是靜脈注射螯合療法和MMS，對吧？」

「是的。」

夏儂在表格上寫了IV螯合與MMS（「漂白水」）。「請原諒我，我不是這方面的專家，但我記得醫療虐待的先決條件是不管母親做什麼，都必須確實傷害到孩子——也就是說，讓孩子生病或病得更厲害，對嗎？」

「一般是這樣沒錯。」

「那就把我弄糊塗了。亨利的情況愈來愈好也愈健康，他的治療怎麼會是虐待呢？」

海茨眨了幾次眼睛。「我不確定情況是那樣。」

「是嗎？」夏儂說道，麥特發現她臉上閃過一抹帶有興味的表情，一絲童稚般「你看！」的期待。「亨利三歲時，被喬治城自閉診所的一位神經科醫師診斷為自閉，這妳知道嗎？」

「知道，他的病歷資料中有紀錄。」這麥特倒是不知道。根據琦巧的說法，他一直以為亨利的「自閉」完全只存在於伊莉莎白的腦子裡。

「他的病歷資料中也記錄了根據同一位神經科醫師診斷，去年二月，亨利已經不再有自閉，不是嗎？」

「是的。」

「那麼，從自閉到非自閉算是好轉，不是惡化，對吧？」

「其實，那位神經科醫師表示亨利可能被誤診了……」

「因為亨利改善的範圍實在太大，不這麼說的話無法解釋，因為大部分的孩子都不像亨利進步這麼神速，對嗎？」

「總之，他聲稱關於他的進步，最有可能的解釋就是大量的語言與社交治療。」

「妳是說伊莉莎白堅持繼續、替他安排還每天開車接送他去做的大量治療嗎？」夏儂再一次將伊莉莎白描繪成年度模範母親。但麥特不但沒有被惹惱，反而暗想：難道他一直都錯了？難道伊莉莎白的執著是有原因的？而那份執著竟讓一個男孩從自閉變成非自閉？

海茵的眉毛皺得更深了。「應該是。」

「除了自閉，亨利在其他方面也有改善，對吧？他從三歲時體重落在第二百分位，還經常腹瀉，進步到八歲時落在第四十百分位，沒有腸胃問題。妳記得他病歷資料中的這個部分吧，警探？」

海茵的臉頓時變紅。「可是問題不在那裡。問題在於這些所謂的治療既危險又不必要，不管真正的後果如何，它確實構成了醫療虐待。而且我們可別忘記：對亨利來說的確有傷害性的後果，那就是這類療法的其中一種，HBOT，眾所周知的火災風險造成的死亡。」

「真的嗎？我怎麼不知道在一個有執照的場所進行HBOT治療會構成醫療虐待？」夏儂轉向旁聽席。「這裡想必有多少呢，二十、三十個家庭都是奇蹟潛水艇的顧客吧。這麼說來妳也因為這些家庭讓孩子接受這麼危險的治療，全都調查過他們的虐童行為嘍。妳的意思是這樣嗎，警探？」

透過眼角餘光，麥特看見旁聽席上許多女人紛紛緊張地轉頭，看著彼此和伊莉莎白，彷彿萬萬沒想到自己可能被認為犯下和她一樣的罪。是否因為如此，她們現在才會那麼渴望相信她是個萬惡的殺人犯？因為她若非故意縱火，是不是就意味著她們的孩子現在能安然在家而不是躺在棺材裡，除了運氣之外別無原因？

海茨說：「不，當然不是。妳不能只單獨看一件事。不只有HBOT，她還採取一些極端手段，例如IV螯合療法和餵亨利喝漂白水。」

「啊，沒錯，我們就回到這件事吧。IV螯合療法是FDA認證的療法，對嗎？」

「對，但只是針對重金屬中毒，亨利並沒有。」

「警探，妳知不知道布朗大學做過一項研究？他們給老鼠注射硫柳汞，這是二〇〇一年以前用在許多疫苗中的一種含汞防腐劑，注射後的老鼠會出現類似自閉症的非典型社會行為，但經過螯合治療後又恢復正常。」

麥特沒聽說過。是真的嗎？

「沒有，我沒聽說過那個研究。」

「真的嗎？《華爾街日報》有篇文章大略介紹過這個研究，我是在妳自己的檔案裡發現這篇文章的，就跟註明亨利嬰兒時期打過七種硫柳汞疫苗的那張病歷放在一起，當時候有些疫苗仍含有硫柳汞成分。」

海茨噘起嘴來，好像在強迫自己別開口。

夏儂說：「那妳知不知道，這個研究中有位研究人員，一位安潔莉．霍爾博士，她是史丹佛醫院的主治醫師兼任史丹佛醫學院教授，在她治療自閉症兒童的方法當中就包含螯合療法？」

麥特不認得這個名字，但那些頭銜——像這樣的人，有誰能質疑她的正確性？

「不，我不知道那位醫生。」海茨說：「但我確實知道最近有自閉症兒童死於靜脈注射螯合療法。」

「起因是一個已經沒有執照的醫生無照行醫造成的疏失，對嗎？」

「應該是。」

「有很多人死於醫生的過失。」夏儂轉向陪審團。「就在上個月，我看到一篇報導說有個小兒科醫師開泰諾藥時劑量錯誤，導致一名小孩死亡。請告訴我，警探，如果我明天讓我的孩子吃泰諾也是醫療虐待嗎？因為泰諾顯然是一種有可能害死小孩的危險藥物。」

「螯合療法不是泰諾。被告給亨利注射DMPS螯合劑，那是一種危險化學物品，通常只會在醫院使用，她卻向外州一個自然療法中心郵購取得。」

「警探，妳知不知道這個外州的自然療法中心就是霍爾醫師的診所，而她只是按照霍爾醫師原來開給亨利的處方重新買藥？」

海茨驚訝得高聳眉毛。「不，我不知道。」

「讓孩子使用一位剛好是在史丹佛執教的自然療法師開的藥，妳認為這是醫療虐待嗎？」

她嘶著嘴思考片刻，麥特很想說：拜託，別傻了。「不是。」她終於說道。

「太好了，」夏儂在表格上劃掉IV螯合。「現在就剩下所謂的漂白水療法了。警探，漂白水的化學式是什麼？」

「我不知道。」

「妳的檔案裡有，反正就是NaClO，次氯酸鈉。那MMS的化學式又是什麼？就是伊莉莎白讓亨利喝的礦物質溶液，也是妳所說的漂白水。」

她微微蹙眉。「二氧化氯。」

「對了，CIO，事實上，只是幾滴加入水中稀釋。警探，公司行號會用這個淨化瓶裝水，這妳知道嗎？」夏儂轉向陪審團。「我們在超市買的水和 MMS，也就是她所說的『漂白水』含有相同成分。」

亞伯起身說道：「庭上，現在是誰在作證？」但夏儂還是繼續，並抬高嗓門加快速度。「無需處方箋就能購買的抗真菌藥也含有二氧化氯成分，妳難道要逮捕所有在沃格林買那些藥的家長嗎？」

亞伯再度出聲：「異議。我一直盡量忍耐了，但她不斷用超出證人專業範圍的種種問題糾纏她，甚至臆測一些沒有證據的事實。海茨警探不是醫生，也不是化學或醫藥專家。」

夏儂的臉因激憤而泛紅。「庭上，這正是我的重點。海茨警探不是專家，也不知道她有什麼依據就給這些療法貼上『危險而不必要』的標籤，其實她根本一無所知，而且連基本常識都懶得探究，她要是勤快些，資料全在她自己的檔案裡。」

法官說道：「異議成立。豪格女士，妳可以傳自己的專家證人，但現在請遵循原訂程序，就警探的職責範圍詰問。」

夏儂點點頭。「好的，庭上。」她轉過身。「警探，妳可以自行展開調查嗎？在調查某一個案件時，如果發現有證據顯示另外一個家長，比方說，虐兒，妳可以另起新案嗎？」

「當然可以。我們是怎麼注意到控訴事實的並不重要。」

「在本案中，」夏儂說：「妳從線上討論發現了在妳的轄區內，有許多其他家長也同時在使用IV螯合療法和MMS的證據，對嗎？」

警探很快地往旁聽席瞥了一眼，接著才說「對」。

「那當中妳對幾位家長進行了醫療虐待的調查？」

她又往旁聽席瞥一眼。「都沒有。」

「那是因為妳不認為MMS和螯合療法構成虐童，不是嗎？」夏儂沒明說，但麥特幾乎能聽到她沒說出口的話：因為如果這些治療方法是虐待，這裡有半數的人早就被關進牢裡了。

海莰怒目圓瞪，夏儂也回瞪她，瞪眼比賽持續了幾秒鐘，從尷尬變得痛苦萬分，最後海莰才說：「是。」

「謝謝妳。」夏儂說完慢慢地、從容地走到表格前，在最後一列醫療虐待畫了一條又大又粗的線。

麥特看著伊莉莎白，她臉上依然沒變，依然戴著毫無表情的面具，昨天一整天當海莰警探將她描述成變態虐待狂，只為了好玩就在孩子身上做各種痛苦的實驗時，她也是這副模樣。只不過現在的她看起來不像冷酷無情，而是麻木。因為傷心而茫然。這時他忽然想到，自從早上醒來後得知的事實，除了要告訴亞伯，恐怕也得告訴夏儂。也許不是和盤托出，但至少是關於梅姬和保險公司那通電話，還有H超市紙條的事。香菸呢，可以等一等再說。不過他得去找梅姬警告她一聲，讓她有機會先去找亞伯坦承。

他碰一下珍寧的肩膀。「我得走了。」他用嘴型說，並指指呼叫器，假裝是工作上的事。她小聲地說：「好，有什麼狀況我再告訴你。」

他起身走出法庭，離開時，看見夏儂比著如今已全軍覆滅的表格。「警探，」她說道：「我想澄清我們稍早討論過的一件事。」夏儂在表格上寫了幾個字說：「妳和同事開會時是這麼寫的，對吧？」

麥特在門口停下來看了過去。直到海茨說：「是的，沒錯。」夏儂才往後退，不再擋住麥特的視線，只見海報最頂端，在所有被劃掉的虐待類別欄上方，夏儂寫了幾個粗大的字並且圈起來：**沒有虐待＝沒有動機**。

沒有虐待＝沒有動機

	父親	8名 教師	4名 治療師	2名 醫師	琦巧
疏忽	否	否	否	否	否
心理虐待	否	否	否	否	?
身體虐待	否	否	否	否	?
醫療虐待	否	否	否	否	[illegible]整合 [illegible] 〔漂白水〕

伊莉莎白

休息時間，她在法庭外看見她們了。來自她所屬的自閉兒媽媽團體，一個為數不少的代表團——二十，也或許三十人吧。上一次看到她們是在亨利的葬禮上，當時她還是悲劇母親，是她們同情與悲傷的焦點（可能還有愧疚，因為對自己孩子還活著有一絲優越感）。當時她尚未被捕，她們也還沒因為新聞報導而不再帶著一鍋菜上門探視。開庭後，她原以為會有幾個人來旁聽，不料一整個星期都沒見到半個人。

結果現在人來了。為什麼是今天？也許是最近的新聞激起她們的好奇，到了願意花錢雇用特別需求兒童保姆一整天的地步。也可能因為今天是每月一次的聚會——沒錯，今天是星期四——她們決定來一趟郊遊。又或者……有可能嗎？她們會不會是聽說她讓亨利做的治療——她們當中也有許多人的孩子接受同樣的治療——被汙名化為「醫療虐待」，所以挺身支持？

這群女人鬆散地圍成圓圈在聊天，還一面繞來轉去，有如蜂窩旁的蜜蜂。當她走向法庭，愈來愈接近她們，有個在講電話的女子——伊蓮，第一個嘗試所謂漂白水療法的人，甚至比伊莉莎白更早——剛好抬起頭注意到她。伊蓮的眉毛快速上揚，嘴唇拉開成微笑，彷彿很高興見到她。伊莉莎白也報以微笑，並轉向朝那群人走去，胸腔內的心臟急速跳動雀躍不已，全身因充滿希望而振作。

伊蓮斂起笑容，轉向其他人小聲地不知說了什麼。接著所有女人都斜瞄著她，好像在看一具腐屍——無法抑制好奇卻又感到噁心，便飛快地瞄上一眼，然後立刻轉移目光，一張張臉扭曲得就像聞到某種腐臭味。正當伊莉莎白察覺伊蓮的揚眉與微笑當然是因為驚訝與尷尬，那群女人也開始往內聚集，背對著她，形成一個緊密到似乎隨時可能向內崩塌的圓。

夏儂以嘴型示意「來，我們走」，伊莉莎白於是點頭走開，離她們遠去，她的腿感覺既空洞又沉重，舉步維艱。多年來，這個團體始終是她身為母親後唯一有歸屬感的地方，在這個世界裡，她不會遭人禮貌地迴避與憐憫，被人（小小聲，永遠都是小小聲地）說是「可憐的媽，有一個」——頓一下——「自閉症兒子，你知道吧，就是整天搖晃不停的那個。」相反地，在這個團體裡，她有生以來第一次感覺到一種類似力量的東西。倒也不是她從未有過成就——她曾經是學校的榮譽學生，就業後也拿過獎金——但那些都是工蜂型的成功經驗，不起眼的那種，只有自家父母會注意到。但是在自閉兒媽媽的圈子裡，伊莉莎白是個搖滾明星，一個造就奇蹟的人，是圈內的領頭羊，因為她是每個母親夢想成為的人：一個「復原孩子」的母親，她的孩子一開始和其他小孩一樣，不會說話、不會社交、端不上檯面，總之是一團糟，但經過數年後，竟突飛猛進擠入主流班級，從治療中畢業。亨利是個好榜樣，體現了她們的希望：但願有朝一日自己的孩子也能經歷同樣的變身過程。

受到這麼多人的豔羨與尊重，雖然令人陶醉，卻也（因為不習慣）感到尷尬，她便盡可能不去強調自己在亨利的進步中扮演的角色。她對團員們說：「據我所知，亨利並不是因為治療得利，時間點只是個巧合。又沒有對照組，所以永遠沒辦法確實知道。」（她也不是真的這麼認為，不過她覺得這種「相關不等於因果」的邏輯會讓她顯得理性，那些不相信的人也比較不會把她當成「反疫苗的神經病」拒於千里。）

儘管伊莉莎白提出警告，還是幾乎每個團員都一窩蜂地加入生醫行列，讓自家孩子接受同樣的治療。他們稱之為「伊莉莎白治療方案」，雖然她反駁說自己純粹是遵循他人的建議，只是依照亨利的實驗測試做了一點小變動。當許多其他家的小孩出現進步（雖然沒有一個像亨利這麼快速或誇張），她也隨之成為真正的女王蜂，人人都會來討教的專家。此時站在法庭外的女人，每一個都曾寫email來徵詢她的建議或是在喝咖啡時向她請益，也會請她幫忙解讀實驗測試結果，並送她瑪芬和卡片表達謝意。

而現在瞧瞧她們，曾經一致景仰她的這群女人竟然背向著她，比以前更加團結一致地譴責她。再瞧瞧她，一度近乎女神的地位，如今被推落神壇，成了賤民。假如這群人的反應有任何暗示，那就是她擠身死刑囚之列的日子不遠了。

坐在法庭上，伊莉莎白看著展示架上的表格，那個醜陋的「虐待」二字。

虐待兒童。那就是她做的事嗎？在鄰居的地下室第一次捏了兒子之後，她便暗自發誓絕不再犯——她是提倡正向教養的人，甚至認為恐嚇或責罵都無益——但沮喪感會隨著時間累積。保持耐心，忽視負面行為並讚美正面行為，經過數週數月後，忽然間，怒氣會有如反向激流急湧而來，將她擊垮，也讓她對於抓住亨利的細皮嫩肉用力捏或是大聲喊叫所帶來的甜蜜解脫感產生熱切渴望。但她從未毆打，從未搧耳光，當然更沒有造成過需要就醫的傷害。那個——以見血與骨折收場——不才是兒虐嗎？她所做的只會造成一時的疼痛，只是剛好能將亨利驚醒，脫離她需要他停止的行為，這不算吧？這和打屁股有什麼差別嗎？

她看著表格，全部的否字證實了並無不法行為存在，讓她為亨利感到悲痛萬分，因為知道她和表上列出的人──有責任保護他的人──都令他失望了。當夏儂說：「亞伯要對海茨進行覆主詰問，但別擔心，沒有人會相信她的虐待指控。」伊莉莎白也有一點點同情她，竟然被騙得如此徹底。

亞伯直接走向圖表，指著沒有虐待＝沒有動機那一列說：「警探，妳寫這個句子的意思是說如果被告沒有虐待亨利，就沒有殺他的動機嗎？」

海茨說：「不，當然不是。在許多案例中，父母傷害並甚至殺害小孩之前並沒有虐待的情形。」

「那麼妳的意思是什麼？」

海茨看向陪審團。「各位務必要了解前因後果。我才剛展開虐待調查，那個孩子和一名證人就遇害了。我想請求人力增援我的虐待調查，而我大概是……」她深吸一口氣，彷彿鼓足勇氣要承認一件難堪的事。「我這麼寫只是以一種簡略方式表達重點，在當時，還是調查初期，虐待的指控是我們僅有的動機，所以我們應該在這方面投入更多資源。」

亞伯露出微笑，像個善解人意的老師。「所以妳這麼寫是為了說服上司給妳更多權力與資源。其他人也贊同嗎？」

「沒有。事實上，皮爾森警探把那句話擦掉，說我視野太狹隘，還說虐待的指控是動機的一項證明，但絕不是唯一證明。的確，從那時起，我們發現了更多更多的動機證明。譬如被告的網路搜尋、筆記、與琦巧的口角等等。因此沒有虐待等於沒有動機的說法絕對絕對不正確。」

亞伯拿出紅色麥克筆，在表格上沒有虐待＝沒有動機那一列畫上一條粗線，接著往後站。

「我們現在來探究一下豪格女士這張井井有條的表格的其他部分。她斷言說沒有虐待情事，因為其他人都沒發現。警探，妳身為受過訓練的心理專家又是專辦兒虐案的警探，妳認為這麼說對嗎？」

「不對，」她說道：「虐待者往往會很有技巧地隱瞞自己的行為，並說服孩子配合。」

「在本案中妳有發現像這類隱瞞的證據嗎？」

「有。被告從未告知亨利的兒科醫師或甚至孩子的父親，說她讓亨利接受靜脈注射螯合與MMS療法，當然更沒提到有孩子因此死亡。這是典型的刻意隱瞞，是虐待的最大特點。」

伊莉莎白很想大喊自己沒有隱瞞什麼，純粹只是懶得與一個老派的醫生爭論。而維多根本不想聽細節，他說他信任她，說他沒時間一起去看診或是搜尋資料。但不知為何，「刻意隱瞞」這幾個字堵住了她的嘴。這字眼有種險惡不祥的特質，就像帶亨利去看兒科醫師前，她會對他說：「我們別跟他說其他醫生的事，因為我們不想讓他忌妒，對吧？」心裡卻滿懷愧疚的那種感覺。

亞伯向海茨走近。「刻意隱瞞，這妳之前也提過。作為心理專家兼調查員，這點對妳為何如此重要？」

「因為這關係到行動的意圖。一個家長告訴孩子，你要是做了X，就會被打屁股。孩子做了X，家長就打了屁股。這是受到控制並可預期的。配偶會知道，孩子也能告訴朋友。很多家長都會這麼做。

「醫藥治療也是一樣。你的孩子病了，你想嘗試某種治療，便找醫生、配偶談，大家一起決定。沒關係。可是你故意隱瞞你的行動——不管是治療還是體罰——等於在告訴我，你知道你做的是錯事。」

她覺得內在似乎有什麼東西熄滅了，好像燈泡亮得過頭燒壞了，使得她目不能視耳不能聞。她暗自納悶，其他家長會在公共場合討論，有時甚至做出大聲喊罵、打屁股、打頭的舉動，那她的吼叫與捏擰有何不同——她知道，確實有所不同。是因為她並不想這麼做，也答應自己不會這麼做，但卻又忍不住的關係嗎？其中的差異就像一個普通人在飯前喝馬丁尼和一個酒精成癮者做同樣的事；外表的行動一樣，但情境脈絡——動作背後的意圖與後續影響——卻大相逕庭。失去控制、無法預料，還有事後的掩飾。

「以妳專業的角度來看，這些否」——亞伯指向表格——「是否意味著沒有虐待？」

「絕對不是。」

亞伯再次拿起紅色麥克筆，將每一行最上面的標題全部劃掉。「那麼橫列呢？」他說道：「豪格女士將虐待分成不同種類後一一劃掉，可以用這種方法分析虐童案嗎？」

「不行。你不能個別看待每項罪名。單一起事故，可能令人擔憂，卻不足以構成虐待。比方說，家長說孩子很煩人，大家都討厭他。這件事本身不是虐待。抓傷孩子的手臂，單這件事可能也不算虐待。同樣地，也適用於強迫喝MMS和注射螯合劑。可是當你將每件事結合起來一起考慮，就會出現一個模式，那麼個別看起來或許無害的事，事實上可能並非真的傷害不大。」

「所以妳才不能立刻把亨利帶離他家嗎？」

「是的，正是因為如此。假如有明顯受傷，譬如骨折，就能比較容易做那樣的決定。但是像這樣的案子，每起事故都可疑又微妙，你就得考量多個來源，綜觀全貌，而這需要時間。很不幸地，我們還沒能做到，亨利就死了。」

「總而言之，」亞伯說：「將虐待分門別類，然後發現每一類都沒有虐待的事實——這樣是不是就顯示沒有虐待的問題？」

「絕對不是。」

亞伯劃掉類別名稱。「現在，這張表格差不多全毀了，但在我將它移除前，我們來看看醫療虐待。警探，豪格女士只列出靜脈注射螯合和MMS，正確嗎？」

「不正確。那兩者是亨利所接受最危險的治療。但我要再次強調，你不能只看個別的程序。」她看著陪審團。「我舉個例子。化療。對一個罹患癌症的孩子，這顯然不是醫療虐待。但讓一個沒有癌症的孩子接受化療就是了。重點不只是危險性，還有適切性。」

「那如果是癌症緩解期的孩子呢？這樣的類比恰當吧？因為亨利曾一度被診斷為自閉，但後來不是了。」

「的確。不過讓緩解期的孩子接受化療應該是代理型孟喬森症候群的典型案例，也是我們稱為『醫療虐待』的狀況。典型的代理型孟喬森症候群案例就是當重症患者痊癒後，照顧者不再需要與醫院和醫師經常聯繫，便試圖製造一些症狀讓孩子看起來還在病中，以便重新與院方聯繫。在本案中，經診斷亨利已不再有自閉，被告無法接受，仍繼續帶他去看醫生，做一些他已經不需要的危險治療，這樣被告才能繼續得到關注。」

伊莉莎白想著自閉兒媽媽團體。琦巧之前常問：「妳幹嘛要繼續做這些無聊的事？妳為什麼還要來參加我們的聚會？」現在她想到答案了：她不想停是因為她喜歡待在那個世界裡——在那裡，是她有生以來第一次成為團體中出類拔萃、令人羨慕的人。去年夏天亨利之所以在HBOT裡被活活燒死，難道是因為她愛出風頭？

她覺得反胃，於是閉上眼睛，手掌用力壓著胃部以免吐出來，這時有人說了句「直接聽聽被害人的說詞也很重要」之類的話。

她睜開眼睛，只見夏儂已經起身提出異議，法官說：「異議聽到了，駁回。」夏儂捏捏她的手小聲地說：「對不起，我無法阻止。妳準備好了嗎？」她想說還沒，她不知道現在是怎麼回事，她覺得噁心，需要離開這裡，但亞伯轉開了展示架旁的電視。

海茨說：「這是爆炸前一天亨利的錄影畫面，當時我們在夏令營與他進行訪談。」亞伯按下遙控器。

亨利的頭出現了，以特寫鏡頭填滿整個畫面。螢幕十分巨大，她見了倒抽一口冷氣，亨利實際大小的臉龐竟如此清晰，鼻子和臉頰上被夏陽曬出的淡淡雀斑也看得分明。亨利低著頭，當一個畫面外的聲音——海茨警探——說：「嗨，亨利。」他仍低垂著下巴，眼睛往上看，使得原本就很大的眼睛顯得更大，很像丘比娃娃。

「妳好。」亨利用尖尖的嗓音說，好奇但謹慎。他張嘴時，可以看到門牙有道縫——是他那個週末掉了的牙齒的陰影，那天她用牙仙子送的一塊錢換走他放在枕頭下的牙齒，動作小心翼翼，以免擾動他貼著枕頭沉睡的臉。

「亨利，你幾歲？」海茨不見人影的聲音問道。

「我今年八歲。」他說得很機械化又正式，像是機器人設計好的回答。亨利沒有看著鏡頭或海茨警探——她想必是在鏡頭後面或旁邊——而是往上看，目光左右飄移，彷彿在細細檢視天花板上的壁畫。此時她驀然想到，她想不起來有哪次跟亨利說話的時候，她沒有至少說上一次：「亨利，不要放空，看著我，跟人家說話一定要看著對方。」這些字句像毒液似的噴吐出來。他眼睛看哪裡到底有什麼重要？她為什麼從來就不能單純跟他聊天，問他在想什麼，或是告訴他他眼珠子的顏色跟她爸爸一樣？此刻，透過她的婆娑淚眼，亨利看起來有如文藝復興畫中的天使，仰頭望著聖母。她為何從未發現那份純真、那份美？

當海茨說：「亨利，你手臂上的抓痕是怎麼來的？」亨利搖頭說：「是貓抓的，我被鄰居的貓抓傷的。」

伊莉莎白緊閉上眼睛。聽著自己的謊言從那對小小嘴唇吐出，她覺得有個鹹鹹澀澀的東西急速流下喉嚨。事實上，他的手臂不是貓抓傷的，是她的指甲，因為那一天他們要去做每小時收費一百二十美元的職能治療，但已經遲到十二分鐘，總計浪費了二十四元。要去做語言治療就快遲到了，她便催亨利趕快上車，不料他就呆呆站在那裡，往上看，眼神空洞頭直搖晃。她於是抓住他的手臂說：「你有沒有聽到？馬上給我上車！」他扭動手臂試圖掙脫，但她沒有放手，指甲便劃過他的皮膚，刮下一條細細的皮像橘子皮似的。

影片中，海茨問道：「貓抓的？什麼貓？在哪裡？」

亨利重複說：「是貓抓的，我被鄰居的貓抓傷的。」

「亨利，我覺得是有人叫你這麼說，但其實不是這樣。我知道對你來說很難，但你得跟我說實話。」

亨利又抬眼看天花板，露出布滿血絲的眼白。「這是貓抓傷的，」他說：「那隻貓很壞，那是一隻黑貓，那隻貓有白色的耳朵和長長的爪子，那隻貓叫小黑。」

重點是她從來沒有真的叫亨利說謊。她只是假裝。一時的怒氣獲得抒發並恢復平靜後，她給了亨利另一個版本。不是「對不起害你受傷，會不會痛？」甚至不是「你為什麼不聽話，害我不得不懲罰你？」而是「唉呀，親愛的，你看那道抓痕！你是不是又跟那隻貓玩了？你要小心一點才行。」

神奇的是，只要她一本正經地說出這個重新捏造的版本，就能誘使他懷疑自己的記憶。她可以看出他往上看的疑惑眼神，雙眼快速地左右移動，好像在天空中的兩個舞台間轉來轉去，無法決定哪齣戲比較可信。還有更神奇的：假如她重複得夠多次，說法始終如一又沒有太誇大其詞，他的記憶就會受到扭曲，他自己也會加油添醋創出另一個新版本。這個——她虛構的一隻普通貓，在他受操控的心裡變成真實的貓，有名字、有顏色、有特點——比她施加在他身上的痛楚更令她堅信：她是個煤氣燈操控者，是一個徹底摧毀兒子的壞母親。

在影片中，海莰說：「是你媽媽叫你這麼說的嗎？」

亨利說：「媽咪很愛我，可是我很煩人，讓所有事情都變得很辛苦。要是沒有我，媽咪的生活會更好。媽咪和爸比現在還會在一起，會去環遊世界度假。我根本不應該出生。」

天哪。他真的這麼想嗎？是她讓他這麼想的嗎？她有時候會有一些負面想法（不是每個媽媽都會嗎？」），但每次都是馬上就後悔了，所以肯定從來沒跟他說過這樣的話。那麼他的想法從哪來的？

海茨說：「是你媽媽跟你說的嗎，亨利？是她抓傷你的嗎？」

他正視著鏡頭，眼睛睜得好大，虹彩看似漂浮在乳白色池中的籃球。他搖搖頭。「是貓抓傷的。我被鄰居的貓抓傷的。那隻貓很壞，那隻貓討厭我。」

她想抓起遙控器按下停止鍵，想拔掉電視插頭或推倒它把它砸碎，總之就是別再讓謊言從亨利口中說出，那遠遠比抓傷本身更可怕、更令人難以忍受。伊莉莎白開口大喊：「停下來，停。」最後一個字拉得長長的，可以感覺到它在法庭上到處反彈退縮。她看見法官對她的突然爆發驚訝地張大了嘴，聽到他敲著法槌說：「安靜，法庭上保持安靜。」但她停不下來。她站了起來，雙眼緊閉，兩手摀住耳朵說：「沒有貓，沒有貓。」一次又一次，愈來愈大聲，直到語句摩擦到她喉嚨發疼，直到她再也聽不見亨利的聲音。

麥特

他坐在自己車內，想著該如何才能與梅姬單獨會面。英姬不在這裡，他只知道這麼多；他到了這裡之後，暗中窺探到梅姬協助博進屋，但不見他們的車子。他把車停到隱密處，在這裡已經坐了半小時，等著看會不會有什麼事情發生——也許梅姬會獨自出來，也許博會自己離開，也許他會忽然在勇氣與不耐的同時推波助瀾下，強迫自己下車。

最後他是被熱氣逼出來的。不只因為被汗水浸濕的不適感，還有他的雙手。他的手掌不會出汗，卻變得鮮紅火燙，就好像他的疤痕把那有如塑膠般光滑的襯裡密封了起來，熱氣燒灼著他的皮膚底層。他告訴自己這感覺不是真實的，那些神經已經壞死，但情況愈來愈糟，他實在無法忍受，只好下車。他的大腿背面黏在皮椅上，但他不在乎，逕自快速起身，皮膚被猛扯開來一陣刺痛，他反倒慶幸痛感移位。

他十指交叉往頭頂上伸展，想像著滾沸的血液從雙手排出。他又站了十分鐘，來回踱步，試著想出除了等待還能做什麼——也許應該丟石頭向梅姬打暗號？——忽然間聞到了煙味。他對自己說，這又是他的幻覺而已。與火災現場如此接近讓他的心不停顫動，血液沸騰噴濺，喚醒了他對那天晚上氣味的記憶。他強迫自己遠遠地看著穀倉——牆壁殘留的骨架，斜躺在裡面的焦黑潛水艇，煤灰間透出一點一點原先艇身的藍色——憑著意志力令大腦清醒：現在沒有火。沒有煙。

他轉身面向背後的濃密松林，深深吸氣。清新舒爽、綠意盎然的樹林——這是他所預期的，也命令大腦好好記住，但煙的味道還在。而且還有其他東西。遠處一個微弱的嘶嘶聲。劈啪聲。他環顧四周後看見了：煙，一道幾乎不顯眼的煙柱滾滾而上，隨後在明朗藍天中化為縷縷輕煙。

他略略鬆了口氣——不是他的幻覺，他沒有精神失常——但立刻驚慌起來。火。俞家的房子嗎？中間隔著樹叢，難以判別。馬上給我掉頭跑回車上，開車走人，他腦子裡有個聲音說。他想到車上的手機，抓起手機打911才是明智的做法。

可是他沒有。他開跑了，穿過樹叢往煙的方向跑。一接近後，發現煙似乎來自屋子前方，於是他繞過屋子。火的劈啪聲變得響亮，但還有其他聲音。人聲。是博和梅姬。不是害怕得大叫或呼救，而是平靜地在討論事情。

麥特試圖停下奔跑的腳步，可惜太遲。他轉過轉角時，他們抬起頭來。博倒抽一口氣，梅姬則是尖叫一聲往後跳。

火在他們面前一只生鏽的金屬容器裡燒著。那容器——垃圾桶？——與博的輪椅高度相同，因此外竄的火焰正好對著博的臉，將它籠罩在搖晃不定的橘光中。博說：「麥特，你怎麼會在這裡？」

他知道他應該說點什麼，偏偏腦子無法思考，身子也動不了。他們在燒什麼？香菸？在毀滅證據？為什麼是現在？

他看著博的臉被半透明的火簾遮蔽，火舌彷彿舔著他的下巴。他想到亨利那張火臉，頓時噁心欲嘔，內心不禁納悶：博怎能離火這麼近——近到火焰映照在他的肌膚上，熱氣鑽入他的神經——卻沒有害怕到縮成一團？透過火焰看去，博顴骨的尖聳角度顯得陰森詭異，麥特可以想像他在氧氣管底下點燃火柴的模樣。似乎很真實。很可信。

「麥特，你怎麼會在這裡？」博又問一次，同時雙手按壓輪椅，看似要站起身來，他忽然想起英姬說醫生們也不明白博為什麼仍然癱瘓，他的神經似乎完好無損。他立刻就知道了：博的癱瘓是裝出來的，現在正要起身攻擊他。

「麥特？」博又喊一聲，手再次往下壓。麥特全身每塊肌肉都緊繃起來，他後退一步準備拔腿就跑，但這時博——依然坐著——將輪椅從垃圾桶背後推出來。如今博全身暴露在外了，麥特才看出：博用力往下壓是因為輪椅經過碎石地面需要使勁。

麥特清清喉嚨。「我正要從法院回家，因為你們沒去，就想說來看看你們。沒什麼事吧？」

「沒事，我們很好。」博朝垃圾桶瞥了一眼，說道：「那是因為給梅姬過生日，十八歲了。在韓國，依照傳統要燒掉孩提時代的物品，代表長大成人。」

「哇，」麥特說。他從沒聽說過，而且他去參加過十來次韓國人十八歲生日的派對。

博彷彿看穿他的心思，說道：「可能只有在我們村裡吧。英姬不知道有這種傳統。你聽說過嗎？」

「沒有，不過我喜歡。珍寧的姪女很快也要滿十八歲了，我會告訴她。」麥特心想他岳家的人也會做這種事——瞎扯一個什麼「古代傳統」來圓謊。他越過博的肩膀看著梅姬說：「生日快樂。」

「謝謝。」她看了看垃圾桶，接著視線回到他身上，搖了搖頭。「珍寧」——她頓了一下——「她……也來了嗎？」她又再次搖頭並皺眉，眼睛圓睜——是祈求或威脅，他分辨不出。

無論如何，她要傳達的訊息很清楚：別跟珍寧說我們在燒東西。至於這是「拜託」還是「要不然的話」，他不在乎。

「對，她在車上等。」他赫然發覺，即便撒這個謊的時候，他有多麼緊張地想安全脫離這個處境。「我該走了，不然她會開始擔心。總之，很高興你們沒事，明天見了。」他轉身就要離開。「再次祝妳生日快樂，梅姬。」

他走開時可以感覺到背後他們緊盯的目光，但並未回頭，只是繼續往前走，經過屋子，穿過樹叢，經過穀倉廢墟，進入車內。他將車上鎖，握住排檔桿打到D檔，踩下油門，溜之大吉。

泰瑞莎

法庭上只剩她一人。經過最後十分鐘的大混亂後——伊莉莎白高喊著貓怎麼樣的、夏儂的手下將她拖了出去、法官重敲法槌宣布休庭用餐、所有人急急忙忙離開，並盡可能不要被一面奔走一面講電話的記者們踩踏到——泰瑞莎極度渴望寧靜。無聲。特別是獨處。她不想到外面去面對那些女人，（她很肯定）她們正在咖啡館間翩翩飛移，搜刮八卦消息。當然，她們會小心地佯裝關懷來粉飾流言蜚語，表面上看起來好像在為亨利（「受虐了那麼久！」）和琦巧（「五個孩子呀！——真是聖人」）伸張正義，其實骨子裡卻是：為了窺見他人的痛苦而欣喜興奮。

不，她不想離開這個安寧的空法庭。除了溫度之外。庭審期間，裡面很熱，老舊的空調太弱，擊退不了群眾汗水的蒸氣，因此她穿了短袖連身裙，而且沒穿褲襪。但是少了人體之後，室內徹底變冷。也或許她感覺到寒意是因為看到亨利的臉——有著小孩特有的柔細完美肌膚，即使有粉刺、皺紋與生命終究會帶來的其他缺點，也無傷大雅——說著「那隻貓」討厭他、抓傷他，接著目睹伊莉莎白情緒崩潰，坦承沒有貓的存在，也就是說……什麼呢？她就是「那隻貓」？泰瑞莎打了個寒噤，用雙手摩擦手臂，但因手心濕冷，讓她打哆嗦打得更厲害。

一大束陽光從右前方的窗戶射入。她越過走道來到有陽光之處，就在檢察官席位後面，她原本坐的地方。她在陽光照得到的位子坐了下來，闔上眼睛，對著和煦暖意仰起臉。一片炫目的白滲入她閉著的眼皮，使得她眼球前方出現閃動迴旋的紅點幻影。冷氣機的嗡嗡聲似乎愈來愈響，那白噪音有如貝殼裡的海潮聲，在她耳道裡旋轉彈跳，形成一種飄渺低語，伊莉莎白聲音的幻聽：沒有貓。沒有貓。

「泰瑞莎？」背後有個聲音喊她，只見英姬從半開半掩的門探著頭看，像個沒有得到允許不敢進門的孩子。

「噢，嗨，」泰瑞莎說：「我以為妳今天沒來。」

英姬沒說話，只是咬著下唇。她身上穿著看似短內衣和鬆緊帶褲，不是她平常穿的襯衫和裙子。頭髮則一如往常盤成髻，只是十分散亂，一綹綹髮絲垂落，似乎起床後沒有梳整。

「英姬，妳沒事吧？妳要不要進來？」泰瑞莎請她入內時自己都覺得荒謬，竟冒昧地把這裡當成自己家，但她總得做點什麼來驅散英姬的不安。

英姬點點頭走下通道，但謹小慎微，彷彿打破了什麼規定。在日光燈下，她的皮膚顯得蠟黃，腰間的鬆緊帶不停往下掉，她每走幾步就拉拉褲頭。靠近後，英姬往左覷了一眼，隨後又看看她，表情有些困惑，泰瑞莎登時明白了：英姬在納悶她為什麼換座位。當然了。任誰現在看到她都會認為她又回到檢察官這邊來表態。該死。謠言就是這麼開始的。要是有哪個網站已經出現最新消息的報導（「媽咪凶手的善變友人換邊站，又再一次」），她也不覺得驚訝。

泰瑞莎朝窗戶揮了一下手。「我換座位是因為會冷。這裡的陽光很溫暖。」她真討厭自己的口氣聽起來多像在辯解，更討厭自己心裡也這麼覺得。

英姬於是點頭坐下，臉上透著一絲失望。她穿了一雙老舊的樂福鞋，後跟壓在腳底下，像穿拖鞋一樣，就好像出門太匆忙來不及把鞋穿好。她嘴唇乾裂，眼角有許多眼屎。

「英姬，妳還好吧？博在哪？梅姬呢？」

英姬眨了眨眼又咬咬嘴唇。「他們病了，胃不舒服。」

「噢，真是遺憾。希望他們快點好起來。」

英姬點點頭。「我來晚了，只看到伊莉莎白在大叫。那些人」──她比了一下後面──「他們說這代表伊莉莎白認罪了。是她抓傷了亨利。」

泰瑞莎嚥了口口水，點點頭。「是啊。」

英姬似乎鬆了口氣。「所以妳認為她有罪。」

「什麼？不，抓傷和殺死某人可是有天壤之別。我是說，抓傷有可能是意外。」話雖如此，她卻知道若是意外事故，伊莉莎白不至於崩潰。她現在已經能夠想像，亞伯指著伊莉莎白，對陪審團說：「這個女人，一個傷害兒子的粗暴女人，一個隨時可能崩潰、情緒不穩定的女人──這我們都看見了──在一個充滿創傷的一天，警察帶著兒虐的指控闖入，又和朋友大吵一架──在這樣的一天，我們有可能認為這個女人只會發發脾氣嗎？」

英姬說：「如果她確實虐待小孩，但沒有放火，妳覺得她應該受懲罰嗎？不是死刑，而是坐牢嗎？」

「我也不知道。」泰瑞莎嘆一口氣。「她痛失了獨生子，全世界的人都在怪她，她失去了她僅有的朋友，她的人生已經什麼都不剩。所以如果那些全是真的，但她沒有放火？那我覺得她受的懲罰已經夠了。」

英姬臉色泛紅，很快地眨著眼睛想忍住淚水，但不管她再怎麼努力，淚水仍湧上眼眶。「可是她希望亨利死。我看到影片了。什麼樣的媽媽會跟兒子說她希望他死？」

泰瑞莎閉上雙眼。在亨利的影片中，那一段最令她心思紊亂，因此她一直盡量不去想。「我不知道亨利為什麼那麼說，但我不敢相信她曾經對他說那種話。」

「可是博說她也跟妳說過同樣的話，說她希望亨利死，說她這樣幻想過。」

「博？怎麼會……」正當這麼說時，她不斷抗拒的回憶重新浮現了。有時候我會希望亨利死，我會這樣幻想。在陰暗的壓力艙裡小聲地說，四周無人，除了……「我的天哪，難道是亨利聽見了告訴博？但怎麼會呢？他當時在艙內另一頭看錄影帶啊。」

「所以是真的。伊莉莎白說過她希望亨利死。」這句話比起問句更像直述句。

「不，不是那樣的。那不是她的本意。」若要解釋，就很難不一五一十地說出當天關於梅姬的事。但她怎麼說得出口，尤其是對英姬？「天哪，亞伯知道嗎？」

英姬用力緊抿的嘴唇開始發白，似乎很努力地想閉著嘴巴，但又冷不防地說道：「知道。而且他打算問妳，在法庭上。」

想到自己必須做出解釋，讓眾人了解來龍去脈——有可能嗎？「事情不是……事情不是像妳聽到那樣。她不是那個意思，」泰瑞莎說：「她只是想幫我。」

「她說希望兒子死怎麼能幫到妳？」

泰瑞莎搖頭，說不出話來。

英姬走上前說道：「泰瑞莎，告訴我，我想了解她的意思，我需要了解。」

泰瑞莎看著她，這個女人是她最不想告知這件事的對象。但她如果沒猜錯，亞伯會逼著她在庭上當著眾人的面說出來，那麼不到一小時，所有有電腦的人都會得知消息。

泰瑞莎點點頭。英姬遲早會知道，理應讓她直接從她這裡聽到。只希望英姬聽完之後不會恨她。

那天她十分消沉。她在同一時間離家去做晚間潛水療程，但八月裡偶爾會這樣，路上幾乎沒車，因此提早了四十五分鐘到達HBOT。她想上廁所，卻又不想借用俞家的洗手間，不是因為他們會拒絕——相反地，他們很歡迎——只是英姬老是不停地道歉說到處都是箱子，還一再反覆強調「暫時的」和「很快就會搬家」，讓她覺得很窘。

她順著路往前行駛，將車停到一個隱蔽地點。碰到這種狀況，她會使用放在車上的二十四小時集尿容器，是很噁心沒錯，但比另一個選項好：就是到加油站，把羅莎的輪椅推下車，找一個慈祥奶奶型的人照顧她（那些廁所都太小，輪椅進不去），這免不了會招來一堆問題詢問羅莎的狀況如何、有沒有康復的希望、她怎能這麼堅強，諸如此類，最後再將羅莎的輪椅推上車固定好。過程非常累人，還要花上十五分鐘。十五分鐘都可以暫停加油兩次了，她卻只是上個廁所！她知道自己不該唧唧哼哼，畢竟還有那麼多「更重大」的事情要應付。但卻是這種日常的屈辱、這些一分一秒浪費掉的時間，最讓她過不去，她總會想那些「正常」的家長根本不知道自己多輕鬆。噢，當然了——照顧幼兒的母親能有所體會，但凡事只要是暫時的都可堪忍受。妳試試看日復一日地做這些事，知道自己得做到駕鶴歸西，就算到了八十歲，還是得跨坐在車上對著尿壺小便，還要載著五十歲的身障女兒東奔西跑，接受天曉得到時會有什麼樣的治療，一面擔心自己死後誰來照顧她。

結果她下車到外面尿。羅莎睡著了，要拿到尿壺就非得移動她，於是她下車到一間灌木環繞的儲藏棚屋後面的隱密處解決。正要脫下褲子時，忽然聽到棚屋裡面電話鈴響。

「嗨，等一下。」是一個女孩的聲音，隔著牆壁有些模糊，聽起來像是俞家的女兒梅姬。泰瑞莎定定地站著，肯定是尿不出來。一陣噪音——在移動箱子？——從棚屋內傳出。接著又是同一個聲音。「我在，不好意思。」

停頓。「只是把一些箱子放回原位。妳知道的，我的藏寶窟。」一陣笑聲。

停頓。「拜託，他們要是知道的話會嚇死。不過他們永遠不會發現，我放在紙袋裡再放進箱子，然後壓在其他箱子下面。」又是一陣笑聲。

停頓。「是啊，水果酒很棒，不過，我能不能下禮拜再把錢給妳？」

停頓。「我的確收到了，可是被我爸發現，他整個發飆。我好像是放錯了地方。拜託，我哪知道他根本是有強迫症，皮夾裡的每張卡片都要按照一定順序放？」訕笑聲。

停頓。「沒有，我會找到我媽媽的，拿到現金以後再還妳錢。下禮拜，我保證。」

停頓。「好，掰了。啊，等等。能不能幫我一個忙？」

笑聲。「對，再幫一次。」停頓。「有人要寄東西給我，我不想讓我爸媽看見。我能不能寫妳家地址，妳再帶到學校給我？」

停頓。「不是，不是。只是公寓的清單。我想給我爸媽一個驚喜。」停頓。「那就謝謝了，妳人真好。還有，妳看過禮拜三的行事曆了嗎？妳知道的，我生日——」停頓。「噢，好吧。我當然理解，沒問題的。替我跟大衛問好。」

折疊手機啪嗒一聲關上，然後梅姬用誇張、哀哼的吟誦聲調模仿朋友說話：「唉，我的天哪，是大衛啦，我有沒有說過我有多愛大衛？所以沒辦法，我不能去參加妳的生日聚餐，因為大衛可能會打電話給我。」變回正常聲調。「賤人。」嘆了口氣。沉默下來。

泰瑞莎慢慢退回車子，輕輕關上車門，駛離幾分鐘後才停下來。她看著依然熟睡的羅莎，只見她頭垂得低低的活像個布娃娃，氣息深沉平穩，每次呼氣都有輕微的刮擦聲，比打呼還輕，比哨聲還弱。純真、甜美，像個嬰兒。

羅莎和梅姬同年，假如羅莎的大腦沒有受病毒侵犯，她現在也會做這些事嗎——喝酒、與亦敵亦友之人私下密謀、偷她的錢，總之是天下母親都祈禱自己的小孩永遠不會做的事。不過呢，羅莎永遠不會——祈禱應驗了，終生保證。那麼她為何無法停止啜泣？

問題是，最令她難受的往往是別人生活中出乎意外、不值得羨慕的事。當別人寄年節賀卡來，裡面滿是吹噓的拼貼照片（兒子穿著足球制服手抱獎盃、女兒拿著小提琴和獎牌，父母笑得合不攏嘴來宣傳他們幸福得不得了）或是寫來吹噓的信（「只是我這些了不起的孩子最了不起的成就的一個樣本！」），將自己的生活描繪得完美無瑕——這些，她都能當成假造而不予理會。

但有些平凡的，甚至於不好的事，雖然不起眼卻界定了孩子成長中的生活——翻白眼、甩門、說「妳毀了我的人生！」——失去這一些才令她感到傷心。對此她倒是始料未及；當卡洛斯開始出現青少年類似雙向情緒障礙的胡鬧現象，她甚至想過：謝天謝地，羅莎沒像他這樣。但這就像每天晚上要起來餵奶好幾次——沒錯，很可怕，沒錯，妳會祈求到此為止，但又不是真的這麼想。因為那是正常的跡象，不管情形有多糟，對於失去的人而言，正常是一件美好的事。因此現在的事實是，她永遠不會逮到羅莎從她的皮包偷拿二十元，或是偷喝酒，或是背著某人罵她「賤人」——這讓她的五臟六腑像有什麼在咬齧著，不斷抽搐顫動。那些她都想要，她恨俞家夫妻能擁有，便想要一走了之，再也不見他們。

不過她當然沒那麼做。她駛回HBOT，對英姬與博微微一笑後進入壓力艙。琦巧不會來（TJ病了），麥特也是（好像說是塞車，這有點奇怪，因為她一路暢通），所以只有她和伊莉莎白。當閘門一關上，伊莉莎白便對她說：「妳還好嗎？出什麼事了嗎？」

泰瑞莎說：「當然，我是說沒有，沒出什麼事。我只是累了。」她嘴唇往兩邊拉，極力讓嘴角向著耳朵上揚。當你強忍著不哭，當你吞著口水、眨著眼睛心想：拜託，想什麼都好，就是別想著人生有多爛，而你可能下半輩子都會有這種感覺的時候，便很難想起怎樣的肌肉動作才能形成自然的微笑。

「好，」伊莉莎白說：「好。」她連說兩聲「好」的語氣——盡可能不顯得內心受傷，像個被告知午餐桌位全坐滿了的女孩——讓泰瑞莎想對她傾吐心聲。也或許是因為在艙內。空蕩的陰暗中，DVD的光影閃動加上旁白哄人的聲音——感覺好像告解室。泰瑞莎不再吞口水眨眼睛，很快地離開孩子身旁，開始娓娓道來。

她將自己一天的經過告訴伊莉莎白，說到一個接著一個的療程和羅莎睡著和使用尿壺的事。她談起十二年前，她和一個健健康康的五歲女孩道了晚安，然後出差兩天，回來便發現女兒陷入昏迷。她談起她是如何責怪丈夫（如今的前夫）不該帶羅莎去商場，沒給她洗手，還讓她吃沒煮熟的雞肉等等、等等。她談起醫生說羅莎很可能會死，即使沒死，大腦也會受損，很嚴重且無法復原。

死亡對上腦性麻痺與智能不足。不要死，拜託不要死，其他都無所謂，她如此祈禱著。但曾有那麼極為短暫的一剎那，她想到了一生的腦損傷。她的小女兒，走了，卻留下軀殼提醒著她的缺席。一天二十四小時的照顧，正常生活如細枝斷裂。沒有工作，沒有朋友，沒有退休。

「我不是希望她死，當然不是。光是那麼想，我就根本不……」泰瑞莎緊閉眼睛想擠掉那可怕的念頭。「我祈禱她能活下來，她真的活下來了，我好感恩，真的，只是……」

「只是妳在懷疑那樣的祈禱真的對嗎。」伊莉莎白說。

泰瑞莎點點頭。羅莎若是死了將會毀了她，她的人生會受盡摧殘。但她卻能享有可貴的終結時刻，可以為她下棺入墓，與她道別。最後，她終究會振作起來重建人生。如此一來，被留下的她是站起來了，卻猶如置身煉獄不斷墜落，一點一點地、一天一天地被削減殆盡。這樣會比較好嗎？「有哪個媽媽會這麼想？」泰瑞莎說。

「唉，泰瑞莎，妳是個好媽媽。妳只是過了不順的一天。」

「不，我是壞人。也許讓孩子們跟著湯瑪士會比較好。」

「好了，別再說那些荒唐的話。」伊莉莎白說：「的確，我們很難，要養育像我們的小孩一樣的兒女，真的很難。我是說，我知道琦巧說我很輕鬆，可是感覺並不輕鬆，妳懂嗎？我一天到晚擔心，開車跑來跑去，試過一個又一個的治療，還有這裡的雙療程……」她搖搖頭，硬擠出一聲苦笑。「天哪，我討厭死了。我累斃了。所以如果連我都有這種感覺，我無法想像妳是什麼樣的感覺，妳要應付的事多太多了。我是說真的，我不知道妳怎麼做得到。我對妳肅然起敬，琦巧也是。妳是個了不起的媽媽，對羅莎那麼有耐性又溫柔，妳還為她犧牲了全部的人生。所以大家才會喊妳泰瑞莎修女。」

「所以啦，妳現在知道了，那只是演出來的。」泰瑞莎眨眨眼，感覺到熱淚濕了臉頰，熟悉的羞愧感。泰瑞莎修女——好個天大的笑話。「天哪，我是怎麼回事？真不敢相信會跟妳說這些。對不起，我……」

「什麼？不，我很高興妳告訴我。」伊莉莎白碰碰她的手臂。「我很希望有更多媽媽能像這樣交談。我們需要把一些醜陋的事，我們引以為恥的事告訴彼此。」

泰瑞莎搖頭說：「我無法想像腦麻互助協會的人要是聽到這番話會怎樣，說不定會把我踢出來。其他媽媽才不會有這樣的想法。」

「妳開什麼玩笑？」伊莉莎白看著她。「過來。」她迅速地移身到最盡頭，鬧門和對講機旁邊，盡可能遠離孩子們。她將聲音壓得低低的說：「妳記得琦巧怎麼說TJ發燒的事嗎？」

泰瑞莎點頭。琦巧不時都在說有些孩子發高燒後自閉症狀會減輕的現象，說TJ生病時就不會撞頭，甚至會說單音節的字，還說他退燒康復後她有多難過。（「很棒也很糟，像這樣驚鴻一瞥，看見他可以是什麼樣子，但卻只有一天。」）

伊莉莎白接著說：「亨利剛好相反。他一生病就會完全放空。上一次，他說不出話，甚至又開始搖晃，都已經一年沒這樣了。我好怕會是持久性的，嚇到大聲吼他，心想也許可以把他驚醒。我甚至……」伊莉莎白低垂眼簾搖著頭，好像在告訴自己不要。「總之，我曾經有一度心想：我怎麼會生下他？要是他沒出生，我的人生會好得多，現在應該當上合夥人了，我和維多也不會離婚，還會到世界各地度假旅遊。我於是不再搜尋自閉症退化，反而開始找斐濟島的資料。」

泰瑞莎說：「那沒什麼，就像對藝人產生幻想。」

伊莉莎白搖頭。「從那時候起，有時候當我真的很沮喪，就會希望他不存在。有一次甚至幻想他死掉，以沒有痛苦的方式，也許在睡夢中。那麼人生會變成什麼樣呢？真的會那麼糟嗎？」

「媽，」亨利喊道：「DVD沒了，妳可以換新的嗎？」

「好啊，親愛的。」她按鈴找博，請他換下一片，等到影片開始播放才悄聲對泰瑞莎說：「總之，我的重點是我們都有那樣的時候。但那只是短暫的，會過去的。到頭來，妳愛羅莎，我愛亨利，我們倆都犧牲了一切，也會為他們付出一切。所以說，如果我們內心有那麼小小的一部分，在那麼小小的一點時間裡，生出這些念頭，而且念頭一爬進來就立刻把它摒除，真有那麼不堪嗎？那不就是人性嗎？」

泰瑞莎看著伊莉莎白，她那和善的笑容讓她不禁懷疑，這整件事會不會是她編出來讓泰瑞莎心裡好過些，感覺不那麼孤單？她想到人生有可能是什麼光景：羅莎的身體，早已被蛆侵蝕，如今只剩六呎黃土之下的一堆白骨。她望向亨利與羅莎，他們戴著魚缸氧氣頭套並坐著，臉籠罩在螢幕的光線中。她想到羅莎永遠不會像梅姬，那個此刻八成在喝酒，並為了朋友和大衛在一起以及天曉得其他什麼事情火冒三丈的梅姬。羅莎就坐在這裡，聽著恐龍的聲音嘰哩咕嚕笑，或許也沒什麼不好。

早在當天，還有後來的許多次（尤其就在梅姬安然甦醒，大腦沒有受傷之後），她想像過若是將梅姬的不當行為告訴英姬，若是當英姬得知自己屢屢炫耀的女兒其實並不像她所描述，是個令父母滿意的完美模範，她該會有多滿足。如今，終於等到最佳時機可以告訴她，不是純粹出於小心眼，而是為了說明「我希望孩子死掉」這番對話的來龍去脈。然而她卻做不到。她看著英姬的臉，是那麼疲憊又困惑，便將梅姬的名字替換成「麥當勞的一個青少年」。

聽完泰瑞莎的敘述後，英姬說道：「博說得沒錯，伊莉莎白說她希望亨利死。身為母親怎麼能說這種話？」

泰瑞莎的敘述從頭到尾都不帶情緒，現在卻彷彿如鯁在喉。她嚥了一下口水。「關於羅莎，我也這麼說了。是我先說的。」

英姬搖搖頭。「不，妳……妳的處境非常不一樣。」

怎麼個不一樣法？她很想問。但不需要。她知道。亨利不一樣，他的生命很寶貴，母親不應該希望他死。海茨警探在自助餐廳也說過同樣的話。泰瑞莎說：「養育失能的孩子很辛苦，不管是哪一類。如果妳從未親身體驗過，我想妳無法明白。」

「梅姬曾經陷入昏迷兩個月。我從來沒希望她死過。就算她有損傷，我也希望她別死。」

泰瑞莎很想高喊說梅姬是躺在醫院裡，有護士照顧。英姬不明白，當月逐漸累積成年，妳會有所改變，而且當一切事情都必須由妳獨力承擔，那是不一樣的。她想要傷害英姬，忍不住衝動，想把她從能讓她如此道貌岸然的神壇上打落。「妳知道嗎，英姬？」泰瑞莎說：「我聽到的那個不守規矩的女孩啊，就是梅姬。」

話還沒說完，甚至在英姬的臉糾結成受傷困惑的表情之前，泰瑞莎就後悔了。英姬說：「梅姬？妳看到她在麥當勞？」

「不是。其實是在這裡。在棚屋裡。」

「儲藏棚屋？她在做什麼？」

她覺得自己很可笑。她到底在做什麼？竟然讓一個女孩因為做了所有青少年都會做的蠢事而惹上麻煩。「沒什麼。只是在搬動箱子。妳也知道孩子們是什麼樣，總喜歡有秘密基地可以藏東西。卡洛斯也是這樣……」

「藏？什麼箱子？」

「我不知道。我人在外面，我是聽到她在電話上跟別人說她在某個箱子裡偷藏了東西。」

「偷藏？毒品嗎？」英姬瞪大了眼睛。

「不，不是那種東西。很可能就是錢。她好像是在說偷拿博皮夾裡的卡，被博逮到了，所以……」

「皮夾裡的卡？被博逮到？」英姬立刻臉色發白，有如按了一下按鍵後轉為泛黃的照片。很顯然：博從未將梅姬偷錢的事告訴英姬。英姬的人生又多了一項不完美的證明，泰瑞莎情不自禁感覺到一絲快意。她立刻覺得慚愧，便說：「英姬，不必擔心這個。孩子都會做這種事。卡洛斯也老是拿我皮包裡的錢。」

英姬一臉迷茫，惶惶然說不出話來。

「英姬，對不起，我不該跟妳說這些。這沒什麼大不了，請忘了吧。梅姬是個好孩子。不知道她有沒有跟妳說過，不過去年夏天，她去找了仲介想替你們找間公寓，給你們一個驚喜，我覺得她好貼心，而且……」

英姬牢牢抓住她的手臂，指甲嵌入肉裡。「公寓？在首爾？」

「什麼？這個，我不知道，但為什麼在首爾？我以為是在這附近。」

「但妳不知道？妳沒看到？」

「沒有，她只說公寓清單，沒說在哪裡。」

英姬閉起眼睛，抓著泰瑞莎手臂的手握得更緊，身子似乎搖晃起來。

「英姬？妳沒事吧？」

「我想……」英姬張開眼眨了幾下，試著露出微笑。「我想我也病了，我得回家去。請告訴亞伯，很抱歉我們今天缺席。」

「不會啦。要不要我開車送妳？我有時間。」

英姬搖搖頭。「不，泰瑞莎。妳已經幫我太多了，妳是很好的朋友。」英姬拉起她的手捏了捏，泰瑞莎不由覺得羞愧感擴及全身，一心只想做點什麼來減輕英姬的痛苦。

當英姬沿著通道走到一半，泰瑞莎喊道：「我差點忘了告訴妳。」英姬轉身。「我稍早聽到亞伯說，用麥特的電話打去詢問火險的人說英語沒有口音，所以博擺脫嫌疑了。」

英姬張著嘴，皺起的眉頭緊鎖。她眼珠子飛快地左右轉動，說道：「沒有口音？」就好像沒聽過這幾個字，正在問眼前的桌子那是什麼意思，但緊接著眉頭鬆開了，兩眼發直。她閉上眼，嘴巴抽動著，一副要笑或是要哭的模樣，泰瑞莎分辨不出。

「英姬，妳還好嗎？」泰瑞莎起身正要朝她走去，英姬卻睜開眼搖搖頭，彷彿在懇求她別來。接著她一言不發，背轉向泰瑞莎，走出門去。

伊莉莎白

她發現自己身在一個陌生房間，坐在一張硬椅子上。她在哪？她不覺得自己有睡著或昏迷，卻不記得是怎麼到這裡來的，就像你覺得正在開車回家，忽然發現已經在自家車庫裡，卻不記得實際的路程。

她左右張望。房間很小，四張折疊椅和一張與托盤桌差不多大小的桌子，便佔滿大半空間。素色灰牆，關上的門，沒有窗戶、氣窗或風扇。難道她被關進囚室之類的地方？精神病房？為什麼這麼熱又沒有一點風？她覺得頭暈，無法呼吸。驀地，一段回憶湧現：亨利說著：「亨利太熱，亨利不能呼吸。」那是什麼時候的事？應該是他五歲時，當時還會混淆代名詞，不會說「我」。自他死後就是這樣：無論她看到或聽到什麼，哪怕與亨利無關，也會挖掘出一點關於他的記憶，使得她頭暈目眩。

她想推開，但畫面依然浮現：亨利穿著他的《芝麻街》艾蒙泳褲，坐在可攜式遠紅外線桑拿房裡。在這個房間，裡面的熾熱、令人窒息的簡單狹小、有如密室的感覺，都讓她想起地下室的桑拿房。他第一次進去就說：「亨利太熱，亨利不能呼吸。」她盡量耐著性子解釋流汗可以排毒，可是當他將門踢開──那是價值一萬美元的桑拿房全新的門，天曉得她打了多少通電話才說服維多相信他們需要──她隨即失控大嚷：「你在搞什麼！這下好了，門被你踢壞了。」儘管她知道門沒壞。亨利開始哭起來，大聲痛哭，看著他的眼淚混合鼻涕形成一副黏液面具，她只感到滿心恨意。這只是頃刻間的事，稍後她便會後悔哭泣，可是在當下，她好恨這個五歲的兒子。恨他的自閉症，恨他讓所有事情都這麼艱辛，恨他讓她恨他。「別再像個愛哭鬼了。馬上。他媽的。給我。閉嘴。」她說完將桑拿門重重一甩。他不知道他媽的是什麼意思，她後來也從未再說過，但說出來有種痛快淋漓的感覺，咬牙切齒地吐出這幾個充滿攻擊性的音，加上甩門——已經足以讓她洩憤，使心情平靜下來。她想跑回去說媽咪對不起你，將他摟入懷中，但又該怎麼面對他？最好還是假裝沒事，等候半小時的定時鈴聲響起，再稱讚他好勇敢，絕口不提大哭或尖叫的事。所有的醜陋都跟著煙消雲散。

那次過後，她都會陪亨利一起進去，說說笑話、唱唱可笑的歌轉移他的注意力，但他始終還是討厭這件事。每天進桑拿房時，他會說：「亨利很勇敢，亨利不是愛哭鬼。」同時快速地眨著眼睛，他每次忍著不哭時就會這樣。療程期間，見他擦眼淚，她則會乾嚥一口說：「哇，你流好多汗喔，都跑到眼睛裡去了！」

此時回想起來，她忽然覺得好奇：亨利相信她嗎？他有時候會回答說：「亨利流好多汗！」並露出微笑。他是因為她沒罵他愛哭而鬆了口氣，發自真心的笑，還是為了假裝眼淚是汗水而假笑？她純粹只是個嚇壞了孩子的壞媽媽，還是個讓孩子撒謊的變態媽媽？或者兩者皆是？

門開了。夏儂與助理安娜走進來時，她看見法庭外熟悉的走廊。可不是嘛，她們就在其中一間律師與當事人的商談室。

夏儂說：「安娜找到一台風扇，我拿了點水來。妳的臉色還是很蒼白，來，喝水吧。」她將杯子湊到伊莉莎白嘴邊微微傾斜，就像在餵病人一樣。

伊莉莎白推開杯子。「不用，我只是很熱，在這裡面幾乎喘不過氣。」

「我知道，對不起。」夏儂說：「這裡比我們平常用的房間小多了，不過只有這間沒窗戶。」

伊莉莎白正要問為什麼不能有窗戶，就想起來了。相機的喀嚓聲與閃光，夏儂試著擋住她，記者的問題如連珠炮似的朝她射來：妳說沒有貓是什麼意思？妳的鄰居有貓嗎？妳養過貓嗎？妳喜歡貓嗎？亨利對貓過敏嗎？妳贊同給貓去爪的做法嗎？

貓。抓傷。亨利的手臂。他的聲音。他的話……

伊莉莎白感到頭昏，她的意識逐漸流瀉，世界慢慢變黑。她需要空氣。她把臉放低，直接面對夾在桌上的小風扇。律師們似乎沒注意到，逕自忙著聽語音信箱收電子郵件。她專注地吹風，扇葉呼呼轉成一團模糊，片刻後，血液重新回到頭部，使得她頭皮一陣發麻。「那張照片是伊莉莎白的指甲嗎？」安娜問道，夏儂說：「該死，我敢說陪審團……」伊莉莎白掩住耳朵閉起眼睛，專心聽著風扇的嗡嗡聲，假如她夠集中精神，便能濾掉她們的聲音只留下亨利的。去環遊世界度假。我根本不應該出生。貓討厭我。

「貓討厭我。」她低聲說。他是在為想像出來的貓編造細節，或是在說她——因為是她抓傷了他而成為他故事裡的「貓」？他真覺得她討厭他嗎？還有度假的事——她曾對泰瑞莎說過，就一次。當時亨利在看DVD，她刻意遠離他還壓低聲音以免被他聽見。可是他還是聽見了。她低聲坦承自己偶爾會希望他死——那些字句在金屬壁上彈跳回響，終究傳進他耳中。

她讀過一篇文章說聲音會留下永恆印記；音調的振動會滲入附近的物體，並以量子能階的形式無止境地持續，如同將小石子丟入大海後，波紋會持續不斷。她的話，那醜惡的話意，是否滲入了牆壁的原子——一如亨利聽到後的痛苦在他腦中瀰漫開來——以至於在那最後一次潛水，當亨利坐在那些牆壁內的同樣位子，醜惡與痛苦互相撞擊爆炸，將他的神經元炸得粉碎，讓他從體內起火燃燒？

門開了，另一位助理安德魯走進來。「露絲．韋斯答應了！」

「真的？太好了。」夏儂說。

伊莉莎白抬起眼睛。「那個抗議者？」

夏儂點點頭。「我請她出庭作證說博威脅她。這可以證明我們——」

「但事情是她做的。是她放火害死亨利。妳明明知道。」伊莉莎白說。

「不，我不知道。」夏儂說：「我知道妳是這麼想的，但我們已經討論過了。她們直接從警局回了華盛頓，九點時她們的手機訊號定位也在華盛頓沒錯，所以不可能——」

「有可能是她們事先計畫好的，」伊莉莎白說：「也許有一個人留下來放火，但她們帶走了所有手機以建立不在場證明。或者她們也可能開快車，在五十分鐘內到達，或者——」

「這些都沒有證據，但卻有一堆不利於博的證據。我們在法庭上，我們需要的是證據，不是猜測。」

伊莉莎白搖頭。「警察就是這麼對待我的。到底是不是我做的並不重要，只因為我是最容易起訴的人。妳也一樣。我從一開始就告訴妳要去追那些抗議者，但妳也因為證據太難取得就放棄了。」

「一點都沒錯，」夏儂說：「我的職責不是去追真正的犯人，而是為妳辯護。我也不在乎妳有多恨她們。如果她們有助於讓陪審團將博視為另一個可能的嫌犯，而做出無罪判決，那她們就是妳目前最好的朋友。而且妳需要一些朋友，因為在妳今天失控後，已經失去所有的支持。據說泰瑞莎又回到亞伯那邊去了。」

「是真的，」安德魯說：「我剛才經過的時候看見了。她一個人待在法庭裡，然後站起來換了座位，換到檢察官那邊去。」

泰瑞莎，她最後也是唯一的朋友。被貓抓傷的事令她心生反感了，那是一定的。

「該死，」夏儂說：「真不知道她幹嘛這麼戲劇化，在通道間走過來走過去，做這些無聊的事。難怪剛才亞伯那麼得意。」

安娜說：「我們剛剛看到他了，他說他接下來要傳泰瑞莎，還企圖動搖我們說：『她聽到了一些非常有趣的事，會讓陪審團大感興趣。』」安娜模仿著他的南方口音。「真是個王八蛋。」

「我一直在想，」夏儂說：「他說泰瑞莎要以她聽說的事情作證，也就是說這一定是傳聞例外，所以就是……」

「經過同意？」安娜說。

「這是我的猜測。」夏儂轉向伊莉莎白。「妳有沒有跟泰瑞莎說過什麼話可能讓妳惹禍上身？看亞伯那副模樣，一定是罪證十分明確的事。」

只有一個可能。就是她們在艙內的對話。她們私下互相咬耳朵說的那些可恥的秘密話語，本不該向任何人透露，絕不再說出口的。那些話她光想就受不了，泰瑞莎卻打算在大庭廣眾下說出來，很快就會透過網路和報紙傳到全世界都知道了。

她頓時覺得遭背叛而心痛。她想去找泰瑞莎質問，她自己也說過同樣的話，有過同樣的念頭，怎能如此翻臉不認人。她想告訴夏儂，泰瑞莎說過她希望羅莎死。到時看著夏儂在庭上批得她毫無招架之力，讓照顧人無微不至的泰瑞莎修女總算有一次扮演壞母親的角色，那可真是大快人心。

可是泰瑞莎不是壞母親。泰瑞莎沒有抓傷自己的孩子。泰瑞莎沒有強迫自己的孩子接受痛苦的治療，害得孩子哭泣嘔吐。而且不管她有過什麼想法或說過什麼，泰瑞莎從未讓孩子覺得她討厭她。如今泰瑞莎有充分的理由拋棄她：她終於發覺伊莉莎白有多卑鄙，因此想為亨利向令他失望的媽媽討回公道。

「伊莉莎白，妳能想到什麼嗎？」夏儂再問一次。

她搖頭。「沒有，什麼也想不到。」

「那就繼續想。我想知道會面臨什麼情形，否則就只能盲目地反詰問。」夏儂轉頭面向助理。

反詰問。她已經可以聽到：「伊莉莎白說這句話之前妳們在談什麼？我的意思是，妳總不會只是說欸，我去剪頭髮了，她就沒頭沒腦冒出一句我希望亨利死掉，對吧？我很好奇——妳有沒有說類似的話？有沒有想過？」那些私密的話，泰瑞莎單純是在伊莉莎白的哄誘下才說出口，想到一群陌生人對泰瑞莎內心最深處的想法說三道四，她就覺得噁心。她必須對泰瑞莎伸出援手，讓她不必說出整個經過，以免那些話傳播開來造成她和羅莎和卡洛斯的痛苦。但該怎麼做呢？

夏儂轉向她。「妳能不能列出去年夏天曾經和亨利獨處過的人？治療師啦、保姆啦……還有維多不也曾經來度過一個週末？」

「為什麼？」

「就是，妳說的話可以有多種不同的詮釋，我們要來腦力激盪一下，看看『沒有貓』能有什麼意思，為什麼會有人這麼說。」

「有人？」伊莉莎白說：「我就是那個人。說話的人是我，而我就在這裡，你們為什麼不問我就好？」

沒有人應聲。不需要。他們沒問是因為不用問。很顯然他們知道答案，只是不想在思考如何讓事情有轉圜餘地的「腦力激盪」中，受限於事實。

「我懂了，」伊莉莎白說：「不過我還是要告訴你們。我的意思是——」

夏儂舉起一隻手。「別說，妳不需要……」她嘆了口氣。「說實話，妳是什麼意思不重要，妳說出來的話不是證據。法官已經請陪審團忽略，在理想的世界裡，事情應該就此告一段落。但這是真實的人生。他們是人，不可能不受影響，所以我必須中和一下，給他們除了妳虐兒之外的其他選項。」

伊莉莎白嚥了一下口水。「可是要怎麼……有什麼其他選項？」

「可能是別人傷害他的。」夏儂說：「一個亨利想要保護的人，一個妳可能心存懷疑的人，當妳聽到亨利掩護那個人實在忍無可忍，就在法庭上崩潰了。」

「什麼？妳想找一個無辜的人，指控他虐待兒童？一個老師或治療師或維多？維多的老婆？我的天哪，夏儂！」伊莉莎白說。

「不是指控，」夏儂說：「只是假設。將陪審員對妳的想法轉移開來，何況他們本來就不應該想那個。我們只是指出一些理論上妳有可能說那句話的原因。」

「不，那太不像話了。妳明知道那不是事實。妳認為是我抓傷他的。我知道妳心裡這麼想。」

「我怎麼想不重要，重要的是我能提出什麼證據和主張。而我不會只因為這麼做不厚道就退卻，妳明白嗎？」

「不。」伊莉莎白站起身來，血液瞬間湧出她的腦袋，房間似乎縮小了。「妳不能那麼做，妳必須繼續堅稱這件事和誰放火無關。妳可以說服陪審團相信的。」

「不，我沒辦法。」夏儂說道，語氣終於失去了強自鎮定的單薄表象。「我當然可以強力主張直到說破嘴，可是如果陪審團認為妳傷害了亨利，就不會想站在妳這邊，不管他們認為是誰放的火。他們會想要懲罰妳。」

「那就讓他們懲罰，反正也是我罪有應得。我不會任由妳把無辜的人牽扯進來。」

「可是他們——」

「夠了，」伊莉莎白說：「就到此為止吧。我想認罪。」

「什麼？妳在說什麼？」

「對不起，真的很對不起，但我撐不下去了。我沒法回到那裡面再待上一秒鐘。」

「好吧，好吧，」夏儂說：「我們先冷靜下來。如果妳真的這麼在意，我們就不做。我會把焦點放在抓傷畢竟無關乎——」

「那不重要。」伊莉莎白說：「不是只有這件事，而是每一件事。抓痕、博、抗議者、泰瑞莎、卡通影片，我要這一切全部停止。我要認罪。就是今天。」

夏儂一語不發，只是用鼻子深呼吸幾次，嘴巴則緊閉著，好像努力忍著以免情緒失控。當她終於開口，一字一句說得慢吞吞，像個母親在和耍脾氣的幼兒說理。「今天發生了很多事。我想妳需要休息一下，我們都一樣。我會要求法官今天暫時休庭，讓我們都能緩一緩，先別急著做決定。」

「這麼做改變不了什麼。」

「好，如果妳明天還是這麼想，我們就去找法官。但妳真的需要三思，這是妳欠我的。」

伊莉莎白點點頭說：「好吧，明天。」儘管她知道自己不會改變心意。他們大可以把她丟進牢裡，把鑰匙融成一團金屬泥，她也不在乎。想到這裡，知道一切很快即將結束，伊莉莎白感覺到對過往的恐懼消失了，重新恢復了感官意識。這就像發麻的腳漸漸恢復知覺，從微微刺痛到發癢到疼痛，只不過她是全身。忽然間，她意識到自己的汗、髮際線四周的黏膩、腋下的濕濡。

「我去一下洗手間。我需要洗把臉。」她沒等他們回答便即離開。

她幾乎馬上就看見英姬了，在幾步外的電話亭裡。從她的角度可以看到英姬的側臉，蠟黃而病態，肩膀則有如斷線的傀儡往下垂。她想到英姬推著博的輪椅進法庭，那個男人因為試圖幫助亨利和琦巧而半身不遂。如今她的律師竟還打算詆毀他，只為了轉移她所受到的責難。

伊莉莎白停下來等英姬。幾分鐘後，英姬掛斷電話走出來，兩人的視線一交會，英姬立即倒吸一口氣，驚訝得瞪大雙眼。不對，不只是驚訝，是害怕，還有一種她也說不清的神情——嘴唇顫抖，眉毛緊蹙，眼尾下垂。看起來像是悲傷懊悔，但說不通啊。一定是她解讀錯誤，好比當你盯著一個字看太久，就連最簡單的「是」字也會覺得陌生，忽然不知道該怎麼發音。英姬的表情肯定是純粹的敵意，在怪她讓他們一家經歷悲慘遭遇。

伊莉莎白步上前去。「英姬，我想讓妳知道我有多抱歉。我不知道我的律師要怪罪給博。請轉告博我真的很抱歉，很希望這個禮拜的事從來沒發生。我向妳保證，很快就會結束了。」

「伊莉莎白，我……」英姬咬著嘴唇別開目光，彷彿不知該說什麼。「但願一切很快就會結束。」英姬終於在走開前說出這句話。

明天，伊莉莎白想喊著對她說，明天我就會認罪。字句脫口而出。「我明天會認罪。」她說得很輕，但有發出聲音。真荒唐，她是要被判死刑，不是結婚。然而，一旦下定決心後，她鬆了口氣的感覺逐漸膨脹成興奮，好希望能和朋友分享。再者，向英姬道歉已經虹吸出她的部分愧疚，現在更加確定了，她想讓一切盡快落幕是對的。

她走進盥洗室，抽了幾張紙擦去臉上汗水。出來的時候遇見了夏儂和安德魯，他們正要去找法官。安娜還在商談室裡，在講電話。她走進後，安娜闔上筆電以嘴型示意：「等一下——我就在外面。」隨即離開。

伊莉莎白坐在桌邊，兩手放到風扇前吹涼。安娜的筆電底下壓著幾張紙，她忍不住想看。不，什麼都不重要了。他們的策略、主張、目擊者——毫無關係。她四下環顧，發現自己的皮包和夏儂的皮包與公事包一起放在角落裡。她一直在想自己把皮包放哪了。過去拿的時候，她看見夏儂公事包的外袋有一本拍紙簿，放得有些歪斜，露出了半個句子：**認罪答辯的——**

認罪答辯的改變？認罪答辯的機會？認罪答辯的商談？

伊莉莎白用一根手指移動一下筆記本，剛好能看到完整句子。只見夏儂以工整的筆跡在左上角寫著**認罪答辯的挑戰？**她於是將本子抽出，上面有夏儂一一條列的字跡：

- 維州認罪答辯要件——有精神疾患且符合「知情、自願與理解」？（安娜）
- 以行為能力之基準挑戰當事人認罪答辯的判例（安德魯）（調閱相關判例：認罪係「實質性虛假陳述」）
- 利害衝突，需要先撤？——倫理條款（安娜）
- 精神行為能力評估——與C醫師會談，今晚！

認罪答辯。精神行為能力。挑戰當事人的認罪答辯。她喉嚨緊縮，上衣衣領緊緊壓迫她的脖子，讓她乾嘔起來。她解開最上面的釦子，深深呼吸，讓氧氣進入肺葉。

我們先緩一緩仔細考慮，以免後悔，夏儂這麼說。如果妳明天還是這麼想，我們就去找法官，她這麼說。不料她並不打算讓伊莉莎白認罪。明天不會。永遠不會。夏儂將對自己的當事人展開攻勢，她打算說伊莉莎白瘋了，說她在法庭上做不實陳述——為了讓審判繼續，凡是需要做的她都會做。她會把伊莉莎白拉回去，逼她看完亨利的錄影帶。她會強迫泰瑞莎作證，說出她們私下分享的可恥想法。她會針對維多或任何一個方便的人撒謊，指控他們虐待。她會怪罪博，拖他下水，而更糟的是她會利用抗議者來做這件事。

抗議者。露絲．韋斯。驕傲的自閉兒媽媽。想到那個女人，她又生出挨了仇恨一拳的熟悉感，力道之大令她頭昏眼花，不得不扶牆保持平衡。那個女人燒死了伊莉莎白的小兒子，純粹只為了強調一個觀念，為了宣揚她的「自閉症理論」（其實只不過想證明她自己的養育方式是對的）。沒能阻止她，是伊莉莎白自己的錯。那個女人暗地在自閉症聊天室裡追蹤她，並威脅她還說她壞話，甚至去向兒護局檢舉，而伊莉莎白無視於情勢的嚴重性節節高升，終致失控，使得那個女人不畏後果，敢於採取極端手段。如今，正因為她自己的懦弱、毫無作為，露絲．韋斯才會殺了人後逍遙法外，還準備讓另一個受害者博吃更多苦頭。

不行，她不能容許這種事發生。

她起身踱步。她需要出去，但沒有窗戶可爬，而安娜就在門外。即便設法離開了法院，她又能做什麼？她沒車，路上也沒有計程車跑來跑去。她可以叫車，但恐怕車還沒到就會被人發現她不見了。無論如何，她總得試試。

她走過去拿皮包，伸手時碰到旁邊夏儂的皮包，裡頭的東西動了一下。皮包裡清脆的碰撞聲彷彿將深藏在伊莉莎白內心的某個影像釋放出來，影像中的她正在做她老早就該做的事。

她抓起夏儂的皮包站了起來。該去哪裡、該做什麼，她一清二楚。她非做不可，而且要快，要在被人逮到之前，在她改變主意之前。

麥特

麥特和珍寧肩並肩站在法官室外等候亞伯。一旁站著另一對男女，年紀較輕，從他們不時接吻還一同欣賞女生戒指的模樣看來，他猜他們是等著要結婚。他們八成以為他和珍寧是來辦離婚的——珍寧的臉揪成一團，還不斷地小聲怒吼：「現在馬上告訴我。我們到底來這裡幹嘛？」他始終保持沉默，連連搖頭。

不是他不想告訴她。問題是，他太了解珍寧，知道她會主張不要告訴亞伯全部的事實——例如那晚她在那裡的事，或是他和梅姬一起抽菸的事。知道她會叫他擬定說詞逐字練習。重點是他受夠了，隱瞞、謀劃、列舉事實，一切的一切。他需要面對亞伯一吐為快，管他有什麼後果。

亞伯和夏儂走出來，後面各跟著一名下屬。「亞伯，我得跟你談談，馬上。」麥特說。

「沒問題，今天休庭了。我們可以用這個房間。」亞伯打開走廊對面一間會議室的門。

夏儂揚起一邊眉毛，麥特忽然想到：她也需要知道，甚至比亞伯更需要。但他的供述經過亞伯的法律技術濾網過濾後，真正被她接收到的還剩多少？他不正因為如此才不事先告知珍寧嗎？就為了避免任何陰謀詭計。於是他說：「豪格女士，妳也是，我需要和你們兩人談談，同時。」

亞伯搖頭道：「這不是好主意，我們還是先——」

「不，」麥特說道，且比原來更加篤定夏儂有必要聽。「如果不是所有的人都在，我什麼都不會說。相信我，你們會想聽的。」他拉著珍寧走進會議室，夏儂尾隨而入。亞伯站在門口，瞪大雙眼氣得七竅生煙。

夏儂擺好了拍紙簿說：「可以開始了嗎？」接著對亞伯說：「你如果要離開，麻煩順便把門關上好嗎？」

亞伯瞇起眼睛露出「恨不得馬上要妳的命」的神情，隨後才進來坐在麥特對面。他沒有拿出筆記本或筆，只是把背往後一靠，叉起手來，對麥特說：「好了，說來聽吧。」

麥特伸手到桌面下拉珍寧的手，她卻用力掙開，噘起嘴唇，好像吃到什麼苦澀的東西忍著不吐出來。麥特深吸一口氣。「保險公司那通電話。你們知道的，就是關於火險那通。」

亞伯放開手臂，往前傾身。

「我想起了一件事。梅姬可以開我的車門，她知道我的備份鑰匙放在哪。」他看著亞伯說：「說英語沒有口音。」

「等等，」夏儂說：「你是說……」

「還有，」麥特緊接著說，唯恐一停下來便說不下去。「梅姬去年有抽菸，駱駝牌。」

亞伯說：「你會知道是因為……」

「我們在一起，我是說抽菸。」麥特忽然覺得雙頰發燙，他一心希望微血管收縮起來，別讓血液湧上皮膚表面。「我本來不抽菸的，可是有一天，忽然心血來潮，我去買了菸，在潛水前抽，因為梅姬剛好出現，我就給了她一根。」

「所以說就那麼一次。」亞伯說的不是問句而是直述句。

麥特看著珍寧，只見她臉上充滿恐懼與希望，他想到了前一晚，想到他跟她說就只有那麼一次。「不是，我後來有了到溪邊抽菸的習慣，有時候她也在，所以我會見到她。整個夏天大概有十來次吧。」

珍寧嘴巴張成大大的O形，因為發覺他昨晚撒謊了，再一次地。

「每次你們倆都有抽菸嗎？」夏儂問道。

麥特點頭。

「駱駝牌？」夏儂問。

麥特又點頭。「對，是我在7-11買的。」

「不會吧。」亞伯搖著頭垂下眼睛，一副想捶桌子的模樣。

夏儂說：「所以說伊莉莎白找到的駱駝牌香菸和火柴……」

「是她聲稱找到的。」亞伯說。

夏儂抬起手往空中揮打，像把亞伯當成蚊蟲，注意力卻仍聚焦於麥特。「關於那些你都知道些什麼，湯普森醫生？」

麥特頓時對夏儂感激不已，幸好她沒問他最害怕的問題，關於那幾次「碰面」（說這兩個字時肯定會有異樣語調）時有沒有發生其他事情，以及梅姬到底幾歲。他直視著夏儂說道：「香菸和火柴是我的，我買的。」

「那麼約八點十五見面的H超市紙條呢？」夏儂問。

「我的。我寫給梅姬的。我想停止，我是說戒掉。戒菸。我想應該告訴她一聲，道個歉，因為不該讓她養成壞習慣，所以我寫了那張字條給她，她寫上『好』之後，在爆炸當天早上留給我。」

「搞什麼鬼啊，」亞伯咒罵一聲，兩眼盯著牆上一個空白處猛搖頭。「我提到H超市紙條那麼多次，而你……」

「那東西是怎麼跑到樹林裡被伊莉莎白發現的？」夏儂問。

這裡他就得步步為營了。將自己的事全盤托出，不顧後果，是一回事，但接下來這部分是珍寧的故事，不是他的。他瞅了珍寧一眼。她呆呆看著桌面，面無血色，宛如冰櫃裡的屍體。「我不太懂這有什麼相關，」麥特說：「她在那裡找到就是在那裡找到了，東西是怎麼跑到那裡去的有何干係？」

「有關係，因為這位檢察官」——夏儂瞄向亞伯——「一再地說伊莉莎白手上的香菸和火柴被用來點火。所以我們必須知道還有誰拿過這些東西，而且可能是用完後將剩下的丟棄，才會被她發現。」

麥特說：「這個嘛，我人被關在HBOT裡面，所以沒辦法……」

「是我拿去的，我給了梅姬。」珍寧開口道。麥特沒有看她，不想看到她雙眼冒火怪他把她逼到這步田地。

「什麼？什麼時候？」夏儂說。

「八點左右，在爆炸之前。」珍寧的聲音微顫，像是冷得發抖，麥特不禁想將她摟在懷裡傳送暖意。「我懷疑有什麼事情……有什麼人跟麥特……總之，那天我搜遍麥特的車——手套箱、地板上的垃圾、後車廂，全部——結果被我找到了。」

麥特拉起她的手緊緊握住。她大可以只說她發現了紙條就好，但她沒有，她承認偷翻他的東西，並說出細節，感覺像是原諒了，好像在說不完全是他的錯，他們倆都做了蠢事。

「妳是說那天晚上妳去了奇蹟溪？」夏儂問。

珍寧點頭。「我沒告訴麥特。我只想去看看碰面是怎麼回事。總之，潛水療程耽擱了——麥特打電話跟我說的——而我看見了梅姬，於是我攔住她把所有東西都給了她，還跟她說她會有壞影響，叫她別再煩麥特，然後我就離開了。」

「我來把事情釐清楚。」夏儂說：「爆炸前不到三十分鐘，俞梅姬獨自一人在穀倉附近，手裡有駱駝牌香菸和7-11的火柴。妳的意思是這樣嗎？」

珍寧往下看，點了點頭。

夏儂轉向亞伯。「你要不要撤銷告訴？否則的話我會提出審判無效的動議。」

「什麼？」亞伯站起來，方才蒼白的臉已逐漸恢復血色。「不要這麼煽情。只不過是一些不老實的行為，並不代表妳的當事人就是清白的。差得遠了。」

「這是刻意阻撓司法，作偽證就更不用說了，在證人席上，還是你的明星證人。」

「不，不，不。香菸是誰的、紙條是誰的——這些都是枝微末節、有趣的小謎團。妳的當事人想擺脫兒子，縱火的時間她獨自一人，凶器也在她手上，現在說的這一切都改變不了這些事實。」

夏儂說：「除了俞梅姬現在……」

「俞梅姬是個差點死於爆炸的孩子。」亞伯重重一拳打在桌上，震得夏儂的筆滾動起來。

「她根本沒有動機……」

「沒有動機？喂！你有沒有聽到他們說的話？一個青少女，和一個有婦之夫搞外遇，被甩了，老婆還找她當面對質。徹底受到羞辱，怒火中燒，想乾脆殺了那傢伙，巧的是，他剛好就在少女點火引爆的玩意裡頭。你在開什麼玩笑？這是典型的懸疑殺人案情節，更何況還有個小小的附加利益，就是她親自打電話去確認的那筆一百三十萬元保險金。」

「我們沒有搞外遇。」麥特好不容易說出口，但聲音不大，夏儂猛地轉頭過來。「什麼？」他正要開口再說一遍，珍寧卻插嘴說了句話，是關於那通電話，但她聲音很輕，又低著頭，幾乎像是喃喃自語。

亞伯似乎聽到了，便瞪著她問：「妳說什麼？」震驚之情從他的語句、他的臉流露出來。

珍寧閉上眼睛，大大吐出一口氣，然後重新睜眼，看著亞伯說：「電話是我打的，不是梅姬。你說得沒錯，那天我和麥特調換了手機。」

亞伯像慢動作一樣張開嘴，然後定住不動，沒有聲音出來。

珍寧轉向麥特。「博的事業我投資了十萬元。」

投資了十萬元？珍寧打去問關於縱火的事？這遠遠超出他預期的範圍，大腦一時無法處理這些訊息，無法理解這些與案情有何關聯。麥特凝視著妻子吐出這些話語的嘴唇、放大後幾乎覆蓋整個虹彩的黑色瞳孔、垂在臉頰兩側漲得通紅的耳垂，她臉上的各個元素全往不同方向傾斜，宛如一幅立體派畫作。

珍寧接著說：「我覺得那是划算的投資。他的患者大排長龍，而且全部都簽了合約還付了訂金，而且……」

麥特眨眨眼。「妳拿我們的錢？妳是這個意思嗎？沒告訴我？」

「我們本來就常吵架，我不想再引起爭端。你那麼反對HBOT，沒法理智看待。我想你會反對，但那看起來根本是穩賺不賠的生意，博會先還我們錢，所以四個月後，你甚至還沒發現錢不見了，我們就能把錢都拿回來，然後就可以開始分紅。我們帳戶裡放了那麼多錢不用，我們也不需要用到。」

夏儂清清喉嚨，說道：「這樣吧，我可以給你們介紹好的婚姻諮商師來解決這件事，但現在我們還是回到那通火險電話吧。這一切和那通電話有什麼關係？」麥特再次對她感激不已，多虧了她迫使他轉移注意力，不再去想妻子再度撒謊的事實。她只因為想避免可能爆發口角，這比他撒謊的原因——因為他不想停止與一個女孩見面——更好還是更糟呢？

珍寧說：「潛水療程開始後幾個星期，博說他在樹林裡發現一堆菸蒂和火柴。他猜想應該只是青少年丟的，但他們在穀倉附近抽菸的事讓他擔心，他便找我諮詢，看是不是應該豎立關於氧氣與禁菸的警告標示牌。我們討論過後決定不要，但我為我們的錢感到緊張。一開始，博不想投保，我不得不告訴他除非他投保，否則我不會投資。那時候我忽然想到——他會不會只保了陽春保單來安撫我，結果並沒有涵蓋小孩為了好玩在穀倉放火？所以我才打電話去，接電話的人向我保證他們所有的保單都有涵蓋縱火，事情就是這樣。」

一時半刻無人開口，麥特感到腦中的迷霧散開了，世界恢復常態，只是稍微。沒錯，她是撒了謊。但他也一樣。不知怎地，發現珍寧做錯事竟有撫慰的作用，減輕了他的罪惡感，雙方的欺騙互相抵銷。

亞伯說：「所以意思就是……」

就在這時候，有人敲門後開門。是亞伯的一名助理。「很抱歉打擾你們，不過皮爾森警探一直在找你。他說有人報警聲稱在外面看見伊莉莎白．沃德，自己一個人。」

「什麼意思？她在這裡啊，跟我的人在一起。」夏儂說。

「沒有，」那人說：「皮爾森剛剛和他們談過，他們說她走了，說什麼妳給她錢。」

「什麼？我為什麼要給她錢？」夏儂邊說邊和亞伯往外跑，身後的門咿咿呀呀關上，最後喀嗒一聲。

珍寧將手肘像三腳架一樣撐在桌上，雙手摀住臉。「我的天哪。」

麥特張口欲言，卻不知該說什麼。他低頭看著手，驀地發覺：他一直緊握雙手，手心的疤痕貼靠在一起滑來滑去。他想到那場火，想到亨利的頭，想到被判死刑的伊莉莎白。

「應該讓你知道一下，」珍寧說：「爆炸前博已經還了兩萬，他答應只要一拿到保險金就馬上還那八萬。要是沒拿到錢，我會拿我的退休金還你。」

八萬元。他看著妻子的臉，看著她眼中的真誠與深深皺起的眉頭，不由得想笑。惹出這天大的麻煩就只為了區區八萬塊，她說得沒錯，在爆炸後的餘波中，他始終根本沒發現錢不見了。不過他點點頭說：「這一切讓我把所有的事都重新思考了一遍。我沒來得及告訴亞伯，但我今天看見博和梅姬在燒東西。我想也許是香菸。妳知道的，他們不是有一個金屬垃圾桶嗎？」

珍寧看著他。「你今天去那裡了？什麼時候？說你要去醫院的時候？」

麥特點頭。「今天早上。我發覺我有必要向亞伯全盤托出，又心想應該警告梅姬一聲。但我到那裡的時候，他們在燒東西，不禁讓我納悶那會不會是……」他搖搖頭。「總之，我直接就過來，抓住妳，然後……」

「然後就給我來個突襲，毫無預警地。」

「對不起，真的。我就是需要坦白承認，但又怕不馬上做的話會失去勇氣。」

珍寧沒說什麼，只是皺眉看著他，好像看著一個陌生人，絞盡腦汁地想他為何如此面熟。

「說話啊。」他最後說道。

「我覺得，」她慢慢地說，一個字一個字說得明明白白。「我們互相有所隱瞞長達一年的時間，這不是美滿婚姻的跡象。」

「可是我們昨晚談開來了……」

「我真的不覺得這是好徵兆，昨晚我們都已經說會把一切告訴對方了，結果還是沒有。」

麥特深吸一口氣。她說得對。他知道。「對不起。」

「我也是。」她乾嚥一口，再次掩面用力搓，好像想搓去乾掉的汙垢。她的皮包裡有東西在震動，她伸手進去拿手機，看到螢幕後微微一笑，是那種嘴角略略歪斜、帶著傷心與疲憊的笑容。

「怎麼了？」

「生育診所。很可能是要確認約診時間。」他都忘了，他們約好了今天開庭後，要去做第一次的體外人工受精。

她起身走到角落，面對牆壁，像個暫時被懲罰隔離的孩子。「我不覺得我們應該去。」

麥特點頭。「妳想改時間？明天嗎？」

她斜靠著牆，頭貼靠其上，彷彿虛弱得無法直立。「不。我不知道。我只是……我不覺得我還有辦法再做這個。」

他走到她身邊，張開雙臂抱住她。他心裡有所準備，也許她會推開他，但她沒有，只是往後傾靠在他身上，任由他從背後摟著她。他們維持這個姿勢站了好一會兒，他的心怦怦撞擊著她的背，頓時有種微微刺痛的感覺——是悲傷，但也有平靜與輕鬆——在他的胸臆擴散開來，向外滲入她的肌膚。他們有許多話要說——對彼此、對警察、對亞伯，也許還有法官。將來還有許多許多問題等著問答，無論是對彼此或對自己。而且也不會去生育診所了——明天不會，下星期不會。這他知道，從他們有如道別的擁抱就看得出來。但此時此刻，他享受著這個當下：他們倆在一起，獨處，什麼也不說、不想、不計畫。就只是存在。

他們背後的門打開了，急促的腳步聲跟著進入。珍寧猛地一抖，像是即將入睡的人忽然被驚醒。麥特轉過身，見到亞伯抓起自己的公事包便往外跑。

「亞伯？怎麼了？發生什麼事？」麥特問。

「是伊莉莎白。」亞伯說：「到處都找不到她，她不見了。」

伊莉莎白

有輛車跟在她後面。一輛四四方方的銀色轎車，毫無特色，是她想像中臥底警察開的那種。它從松堡就跟著她，她告訴自己別緊張，那只是吃完午餐要出城的人，可是當她隨意轉上另一條路，那輛車也跟著轉，由於保持著一定距離，因此看不清車上的人。她試著放慢速度、加速，然後又重新放慢速度，不料對方始終保持同樣距離，又是一件看似臥底警察會做的事。前方有一片空地，她於是靠邊停。要是被抓，也只好認了，總之她無法再繼續這樣下去，神經真的備受煎熬。

那輛車也慢下來，但繼續接近，她有把握它會停下來，搖下車窗，然後出現戴著太陽眼鏡、有如MIB星際戰警的男人掏出警徽來。沒想到車開了過去，裡面是一對年輕男女，男的開車，女的在研究地圖。他們轉進一條寬敞車道，路口插著畫有葡萄的標示牌。

是遊客。當然了。開著出租車，循著維吉尼亞州酒莊路線的標誌走。她往後一靠，慢慢做幾次深呼吸讓心跳趨緩，自從她決定偷開夏儂的車之後，心臟就不停地飛快顫動撞擊胸腔。她能跑這麼遠可說是個小奇蹟，中途有好幾次都是有驚無險地安然度過。在商談室裡，她偷拿夏儂的鑰匙放進自己皮包時，安娜正好走進來，她只得隨口謊稱說需要買棉條，夏儂叫她從她的錢包裡拿零錢。幸好安娜沒有堅持要陪她去廁所，不過有兩名警衛守在法院門邊，因此她一直等到來了一大群人，趁警衛忙著檢查他們的包包時溜了出去。很輕易便找到夏儂的車，但出入口有管理員，她都忘了要付錢了——她有現金嗎？——還有萬一收費員認出她，知道她不能開車怎麼辦？於是她從手套箱拿出夏儂的太陽眼鏡與帽子戴上，將帽子前簷往下拉，付錢時望向別處，但臨開走時，她確實聽到「抱歉，這位女士，妳是不是……」

行駛穿越城區最為驚險。她原打算走小巷弄，但因看見一群自閉兒媽媽嘰哩呱啦在聊天，便往另一個方向轉，結果駛進擁擠的主街。她將帽簷拉得低低的，依金髮姑娘原則的車速行駛——快到足以蒙混過去、逃避目光，但又不至於因為太快而引起注意。她有兩度停下來禮讓行人，第二次看見一個男人揹著一只大袋子——攝影師嗎？——衝著她瞇起眼睛，彷彿試圖看清她的臉，她想趕緊離開，卻有個媽媽牽著一名幼兒、推著嬰兒車，慢條斯理地過街，每走兩步就停下來將偏離的推車導正。男人正起步要朝她走來，行人穿越道淨空了，她立刻離開，一面禱告他不會去通報任何人。

此刻她來到了這裡。出了松堡，四下無車。她不知道自己身在何處，但其他人也都不會知道。她看看手錶，十二點四十六分，離開法院已三十分鐘，應該已經有人發現她不見了。

她將夏儂的導航系統目的地設定為溪畔小徑，位在六十六號州際公路與奇蹟溪之間，她去年來回往返了整個夏天的道路。離得似乎有點遠，但現在重要的是找到她認得的路。再者，不會有人去那裡找她，即便警方猜到她會前往奇蹟溪，也會以為她走的是直達路線。

溪畔小徑是一條蜿蜒曲折的鄉間道路——滿布坑洞的柏油路勉強可分為雙線道，兩旁路樹長得密密匝匝，在頭頂上形成一座保護蓋，高達二十公尺左右。亨利曾說這是樹隧道雲霄飛車。身在這條路上感覺很奇怪。上一次開車經過這裡，當然就是爆炸那天，一如今天的日子——滂沱大雨過後陽光普照，一道道日光從頭頂上濃密的樹葉縫隙篩落，坑裡濺起的泥水在車窗上留下淚珠形汙漬。也就是說，她最後轉那個彎時，亨利還活著。想到這個，想到亨利坐在她後面說話，他們倆的氣息混在一起，她的肺吸入了亨利吐出的氣體，她不由得將方向盤抓得更緊，指節尖尖地突出。

這時一塊鮮黃色的U形轉彎標誌映入眼簾，警告車輛前方有髮夾彎——亨利的最愛。爆炸當天早上，來到這個地點時，頭痛欲裂的她（前一晚因為兒護局人員來訪讓她徹夜難眠）說她最討厭這條路，說這些彎道讓她想吐。亨利笑著說：「可是很好玩啊——這是樹隧道雲霄飛車！」他尖銳的笑聲鑽刺著她的太陽穴，她好想打他耳光。接著她用冷若冰霜的口氣指責他太遲鈍，告訴他應該練習大聲說出：「對不起我不知道妳想吐，有什麼需要我幫忙的嗎？」他便說：「對不起，媽咪，我能幫忙嗎？」她回說：「不對，是『對不起我不知道妳想吐——有什麼需要我幫忙的嗎？』再說一遍。」她逼著他字字句句照她的原話，連續說了二十遍，每次只要錯一個字就從頭來過，而她每叫他重新再來，他聲音就抖得愈厲害。

問題是，她的遣辭用字並無神奇特殊之處，他們倆的說法就實用性而言並無差異。她只是想一點一點地折磨他，以補償她的沮喪。但為什麼呢？那一天，她深信（都經過四年的社交技能治療了！）他依然不會察言觀色。但此時此刻，遠離了當時，遠離了他，她才想到他的笑聲根本可以解讀為他試圖為她打氣或者純粹只是俏皮，就像任何一個八歲男孩在應付脾氣暴躁的媽媽。事實上，他將這條路稱為「樹隧道雲霄飛車」簡直是創意無限——為什麼她沒發現？被她視為自閉症尚未痊癒的部分，會不會其實只是孩子天生的幼稚性格，母親們會依自己當下的心情覺得氣惱或可愛的那種性格？只不過伊莉莎白因為亨利的病史、因為她隨時都累得要命，才會看他做什麼都不順眼。

有隻松鼠跑出來，她轉動方向盤輕易地避開。她已經習慣這裡有小動物出沒——去年夏天裡一天至少會看到一隻。老實說，正因為這附近出現的一頭鹿，才會促使她在爆炸前短短數小時做出停止HBOT療程的決定。那天上午潛水結束後開車回家途中，她心裡想著抗議者的恐嚇以及她和琦巧的口角，有些心不在焉，看見鹿的時候已經太遲，緊急剎車後偏離道路撞上石頭，把輪胎定位給撞歪了。車子感覺搖搖晃晃，把亨利送到夏令營後，她開始考慮何時有空將車子送修，特別是在她花了兩個小時搜尋抗議者傳單上寫的HBOT火災相關訊息，並認定博的規定（純棉衣著、無紙張、無金屬）已足以預防類似意外之後。她查看了牆上當天的行程：

7:30 前往HBOT（亨利車上吃早餐）
9:00-10:15 HBOT
11:00-3:00 夏令營（買菜，替亨利做晚餐）
3:15-4:15 語言
4:30-5:00 動眼練習
5:00-5:30 情緒辨識作業
5:30 前往HBOT（亨利車上吃晚餐）
6:45-8:15 HBOT
9:00-9:45 家，桑拿，淋浴

在行程中找空檔時，她第一次驚覺到亨利會有多累，甚至比她還累。她已記不得他最後一次是什麼時候真正坐在餐桌前，而不是在往返某個療程途中的車上吃飯。從語言到職能到互動節拍與神經回饋等種種治療：每個清醒的時刻都排滿了語言流暢度、手寫、持續眼神交流的練習——分秒不停地做著對他而言很困難的事。但亨利從未抱怨，只是乖乖照做，一天一天地進步。而她從未看出一個孩子做到這種程度有多難能可貴，因為她只顧著自艾自憐生悶氣，氣他不是她想要的孩子：性情隨和討喜，喜歡摟摟抱抱，功課好而且經常有朋友打電話來約出去玩那種孩子。她怪亨利得了自閉，隨之而來的哭泣與搜尋資訊與開車往返，還有傷害，她都怪他。

她再次抬起眼睛，想像明天除了9:30-3:30夏令營之外，沒有其他行程。不再匆匆忙忙、不再遲到、不再對亨利吼著說「拜託你，求求你別再放空，動作快一點」的一天。她可以有一個小時無所事事，也許睡個午覺或看個電視，更重要的是，亨利可以玩玩遊戲或騎騎腳踏車。這不正是抗議者與琦巧說他需要的嗎？她於是在拍紙簿寫上**HBOT到此為止！**並在底下畫線，但因力道太大，筆還戳破了紙。繞著這幾個字畫圈時，她覺得體內每個器官都變得輕飄飄，懸浮在一種輝耀的失重狀態中，她於是明白：她需要停止了。停止療程、治療、東奔西跑。停止憎恨、責怪、傷害。

接下來的下午時間，她暈陶陶地度過。她打電話給亨利的語言治療師，取消當天療程（還得到一個紅利：因為電話打得夠早，不必付兩個小時內才通知的罰金）。她在夏令營正常的下課時間去接亨利，讓他和其他孩子同時離開，這大概是有史以來第三次。他們直接回家，但她沒有帶著他做視覺治療與社交技能的作業，而是讓他一屁股坐到沙發上，捧著一碗有機椰奶冰淇淋，看他想看的電視節目（但也不能過分：只限Discovery和國家地理頻道），她自己則上網研究所有治療師——為數還真不少！——的解約規定，然後依規定一個一個寫email去告知。

唯一有問題的是奇蹟潛水艇。當初因為預付四十次療程的費用獲得折扣優惠，但博的規約文件中隻字未提退費事宜。而且，當天取消要付全額罰款。一百美元，就這麼沒了。她最討厭這樣（浪費錢是她的罩門）。金額倒還不足以讓她改變心意，但她覺得不甘心，原本決定取消一切療程的興奮泡泡也跟著消了氣，接下來便導致她的一號錯誤，也就是她所採取卻導致亨利死亡的一連串決定與行動中的第一個錯誤：打電話給博（而不是寫email），試圖商量折衷方案，也許可以找人接手她的合約，讓她拿回部分退款。但說也奇怪，當她打穀倉那支電話，無人接聽，也沒轉到平時設定的答錄機。她掛斷電話，正打算改打博的手機時，她的電話響了。

假如看了來電顯示，她就不會接，但她沒有（二號錯誤）。她以為是博回電給她，便接起來說：「喂，博，找到你真是太好了，我——」話還沒說完，琦巧便打斷她說道：「伊莉莎白，是我。妳聽我說——」這時換她說：「琦巧，我現在真的沒空說話。」然後就要掛斷，但琦巧說道：「等等，拜託。我知道妳在生氣，但不是我。我沒有打電話去兒護局。我知道妳不相信我，所以我打了一整天電話，結果被我找出來了。我知道是誰幹的。」

伊莉莎白想假裝沒聽到直接掛斷，但禁不住好奇，因此——三號錯誤——留在線上，傾聽琦巧滔滔不絕說著她如何交叉參考每一個自閉症聊天室，好不容易找到一個抗議者不贊同她們團體愈來愈高漲的鬥性，她便設法取得她的密碼進入她們的留言板，哇，簡直是找到了寶藏，那個

ProudAutismMom寫了一條又一條的留言抱怨伊莉莎白「號稱治療」的危險做法，並計畫到奇蹟潛水艇抗議，最後更出現決定性證據：吹噓她上星期打了電話去兒護局。

伊莉莎白從頭聽到尾，未置一詞，琦巧說完後，她簡短道了聲謝，掛斷電話，又繼續回去做她今天特別準備的晚餐，亨利的最愛——用自製椰子粉餅皮加上假「起司」（磨碎的花椰菜）做成的「披薩」。可是當她切了一片放到她為了兩人能好好坐下來吃頓飯而特地擺出來的精美瓷盤時，卻又氣又恨得雙手發抖。她知道那個女人討厭她，但一整個群組在背後談論她並計畫擊垮她——她不禁怒從中來，備感羞辱。她想像那個銀髮女子憤恨不平地向兒護局舉報她「虐待」，也不管這麼做有可能毀掉她或亨利的人生，還沾沾自喜地揚言要不計一切代價制止伊莉莎白。如果伊莉莎白今晚沒出現，那個女人會怎麼想？會不會拿出香檳？會不會開瓶慶祝她們成功誅殺了一個邪惡的虐童犯？

不行，她今晚不能不出現，她不能讓那個自鳴得意又可恨、自詡為「驕傲的自閉兒媽媽」的女人覺得自己贏了。她不能讓那個惡霸稱心如意，以為她羞愧得躲起來了。而且不僅止如此。與琦巧通完電話後，她衝動的泡泡完全破滅，不再頭暈目眩，便能看清事實：她只憑一時興起，也沒找亨利的任何一個老師商量，就取消這個取消那個，根本是魯莽草率、不負責任，狂妄自大到極點。至於取消今晚的HBOT療程，可是一毛錢也拿不回來——這有何意義？HBOT又不是有什麼傷害性。既然都已經付了那一百元，何不再多潛水一次？讓這一天有始有終，再多開一趟路忍耐一下，知道是最後一次了，也許能提升她的期待感，有個圓滿的結束。說不定她甚至可以不參與療程，請別人代為照看——有一回她生病，就是請琦巧代勞——她則到溪邊去，安安靜靜地將事情仔細考慮一遍，以確認自己做的是正確決定。最棒的是她可以從銀髮女人身邊走過，跟她說她的計畫、給兒護局打的電話，這些事她都知道，要是她再不罷手，她就會去投訴她騷擾。

伊莉莎白看著餐桌上已擺好的兩人餐具，與冰涼葡萄酒旁的水晶杯，接著將披薩鏟滑入放在亨利盤子上的披薩底下。接下來的一年當中，當她每晚上床就寢時或偶爾早上清醒時，都會閉上眼睛，想像自己在另一個平行世界裡應該要怎麼做：搖搖頭，責怪自己不該受那個以後再也見不到面的愚蠢女人影響這麼深，並讓披薩繼續留在盤子裡，喊亨利來吃。在這個替代的宇宙裡，在家用餐喝酒過後的她，會和亨利窩在沙發上連續看好幾集《地球脈動》，然後接到泰瑞莎來電告知火災的消息，她會為朋友們的遭遇哭泣，並親吻亨利的頭，感謝上帝讓她決定中止一切，而且就是今天！幾個月後，旁聽完露絲．韋斯的殺人審判開車回家時，想到自己差一點只為了和這個女人作對就去參與那最後一次療程，便情不自禁地打哆嗦。

但在這個困住她的現實世界，她沒有把披薩留在盤子裡。她滑入披薩鏟，然後——四號錯誤，也是最大的錯誤，注定了亨利命運的覆水難收之舉，她後半生，只要她還在世的每一天、每一小時、每一分鐘，都會一次又一次地後悔並重新經歷——從漂亮的盤子鏟起披薩移到紙盤，準備在車上吃，隨後高聲喊道：「亨利，去穿鞋。我們去坐最後一次潛水艇。」將所有東西丟上車後，想到桌上美麗的餐具、被燈光照得晶瑩閃爍的水晶，她驀地一陣心痛，忍不住就想立刻掉頭進屋，可是那個女人得意的笑臉和那頭蠢笨的銀色短髮躍入腦海，嘲弄她，結果她沒有那麼做。她嚥了口口水，催亨利快點，同時努力想著明天。明天，一切都會改變。

但與此同時，她也試著加以彌補。她帶著酒和巧克力準備到溪邊享用——等九點半回到家，她會累到無法依計畫暢飲慶祝，要是因為那些卑鄙的抗議者而壞了所有興致，她也未免太笨了。通常她都不讓亨利看《紫色小恐龍邦尼》——「大腦的垃圾食物」，她會這麼說，而且每次都讓他坐得離DVD螢幕舷窗遠遠的——但這回當作特別優待，她安排亨利坐在TJ旁邊一起看。她還請麥特幫忙亨利，但麥特似乎有些惱怒，她不想強人所難，便自己爬進去將他的氧氣管連接上龍頭，替他戴上頭罩，安置好一切。她叮嚀亨利要乖，本想親親他的臉頰、撥撥他的頭髮，但他已戴上頭罩，因此她就爬出壓力艙走開。那是她最後見到亨利活著的身影。

十分鐘後，終於坐在溪邊啜飲葡萄酒的她，想起方才她說她不參與這次療程時亨利的反應。他戴著他痛恨的頭罩——他發出乾嘔聲，說脖子上的環圈勒得他喘不過氣——可是整張臉卻放鬆下來。他很開心，大大鬆了口氣，因為能擺脫她，擺脫這個從不滿意、不時嘮叨碎唸的母親，自由一個小時。她大口喝下更多酒，感覺到清涼辛辣感先是刺激隨後舒緩了她乾硬的喉嚨，她想著自己有多迫不及待要在他出來的時候扯下他的頭罩，想著要張開雙臂抱住他，跟他說她愛他又想念他，她會笑著說是啊，她知道說想念他很傻，因為他們也只不過分別了一小時，但她就是想他。

酒精洶湧流過她的動脈，為她的毛細孔注入溫熱，手指刺刺的好像從內解凍似的，她抬頭仰望，天色已逐漸轉成暗紫。她雙眼凝神注視著一朵蓬鬆如棉花球、潔白無瑕如發泡鮮奶油的雲，心想著明天可以做杯子蛋糕當早餐。亨利要是問為什麼，她會笑著說為了慶祝。她會說她知道自己不常表現出來，也或許從未表現出來，但她珍惜他、深愛他，也正是這份愛與伴隨而來的擔憂才讓她如此瘋狂，以後他們要過一種少了許多瘋狂的新生活。不是完美的生活，因為沒有什麼人事物能夠完美，但沒關係，因為她有他而他有她。也許她會用食指挖一坨鮮奶油沾在他鼻子上耍調皮，他會露出微笑——那大大的、屬於小小孩的微笑，上門牙有道縫，忽隱忽現的一抹白是探出頭的新牙——然後她會親他的臉頰，不只是輕啄一下，而是將嘴唇壓進他胖嘟嘟的臉頰，同時將他緊緊摟在懷裡，在他容許的時間範圍內盡可能地享受這份甜美滋味。

這一切當然都沒有發生。沒有杯子蛋糕，沒有親吻，沒有新牙。相反地，她去認了兒子的屍、挑了棺材與墓碑、讀了專欄評論爭辯該將她送進瘋人院還是死囚牢，而如今她開著一輛偷來的車，駛向她害兒子被活活燒死的小鎮。

瘋狂之處就在這裡，亨利的死因竟然是她——她的驕傲與恨意與猶豫與吝嗇。她真的認為回去多潛水一次就能宣稱戰勝了抗議者嗎？還有預付了卻無法退還的一百元——她兒子真的就為了一百塊錢而死？還有當她到了那裡發現抗議者已經不在，再加上療程時間延誤而且沒有空調，為什麼沒有立刻離開？還有後來更晚，當她發現香菸和火柴——抽菸！在純氧附近！——就應該馬上想到火災才對。是喝下肚的酒精作祟，或是發現抗議者被羈押後得意得昏了頭？稍早她還警告博說那些女人有多危險，那麼她何以認為她們頂多只會在空無一人時縱火？她為何低估她們為了伸張自己的正義所可能做到的地步？

伊莉莎白靠路邊停下。這些都無所謂了。沒有平行世界能讓她瞬間移動過去，也沒有時光機能帶她回到過去。這整個星期以來，當情勢過度令人沮喪，讓她想結束一切，她會努力地藉由為亨利復仇的念頭撐下去，期待看到夏儂打敗那個惡女露絲．韋斯。現在夏儂不肯去對付那群抗議者，那她還有什麼好期望的？

她按下按鈕打開夏儂車子的頂篷。真有趣——在法院時，她很想開自己的車，但現在發覺開敞篷車好多了，比較沒有出差錯的風險。她以為在這裡，在分隔奇蹟溪與松堡的山區較高處，感覺會比較涼，不料打開車頂後，濕氣快速襲來。她解開安全帶，考量著該將座椅往前或往後挪；一方面，離安全氣囊太近很危險，但另一方面，坐得太後面會提高撞擊時摔落車外的機率。最後她決定保持在原位，並重新繫上安全帶——她很討厭安全帶解開時，車子發出叮叮叮的噪音。

一切準備就緒，該走了，但她遲疑起來。有太多事情她沒考慮到。萬一沒能成功呢？或者萬一成功了，夏儂卻仍繼續努力為她洗清罪名，提起了關於維多與抓傷的可怕影射呢？萬一她不在以後，亞伯決定將目標轉向博呢？她是否應該……

伊莉莎白緊閉起雙眼搖頭。她早該別再想這些有的沒的，行動就對了。事實是，她是膽小鬼。她拘謹、畏縮又猶豫不決，不信任自己的直覺，並將自己的怯懦隱藏在深思熟慮的表象底下。這才是亨利的真正死因：她知道應該終止HBOT卻不敢，而是一如既往等了又等，確保沒有忘記什麼，條列出那愚蠢的正負面清單，考慮每一個可能發生的意外。她傷害自己的兒子、虐待他、讓他以為她討厭他，還逼他進一個密閉艙被火燒死，同一時間她卻在啜飲美酒吃糖果。如今也該繼續她暫停的計畫，做她知道自己必須做的事了，去年一整年她就知道自己非做不可，不必考量正負因素、不必分析、不必躊躇。

伊莉莎白握住方向盤往前開。當她轉動方向盤以免車子撞上路旁護欄與樹木時，抓住皮革面的手指微微抽搐。鮮黃色的「注意」標誌映入眼簾，表示地點就在正前方。她第一次開車經過時便感覺到那股怪異的拉力，好像站在懸崖邊，會有往下跳的衝動。當時她看見了彎道，看見了樹木忽然淨空，看見了護欄扭曲變形往下彎折，心想拋開一切何其容易，只要直直往前飛入空中就行了。

她放慢車速順著路轉彎，看見它就在前面。她原本擔心已經修復，不過還在，護欄的彎折處。被撞得扁平的灰色金屬猶如一條坡道，耀眼的陽光照在上面就像聚光燈，彷彿在召喚她、魅惑她。她按下按鈕解開安全帶，頓時感覺到手腕處、膝蓋後側、頭顱內的心臟脈動。她踩下油門，一踩到底。接著她看見了。在彎道更遠處，有一朵圓圓蓬蓬的雲，正中央有個黑點，很像她去年夏天指給亨利看的雲，當時他笑著說：「它跟我的嘴巴好像，也缺了一顆牙！」她十分訝異，也跟著笑——他說得沒錯，真的很像他的嘴巴——並將他高舉到半空中，然後緊摟著他親吻他的酒窩。

雲的前方，陽光的熱度使空氣產生波動，好似天空裡一面隱形窗簾——在邀請她、歡迎她，飛起來，迎向火焰。她向前傾身，當輪胎猛力撞上扁平的護欄，她看見下方亮麗的山谷，在陽光下熠熠生輝，宛如海市蜃樓。

博

他最討厭等待。不管是等水滾或等開會，等待都意味著必須仰賴不受他控制的因素，今天，很罕見地，尤其如此：被困在家裡，沒有車、沒有電話，也不知道英姬上哪去了。他和梅姬把所有東西都燒光後，無事可做，只能坐著枯等邊喝麥茶。或者應該說只有他，梅姬雖然也倒了些茶，卻一口也沒喝。她瞪著茶杯像盯著電視螢幕，偶爾吹一吹，使得琥珀色液體泛起波紋，他想說茶並不熱，一個小時前就不熱了，但沒有開口。他了解她需要打破等待——單純等待——的壓迫感，他也希望自己能起來踱步。這便是癱瘓的問題——諸多問題之一：在面臨這種靜定得令人窒息的時刻，你會渴望行動渴望到心痛，但自己推著輪椅來來去去並無法完全滿足這份渴望。

當英姬終於在兩點半走進家門，一股鬆了口氣的感覺洶湧而來將他吞噬。鬆了口氣是因為她回來了，而且是一個人，沒有帶警察。（他跟梅姬說不必害怕，英姬絕不會告發他們，但一見到她，他赫然發覺自己並沒有十足的把握。）「老婆，妳到哪去了？」他問道。

她沒有應聲，甚至看都沒看他，只是帶著冷漠平穩的態度坐下來，讓他驚慌得胸口一陣微微刺痛。

「老婆，」他說：「我們很擔心。妳去見誰了嗎？跟誰談過了嗎？」

她的目光這才落在他身上。假如她顯得受傷或懼怕，他應付得來。假如她憤怒又歇斯底里地大吼大叫，他已有心理準備。但這個女人一臉木然，活像櫥窗模特兒——表情嚴肅、嘴巴文風不動——根本不是他結縭二十年的髮妻。看到這張如此熟悉卻又認不出來的臉，他感到駭然。

「全部都告訴我。」她說道，聲音也和臉一樣：平板單調，如今語氣中少了情緒起伏，他才發覺那是聲音的基本特質。

他嚥了一口口水，強自鎮定地說：「妳全都知道了。妳跑掉以前不是已經聽到我告訴梅姬了嗎？妳去哪裡了？」

英姬沒有回答，甚至似乎沒聽到他的問題。她兩眼直勾勾地盯著他，他感覺到熱氣，彷彿一道雷射光束切過他的眼睛、他的大腦。「你得看著我的眼睛，告訴我所有的事情。這回只能說真話。」

他原本希望她會先開口，會一字不漏地說出她聽到的話來發洩怒氣，那麼他就可以順勢修改說詞。但情勢很分明，她並不打算說什麼。於是他點點頭，雙手放到桌上——昨晚，她從棚屋拿來的紙袋就丟在他現在手平放之處，逼得他不得不立刻編出一套聽起來可信的說詞。經過今天早上的事情，她一定覺得那些都是謊言。他必須從那裡開始說起。

「昨晚我說謊了，」他說：「首爾的清單不是給我弟弟的，而是讓我們在火災過後搬家用的。對不起，我說謊了。我是想要保護妳。」

他原以為這脆弱與贖罪的表現能讓她軟化，但若要說有什麼改變，就是她眼神轉為嚴峻，瞳孔收縮成針尖般的一點純黑，讓他自覺像個罪犯。他提醒自己這正是他的用意，要讓她相信他是壞人，因此繼續堅持原先已決定好、真假交混的說詞。他說他打電話問了一家仲介，發現他們負擔不起搬回去的費用。他說他便決定放火以獲取他們需要的錢，並且打電話確認縱火條款（用的是別人的電話，以防事後的調查）。

關於抗議者的部分比較簡單——事實往往如此——他便將當天的情形告訴她：警察毫無作為讓他感到沮喪，於是導致他的氣球斷電計畫；計畫成功後雖然暫時鬆了口氣，那個女人卻來電威脅要再回來製造更多麻煩；他決定照她們傳單所寫的位置放一根香菸陷害她們，讓她們惹上大麻煩，永遠無法再靠近。

有幾次，他試圖和梅姬對上眼，以警告她不要反駁他的說法，不料她依然定定注視著盛滿茶的茶杯。他說完後，三人沉默了許久，英姬才開口道：「你沒漏掉什麼嗎？這真的是全部的真相？」她面不改色，聲音中卻透著懇求，急切的希望包裹著哀傷的核心，他很希望自己能說當然不是，她也了解他的為人，知道他不會為了錢危害他人性命。

但他沒有這麼說。有些事情比誠實更重要，即使面對妻子也一樣。他說：「對，這就是全部的真相。」同時告訴自己這樣是為她好。假如她得知真正的事實，全部的事實，恐怕承受不了打擊。他必須保護她。身為一家之主，這是他該做的事，是他的最高責任：無論如何都要保護家人，即使心愛的女人因此視他為麻木不仁的罪犯也不例外。何況，他確實有責任。他已設想好要陷害抗議者企圖縱火。那天，當他點燃香菸，看著煙從前端紅點繚繞而上，想像著僅僅數公分外就有純氧流過，心不禁緊張得怦怦狂跳，但他還是放手去做，很有把握自己已設想周全，不會出錯。傲慢。最重大的罪惡。

英姬眨眨眼——很快速地，彷彿為了忍住淚水——說道：「所以一切都是你？所有事情都是你一個人做的，沒有人幫忙，沒有人插手？」

他強迫自己直視著英姬。「對。沒有別人知道。我知道我做的事很危險，所以不想牽扯到任何人。所有的一切，都是我一個人做的。」

「是你拿了麥特的手機，打給保險公司？」

「是你打給仲介詢問首爾的事？」

「對。」他說。

「對。」

「是你把清單藏在棚屋裡？」

他點點頭。

「是你買了駱駝牌香菸藏在馬口鐵盒裡？」

博又點頭，接下來問題間距不停縮短，他仍繼續點頭，感覺好像搖頭娃娃。他十分緊張，因為她都只問他說謊的部分，而且還是誘導性問題，一如法庭上的夏儂——她想誘使他落入圈套嗎？

「你是真的想用香菸釀成火災？你是真的想拿到保險金，不只是為了讓抗議者陷入麻煩？」

他覺得暈眩，好像落入水中，分不清哪個方向能浮出水面。「對。」他好不容易說出口，說得很輕，幾乎連自己也聽不見。

英姬閉上眼睛，臉色蒼白毫無表情，讓他聯想到屍體。她依然闔著眼睛說道：「剛才回來的時候，我心想也許，只是也許，你會對我坦白。所以我沒跟你說我發現了什麼，我想給你一次機會，讓你親口告訴我。你為了騙我，花這麼多心思捏造一個這麼複雜的故事，我真不知道該覺得感動還是生氣。」

屋裡的空氣好像全散光了。他吸了口氣，試著思考。她發現了什麼？她有可能知道些什麼？她在唬人，一定是的。她內心有所懷疑，如此而已，他必須穩住立場，沉默並否認。「我不知道妳在說什麼，我已經坦白一切了，妳還要我說什麼？」

她睜開眼睛，很慢很慢地，就好像沉重布幕一毫米一毫米地往上拉以增加戲劇效果。她看著他說道：「實話，我要聽實話。」

「我已經告訴妳實話了。」他試圖表現出憤怒，但語句聽起來軟弱又遙遠，好像是遠方某人說的話，從他唇間吐出的只是回音。

英姬瞇起眼睛，彷彿試著做出什麼決定，最後終於說：「亞伯找到保險公司裡接電話的人了。」

博感覺雙眼灼熱，極力按捺著眨眼的需求，別開目光。

「打電話去的人說的是標準英語，沒有口音。不可能是你。」

思緒以驚慌失措的速度旋繞，但他迫使自己保持鎮定。否認。他必須否認到底。「很顯然是這個人弄錯了。妳不可能期望一個每天接數百通電話的人，一年後還會記得所有人的聲音。」

英姬往桌上放了一樣東西。「我去找了仲介，列出首爾清單的那個。她記得清清楚楚。她說很難得有人要搬回韓國，更難得有年輕女孩打電話去詢問。」

博強迫自己直盯著英姬看，並加強聲音中的憤怒語氣。「所以妳覺得我在撒謊？就因為幾個陌生人記錯了一年前的聲音？」

英姬沒有回答，沒有配合他抬高嗓門。她還是以同樣令人惱怒的平靜口氣說道：「昨天晚上我拿清單給你看的時候，你顯得好驚訝。我以為你是驚訝我找到你的藏匿處，但並不是。在那之前，你根本沒看過那份清單。」博搖著頭，但她仍繼續說：「還有鐵盒也是。」

「拜託，妳知道那是我的。在巴爾的摩，是妳自己拿給我的，而我——」

「而你把它和要給姜家夫妻的那堆東西放在一起，交給梅姬去送還。」博感覺到恐懼在臟腑中爬行咬齧。他從來沒跟她說過這個，她是怎麼知道的？

她像是在回答似的說道：「我今天打電話給他們了。姜先生記得是梅姬把所有東西送過去的，還說我們運氣真好，有女兒這個好幫手。」英姬瞅了梅姬一眼。「當然了，他們不知道她私藏了放香菸的鐵盒，誰也不知道。直到昨晚之前，你一直以為那個鐵盒在巴爾的摩。」

苦澀的口水滑上喉頭，他嚥了下去。「沒錯，我的確把要給姜家夫妻的那堆東西交給梅姬，不過我事先就拿出鐵盒了。是我把它放在棚屋的。」

「這不是真的，」英姬說得斬釘截鐵，攪得他胃液翻騰。如果她在唬人，這就是她窮盡畢生之力的演出。但她怎麼可能知道，而且毫無疑問？他說：「妳又不知道，妳只是猜測，而且猜錯了。」

英姬轉向梅姬。「泰瑞莎聽見妳在棚屋裡講電話。」梅姬繼續盯著茶，手緊緊握著茶杯，他覺得杯子好像隨時可能被捏破。「我知道妳把清單寄到一個朋友家，我知道妳用了爸爸的提款卡，我知道妳把所有東西都藏在棚屋最下面的箱子裡。」英姬將目光轉向博，說道：「我知道。」

博想要繼續否認，但有太多具體細節逐漸累積，他不得不承認一部分，以便維持信用。「好吧，公寓清單是她的。她想搬回首爾，就去索取來給我看，所以她現在很內疚，覺得那是一切事情的導火線，事實上我才是想出縱火計畫的人。所以我想承擔所有責任，盡可能完全不要牽扯到她。妳能明白嗎？」

「我明白你想承擔所有責任，但你做不到。我了解你，你絕對不會在病患周圍點火，不管火有多小或是控制得多好，你做事太謹慎了。」

他必須不停地說話，以阻止她說出他深恐她會說的話。「要是像妳說的就好了，但我確實做了。妳也只能接受事實。我不知道妳以為真正發生了什麼，不過妳似乎認為梅姬多少牽涉在內。但今天早上妳聽到我向她坦承了，也聽到她有多震驚。我們不知道妳也在，那段對話不是在演戲。」

「對，我不認為你們在演戲。我相信你對她說的是實話。」

「那麼妳就知道一切都是我做的。香菸、火柴，我是說，還有什麼……」

「我想過了，想了很多。」英姬說：「關於你一而再、再而三，說你所做的一切。挑選地點、收集樹枝、堆高、把火柴放進去、香菸放在最上面——關於放火的每個面向鉅細靡遺。只有一點除外。」

他什麼也沒說，說不出口，也無法呼吸。

「最重要的一點。我一直在想，他為什麼獨漏那件事？」

他搖搖頭。「我不知道妳在說什麼。」

「我在說真正點火的動作。」

「當然是我做的，是我點的香菸。」他說道，但熟悉的記憶湧上心頭。那天晚上當抗議者來電挑釁，說她們會再回來，不會善罷甘休時，他內心驚慌不已。看見她們的傳單，心生陷害的念頭，想讓情勢看似她們試圖燒毀他的執業場所。想起了他無意間在樹林裡發現的空心樹樁，與在那裡看見的使用過的香菸與火柴。他跑了過去，從成堆的丟棄物中撿出最完整的紙板火柴和最長的香菸，堆起樹枝，點燃香菸，讓它燃燒片刻。然後用戴著手套的食指壓住菸頭，將火摁熄。

英姬彷彿看穿他的心思，開口道：「你點了火但又撲滅了。你希望警察發現的時候就是這個樣子——看起來好像抗議者企圖點火，但香菸太早熄滅，沒有成功。你沒有放火，你從來就不打算放火。」

他感覺恐懼——熾熱到令人發寒的恐懼——一縷一縷地舒展開來，佔據他全身。「這沒道理，我沒做的事幹嘛要承認？」

「當作誘餌，」她說：「來轉移我的注意力，因為如果我繼續追究，事情可能會往你擔心的方向發展。」

他吸氣，嚥口水。

「我知道真相。」她說，聲音輕得他必須側耳傾聽。「拜託你坦白告訴我，別逼我說出來。」

「妳知道什麼？」他說：「妳以為妳知道什麼？」

英姬眨眨眼，轉向梅姬。此時的她不再沉著冷靜，臉上出現扭曲的痛苦表情。直到這一刻之前，他並無把握。但從她看著女兒的神情——那麼溫柔，還帶著莫大的憂傷——他便知道，她已全然知情。

他還沒能做任何事，還沒能叫她到此就好，什麼也別說，別說出那些毀滅性的話語使其成真，英姬便將手伸向梅姬，拂去她臉上的淚水。動作輕輕柔柔，好像在燙平絲綢。

「我知道是妳，」他的妻子對女兒說：「我知道是妳放的火。」

梅姬

二〇〇八年八月二十六日晚上八點零七分，爆炸前十八分鐘，剛剛在樹林裡跑了整整一分鐘的梅姬，正斜靠著一棵柳樹。珍寧朝她丟擲香菸、火柴與一張揉皺的紙條後，梅姬極盡所能以最平靜的語氣說道：「我不知道妳在說什麼。」然後轉身向後，往反方向走開。跨出一步，接著再一步，專心一志地保持腳步穩定，努力壓制逃跑與尖叫的本能——她使勁地將指甲扣入掌心，將舌頭抵在牙齒之間，並逐漸增強力道直到剛剛好就在突破牙關、刺出鮮血之前。走五十步後（她數了），她再也受不了便邁開腳步，以最快的速度跑起來——小腿肌肉火燙、淚水模糊了視線——直到感覺暈眩兩腿發軟，她才縮靠在樹旁哭泣。

賤女人，珍寧這麼罵她。纏人的賤貨。「妳愛怎麼眨眼睛、捲頭髮、裝清純隨妳高興，不過就老實點吧，我們倆都知道妳在搞什麼鬼。」她是這麼說的。此時坐在這裡，遠離了珍寧——她是父親期望她效法的對象，也是他想要她在美國受教育的原因——輕而易舉便想出了自己可以說，應該說的一切。最初是麥特帶香菸來，他們才開始抽菸。是麥特開始寫紙條說要碰面。沒錯，她在這裡很孤單，很感激他的陪伴，可是引誘？偷人？偷這個先是假裝朋友關心她，之後才露出真面目的男人？這個壓制住她，強將舌頭伸入她嘴裡阻止她喊叫的男人？這個壓到她身上，硬把她的手拉進褲襠裡包住他那話兒，拉扯到她手疼，還把她的手當成工具上上下下摩搓的男人？

但她一語未發，只是站在原地，聽著珍寧那些惡毒的話，任由語句滲入肌膚鑽進大腦，向外延展捲鬚並向下扎根。而現在，即使她告訴自己珍寧錯了，真正做錯事的是麥特，她則是受害者，腦中仍有一個聲音呢喃說道：她不也喜歡受關注的感覺嗎？當她發覺他偶爾會盯著她看，不也因為知道自己具有魅力（也許更甚於珍寧）而欣喜滿足嗎？還有她生日那天，她不也打扮得性感火辣，邀他一起喝一杯？而當他開始親吻她——溫柔地、浪漫地，一如她所想像的初吻——她不也回吻了他，而且在當晚情勢急轉直下以前，她不也曾一度想像著童話般的結局：情不自禁脫口而出的「我愛你」、深情的凝視，與其他一些令人尷尬、她現在想都不敢想的老套戲碼？

她原以為生日當天遭受羞辱後，已使她天真得可悲的希望幻滅，但麥特天天寫紙條又追到她的SAT補習班，整整一星期的攻勢多少讓她的希望又死灰復燃。她答應和他碰面，在偷喝了幾大口父親的米酒壯膽後走向小溪時，在她內心深處，在她那迪士尼化到令人作嘔的大腦區塊中最小最小的一部分，有那麼一剎那想像著麥特站在溪旁，等著向她告白，坦承他一刻都不能沒有她否則便活不下去，並解釋他在她生日當晚的行為是在酒意加上激情的催化下一時失去理智，以後絕不會再犯。就在那一刻，隨著燒酒在胃內湧動，她也懷抱期待心跳怦然——與此同時，她看見了珍寧。那一刻她何其震驚，當發覺這一切都是為了讓他老婆代替他來斥責她所設的圈套，她簡直羞到無地自容！此時的她一面回想當時的情景，一面將額頭壓靠著柳樹幹以阻止眼球背後的痛楚擴散，羞愧感漫遍全身，將每個器官充斥得飽脹欲裂，她真希望能就此消失，能跑得遠遠的，再也不去面對麥特與珍寧。

忽然間她聽見一個聲響，是從她家方向遠遠傳來的敲門聲。是珍寧。一定是珍寧來找她父母，抱怨他們的淫蕩女兒引誘並糾纏她的正人君子丈夫。她想像父母站在門口，滿臉惶恐地看著珍寧出示她的紙條與香菸，將她描述成一個滿腦子想跟她丈夫上床的可悲女孩。一想到這裡，她心中再次閃過羞愧與恐懼，但也還有其他感覺。氣憤。氣麥特，這個男人將她的寂寞扭曲成某種病態的東西，還對老婆胡說八道一通。氣珍寧，這個女人甚至沒有靜下心來聽聽梅姬的說詞，就馬上認定自己丈夫是無辜的。氣她父母，他們將她強行帶離家鄉、朋友，害她落到這步田地。而最主要的還是氣她自己，竟然就這樣讓這一切發生毫無反擊。不，不能再這樣。她起身大步走回家。她不會任由他們在聽過麥特所做的一切之前，就隨意批判她。

就在走回家途中，當她對自己過去毫無作為的怒氣混雜著羞慚，再加上頭痛令她不堪負荷之際，她看見了：穀倉後牆邊有一根小小白白的東西。是一根香菸。擺放的位置正好可以點燃火，燒掉穀倉，毀掉奇蹟潛水艇。正如她在短短一星期前所夢想的一場火。

這念頭是在她十七歲生日當天冒出來的。那天晚上喝了酒以（她無法明白說出口的）「那件事」收場後麥特立刻跑走，隨後她便退避到柳樹間的一處避風港，半坐半斜靠一塊岩石，菸一根接著一根抽，努力地不哭泣或嘔吐。

抽完第三或第四根菸後，她丟掉菸屁股又拿出一根來。她一面專注地想盡快點燃下一根菸——蜜桃酒的噁心甜味結合了精液的刺鼻腥味殘存在鼻孔中，她需要菸味來中和——一面保持頭與上身全然不動，以免世界天旋地轉與胃裡的酒精沉渣搖來晃去。不過她的手指依然顫抖不穩，頭不動很難看得清楚，而當她點火柴時，一不小心弄掉了。

火沒點著——火柴掉在近水處，馬上嘶一聲熄滅——但垂眼望向地面時，梅姬注意到數呎外有火焰，顯然是她稍早的一截菸蒂掉進了樹葉堆裡。她知道應該立刻踩熄，卻不知為何沒這麼做，而是蹲在火前觀看——橙、藍與黑色火浪不斷迴旋竄高——想起麥特的牙齒擠壓著她的嘴唇，並用舌頭硬撐開她的雙唇，逼得她將一句「不要」嚥了回去。她想起他將她的手指用力按在自己的陰莖上，把她的手當成工具上上下下地抽送捏擠，每抽送一次總會伴隨一聲呻吟與桃子發酵的臭味，嗆得她衝著他的舌頭咳嗽，還有溫溫黏黏的精液噴射而出，即使在溪水中刷洗到整隻手紅通通仍無法清除，手上甚至被他的拉鍊刮出一道白色線痕。她還想起稍早對SAT補習班同學說的蠢話。當大夥兒都說無法和她一起吃飯慶生後，她說無所謂，反正她待會兒要和一個男生碰面，是個醫生，結果他們揶揄她，說他聽起來像個只想找人上床的老變態，她回說他很紳士，是個關心她、會傾聽她訴說心事的朋友，而且他自己也正面臨一些難題。他們笑她太天真，果然被他們說中了。

她將剩下的桃子酒淋到火上。碰到酒的剎那，火焰倏忽急竄，她頓時感覺火焰即將燒到她、吞噬她、毀滅一切，不禁一陣狂喜。麥特、朋友、父母、人生，盡皆消失。

火幾乎是立刻熄滅，臨死前的擴展只持續一秒鐘，她確認火已徹底熄滅了才離開。可是當夜稍晚，睡在壓力艙中的她夢見了火，柳樹林裡的火焰向外擴張，吞噬了穀倉，摧毀了將他們與這座她所痛恨的小鎮、與她希望消失無蹤的男人綁死在一起的事業。她醒後並未再想起此事——她盡可能將那一晚的事從心頭掃除，盡可能讓自己忙著準備SAT考試、蒐集大學報名資料與研究首爾公寓的選擇——但此時此刻，在將近一星期後，它就出現在穀倉旁邊：一根香菸從一堆細枝與枯葉中突出來，而且就擺放在一個翻開的紙板火柴正中央。在她看來，這有如一件禮物，一份祭品。彷彿是命運之神在召喚她，邀請她點燃香菸，告訴她來吧，動手吧，幾分鐘前麥特的妻子才叫罵羞辱她是纏人的賤貨，值此羞怒之火燒灼著她的五臟六腑之際，這正是她需要的。就直接燒了它毀了它吧。

她走了過去，慢慢地，小心地，有如走向可能消失的海市蜃樓。她在樹枝堆前蹲下，伸出顫抖的手拾起香菸。她內心深處意識到香菸焦黑，似乎是有人點燃後，樹枝堆還沒起火菸就熄了，至於是誰又為什麼點火的疑問，卻是後來才浮現。在醫院甦醒後與接下來的一年當中，這個問題始終縈繞不去。但在那當下，她不在乎。無所謂。唯一重要的是這根香菸注定要點燃，樹枝堆注定要著火。她想到在溪邊一淋上桃酒便倏忽晃動的火焰，想到火的溫暖慰藉，她還想再體驗一次。她需要。

於是她拾起紙板火柴，撕下一根，劃了一下。點燃後，她迅速將紙板火柴與香菸置於樹枝堆中央。紙板火柴整個起了火，香菸也燒起來，菸頭火紅。她覺得胸腔深處有一股溫熱，感覺到同樣的慰藉，她便輕輕吹火，助長火勢，促使樹枝堆著火，點點灰燼也從枯葉間慵懶地隨煙飄浮而上。她的臉變得熾熱，但仍繼續待到整個樹枝堆都起了火，才一步一步往後退，邊看著火焰邊強烈希望它變大、變高、變熱，讓這棟破爛建築與裡面的一切付之一炬。

當她轉身走向住家，那一刻的魔力，那種不太真實的超現實感，倏地消失不見。時間已過八點十五，因此所有患者都走了——沒錯，患者停車場是空的，她查看過了，何況珍寧也說療程已提早結束——但萬一父親還在穀倉內打掃清理呢？不對，穀倉顯然也是空無一人；他總會在清潔過後才關掉空調，而現在空調已經關閉，會發出巨大噪音的風扇靜悄悄，燈也沒亮。然而，想到自己做的事——縱火、犯罪、警察、監獄、父母——她的心怦怦跳，頓時停下腳步，想著要回去，趁火勢還沒失控前將火踩熄。

「美熙啊，美熙啊！」母親的呼喊聲從屋內傳來，明顯聽得出因為找不到她而氣惱。那六個尖刻的音節將母親的不認同緊緊包裹在其中，就因為這樣，梅姬又再度火冒三丈，點火走開後內心獲得的平靜隨之無影無蹤。她於是轉身拔腿就跑。

就在快到棚屋時——此時此刻，她非抽根菸不可——她看見父親在外面打電話。他抬眼一看，說道：「太好了，我正想找妳。我需要妳幫個忙。」他將手機放到耳邊，打手勢示意她上前來。幾秒鐘後，他對著電話說：「妳老是把她想得那麼糟，其實她在這裡幫我。電池在家裡的廚房水槽下面，不過妳別離開患者。我會叫梅姬去拿。」他回頭對她說：「梅姬，快去，現在馬上拿四個一號電池到穀倉去。」隨即又對著電話說：「我很快就過去放病患出來。記得別說……老婆？喂？妳在嗎，老婆？」

病患。放他們出來。穀倉。

這些字眼有如旋風繞著她的頭打轉，轉得她頭暈目眩。她轉過身，起跑，以最快的速度移動雙腿。求求祢，上帝，求求祢保佑火已經熄了。保佑它只是一場夢，一場噩夢。保佑是她誤會了父親的意思。穀倉裡怎麼可能會有病患？最後一次潛水早就結束了，是珍寧說的。空調沒有運作，燈也關了，車子都不在了。這是怎麼回事？

她無法呼吸，再也跑不動，燒酒逐漸上湧，燒得她喉嚨發熱，地面宛如海浪上下起伏，她幾乎就要跌倒，遠方不知什麼地方有母親呼喊她的聲音，但她仍繼續跑。接近穀倉時她看見：燈沒亮，停車場空空如也，空調關閉。四下安安靜靜，靜悄悄地，聽不到一點聲音，除了……天哪，穀倉裡傳出一個微弱的聲響，像是有人在敲打，而穀倉後面，火焰劈哩啪啦地侵蝕木頭。煙從穀倉背後升起，當她轉過轉角面對後牆，立刻感覺到火的熱氣迎面撲來，熱到她無法接近，儘管大腦尖聲呼喊著要她立刻行動，撲向牆壁用身體將火壓滅。

她聽見母親的聲音在喊她：「美熙啊。」輕輕地，溫柔地。她轉過頭，看見母親正注視著她，眼睛眨也不眨，如飢似渴地盯著她看，彷彿已多年未見。就在轟然巨響前，就在她覺得身體騰空飛起時，她看見母親正要走向她，雙臂大張。她想要奔向她，想擁抱她，想要她緊緊抱住自己，讓一切重新回歸正軌。就像她小時候那樣，當她母親還是她Um-ma的時候。

英姬

英姬一說出指控女兒謀殺的話之後，梅姬立即抬頭與她四目相交，原本糾結皺起的臉也因鬆了口氣而鬆解開來變得平滑。真相，終於出現。

博打破沉默。「說什麼瘋話。」

英姬沒有看他，她忍不住一直凝視著女兒的雙眼，飢渴地汲取她所見到的眼神：那其中有對她的需求，有一種想溝通、想傾吐的渴望。她們已經多久沒有真正親密的聯繫、接觸了？每天討論日常生活用度，都只是互相瞄上幾眼。好奇怪，幾乎可以說是神奇，此時的心意相通竟改變了一切。即使說著不同的語言——英姬和博說韓語，梅姬一如往常以英語回答——以前總覺得彆扭，現在卻反而增添幾分親暱，就好像發明了一種專屬於他們的秘密語言。

博說：「妳到底在說什麼？妳以為我們合謀嗎？是我設計好一切，然後叫梅姬去做最危險的部分？」

「不是，」英姬說道：「我是這麼想過，但愈想心裡愈明白——裡面有人，你是絕對不會點火的。我了解你。人命關天，你絕不可能這麼冷酷無情。」

「那梅姬就可能？」

「不。我知道她絕不會拿人命開玩笑。」她輕撫梅姬的臉，很輕很輕地，只是讓她知道她明白。「但假如她以為穀倉是空的，假如她以為潛水已經結束，裡面沒人了……」

梅姬臉上僅存的幾條皺褶紋路至此完全消失，眼中泛淚。很感激母親知情，甚至於理解、原諒。

英姬伸手抹去梅姬的淚水。「所以妳才一直說好安靜。妳清醒以後重複說了好幾遍，醫生都以為妳是重新體驗爆炸瞬間，但根本不是這麼回事。妳是想不明白當時一切都沒有運作，怎麼可能裡面會有人，還開著氧氣。妳不知道停電了。」

「我一整天都不在，」梅姬的聲音聽起來沙啞，好像多日未曾開口。「我回來的時候，停車場空了，我就認定潛水已經結束。我以為氧氣已經關掉，建築裡頭都沒人了。」

「妳當然會這麼想，」英姬說：「前一節的療程耽擱了，所以停車場停滿了車，最後一組人只好把車停到路的另一頭。當較早療程的病患離開後，停車場也就空了。妳怎麼會知道呢？」

「我應該去看看另一個停車場的。我知道那天早上他們把車停在那裡，可是……」梅姬搖搖頭。「不管怎麼樣都無所謂。是我放的火，那不是意外，是我幹的，而且我是故意的。全都是我的錯。」

「美熙啊，」博說：「別這麼說，那不是妳的錯……」

「當然是她的錯。」英姬說道。博看著她，驚訝地張大了嘴，彷彿在說：妳竟敢說這種話！她對梅姬說：「我不是說妳故意害死人，或是說妳應該事先料想到。但是妳的所作所為產生了一些後果，妳必須負責。我知道妳自己心知肚明。妳有多煎熬，妳流了多少淚，我都看在眼裡。到法庭去，看見妳的選擇毀了這麼多生命，這讓妳痛不欲生。」

梅姬點點頭，此時的認罪讓她臉上再次湧現一波輕鬆感。英姬可以理解——有時候，當你為某件事愧疚於心，最難以忍受的就是他人為你找藉口說責任不在你。這無異於把你當成小孩看待，是在貶低你。

「我在醫院剛剛清醒的時候，」梅姬說：「以為這整件事可能是我想像出來的。我不是不記得，那天晚上我記得清清楚楚——稍早的時候發生了一點事情，搞得我好煩，我從來沒那麼心煩過，後來從穀倉旁邊經過，剛好有一根香菸和一些火柴放在那裡。我本來沒有計畫要做什麼，可是一看到那個，就好像……好像命運注定，好像那就是我當時想做的事，直接把它燒個精光，把它摧毀，我點火以後感覺好棒。我待在那裡看著，還助長火勢，以確保穀倉著火。」梅姬看著她。「可是我好混亂，因為我認為氧氣關掉以後應該不會爆炸，所以我一再地想，那一定是夢，是昏迷攪亂了我的記憶。這麼想很合理，不然怎麼會剛好有根香菸在那裡？」

「所以妳才一直沒站出來說出實情？妳是真的不知道嗎？」英姬小心地不讓口氣透著懷疑。她看得出梅姬有多想相信這番話，有多想認為她是真的把自己的記憶當成假的而不當一回事，直到今天博確認了香菸確實存在，並告訴她香菸何以會出現在那裡。

梅姬轉移視線，望向假窗外的一方亮麗藍色。她深吸一口氣，先看看博再看看英姬，然後露出一抹淡淡的、哀傷的微笑。「不，我知道那」——她搖了搖頭——「只是我裝傻。我知道事情確實發生了。」

「那妳為什麼不坦白？」英姬說：「妳為什麼不馬上告訴我或爸爸？」

她咬咬嘴唇。「我本來要說的，就在我清醒那天，亞伯來探視的時候。但我還沒說出口，妳就告訴我伊莉莎白的事，說他們有確鑿的證據可以證明她打算殺害亨利，我心想，那肯定是她。

是她堆的樹枝，是她把香菸和火柴放在那裡。我猜想她一點火就跑開了，以免氧氣筒爆炸時她人在附近，沒想到在被我發現以前，香菸意外熄滅了，也許是被一陣強風吹熄的。那讓我感覺舒坦多了，就好像真正起火的人不是我，是伊莉莎白，她才是該怪罪的人，至於我重新點燃火柴比較屬於技術層面，我只是讓它繼續做伊莉莎白想要它做的事。」

英姬說：「所以說看到她接受審判，妳就這麼自我安慰？」

梅姬點頭。「我告訴自己她有罪，她是罪有應得，因為她有意這麼做，要不是香菸碰巧熄滅，她也就成功了。我猜想，她恐怕根本不知道有人插手。在她看來，是她的計畫成功，發生的一切都在她意料之中。這麼想讓我比較不那麼內疚，但後來……」梅姬閉上眼睛嘆了口氣。

「但後來這個禮拜，妳看見她了。」

梅姬點點頭，睜開眼睛。「事情根本不是亞伯說的那樣。審判時有好多問題，我這才第一次想到：如果不是她呢？如果一切是另一個人設計好的，火災跟她完全無關呢？」

「也就是說妳直到這個禮拜才發覺她可能是清白的？」這是英姬的猜測、希望，但親口確認很重要，她要確認女兒不是故意傷害一個無辜的女人。

「不。一直到昨天，我開始覺得有可能」——梅姬咬咬嘴唇，搖了搖頭——「是另外一個人，但還是認為伊莉莎白的嫌疑最大。不料今天早上，爸爸跟我說是他，我才第一次知道不是伊莉莎白。」

「那你呢？」英姬轉向博。「你什麼時候知道是梅姬的？你替她掩蓋多久了？」

「老婆，我以為是伊莉莎白。這麼久以來，我都深信是她無意中撞見我堆的樹枝點的火。可是昨晚，當妳讓我看了棚屋的東西，把我給搞糊塗了。我開始起疑，卻想不出梅姬怎麼可能捲進這些事情。我光想就覺得害怕，所以才替她掩蓋。她進屋以後看見從棚屋拿來的紙袋，今天早上才向我坦承一切，我也才告訴她香菸是我放的，不是伊莉莎白。那段對話妳都聽見了。」

如今一切都說得通了。所有拼片都優雅無比地就定位，但形成的是什麼樣的圖像呢？解方又是什麼？

梅姬像是在回答她似的說道：「我知道我有必要把一切告訴亞伯。這禮拜早幾天我差點就說了，在他的辦公室，只是我不斷想到死刑，實在太害怕，我就……」梅姬的臉因為羞愧與懊悔，因為害怕，揪成一團。

「妳什麼事都不會有，」博說：「如果她被判有罪，我會出面。」

「不，」英姬說：「梅姬必須認罪，馬上。伊莉莎白是清白的，她失去了孩子，還被冠上殺死他的罪名接受審判。沒有人應該承受這種痛苦。」

博搖頭說：「我們現在說的可不是一個完全沒做錯事的無辜母親。妳不知道我對她有什麼樣的了解。她也許沒放火，可是她——」

「我知道你要說什麼。我知道你偷聽到她說她想要亨利死，不過我跟泰瑞莎談過，她做了解釋。伊莉莎白不是真的那麼想，她們只是在談論每個母親都會有的感覺，那種感覺我也有過……」

「妳想要妳的孩子死？」

英姬嘆了口氣。「我們每個人都會有讓自己慚愧的念頭。」她拉起梅姬的手，與她十指交握。「我愛妳，在醫院的時候，看見妳受苦我很心痛，要是可以我願意代替妳。但就某方面來說，我也很愛那段時間，因為那是長久以來妳第一次需要我，第一次讓我照顧妳、抱著妳，沒有把我推開，而我……」英姬咬著嘴唇。「我也暗暗希望妳不要好起來，我們就能待在一起久一點了。」

梅姬闔上雙眼，湧現的淚水滑落臉頰。英姬將她的手握得更緊，又接著說：「我不知道有多少次我們吵架時，我會有那麼一剎那希望妳從我的生命中消失，我敢說妳對我也有同樣想法。但假如真的發生，我會受不了。而假如有人發現那些最不堪的時刻，然後怪我害死自己的孩子……我不知道我該怎麼面對自己。」她看著博。「這就是我們讓伊莉莎白經歷的。我們必須加以終止，現在馬上。」

博移開輪椅來到窗邊。開口在他頭上方，因此他看不見外面，只是坐在那裡面對牆壁。片刻過後，他說：「如果要這麼做，就得說是我一個人放的火。要不是我把香菸放在那裡，梅姬什麼也不會做。由我來承擔罪責天公地道。」

「不行，」英姬說：「亞伯會從香菸、從首爾的公寓連結到梅姬——所有事情都會水落石出。最好是現在全盤托出。那是個意外，他會理解。」

「妳老說那是意外，」梅姬說：「其實不是。我是故意放火的。」

英姬搖頭道：「妳不是有意傷害或殺死任何人。妳沒有計畫什麼。妳放火是一時衝動，昏了頭。我不知道美國法律重不重視這一點，但對我來說很重要。聽起來是人之常情，可以理——」

「噓——」博說：「有人來了，我聽到車門聲。」

英姬匆匆上前，越過博的頭往外看。「是亞伯。」

「記住了，暫時先保持沉默，什麼都別說。」博說道，但英姬不理會他，開門喊道：「亞伯。」

亞伯不發一語，逕自往前走直到進屋。他滿臉通紅，頭上的小捲髮布滿汗珠。他一一盯著他們三人看。

「怎麼了嗎？」英姬問道。

「是伊莉莎白，」他說：「她死了。」

伊莉莎白。死了。但她才剛見過她，跟她說過話，她怎麼可能死了？什麼時候？在哪裡？為什麼？不過她一句話都說不出來，動也不能動。

「出了什麼事？」博問道。他的聲音顫顫巍巍，聽起來很遙遠。

「車禍。在幾公里外，一個彎道，護欄壞了，車子衝出路肩。她自己一個人。我們認為……」亞伯頓了一下。「現在說還太早，不過我們有理由懷疑她是自殺。」

很奇怪的感覺，她可以聽見自己倒吸一口氣，可以感覺到膝蓋發軟，並知道自己很訝異，甚至於震驚，但其實並沒有。是自殺，當然是了。伊莉莎白臉上的表情，她說話的語氣——充滿懊悔，卻也決絕。事後想來，其實十分明顯——如果她夠誠實，甚至當時就感受得到。

「我看見她了，」英姬說：「她說她很抱歉。她請我」——她凝視著博——「代她向博道歉。」他蒼白的臉蒙上一層愧色。

「什麼？那是什麼時候的事？在哪裡？」亞伯問。

「在法院。大概是十二點半吧。」

「正好是她離開的時間。如果她道歉……事情就說得通了。」亞伯搖頭道：「今天她在法庭上有點情緒崩潰，而且她似乎想認罪。我猜她應該是太內疚了，無法繼續受審。加上博又是她律師推諉罪責的對象，她自然對他特別過意不去。」

伊莉莎白，對博過意不去。因為這份愧疚而死。

「那就表示案子到此為止嘍？」博說。

「審判顯然是結束了，」亞伯說：「我們在找有沒有紙條或其他東西可以作為確切的自白。英姬，她向妳道歉肯定能納入考量，不過……」亞伯說著覷了梅姬一眼。

「不過什麼？」博問道。

亞伯眨了幾下眼睛，接著才說：「正式結案以前，我們還得追查幾件事。」

「什麼事？」博問道。

「一些零碎瑣事，是麥特和珍寧剛剛給我們的新線索。」他說得漫不經心，好像沒什麼大不了，但英姬感到緊張，因為他不僅將注意力放在梅姬身上，似乎在評量她的反應，還特別強調「麥特和珍寧」——顯然有弦外之音，有隱含的訊息，從梅姬臉紅的模樣看來，她心裡明白。

「總之，」亞伯說：「我會安排請你們過來問幾個問題。我知道你們會感到十分震驚，衝擊太大，但希望你們和其他所有受害者的內心都能恢復些許平靜，繼續往前走。」

受害者。這個字眼讓英姬覺得刺耳，她強忍住沒有打哆嗦，但兩腿軟弱無力，而且疼痛，好像已經站了好幾個小時。

亞伯離開後，英姬倚著門，額頭靠在沒有上漆的粗糙木板上。她閉上眼睛，想起幾個小時前才在法院遇見伊莉莎白。當時她已經猜到是梅姬，也知道伊莉莎白是清白的。她看得出來伊莉莎白感到羞愧孤單，卻仍然任由她向自己道歉，什麼也沒說。儘管英姬滿口說著他們應該立刻坦承，讓伊莉莎白少受點折磨，可一旦有機會能採取行動，對伊莉莎白說出真相，她卻沒有把握住。她逃離開來。而伊莉莎白就這麼死了。

她身後，博發出沉重的長嘆，一聲接著一聲，好像無法將氧氣吸入肺部似的。過了一會兒，博再次開口，這回用的是韓語。「我們誰也不會知道……」他的聲音有些沙啞。又過了片刻，他清清喉嚨。「也許我們應該找麥特和珍寧談談，看亞伯在說什麼。如果可以撐過這最後一件事，也許……」

英姬覺得喉嚨發癢，一開始很輕微，但隨著博繼續談論他們應該對亞伯說什麼，她的喉嚨愈來愈癢，到後來再也受不了，非得笑或哭或又笑又哭。她兩手握成拳頭，緊閉雙眼，放聲尖叫，就像伊莉莎白在法庭上那樣——那只是今天早上的事嗎？——一直叫到喉嚨發疼喘不過氣，才張開眼睛轉過身去。她看著博——這個男人聽到伊莉莎白的死訊後難過不到五分鐘，就開始思考詳細的掩蓋計畫——重新用韓語說：「是我們做的。我們殺了伊莉莎白，是我們逼她去自殺。你一點都不在乎嗎？」

博別過頭去，同時慚愧到整張臉皺了起來，讓她不忍卒睹。梅姬在他身旁哭著說道：「別怪爸爸，是我的錯，是我放火燒死了人。我應該馬上站出來承認的，卻一直保持沉默。結果現在連伊莉莎白也死了。是我做的。」

「不是，」博對梅姬說：「妳之所以保持沉默是因為妳以為是伊莉莎白架起樹枝堆想殺亨利。今天早上，妳一發現不是她就想去找亞伯，要是我沒有阻止妳……」博逐漸沒了聲音。他緊閉起眼睛咬緊牙根，彷彿費盡力氣才不至於讓五官走位。

「我們大可以找藉口，」英姬說：「在今天早上以前，你們倆都認為伊莉莎白有她的錯處，被懲罰是理所當然。或許，就事情發展的態勢看起來，有這種想法甚至可以理解。但這並不會改變我們都撒了謊的事實——對彼此也對亞伯撒謊。這一年來，我們對好多事情都說謊，自作主張地決定事情的對錯或有無關聯。我們全都脫不了責任。」

博說：「發生這種事很悲慘，如果能改變過去，我願意付出任何代價。可惜沒辦法。我們唯一能做的就是往前走。讓人料想不到的是，這對我們一家而言是份福氣。」

「福氣？」英姬說：「一個無辜女人的受苦和死亡是福氣？」

「妳說得對，這個字眼不恰當。我只是想說我們已經沒有理由再站出來坦白一切。伊莉莎白走了，這是無法改變的事，所以……」

「所以就乾脆趁機佔便宜，她自殺了算我們運氣好？」

「不是這樣，只不過現在坦承有什麼意義？如果她有家人，有人會受到影響，也許還有點用，可是她沒有。」

英姬感覺到四肢的血液枯竭，肌肉無力，喉嚨好像被什麼哽住，彷彿有隻無形的手掐住她的脖子。「所以就什麼都不說，假裝是伊莉莎白放的火？罪責會隨著她的死消逝，我們則拿著保險金搬到洛杉磯，讓梅姬去上大學？這就是你的新計畫？」

「這不可能傷害到任何人，一切會到此結束。」他說。

「我知道你深信不疑，可是你對第一個計畫也是深信不疑。你以為在氧氣旁邊放一根菸不會傷害人，結果卻死了兩個人。你的第二個計畫，讓伊莉莎白接受審判——又死了一個人。現在你還有第三個計畫，你真的知道、真的確定會一切順利嗎？還要死多少人你才會學乖？你無法保證事情的結果。這件事本來只是意外，但隱瞞一切反而讓我們全都成了殺人犯。」她喉嚨發疼，這才發覺自己正扯開嗓門大喊，梅姬則在啜泣。記憶中，這是她頭一次見到梅姬的淚水卻無意安撫女兒。她想要梅姬感到傷痛，想要她好好自我反省後羞愧到無地自容，因為若非如此便意味著一個讓人想都不敢想的事實：她女兒是個禽獸。

梅姬手肘撐在桌上，雙手掩面。英姬將她的手拉開，說道：「看著我。妳一直只是消極地希望這件事自動消失，就像個作噩夢夢見怪獸的小孩。但妳逃避不了。」她看著博。「你以為保持沉默不會傷害任何人嗎？看看我們的女兒。這已經讓她生不如死。她必須面對自己做的事，而不是逃避。她要是脫了身，你覺得她會有一刻的安寧嗎？你和我會有嗎？這會跟著她一輩子，會毀了她的。」

「老婆，拜託。」博推著輪椅來到她面前，握住她的雙手。「事關我們的女兒，她的人生才剛要開始，我們不能讓她去坐牢毀了她的一生。如果我們因為保持沉默受折磨，那我們就應該受折磨。這是我們為人父母的職責，當我們把一個生命帶到這個世界上，就有責任保護我們的孩子，有責任做必要的犧牲。我們不能把孩子交出去，我寧可說一切都是我做的，我願意做這樣的犧牲。」

「你以為我會不願意獻上我的生命千百次來救她嗎？」英姬說：「你以為我會不知道看著她入獄我會有多痛苦，會多想寧可自己受苦嗎？但愈是艱難的事就愈不能逃避，我們還得教她遇到難事該如何面對。」

「妳不是在上哲學辯論！」博往桌上猛拍一掌，惡狠狠地吐出沮喪言語。他闔眼片刻，深吸一口氣後，強自鎮定緩緩說道：「她是我們的孩子，我們不能送她去坐牢。我是一家之主，要為我們一家人負責。事情由我作主，我決定我們什麼都別說。」

「不行。」英姬說完轉向梅姬，抓住她的雙手。「妳已經是成年人，不是因為妳過完生日滿十八歲，而是因為妳經歷的事。做決定的人是妳，不是我也不是爸爸。我不會讓妳輕鬆過關，如果妳不坦白，我也不會威脅說要去找亞伯。妳必須做出艱難的抉擇，要不要去找亞伯，隨便妳。責任在妳，說不說出實情也在妳。」

「那麼如果她什麼都不說，妳也不會採取任何行動？妳會讓亞伯結案？」

「對，」英姬說：「但如果妳什麼都不說，我不會留下來。我不想和那筆錢扯上關係，而且我不會說謊。假如亞伯問起，我不會說出妳做了什麼，但我會說我百分之百確定不是伊莉莎白放的火，為她洗刷清白。這是她最起碼應得的。」

「但亞伯會問是誰做的，他會問妳怎麼知道。」博說。

「我會說我不能說，我會拒絕回答。」

「他會逼妳，他會讓妳去坐牢。」

「那我就去坐牢。」

博嘆了口氣，重重的一口憤懣之氣。「根本不需要這樣。妳只要——」

「別說了，」英姬說：「我不要再玩拔河遊戲。」接著轉向梅姬。「美熙啊，這不是妳爸爸和我的對抗，妳不用選邊站。這是妳自己的戰役，妳必須想想對妳來說什麼才是正確的，然後自己做出選擇。這是妳教我的，記得嗎？在韓國，妳年紀還小，才十二歲的時候，妳說妳知道我不想搬到美國，還問我怎麼能盲目地任由別人決定我的人生。當時我罵了妳，叫妳乖乖聽爸爸的話，但我心裡很慚愧，也很以妳為傲。最近我常常想到那件事。當時我要是老實說出來……」英姬垂下眼睛搖了搖頭。

她用手指耙梳梅姬的頭髮，讓它垂蓋在她臉上。「我對妳有信心。妳知道活在沉默中是什麼感覺，妳知道當妳終於告訴我們真相是多麼輕鬆的感覺。幾天前，我提到保險金和搬家上大學，妳問我亨利和琦巧都死了，我怎麼能去想那些事。想想那句話，想想伊莉莎白，從中吸取力量。」

博說：「不管我們做什麼，人死都不能復生。妳這是要梅姬白白毀掉自己的人生。」

「不是白白地。做對的事不是白費力氣。」英姬站起身，背轉向丈夫與女兒，朝大門走去。一步，接著再一步，等著梅姬阻止她，等著她喊出：等一下，我跟妳一起走。但誰也沒開口，誰也沒採取行動。

屋外光線燦亮，陽光猛烈地射下來，讓她不得不瞇起眼睛。空氣潮濕遲滯，八月的午後總是這樣。天空一片晴朗，還看不出數小時後即將雷雨交加的跡象。全日照的氣壓與熱度不斷地累積再累積，直到天空終於迸裂，下了十分鐘的強風驟雨，便足以紓解壓力，氣溫也隨著夜色降臨開始冷卻。到了明天，周而復始。

屋內可以聽到隱隱約約的人聲。她走了開來，不想聽博說些什麼，反正他一定在指使梅姬保持耐心，等候英姬恢復理性。她走到附近的一棵樹，一棵巨大橡樹，樹幹布滿節瘤，有如舊傷口表面的疤痕組織。

她身後，屋門咿呀開啟，有腳步聲接近，但她繼續面向著樹，不敢去看女兒臉上的表情。腳步聲停止，一隻手按在她肩上，只是輕輕搭放。「我很害怕。」梅姬說。

淚水刺痛英姬的雙眼，她轉過身說：「我也是。」

梅姬點點頭咬著嘴唇。「爸說我要是認罪，他會說所有事情都是他故意做的，為了錢，而我的說詞是我捏造的謊言，以便看起來更像意外。他說他要是這麼告訴亞伯，他很可能會被判死刑。」

英姬閉上了眼。博很聰明，用另一個死亡，他自己的死亡，來威脅女兒。她張開眼抓住梅姬的手。「我們不要讓這種事發生，我們要把一切原委告訴亞伯，包括爸爸威脅妳的話。他會相信妳的，他非相信不可。」

梅姬眨眨眼，英姬以為她會哭，但她只是拉開嘴角露出苦笑。忽然間，一段記憶浮現：梅姬，約莫五、六歲時，在鬧脾氣，當英姬溫柔地說她的行為舉止讓媽媽很失望，梅姬便從斗櫃抽屜拿出一條手帕，擦乾淚水，拉開嘴角微笑著說：「妳看，媽媽，我不哭了。」一臉莊重的神情，一如現在。英姬將女兒緊緊擁在懷裡。

過了一會兒，梅姬仍將頭靠在英姬的肩上開口說話，這是她這一整天第一次說韓語。「妳會跟我去嗎？妳什麼都不必說，只要站在我身旁就好，妳會嗎？」

淚水哽在喉頭讓英姬說不出話，她什麼都做不了，只能繼續摟著女兒，輕撫她的髮絲，一次又一次地點頭。很快地，她就會輕輕推開女兒，只是稍微推開，讓她自己站直起來，然後她會對女兒說她愛她，不管內心有痛苦，她都會驕傲地陪她同去，站在她身邊聽她道出真相。她會向她道歉，說她不該讓她失望，在巴爾的摩那些年不該丟下她一人，沒有挺身支持她，如果可以的話，她永遠不會再拋下她。她會提出仍存留在心裡的問題，會說出未言明的事實。這些事她終究會一一做到——在一分鐘、一小時或是一天後。但當下定定地站在這裡，感受著女兒全身靠在自己身上的重量，感受著女兒吹在自己頸間的溫熱氣息——暫時她只需要這些。

後來　二〇〇九年十一月

英姬

她坐在穀倉外的一截樹樁上。不對，應該說是原來穀倉所在的位置，因為昨天新主人已經將殘餘的穀倉拆除，一片一片運走了。如今只剩下潛水艇，放在泥土地上，等著被送往某座回收場，草地樹木襯著它的鋼板與管線，看起來有如科幻電影的畫面。

這是一天當中英姬最喜愛的時段。清晨一大早，夜色與白晝仍交融，有月光照射，但不是滿月，只是薄薄一彎明月，灑下淺淡光線照亮潛水艇。她其實看不清，無論是焦黑的艇身、起泡的油漆或玻璃舷窗破裂的鋸齒，都看不見。唯一只看得出輪廓，而在這樣的光線下（或者應該說在這種缺乏光線的情形下），潛水艇就和去年剛剛上漆、閃爍耀眼時一個樣。

六點三十五分，壓力艙依然是一團陰暗昏黑的橢圓，遠方的天空卻已逐漸轉亮。她抬頭看雲，看那一片灰濛濛中透著桃色，想起了當初從首爾飛往紐約途中（那是她第一次搭飛機），看著雲層時的迷失感。當飛機爬升入厚厚的雲層，她從舷窗望出去，看著家鄉逐漸遠離。當飛機鑽過雲層飛行其上，看見雲海連綿到天際那恆常不變的美——那變化萬千的一致性、那隨機幻化的形態——在在令她驚嘆。她看著光滑的金屬機翼微顫著擦掠過雲的毛邊，隨後精準萬分地切過一朵朵棉花雲，內心忽然閃過一種錯誤的感覺，好像自己並不屬於天空。她自覺太過狂妄，竟然拋棄自己在這世上的自然歸處，利用一部異類機器來挑戰重力，將自己錯移到另一塊大陸。

六點四十四分，天空變成柔和的淡紫色，深沉夜色與太陽對抗，節節敗退。壓力艙的焦黑斑點漸漸看得見了，但天色猶暗，因此看起來像陰影，也像是青苔覆蓋住金屬，使得機器融入四周景象。

六點五十二分，天空是一種細緻的藍，屬於育嬰室的顏色。潛水艇的水藍色漆一度曾晶亮到顯得濕潤，如今卻像長滿痘瘡。

六點五十九分，一道道燦爛的陽光穿過濃密樹葉，同時射在潛水艇上，彷彿所有的舞台燈光齊亮，聚焦於作秀的明星。有一瞬間，明亮耀眼的光線在潛水艇周圍形成一個光環，遮蔽了它的瑕疵。但英姬持續逼視，強行讓瞳孔調適收縮，便看見了罪證：到處都是黑色焦痕；舷窗玻璃融化，潛水艇像在哭泣；整個艙身微傾，好似拄著拐杖的老人。

她閉上眼睛呼吸。吸氣，吐氣。雖然已事隔一年，灰燼與皮肉燒焦的味道仍沾附在艙殼上，與晨露混合後散發出焦炭的臭味。但或許那只是她的想像。她的良知，在告訴她微小粒子正在滲入她的肺部，當下的她可能正在吸入燒死在艙室中的人的細胞。

她朝小溪望去，溪水隱藏在紅黃斑駁而亮麗的灌木叢背後看不見，樹葉顏色沒有一定模式，彷彿有一群幼兒提著顏料桶跑來跑去，隨意地往樹上潑灑。她想像梅姬坐在那些樹後面，腳離水面幾公分高，與麥特．湯普森一起抽菸說笑，然後有一晚，被他壓制並侵犯；然後又有一晚，被他老婆高聲喝斥，罵她是糾纏不清的賤人。

說來好笑，在梅姬完全坦白之前——或者應該說是多次坦白，因為在承認犯下殺人與縱火重罪的過程中，她必須向亞伯、向公設辯護人、向承審法官一再地重複——她認為梅姬不管受到什麼樣的懲罰都是應該的。但如今梅姬與博身在獄中，她反而納悶梅姬面對多年刑期（至少十年），而那天晚上的因果鏈中還有許多脫不了干係的人卻安然無事，這樣真的公平嗎？沒錯，是梅姬放的火。但若非珍寧謊稱潛水療程已結束、麥特已經離開，她不會這麼做。若非博將香菸和火柴放在那個地方，她無法這麼做。還有麥特，他是一切因果的根源：要不是他，要不是他的作為與對梅姬和珍寧撒謊，她們也不會在爆炸當晚做出那些事。就連博放在氧氣管底下的香菸也是麥特的，從他丟在空心樹樁裡的菸蒂中撿來的。然而，法律認為珍寧只是旁觀者，無須承擔罪責。博與麥特也並未因釀成火災被罰；博被判十四個月有期徒刑，麥特被判緩刑，但都是因為偽證與妨害司法罪。她聽說麥特和珍寧正在辦離婚，多少感到些許安慰；在這麼多未受懲罰的行為當中，只有麥特對她女兒的所作所為，任她再怎麼努力也無法釋懷。

而她最不能原諒的，是她自己。這一路以來，在許多時間點上，有太多事情她應該也能夠有不同的做法。要是她待在穀倉裡，及時關閉氧氣。要是她沒有對亞伯撒一年的謊。還有最重要的，要是她在那最後一天向伊莉莎白坦承一切，就好了。她將這些全部告訴亞伯，主張她也應該坐牢，但他聲稱她所做的一切「無關宏旨」，拒絕起訴她。

七點，她的手錶發出嗶嗶聲，該進去打包剩下的東西了。那天早上，抗議者差不多就是在這個時間抵達，接著便啟動一連串的事件。她其實並不怪她們。但假如她們沒來，亨利、琦巧和伊莉莎白現在都還活得好好的，博不會引發停電，潛水療程不會延誤，氧氣會正常關閉，梅姬點火的時候大家也都離開了，但其實她也不會點火，因為一開始博就不會留下任何香菸。

這是最好也是最壞的部分：發生的這一切全都是一個好人的無心之過造成的結果。泰瑞莎曾經說過，真正讓她過不去、讓她夜不成眠、逼使她不斷尋找療方的，是羅莎不應該會這樣。如果她天生就有基因缺陷，泰瑞莎倒還可以接受，只不過她原本健健康康，卻因為發生了不該發生的事——生病後未能及時治療——而變成這樣。這是非自然、可以避免的事。同樣地，英姬幾乎希望梅姬是故意的。她也不是真的這麼想，因為她當然不希望梅姬是惡人，但就某方面來說，知道女兒是好人，只是犯了一個錯誤，這種感覺更糟，就好像命運之神密謀操控了當天的事件，就這樣一步步引導梅姬去點燃那根火柴。有太多拼片必須剛好拼湊在一起：停電、療程的延誤、梅姬的紙條、珍寧的質問、博的香菸。只要其中有一件事沒發生，此時此刻，伊莉莎白和琦巧應該正要開車送亨利和TJ去上學，梅姬應該上了大學，奇蹟潛水艇應該還在運作，她和博也應該正在準備迎接接下來一整天滿滿的潛水療程。

但是人生便是如此。每一個人都是上百萬個不同因素混合的結果——百萬隻精蟲的其中一隻恰恰就在某個時間點碰上了卵，即便只相差千分之一秒，也會形成截然不同的另一個人。好事壞事——每一段友情與戀情、每一場意外、每一次生病——都是由數以百計、本身無足輕重的小事串謀而成。

英姬走到一棵紅葉樹旁，從地上拾起三片她所能找到最鮮亮的葉子。紅色象徵幸運。她暗忖著，十年後梅姬出獄時，這片樹林會是什麼模樣？到時梅姬二十好幾，還是可以上大學、談戀愛、生兒育女。那樣的未來仍可期待。在此同時，英姬會繼續每星期去探監——要說過去幾個月有什麼好事發生，那就是她和女兒的關係重生並深化了。她將自己大學時期最喜愛的哲學教科書帶去給梅姬，在接見時一起討論，像個兩人讀書會，英姬說韓語、梅姬說英語，讓其他受刑人看得一頭霧水。

博比較難處理，尤其是一開始，他的頑固讓她怒不可遏，但英姬還是強迫自己定期去探視，而每次會面，她都可以感覺到他態度逐漸軟化，悔意加深，也更能接受他不僅要為火災與伊莉莎白的死負責，也要為他企圖迫使她們噤聲負責。或許，假以時日，去見他、與他說話，甚至原諒他，都會更加容易。

泰瑞莎到了，把車停在一部建築機具旁邊——工人說那叫吊車。她一個人來。「羅莎跟妳教會的朋友在一起嗎？」英姬與她擁抱招呼時問道。

泰瑞莎點頭說：「是啊，我們今天可有得忙了。」這是事實。英姬的東西大多已經搬進泰瑞莎家的客房（「別再叫客房了，它現在就是妳的房間，」泰瑞莎不止一次地說），但夏儂為中午的建物啟用揭牌儀式列出的清單中，還有十來項差事有待完成。自從上星期消息在《華盛頓郵報》刊出後，參與人數已增為三倍，現在包括有華盛頓特區一帶的自閉兒媽媽團體、許多昔日奇蹟潛水艇的病患家屬、亞伯與其助理人員、所有的警探與他們的手下，還有——最後一刻的驚喜——維多。當然了，這一切努力能獲得回報都是維多的功勞，因為他（在經過一次奇怪的轉折後）繼承了伊莉莎白的錢，卻跟夏儂說他不想要，說他覺得伊莉莎白會想把錢拿來做善事，也許是和自閉症有關的事，不知道夏儂能不能代為處理？夏儂找泰瑞莎商量，再加上英姬的幫忙，一同成立了「亨利之家」，一個非住宿型的「總部」，為特殊需求兒童提供現場治療以及日間照顧與週末營等服務。

「我有個東西。」泰瑞莎遞給英姬一只袋子。

袋子裡有三張裱框的肖像，木框樣式相同，風格樸素，但染成了又濃又深的褐色。是伊莉莎白、亨利和琦巧，最底下刻寫著他們的姓名與生卒日期。「我想我們可以把這個放在大廳，在銘牌下面。」泰瑞莎說。

英姬忽然覺得有東西哽住喉嚨。「很美，非常合適。」

在她們前面，一群男人正準備將壓力艙搬走。看著他們用纜繩捆住艙體，她想起去年是另外一群人將它送到這個地點，解開捆繩。博原本打算將事業取名為「奇蹟溪養生保健中心」，但一看到艙體像極一艘迷你潛水艇，她立刻說：「奇蹟潛水艇。」接著轉向博又說了一次：「奇蹟潛水艇——應該叫這個名字。」他微笑著說這是個好名字，比原先的更好，想到孩子們爬進艙內呼吸著純氧，身體慢慢復原，她內心不由得一陣悸動。

吊車發出嗶嗶聲，將壓力艙吊起後轉動方向，高掛在卡車上方。接著吊臂下降，當艙體的鋼鐵外殼碰觸到卡車車斗的金屬板，發出一聲轟隆巨響，英姬全身抖了一下。看著光禿禿的地面，她感覺到一股疼痛從胸腔中心向外擴散，他們的一切希望與計畫，都沒了。

當工人將壓力艙牢牢固定在貨車上，英姬低頭看著袋子裡的肖像，想起了「亨利之家」。失去的生命、它建立其上的痛苦——她與家人永遠無法償還。不過她會每天見到TJ，她會開車接送他往返「亨利之家」，會在療程之間的空檔照顧他，讓他的父親與姊姊們能喘口氣，讓他們的生活能輕鬆那麼一點點。她會在泰瑞莎身邊，幫忙她照顧羅莎和其他跟她、跟TJ、跟亨利一樣的孩子。

泰瑞莎伸手握住她的手。她閉上眼，感受著左手有朋友溫暖柔細的手，右手有袋子的絲滑提把。卡車發出隆隆聲，並再次嗶嗶響，她睜開眼睛。只見那一大片燒焦、寸草不生的土地再過去，此時正緩緩遠離的潛水艇軀殼再過去的遠方，有一小塊田野長滿黃黃藍藍的野花，看著看著，她感覺內心的絕望被一種較沉重同時也較輕鬆的心情所取代。Han（恨）。英文沒有同義詞，無法翻譯。那是一種難以承受的憂傷懊悔，一種深刻到滲入靈魂的悲痛渴求——卻又帶有些許的彈性、些許的希望。

她將泰瑞莎的手緊緊一握，並感受到她回握的力道。她們並肩而立，手牽著手，目送奇蹟潛水艇逐漸消失在遠方。

致謝

寫處女作欠下許多人情，而我最感謝的是我先生Jim Draughn，他在我寫作過程的每個階段扮演了無數角色：讀者、傾聽者、編輯、建議者、法庭場景顧問、家庭主廚兼司機，也是準備好咖啡、歐姆蛋、馬丁尼，與我完成下個章節所需的其他一切，送到我的寫作角落來的人。如果沒有你，我會怎麼樣呢？我寫不成這本書，這自然不在話下。我可能什麼也寫不成；多年前，是你第一個告訴我說我是個作家。謝謝你讓我相信了這句話，並給予我嘗試的工具與空間。

感謝Susan Golomb，我最了不起的超級明星經紀人，謝謝妳從廢稿堆中挑出我這個沒沒無聞的菜鳥，謝謝妳相信這本書並給予熱情擁護。妳，還有Maja Nikolec、Mariah Stovall、Daniel Berkowitz，以及Writers House經紀公司的Sadie Resnick，這一路是你們支持並指引我走過每一步。

感謝Sarah Crichton，世上罕見聰明絕頂的編輯兼出版人。妳掌握了這本書——我們第一次談的時候，我真的全身起雞皮疙瘩！——妳清清楚楚知道該怎麼做才能進入下一個階段，然後下一個，再下一個。謝謝妳督促我。同時也感謝FSG出版社難能可貴的一流團隊，尤其是Na Kim、Debra Helfand、Richard Oriolo、Rebecca Caine、Kate Sanford、Benjamin Rosenstock、Peter Richardson、John McGhee、Chandra Wohleber與Elizabeth Schraft：謝謝你們將我的文字轉化成一本永遠令我自豪的美麗書本。

感謝FSG的業務經理Spenser Lee，非常謝謝你如此徹底地接納並支持本書。也感謝我的公關人員Kimberly Burns與Lottchen Shivers，我們的合作才剛開始，但我何其幸運，這整個過程能有你們的專業之手牽引。謝謝Veronica Ingal、Daniel Del Valle與整個業務、行銷及公關團隊，如此盡心盡力促成本書問世。

感謝我的寫作夥伴——Beth Thompson Stafford、Fernando Manibog、Carolyn Sherman、Dennis Desmond、John Benner與遠距名譽成員Amin Ahmad——謝謝你們堅持不懈地陪我經歷多次的草稿與修訂稿，從不知所云的初稿一路來到校樣。也謝謝你們的薄賽珂氣泡酒。可不能忘記薄賽珂。

感謝Marie Myung-Ok Lee無遠弗屆的慷慨大度，介紹我認識她廣闊人脈中的每一位作家、編輯與經紀人。感謝我親愛的朋友們Marla Grossman、Susan Rothwell、Susan Kurtz與Mary Beth Pfister，妳們是我最早的讀者也是我最重要的啦啦隊，回應過我無數驚慌失措的電話與要求，從想書名的腦力激盪到挑選作者照片，提供了一切援助。妳們是我自己挑選的姊妹，也是我在這世上最好的朋友。

另外還承蒙許許多多人協助才得以造就今天這本書。Nicole Lee Idar、Maria Acebal、Catherine Grossman、Barbara Esstman、Sally Rainey、Rick Abraham、Mary Ann McLaurin、Carl Nichols、Faith Dornbrand與Jonathan Kurtz在早期提供了誠懇的回饋。John Gilstrap與Mark Bergin耐心地回答了關於爆炸與指紋的問題。（其他任何錯誤絕對都要歸咎於我。）Annie Philbrick、Susan Cain、Julie Lythcott-Haims、Aaron Martin、Lynda Loigman與Courney Sender，在文學經紀與出版的神秘世界中為我導航。還有Missy Perkins、Kara Kim與Julie Reiss持續且經常地為我提供葡萄

酒。此外還有我的「無壓力無愧疚」讀書會與「晴天郊遊媽媽會」成員，你們都給了我亟需的支持，讓我能保持心思清明。

最後，要感謝我心裡最重要的人。感謝Anna與John Kim，我的爸媽，謝謝你們犧牲在韓國的生活，舉家遷到這片陌生土地，只為了我的未來。你們的無私與愛令我震驚也啟發了我。我的姨母姨父Helen與Philip Cho給了我們在美國的家——沒有你們我就不會在這裡，這點絕不誇張。還有我的三個兒子：謝謝你們日復一日忍受我寫作生活的混亂與瘋狂，謝謝你們擁抱親吻我（有時甚至是自動自發！），謝謝你們每一天，甚至經常是每個小時，帶我經歷各種人類的情緒——從令人盲目的憂慮與憤怒沮喪，到發狂且無法忍受的愛與保護心態——為我的寫作增添養分。每一天，我都以你們為傲。我愛你們。你們是我的奇蹟。

現在，我們繞一圈回到原點，回到Jim，我最初與最後的讀者，我的愛，我的人生伴侶。我知道我已經說過了。但可以再說一遍。沒有你就什麼都沒有。謝謝你，心愛的，永遠永遠。

Storytella 141

罪火
Miracle Creek

罪火 / 金秀妍作 ; 顏湘如譯. -- 初版. -- 臺北市 : 春天出版國際文化有限公司, 2022.12
面； 公分. -- (Storyella ; 141)
譯自 : Miracle Creek
ISBN 978-957-741-595-0(平裝)

874.57　　111014799

ISBN 978-957-741-595-0
Printed in Taiwan

作　者　金秀妍
譯　者　顏湘如
總編輯　莊宜勳
主　編　鍾靈

出版者　春天出版國際文化有限公司
地　址　台北市大安區忠孝東路四段303號4樓之1
電　話　02-7733-4070
傳　眞　02-7733-4069
E－mail　bookspring@bookspring.com.tw
網　址　http://www.bookspring.com.tw
部落格　http://blog.pixnet.net/bookspring
郵政帳號　19705538
戶　名　春天出版國際文化有限公司
法律顧問　蕭顯忠律師事務所
出版日期　二〇二二年十二月初版

定　價　440元

總經銷　楨德圖書事業有限公司
地　址　新北市新店區中興路二段196號8樓
電　話　02-8919-3186
傳　眞　02-8914-5524
香港總代理　一代匯集
地　址　九龍旺角塘尾道64號 龍駒企業大廈10 B&D室
電　話　852-2783-8102
傳　眞　852-2396-0050